Knaur.

Im Knaur Taschenbuch Verlag sind bereits folgende Bücher der Autorin erschienen:
Mit der Flut kommt der Tod
Der Austernmörder

Über die Autorin:
Kari Köster-Lösche, 1946 in Lübeck geboren, veröffentlichte zahlreiche wissenschaftliche Bücher, bevor sie mit ihren historischen Romanen, darunter *Die Hakima, Die Heilerin von Alexandria* sowie *Die Wagenlenkerin,* ein begeistertes Publikum fand. Kari Köster-Lösche lebt als freie Schriftstellerin auf der Hallig Langeness und an der nordfriesischen Küste.

KÖSTER-LÖSCHE

DAS GRAB IM DEICH

Roman

Knaur Taschenbuch Verlag

Besuchen Sie uns im Internet:
www.knaur.de

Vollständige Taschenbuchausgabe April 2008 Knaur Taschenbuch
Ein Unternehmen der Droemerschen Verlagsanstalt
Th. Knaur Nachf. GmbH & Co. KG, München.

Umschlaggestaltung: ZERO Werbeagentur, München
Umschlagabbildung: FinePic, München
Satz: Adobe InDesign im Verlag
Druck und Bindung: CPI – Clausen & Bosse, Leck
Printed in Germany
ISBN 978-3-426-63639-8

2 4 5 3 1

Jede vermeintliche Ähnlichkeit der Figuren dieses Buches mit lebenden Menschen wäre rein zufällig und nicht beabsichtigt.

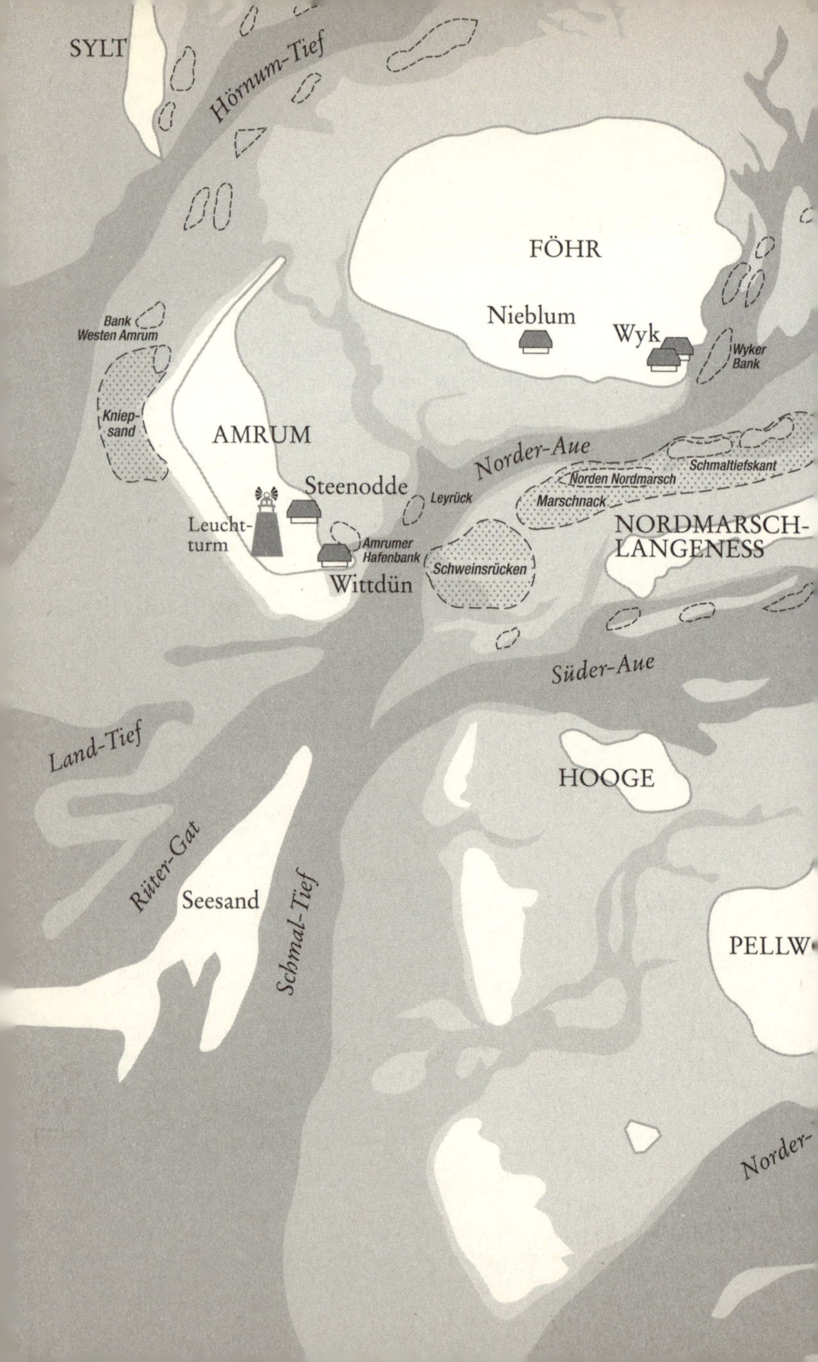
SYLT
Hörnum-Tief
FÖHR
Nieblum
Wyk
Wyker Bank
Bank Westen Amrum
Kniepsand
AMRUM
Norder-Aue
Schmaltiefskant
Norden Nordmarsch
Marschnack
Steenodde
Leyrück
Leuchtturm
Amrumer Hafenbank
Schweinsrücken
Wittdün
NORDMARSCH-LANGENESS
Süder-Aue
Land-Tief
HOOGE
Rüter-Gat
Seesand
Schmal-Tief
PELLW
Norder-

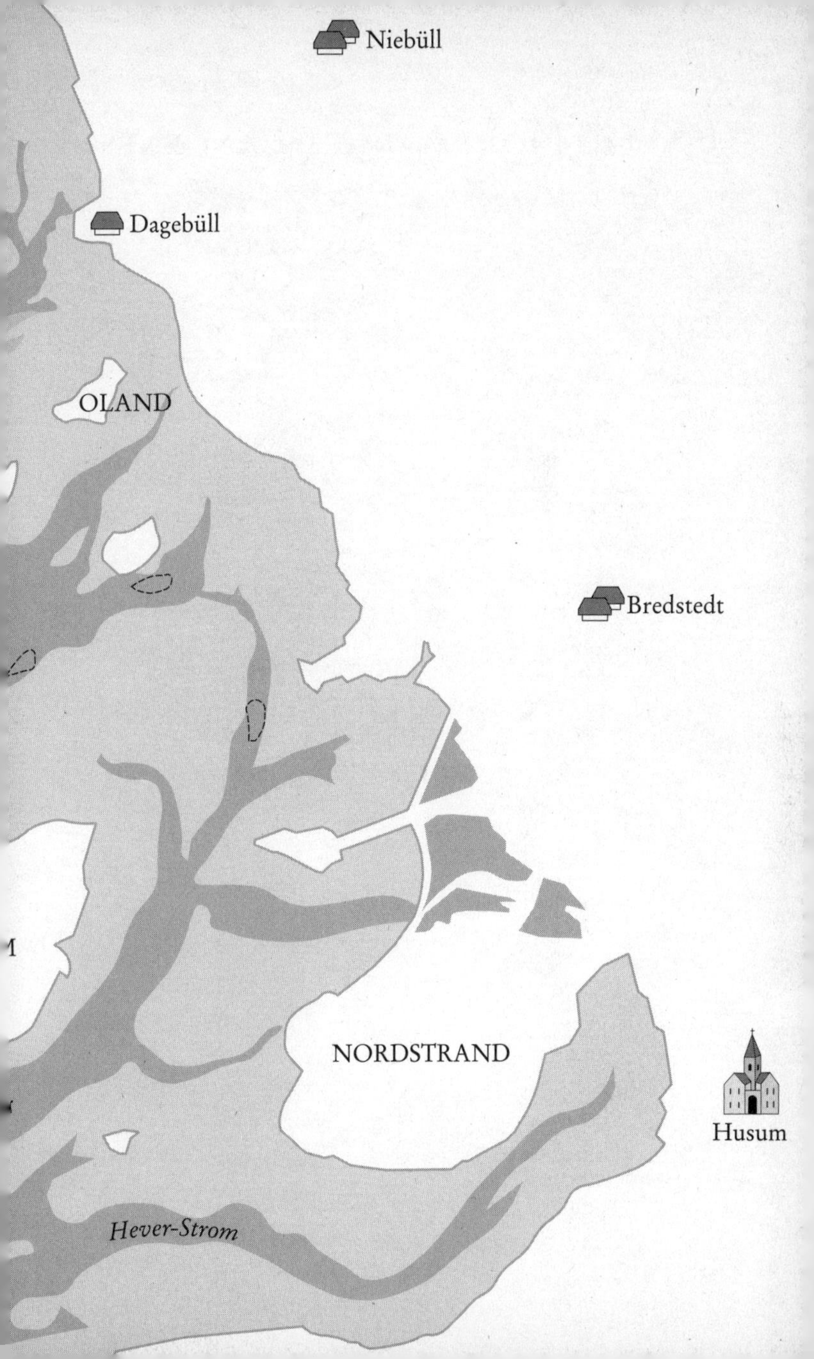
Niebüll
Dagebüll
OLAND
Bredstedt
M
NORDSTRAND
Husum
Hever-Strom

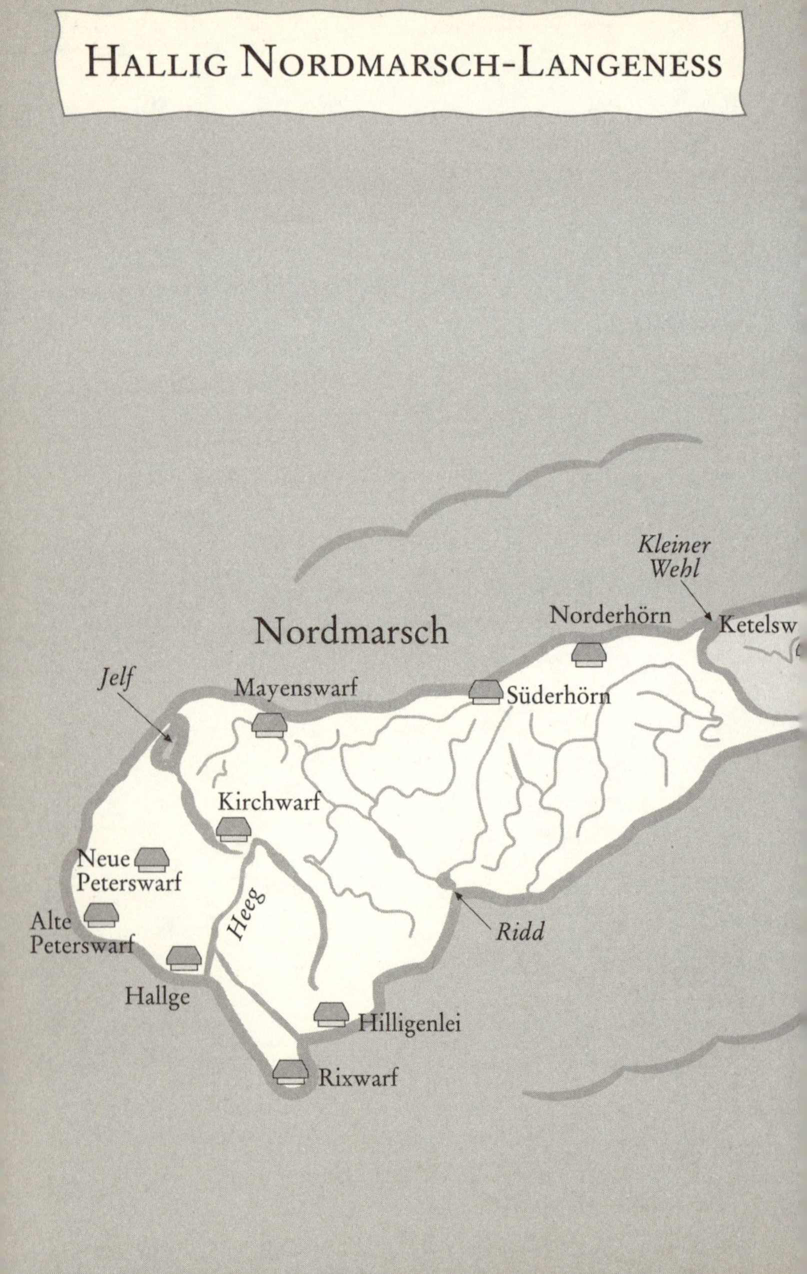
Hallig Nordmarsch-Langeness
Kleiner
Wehl
Norderhörn
Ketelsw
Nordmarsch
Jelf
Mayenswarf
Süderhörn
Kirchwarf
Neue
Peterswarf
Alte
Peterswarf
Heeg
Ridd
Hallge
Hilligenlei
Rixwarf

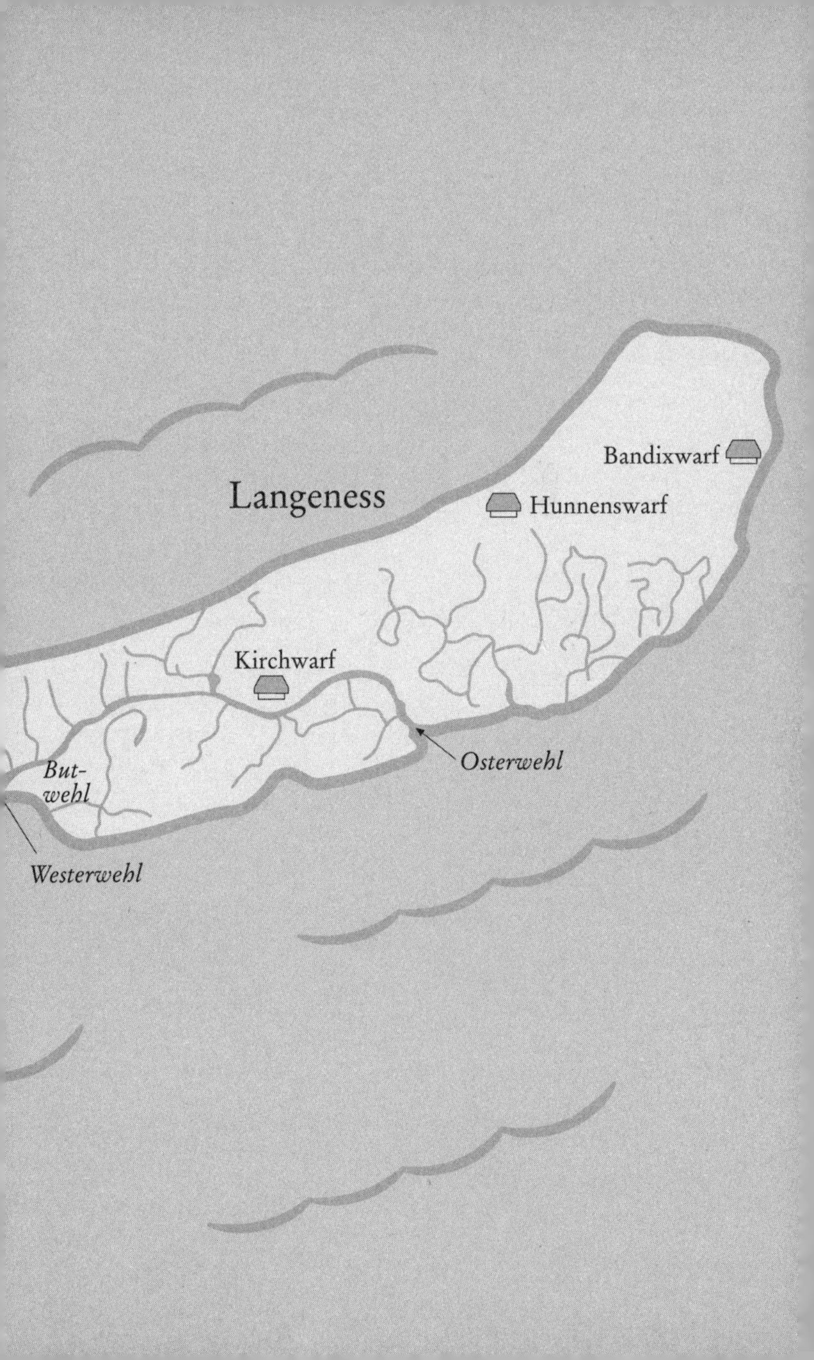
Langeness
Bandixwarf
Hunnenswarf
Kirchwarf
Osterwehl
But-
wehl
Westerwehl

Prolog

Der Sturm riss ihnen immer wieder die Worte von den Lippen, aber er blieb stehen, um zu lauschen. Eigentlich war es mit seinen Prinzipien und seiner Ehre nicht vereinbar, aber in einer so schrecklichen Nacht warf man manches über Bord. Dem Geflüster der beiden konnte er nicht entnehmen, wer sie waren, aber es war durchaus möglich, dass er sie kannte.

Vergeblich versuchte er, der rabenschwarzen Nacht wenigstens einen winzigen Schimmer auf den Gesichtern abzuluchsen, aber es gab keinen. Nur den Schneeregen, dessen schmerzende Schärfe im Gesicht bewies, dass sich Sand vom Strand in die Nässe mischte.

Beschämt, sich selbst derart als Lauscher wiederzufinden, wollte er sich zurückziehen, als die Böen abnahmen und die Wortfetzen zu verständlichen Sätzen wurden. So blieb er doch.

»Wieso sollte ausgerechnet ich es sein?«

»Es gibt keine andere Möglichkeit!«

»Wer sich einmal hingibt, gibt sich allen hin! Wähl dir als Vater für deinen Balg aus, wen du willst, aber nicht mich. Irgendein Dummer aus deiner Liebhaberschar wird sich schon finden lassen.«

»Nein!«, wimmerte die Stimme, die einer jungen Frau gehören musste. »Es verhält sich nicht so, wie Sie meinen. Ich hatte vorher nie einen Liebhaber.«

»Das behaupten alle«, zischte der Mann erbost. »Und

plötzlich geht es um kleinere und größere Geldzahlungen, schließlich sogar unverhohlen um Erpressung. Eure Sorte kenne ich. Leichte Mädchen gibt es in jeder Stadt des Reiches, nicht nur in Kurorten. Aber mich legst du nicht rein!«

»Ich weiß nicht, was Sie meinen.«

Er hörte, wie Überraschung und Treuherzigkeit sie für einen Augenblick ihre Angst vergessen ließen. Dass sie dem Mann nicht gewachsen war, war offensichtlich.

»Ich will dir mal etwas sagen!«

Die nächsten Worte wurden von einer neuen Bö fortgetragen, aber er hörte sehr wohl, wie die Erregung des Mannes wuchs. Dann konnte er wieder etwas verstehen.

»Nur ein Wort zu jemandem über mich, und du wirst deines Lebens nicht mehr froh! Ich werde dich verfolgen lassen, und es wird auf der ganzen großen Welt kein Versteck geben, in dem ich dich nicht finde.«

Er hörte leises Weinen. Sie schien nicht mehr in der Lage zu widersprechen.

»Alles klar?«, fragte der Kerl in die Stille hinein, die urplötzlich herrschte, als mit dem Wind auch der Regen nachgelassen hatte.

Der schneidende Ton ging dem ungewollten Zuhörer durch Mark und Bein. Kein Wunder, dass die Frau verängstigt war.

»Aber …«, stammelte sie, »was ist mit dem Kind? Wenn es erst da ist …«

»Was geht es mich an? Aber wenn du einen guten Rat willst, lass es wegmachen. Engelmacherinnen findest du wie Sand am Meer. Frag in Sankt Pauli nach. In Hamburg.«

»Ich habe kein Geld, um nach Hamburg zu fahren«, schluchzte sie, nunmehr ganz aufgelöst vor Angst und Panik.

»Interessiert mich nicht«, sagte der Mann, kälter noch

als der Schneeregen, der wieder eingesetzt hatte. »Sei dankbar, dass ich deine unbesonnene Bemerkung nur als Bettelei abtue und nicht schon als Erpressung.«

Die Frau tat dem Lauscher leid, obwohl sie anscheinend ein Flittchen war. Vom Festland herübergekommen wie manche Taschendiebe, um sich an Kurgästen schadlos zu halten? Einen Augenblick überlegte er, ob er sein Versteck verlassen sollte. Sich zwischen die beiden werfen und sie zur Einigung zwingen. Er hätte es getan, wenn er nicht Rücksicht auf seine Position zu nehmen gehabt hätte.

Aber wie die Dinge lagen, war es unmöglich.

Der Mann entfernte sich mit schnellen leichten Schritten, die im Sturmgebraus binnen kurzem nicht mehr zu hören waren. Wo die Frau abblieb, konnte er überhaupt nicht feststellen. Aber er hatte trotzdem das sichere Gefühl, jetzt allein auf der Straße zu stehen.

Behutsam zog er sich im tiefen Schatten einer Mauer ebenfalls zurück, mit dem festen Entschluss, in nächster Zukunft die Augen aufzuhalten. Vielleicht waren die beiden aus Zufall hierhergeraten, vielleicht aber auch nicht. Möglicherweise waren sie tatsächlich Gäste, die sich trotz des Winters für eine längere Zeit eingemietet hatten.

Als er um die Ecke bog, traf ihn der Südwest mit voller Wucht, und Schneeflocken peitschten ihm ins Gesicht. Wenn es nur nicht wieder zu einer Sturmflut kam! Seine Gedanken über die beiden Unbekannten wurden rasch abgelöst von Sorgen hinsichtlich des Wetters.

Sofern die Stärke des Sturms nicht erkennbar abnahm, während er auf West drehte, würde er sich zu überlegen haben, welche Maßnahmen er einleiten musste, um die Menschen, für die er sich verantwortlich fühlte, sowie ihr Hab und Gut in Sicherheit zu bringen.

Kapitel 1

Hoffentlich ging es gut! Wenn nur alles gut ging! In der zweijährigen Bauzeit des Steindeichs auf der Westseite der Hallig Nordmarsch waren sie überraschend problemlos vorangekommen, weder Orkane noch gewöhnliche Winterstürme hatten sie zurückgeworfen, und seit Baubeginn hatte es keine größeren Abbrüche von Land gegeben. Aber die See war unberechenbar. Sie konnte binnen Stunden zerstören, woran sie wochenlang gearbeitet hatten.

Trotzdem musterte Sönke Hansen, Deichbauinspektor aus Husum, zufrieden die schräg ins Wasser führende ebene Fläche aus sechseckigen Basaltblöcken, die für die Ewigkeit gefügt schien. Breitbeinig stand er über der Jahreszahl 1895, die ein mit Meißel und Hammer begabter Mann am Ende der ersten Bausaison eingeschlagen hatte.

Er stemmte sich gegen den Wind. Wie so häufig auf den Inseln und Halligen war das Wetter plötzlich umgeschlagen, nach vielen Tagen herrlichen Sonnenscheins war es kühl und nass geworden.

»Moin, Inspektor«, rief jemand hinter Hansen und klopfte ihm kräftig auf die Schulter.

Hansen drehte sich gemächlich um und grinste. »Seit heute habe ich Urlaub, Mumme. Von Inspektor will ich zwei Wochen nichts mehr hören.«

»Sah aber nicht so aus, als ob du die Gegend wie ein Badegast von Föhr betrachtet hättest. Auf mich wirkte es ganz wie eine kritische Abnahme des ersten Deichabschnitts«, wandte Mumme Ipsen, Ratmann der Hallig Langeness, ein. »Womit ich nicht behaupten will, dass du unzufrieden ausgesehen hättest.«

»Nein, das bin ich auch nicht. Im Gegenteil. Die Halligleute haben sich schneller in die ungewohnte Arbeit gefunden, als irgendjemand gedacht hätte«, sagte Hansen anerkennend. »Mich natürlich ausgenommen.«

»Das will ich meinen. Und warum auch nicht?«, hielt Ipsen dagegen. »Wir Inselfriesen haben uns schon auf alles Mögliche einstellen müssen. Von Küstenfahrt auf Walfang, danach auf die Großschifffahrt auf allen Weltmeeren, dann wurden wir Bauern, und jetzt bauen wir eben Deiche, um unser Weideland zu schützen.«

»Eben. Aber da gab es natürlich manchen in der Kommission für Schleswig-Holsteinische Wasserbauangelegenheiten, der das nicht wahrhaben wollte. Lassen wir dieses Kapitel, das liegt glücklicherweise hinter uns! Warum spazierst du am frühen Morgen hier umher?«

»Ich spaziere nicht, ich suche dich. Jorke sagte mir, dass ich dich hier irgendwo finde. Ich wollte dir mitteilen, dass die Schute mit den Steinen einen Tag früher angekommen ist, sie ankert jetzt vor der Nordkante. Ich muss einige Nordmarscher zum Entladen ausleihen, damit es schneller geht.«

Hansen blickte nach Osten, wo er das Schiff auf den weißen Schaumkronen schaukeln sah, und anschließend auf den Ratmann, der gleichzeitig der Vormann der Langenesser Deichbaukolonne war. »Dazu brauchst du mich doch nicht, Mumme. Tete Friedrichsen ist weiterhin dankbar, wenn er mit mir direkt nichts zu tun haben muss.«

»Ich weiß«, sagte Mumme grantig, was sich jedoch nicht

gegen Hansen richtete, wie er wusste. »Aber ich hätte gern dein Einverständnis, damit ich Druck machen kann. Für den Fall, dass Tete sich sperrt, wozu er aus alter Gewohnheit imstande ist. Womöglich frischt dieser Starkwind noch zum Sturm aus Nordwest auf, und dann muss die Schute ankerauf gehen. Ich möchte nicht, dass sie mit unseren Steinen wieder davonsegelt.«

»Du hast mein Einverständnis für alles«, bekräftigte Hansen warmherzig. Er hatte nicht den geringsten Zweifel daran, dass Mumme die Arbeiten auf der Langenesser Seite auch ohne Eingreifen des Husumer Deichbauamtes bestens organisieren würde.

»Gut«, versetzte Mumme knapp. »Wir werden dann erst morgen mit den Vorarbeiten zum Überdämmen des Priels weitermachen.«

Hansen nickte und sah dem Ratmann nach, der sich nach Norderhörn aufmachte, wo Tete Friedrichsen wohnte, der Vormann der Nordmarscher Deichbauer. Zur anderen Seite, vor der Kirchwarf, wurde gerade ein Boot mit Heubündeln entladen. Männer mit den prallgefüllten weißen Heulaken auf dem Kopf hasteten nach oben auf die Warf und reichten die Bündel in eine Bodenluke hinein. Plötzlich hatten viele es eilig. Der Wetterumschlag lag in der Luft.

Als Sönke Hansen am Dienstagvormittag von der Ketelswarf über die See nach Norden spähte, war die Schute verschwunden und auch im Gewässer zwischen der Hallig und der Insel Föhr nirgends zu sehen. Wahrscheinlich hatte sie noch in der Nacht Anker gelichtet, woran sie gutgetan hatte, denn der Wind hatte auf Nord gedreht, und sie hätte auf Legerwall gelegen. Am Ufer türmte sich ein Berg von Steinen, die achteckig behauenen schwarzen Basaltbrocken, die Hansen selbst bestellt hatte. In der Nähe waren die Männer dabei, mit Spaten den Klei zu einem soliden tragfähigen Untergrund für den Steinbelag platt zu klopfen.

»Lässt dir die Arbeit keine Ruhe?«, flüsterte Jorke und schmiegte sich an ihn.

Durch den weichen Stoff ihres Sommerkleides spürte Hansen ihren Körper, den er so gut kannte.

»Ich habe dich gar nicht kommen hören«, sagte er und zog sie zärtlich an sich. In ihre klugen blauen Augen zu blicken und auf die geröteten Wangen, die von übersprudelnder Tatkraft sprachen, war ihm ein nie nachlassendes Glück. »Doch, aber man hat immer das Gefühl, es ginge gar nicht ohne einen selbst.«

»Aber ja doch«, versetzte Jorke energisch und zog seinen Kopf am Ohrläppchen zu sich herunter, um ihn zu küssen. »Komm mit, auf dich wartet jetzt andere Arbeit. Ich werde dir das Melken beibringen.«

»Nennst du das Urlaub?«, erkundigte sich Hansen gespielt missmutig. »Wahrscheinlich können mich deine Rindviecher sowieso nicht leiden, sie werden um sich treten, und ich werde versehentlich den Melkeimer umstoßen, du wirst nicht buttern können und wirst sehr zornig auf deinen ungeschickten künftigen Ehemann sein.«

»Bisher bin ich mit allem fertig geworden, was die Hallig mir abverlangt«, sagte Jorke lächelnd. »Ich bin fest entschlossen, dich nicht gegen einen der Kuhhirten vom Festland umzutauschen, nur weil er möglicherweise mehr Seelenverwandtschaft zum Rindvieh aufweist.«

»Da bin ich aber erleichtert«, sagte Hansen lachend und zauste sanft ihre blonden Lockensträhnen, die sich wieder einmal aus dem Kopftuch herausgestohlen hatten.

Jorke hielt seine Hände fest und blickte mit einem Stirnrunzeln über seine Schulter hinweg zum Ufer hinunter. »Was haben sie denn so plötzlich? Sieh doch mal, Sönke!«

Während die Arbeiter ihre Kleispaten in den Boden rammten und sich zu einer Gruppe versammelten, machte sich einer der jungen Männer im Laufschritt zur Ketelswarf auf.

»Sie haben etwas im Boden entdeckt, was sie hindert weiterzuarbeiten«, stellte Hansen fest. »Da bin ich aber neugierig. Ein altes Wrack vielleicht? Eine Süßwasserquelle, die niemand kennt? Was könnte es sonst noch sein? Gab es da mal eine Warf? Erinnerst du dich an etwas im Zusammenhang mit dieser Stelle?«

Jorke schüttelte mit sorgenvoller Miene stumm den Kopf.

»Dann ein Goldschatz, und Erk will ihn seinem Vater melden!«, mutmaßte Hansen forsch und presste sie aufmunternd an sich. »Was ist los, Jorke?«

Aber Jorke, eine Hand an die Kehle gelegt, antwortete nicht, sondern starrte dem Sohn des Ratmanns entgegen, der den Warfabhang keuchend hochjagte. Es war eine befremdliche Geste. So hatte Hansen Jorke noch nie gesehen. Dann erst nahm er wahr, dass Erk gar nicht zu seinem Vater wollte, sondern vor ihm stehen blieb. Offenbar war er als Verantwortlicher für die Arbeiten selber gefordert, obwohl er Urlaub hatte.

»Du musst sofort kommen, Sönke«, brachte Erk heraus, das Gesicht vor Entsetzen verzerrt. »Im Klei ist eine Leiche vergraben! Ein Kind.«

Nebeneinander liefen sie zum Ufer hinunter. Sönke Hansen blieb wie angewurzelt vor dem armseligen Grab stehen und starrte betroffen nach unten. Erks knappe Mitteilung hatte ihn nicht darauf vorbereitet, ein Neugeborenes in einem grau verfärbten nassen Tuch mit Blutflecken vorzufinden. Es lag dort, wo der fertig vorbereitete Kleikern des neuen Deichabschnittes nur noch auf die Bedeckung durch die Basaltsteine wartete. Der Starkwind der vergangenen Nacht hatte die Wellen an genau dieser Stelle brechen lassen, das Ufer war auf mindestens einen Meter Länge ausgekehlt und der Kleiboden davongetragen worden.

Jemand hatte das Tuch zurückgeschlagen, und das Gesichtchen des Neugeborenen schaute hervor. Ein dunkler Flaum von Haaren lag spärlich und nass auf der Kopfhaut, und auf dem aufgedunsenen Gesicht hatten sich rötliche Flecken ausgebreitet. Hansen schnürte es die Kehle zu.

»Ich wollte anfangen, den Schaden auszubessern, und da verfing sich mein Spaten im Tuch«, berichtete einer der Männer stockend, »und als ich daran zog, wollte es nicht vorangehen, und so habe ich mit bloßen Händen weitergemacht.«

»Am Freitag haben wir an dieser Stelle zuletzt Hand angelegt«, berichtete ein anderer. »Der Kleiboden ist zwar schwer vom vielen Wasser, aber verdichtet ist er ja noch nicht.«

»Entsetzlich, dass so etwas auf unserer Hallig passiert ist«, murmelte Mumme, der von irgendwoher aufgetaucht war. Trotz seiner Jacke fror er und war blass.

»Es sieht aus, als hätte das Kind schon nicht mehr gelebt, als es begraben wurde«, sagte Hansen mit belegter Stimme, in der Hoffnung, die aufgewühlten Gemüter etwas zu beruhigen. »Und das Tuch lässt doch darauf schließen, dass die Person, die es vergrub, ihm eine Art von Würde belassen wollte.«

»Sönke! Das Kind ist tot! Daran ist nichts zu ändern!

Aber wer ist die Mutter? Nur darum geht es jetzt«, fuhr ihm Mumme ungewohnt scharf über den Mund. »Und genau unterhalb der Ketelswarf!«

Hansen holte tief Luft. Jetzt erst verstand er Mummes Sorge. Eine der Frauen der Warf hatte heimlich ein totes Kind geboren. Der Verdacht musste sich gegen alle richten, die im passenden Alter waren. Flüchtig begann er zu überschlagen, wer in Frage kam.

»Neunzehn Familien auf der Warf«, sagte Mumme, als ahne er Hansens Rechenübung. »Zehn bis zwölf Frauen und ältere Mädchen. Wer war es?«

Hansen versank in Schweigen. Jorke war eine von den zehn bis zwölf. Vielleicht war sie in den Augen mancher vor allem in Verdacht, weil sie ganz entgegen der Sitte unverheiratet war und ihren Hof in eigener Verantwortung führte.

Aber der Verdacht musste sich auch gegen die Männer richten, wenn man davon ausging, dass die Frau nach der Geburt nicht die Kraft hatte, zum Ufer zu laufen und ihr totes Kind zu begraben.

Es konnte jeder gewesen sein. Nicht einmal er war von dem Verdacht ausgenommen. Es war den Nachbarn nicht entgangen, dass er seit ihrer Verlobung im vergangenen Jahr in Jorkes Haus wohnte, wenn er auf der Hallig war. Aber nie hatte jemand sich despektierlich dazu geäußert.

Hansen wagte gar nicht, Jorke anzusehen, in der Furcht, in ihrem Gesicht eine niederschmetternde Entdeckung zu machen.

Jorkes Hand stahl sich in seine. »Ich glaube nicht, dass eine Frau von der Ketelswarf in anderen Umständen war, Mumme.« Ihre Stimme zitterte.

»Woher willst du das wissen?«, fragte Mumme brüsk. »Schließlich bist du nicht verhei…«

»Ich verbringe meine Zeit nicht in Blindheit, Mumme!«, unterbrach Jorke ihn, heftig vor Entrüstung. »Etliche Kinder sind auf der Warf geboren worden, seitdem ich alt genug war zu begreifen, was vor sich ging, und ich habe trächtige Kühe und Sauen ...«

Mumme schnaubte leise.

»Doch, auch die lehren zu beobachten«, beharrte Jorke. »Glaube mir, wir Frauen sind die Ersten, die etwas ahnen. Und neun Monate sind eine lange Zeit, der Sommer ist darüber hingegangen, und wir alle gehen zusammen zum Krabbenfischen ... Meinst du, wir könnten nicht erkennen, was unter den nassen Röcken und Schürzen los ist?«

»Hm«, brummte Mumme.

Hansens Verstand schaltete sich wieder ein. Er hätte Jorke liebend gerne unterstützt. Aber er verstand nichts von Tieren. Von Frauen bedauerlicherweise noch weniger. Mehr von Deichen. »Dass das Kind unterhalb der Ketelswarf vergraben wurde, beweist nicht, dass das Neugeborene auch von dort stammt«, wandte er ein. »Nur dass jemand genug Gewitztheit besaß, sich ausgerechnet diese weiche Stelle als Grab auszusuchen. Da praktisch alle Männer von Langeness an dieser Baustelle tätig sind, kommt jeder in Frage, Mumme. Übrigens wissen natürlich auch die Nordmarscher, an welchem Uferabschnitt wir gerade was machen. Und ohne den unerwarteten Starkwind hätte keiner bemerkt, was im Klei lag. Im Normalfall wäre das Grab für das nächste Jahrhundert vor Hochwasser sicherer als jedes Grab auf dem Kirchhof gewesen. Davon gehe ich jedenfalls aus.«

Der Ratmann mahlte mit den Zähnen und verzichtete endgültig auf Widerspruch.

Hansen sah in die Runde und entdeckte lauter betretene

oder ängstliche Mienen. Ausnahmslos alle hatten begriffen, dass plötzlich jeder von ihnen als Helfershelfer unter Verdacht stand. Mancher mochte sich seiner eigenen Sache gar nicht sicher sein und würde die eigene Ehefrau am Abend gründlich verhören.

Und warum hatte Jorke diesen seltsamen Gesichtsausdruck gehabt, als ihnen die Botschaft übermittelt wurde? Plötzlich überfiel Hansen eine Ahnung davon, dass dies möglicherweise die Katastrophe war, vor der er sich gefürchtet hatte. Und überraschenderweise betraf sie nicht nur den neuen Deich, sondern möglicherweise auch ihn persönlich.

Kapitel 2

Als wäre bereits zwischen ihnen beiden Misstrauen erwachsen, sprachen Hansen und Jorke den ganzen Tag nicht über den toten Säugling. Sie mieden das Thema. Mumme Ipsen und Hansen verständigten sich hingegen schnell darauf, dass Hansen den Kinderleichnam nach Föhr überführen würde. Dass der Arzt, der ihn untersuchen sollte, mitten in der betriebsamen Kursaison von Wyk auf die Hallig kommen würde, war so gut wie ausgeschlossen. Außerdem sparte man auf diese Weise Zeit. Noch war der Verwesungsprozess nicht weit fortgeschritten.

Mehrere Männer waren der Meinung gewesen, man solle das Neugeborene stillschweigend beerdigen, aber das hatten weder der Ratmann der Hallig noch Hansen als Verantwortlicher für ein königlich-preußisches Bauwerk akzeptieren können.

Da Kindersärge nie bereitgehalten wurden, im Gegensatz zu einem Sarg für Erwachsene, musste erst einer angefertigt werden. Zwei Männer waren in der Nachbarschaft hörbar damit beschäftigt, Treibholzplanken auf das richtige Maß zu sägen, um den Sarg zu schließen, während Hansen sich am nächsten Morgen für die Fahrt ankleidete. Jetzt konnten sie das Thema nicht mehr umgehen.

»Dass mein Urlaub mit einer solchen Tragödie beginnt, darauf wäre ich nie gekommen«, bemerkte er düster, während er sich die Hosenträger überstreifte.

»Ja, aber längst nicht so tragisch für dich wie für die Mutter«, sagte Jorke mit einem tiefen Seufzer und legte einen nagelneuen Strohhut auf den Tisch, den sie aus der Kammer geholt hatte. »Und das Kind. Die armen Stackels.«

»Muss der sein?«, fragte Hansen mit einem unwilligen Seitenblick. »Du weißt, ich hasse Strohhüte.«

»Ich weiß. Mein Bruder, dem er gehört, auch. Er hat ihn in London gekauft und nie getragen. Aber du musst auf Föhr schließlich zu verstehen geben, dass wir Halligleute keine Wilden sind, die unsere Totgeborenen fallen lassen, wo wir uns gerade befinden ... In diesem Fall ist Respekt vor den gebräuchlichen Sitten besonders notwendig, glaube ich. Ich finde es gut, dass du derjenige bist, der fährt ...«

Hansen schloss Jorke in seine Arme. »Deine Ausdrucksweise ist direkt, wenn nicht sogar drastisch«, murmelte er, »aber du hast wie immer Recht. Ich vertrete die Hallig nicht weniger als mein Amt. Ich werde wohl mindestens drei Tage fortbleiben. Ich muss bei der Beisetzung dabei sein, denke ich. Ebenfalls wegen des Respekts.«

»Ja, das musst du. Ich wünschte, ich könnte mitkommen.«

»Ich auch.« Hansen küsste Jorke auf den Mund. »Wir würden uns in meinem verschwiegenen kleinen Logierhaus einquartieren, ganz bestimmt nicht wie die Kurgäste getrennt baden und keinesfalls vom Badekarren aus. Und nach dem gemeinsamen Bad würden wir zum Abendkonzert am Sandwall gehen. Jeden Abend, wenn du möchtest.«

»Abendkonzert. Wie wunderbar friedlich und unbeschwert sich das anhört. Ich möchte wohl«, sagte Jorke mit Sehnsucht in der Stimme. »Aber es geht nicht von einem auf den anderen Tag. Lass uns als Hochzeitsreise nach Föhr fahren. Als wären wir Leute aus Berlin. Mit etwas Planung werde ich jemanden finden, der in dieser Zeit meine Arbeit übernehmen kann.«

»Du hast also schon darüber nachgedacht«, neckte Hansen sie. Der nächste Satz kostete ihn Überwindung. »Aber ich fürchte, wir müssen die Pläne für den Moment ein wenig zurückstellen. Könntest du dich stattdessen diskret umhören, wer die Mutter sein könnte? Ich weiß nicht, welche Folgen diese Sache haben kann, und ich hoffe nicht, dass dafür jemand in das Gefängnis gehen muss … Aber Vertuschen ist undenkbar, und dann ist es schon besser, wir kümmern uns selbst darum.«

»Ja, ich hatte es mir schon vorgenommen«, antwortete Jorke bedrückt, und Hansen fiel ein so dicker Brocken vom Herzen, dass er eigentlich die holländischen Bodenfliesen mit einem Knall hätte sprengen müssen.

»Ich bin dankbar, dass du es nicht selbst warst«, hauchte er in Jorkes Ohr.

Sie schob ihn von sich. »Aber Sönke!«, sagte sie entrüstet. »Du wüsstest natürlich, wenn ich in Umständen wäre. Traust du mir eine solche Tat tatsächlich zu? Ein totgeborenes Kind ist doch kein Abfall!«

»Nein. Ich traue es dir natürlich nicht zu.« Hansen schüttelte ernst den Kopf. »Und trotzdem packte mich plötzlich eine ungeheure Angst, als ich begriff, worauf Mumme hinauswollte. Ich wette mit dir, dass es den anderen Männern genauso ging. Ich konnte es in ihren Gesichtern lesen.«

»Wenn das wirklich der Fall ist«, sagte Jorke bedächtig, »müssen wir uns wohl auf großen Unfrieden in nächster Zeit gefasst machen. Dann wird es Verdächtigungen und

Argwohn in vielen Familien geben. So lange ich mich erinnern kann, gab es außer in Nummen Bandicks Familie keine ledige Mutter auf den Halligen. Und jemanden, der heimlich ein totes Kind verscharrt hat, überhaupt nicht. Ich hoffe, ich finde die Frau rechtzeitig. Wenn sie überhaupt zugänglich ist, was soll ich ihr raten?«

Hansen streichelte ziemlich abwesend Jorkes Wange. »Ich weiß es nicht, vielleicht könnte sie sich selbst anzeigen, um einer Strafe zu entgehen. Ich werde versuchen, auf Föhr etwas zu erfahren. Mit solchen Dingen hatte ich noch nie zu tun. Aber wir beide müssen noch etwas bedenken.«

»Was?«

»Ich schätze, es könnte sein, dass wir bezichtigt werden, uns in höchst unerwünschter Weise einzumischen.«

Jorke nickte. »Mir ist das bewusst. Aber die Frau muss aus irgendeinem Grund in Panik gewesen sein, und möglicherweise ist sie das immer noch. Man muss ihr helfen. Vielleicht war der Vater des Kindes nicht ihr Ehemann, sondern ein Nachbar.«

»Es gäbe noch schlimmere Vorstellungen, wer der Vater sein könnte«, ergänzte Hansen. »Jedenfalls auf dem Festland. Aus Berlin kommen hin und wieder Gazettenmeldungen, dass der Vater eines Kindes gleichzeitig sein Großvater ist. Oder der Onkel. Und in Gegenden, in denen Katholiken leben, der Priester, der gar nicht heiraten darf.«

Jorke hörte ihm staunend zu. »Wenn das alles denkbar ist, ist es umso wichtiger, die Frau ausfindig zu machen! Sobald sie erfährt, dass ihr Kind gefunden wurde und die Angelegenheit untersucht werden muss … Wer weiß, wozu sie imstande ist. Womöglich tut sie sich selber oder jemandem anderen etwas an!«

Die Außentür wurde aufgeschoben und quietschte wie

immer über den Fliesen. »Sönke, wir sind fertig mit dem Sarg«, rief eine Männerstimme in den Flur.

»Ich komme«, antwortete Hansen und küsste Jorke innig.

Es war eine kleine Kolonne, die sich mit dem Behelfssarg zum neu ausgebauten Hafen im Jelf in Bewegung setzte: zwei junge Männer, die die Tauschlaufen des Holzkastens packten und ihn hochhoben, dazu Mumme Ipsen und Sönke Hansen. Sie alle waren angemessen gekleidet, von Strohhut oder Mütze bis zu den gesäuberten Holzschuhen.

Die Frauen und Kinder der Ketelswarf hatten sich zu einer bedrückten und stillen Gruppe vor dem Haus des Ratmanns versammelt, als Mumme mit einem Nicken das Signal zum Abmarsch gab.

Selbst die auf dem Warfabhang weidenden Gänse hörten auf zu schnattern und drängten sich zusammen. Und der Hütejunge sprang unterhalb der Warf um seine Kühe herum, um sie mit dem Stock davon abzuhalten, ausgerechnet jetzt zur Tränke nach oben zu kommen und dabei das Ack mit ihrem Mist zu beschmutzen.

Es war eine seltsame Stimmung. Sönke Hansen drehte sich um, ließ den Blick schweifen und überlegte, ob eine dieser Frauen wirklich für die Tat in Frage kam. Ihm wurde bewusst, dass er sich nicht entscheiden konnte. Und statt Abscheu empfand er ein überwältigendes Mitleid.

Kurz vor Mittag legte der Ewer im Hafen von Wyk an. Sönke Hansen mietete zwei Männer, die sich ankommenden Kurgästen als Kofferträger anboten, und ließ den Sarg zur Policey-Station schaffen. Es war nicht weit, aber sie zogen dennoch verwunderte Blicke der Passanten auf sich.

»Guten Morgen, Herr Schliemann«, grüßte Hansen den Leiter der kleinen Station und kam danach sofort zur Sache. »Leider komme ich in einer beklagenswerten Angelegenheit zu Ihnen. Wir haben im neuen Deich auf Langeness eine Kinderleiche entdeckt. Ich glaube, es wäre gut, wenn ein Arzt sie sich ansehen könnte. Wahrscheinlich kann er mehr feststellen als wir. Womöglich etwas über die Mutter sagen. Ich fürchte, dass wir es mit einem der unglücklichen Fälle zu tun haben, in denen ein junges Mädchen, das selbst mehr Kind als Frau ist, es heimlich geboren hat. Und ich dachte, das gäbe es nur in den Großstädten.«

»Großer Gott, Herr Hansen, *unglücklicher Fall!«*, rief Schliemann entrüstet aus. »Wie kommen denn Sie zu dieser Einstellung! Die hört man doch sonst nur von den Sozialisten! Die junge Frau hat sich in mehrfacher Hinsicht versündigt, bedenken Sie das bitte!«

»An der ersten Sünde war immerhin ein Mann beteiligt, und die Last der zweiten musste sie vielleicht allein tragen, weil er sich, wie es so häufig geschieht, aus dem Staub gemacht hat«, erwiderte Hansen verbissen. »Welcher ist der geeignete Arzt?«

»Hm«, sagte Schliemann, rieb sich den Nasenrücken und dachte nach. »Der Badearzt?«

Hansen schüttelte stumm den Kopf. Der war wohl eher für die Reichen und vor Gesundheit Strotzenden zuständig.

»Sie haben Recht«, gab Schliemann zu. »Dann Bethanien. Die sind auf ansteckende Erkrankungen, vor allem auf Cholera eingerichtet. Mit Toten müssten sie dort viel Erfahrung haben.«

»Aber wohl hauptsächlich mit erwachsenen Toten«, widersprach Hansen, der sich bei der Erwähnung von Bethanien unangenehm berührt fühlte, obwohl er sich nicht erklären konnte, warum.

»Dann ziehen Sie den Arzt der Kinderheilstätte zu Rate«, riet Schliemann, mit seiner Geduld am Ende. »Das ist das große rote Backsteingebäude am Strand. Dr. Lorenzen heißt der Mann. Aber ich warne Sie. Er ist im Umgang nicht ganz einfach.«

»Das ist wahr. An die Kinderheilstätte hatte ich nicht gedacht«, sagte Hansen erleichtert. »Aber Sie haben Recht. Danke.« Er setzte seinen Hut wieder auf und ging mit knappem Gruß. Schliemann hatte auch gute Seiten, wie er selbst festgestellt hatte, als dieser ihn vor einer Pistolenkugel gerettet hatte,* jedoch waren seine Ansichten manchmal erschreckend konservativ. Immerhin hatte er ihm zu seiner Zufriedenheit weitergeholfen.

»Meine Aufgabe ist es, mich um lebende Kinder zu kümmern«, knarzte der alte Herr, der Hansen als Dr. Lorenzen vorgestellt worden war. »Wir betreuen hier skrofulöse, nerven- und brustkranke Kinder und solche mit schwächlicher Konstitution. Und das im Alter von drei bis sechzehn Jahren, im Winter, wenn mehr Platz ist, auch erwachsene Mädchen und Frauen. Damit haben wir alle Hände voll zu tun! Es gibt genug Elend in unseren Großstädten.«

»Ich habe es begriffen, Dr. Lorenzen«, sagte Hansen und unterdrückte einen Stoßseufzer. Seit etlichen Minuten bemühte er sich, dem Arzt die Dringlichkeit der Angelegenheit klarzumachen, aber Lorenzen, den er beim Niederschreiben von Notizen in einem dicken Heft gestört hatte, schien seinen Schreibtisch nicht verlassen zu wollen.

* Siehe *Der Austernmörder*

»Säuglinge betreuen wir nicht! Dafür sind andere zuständig.«

»Ich weiß nicht, an wen ich mich sonst wenden sollte, Dr. Lorenzen. Hingegen kenne ich Ihren guten Ruf und Ihre Besorgnis um unsere Jugend. Ich habe einmal einen Zeitungsartikel gelesen, in dem Sie fordern, weitere Kinderheilstätten für Großstadtkinder zu gründen.«

»Aber niemand hört darauf«, schnaubte Lorenzen plötzlich zornig. »Auf dem Ohr sind unsere Politiker taub. Es bringt ihnen weder Ruhm noch die Aufmerksamkeit des Publikums, sich für die Ärmsten der Armen einzusetzen. Für die Karriere ist es nützlicher, sich in aller Öffentlichkeit mit der gegnerischen Partei über die Anordnung der Stander auf der kaiserlichen Yacht zu streiten. Oder über etwas anderes Lächerliches. Hauptsache, sie finden jemanden Einflussreichen, dem sie zu ihren Gunsten schmeicheln können.«

Hansen schmunzelte versteckt über den absurden Anwurf. Im Gegensatz zu Schliemann fand er den bärbeißigen Arzt sehr erfrischend.

Lorenzen strich sich über seinen weißen Spitzbart und musterte ihn mit gerunzelter Stirn. »Sie kommen doch von der Hallig, wie Sie sagten. Wieso lesen Sie meine Artikel?«

»Ich leite dort im Auftrag des Wasserbauamtes von Husum die Bedeichungsarbeiten. Und auf der Hallig leben keine Wilden, wie Sie möglicherweise annehmen. Übrigens drückt sich das Elend außerhalb der Großstädte vielleicht nur anders aus als in Unterernährung und Schwindsucht.«

Der Arzt brummelte in sich hinein und zögerte mit der Antwort. »Da mögen Sie Recht haben. Na gut. Dann lassen Sie Ihre Träger uns folgen. Wir gehen in den Keller.«

Sie warteten, bis eine Schar Jungen und Mädchen in

Badehosen und mit bunten Bällen unter den Armen an ihnen vorbeigetobt war. Lorenzen sah ihnen zufrieden nach, und Hansen merkte ihm an, dass er die Kinder und seinen Beruf liebte.

Im Erdgeschoss passierten sie eine Reihe Türen, durch die Gemurmel von Stimmen kam. »Sie dürfen nicht alle gleichzeitig zur Ertüchtigung ihrer Muskeln am Strand und im Wasser toben«, bemerkte Lorenzen. »Diese hier ertüchtigen ihre Gehirnnerven.«

»Sie haben sogar Unterricht? Donnerwetter!« Hansen war beeindruckt.

»Sie bekommen hier alles, was sie brauchen, um gesunde, anständige Menschen zu werden. Trotzdem wird wohl das eine oder andere Mädchen aus Not den gleichen Weg einschlagen wie die Mutter dieses Säuglings.«

»Ja«, stimmte Hansen melancholisch zu, gleichzeitig sehr erleichtert. Dr. Lorenzen hatte sich des Falls angenommen.

Die Träger stellten den Sarg auf einem gefliesten Tisch in einem Raum ab, der außer einem verschlossenen Schrank nur ein großes Waschbecken zu ebener Erde enthielt. Danach ließen die Männer sich in aller Eile ihren Lohn aushändigen und machten, dass sie fortkamen.

Hansen blieb mit großem Unbehagen stehen. Als Lorenzen ihn mit den Worten »dies ist nichts für Laien« in den Flur hinausscheuchte, sträubte er sich nicht. Es drängte ihn nicht danach, die Kiste zu öffnen und zu dem kleinen Leichnam Erklärungen abgeben zu müssen.

Nach einer Zeit, die Hansen endlos vorkam und ihn unruhig im Flur hin und her tigern ließ, kam Lorenzen endlich heraus. Mit nachdenklicher Miene zog er sorgfältig die Tür hinter sich zu.

»Länger als höchstens drei Tage hat das Kind wohl nicht in der Erde gelegen«, vermutete er.

»Das ist richtig. Es dürften wohl zwei gewesen sein, Sonntag und Montag. Nur am Sonntag wird am Deich nicht gearbeitet. Am Montag wurden Steine entladen, und jede Menge Männer tummelte sich an dem Deichabschnitt, in dem die Kinderleiche lag. Daran weitergearbeitet haben sie erst gestern.«

»Aber die Sache ist trotzdem komplizierter, als Sie sie darstellten«, fuhr Lorenzen mit kurzem Anheben der Augenbrauen fort. »Das Mädchen hat nach der Geburt gelebt, die Lunge war schon in voller Funktion. Außerdem war es voll entwickelt und lebensfähig. Keine Unterernährung, wie sie in ärmlichen Kreisen der Großstadt zu finden ist. Auffällige Anzeichen von Gewaltanwendung kann ich nicht entdecken. Möglicherweise wurde es auf geschickte Art erstickt.«

Hansen bekam so weiche Knie, dass er sich an die Wand lehnen musste. Nichts hatte ihn auf eine solche Möglichkeit vorbereitet.

Dr. Lorenzen beobachtete ihn forschend, anscheinend um sicher zu sein, dass Hansen nicht umkippte.

»Ein Verbrechen«, stieß Hansen aus, als er sich einigermaßen gefasst hatte.

»Und was jetzt? Sie bedauern wohl, dass Sie sich eingemischt haben?«, erkundigte sich Lorenzen in sarkastischem Ton. »Das ist ja meistens der Fall. Wer will heutzutage schon Verantwortung auf sich nehmen?«

Hansen sah ihn bestürzt an. »Wie kommen Sie darauf! Ich bedauere, dass ein Mensch, Frau oder Mann, es für notwendig hielt, zu einer solchen Maßnahme zu greifen. Noch dazu auf der Hallig! Sie ist das Gegenteil einer Großstadt!«

»Die Verwahrlosung der Menschheit schreitet voran«, murmelte Lorenzen beschwichtigt. »Es wundert mich nicht, dass sie auch auf einer Hallig angelangt ist.«

»Mich durchaus«, entgegnete Hansen unwirsch und verärgert. Ihm war plötzlich sehr unbehaglich zumute. Was um Himmels willen war auf der sonst so friedlichen Hallig los?

Als Hansen aus der Kinderheilstätte trat, lag der Strand in strahlender Mittagssonne, und auf dem Sand unterhalb des Hauses tobten die kreischenden Großstadtkinder, vielleicht das erste Mal in ihrem Leben richtig unbeschwert. Im ufernahen Wasser stapften wie die Störche gesundheitsbewusst und ernst Männer mit hochgekrempelten Hosenbeinen, und auf der Promenade in Richtung zum Hafen flanierten unbeschwerte Paare unter Sonnenschirmen.

Es war ein Tag, der in Wyk sichtlich der Gesundheit und Erholung, nicht zu vergessen dem Amüsement gewidmet war, und an dem man nicht glauben mochte, dass es so etwas wie Kindsmord gab. Aber für Hansen war es ein düsterer Tag.

Er beschloss, Schliemann zu informieren, sobald er mit dem Pastor wegen des Begräbnisses gesprochen hatte. Lorenzen hatte gar nicht so Unrecht, am liebsten wäre ihm jetzt gewesen, er hätte nichts von dem Mord erfahren. Tief enttäuscht erinnerte er sich daran, wie er seinem Chef das hohe Loblied der Halligbevölkerung gesungen hatte. Die Entdeckung, dass es in Wahrheit auf der Hallig nicht anders als in der Großstadt zuging, hinterließ einen bitteren Geschmack.

Zwei Tage später war Hansens Aufgabe beendet. Schliemann hatte die Information, dass das Kind möglicherweise nach seiner Geburt getötet worden war, ohne großes Interesse entgegengenommen, sich nur einen Vermerk in ein schwarzes Wachstuchbuch gemacht. Er hatte sich nicht dazu geäußert, ob er die Angelegenheit verfolgen wollte, und Hansen hatte nicht gefragt. Seiner Pflicht war damit Genüge getan. Vielleicht würde Schliemann die Sache in aller Stille begraben.

Mit dieser Hoffnung beschloss Hansen auf dem Boot, das ihn zur Hallig zurückbrachte, den Ratmann zu informieren und sich danach zurückzuziehen. Für ihn als Vertreter des Wasserbauamtes gab es nichts mehr zu tun.

Jorke nahm er in die Arme, als sei er viele Monate fort gewesen, drückte sie an sich und atmete den Duft ihres Haares ein, ohne den stechenden Geruch des Kellerraumes im Kinderheim wirklich betäuben zu können. Die Erinnerung daran schon gar nicht.

Nach einer Weile erst nahm er wahr, dass Jorke im Augenblick keinen Sinn für Zärtlichkeiten hatte und sich sogar mit entschlossener Miene zu befreien versuchte. Verdutzt ließ er sie los.

Sie zog ihn trotz seines Sträubens mit sich in die Küche. »Sönke, du siehst müde und niedergeschlagen aus, ich weiß, dass das alles nicht einfach war, und vermutlich würdest du am liebsten den Einblick in die persönliche Katastrophe einer Unbekannten vergessen. Aber ich muss dir jetzt etwas erzählen«, sagte sie bestimmt.

»Muss das sein?« Hansen zog unter der niedrigen Katschur den Kopf ein, setzte sich auf den Fensterplatz und erwartete widerwillig Jorkes Bericht.

»Ja. Keine Frau auf der Hallig hat ein Kind erwartet und heimlich geboren. Ich bin ganz sicher.«

»Woher willst du das so genau wissen?«, fragte Hansen müde.

»Ich habe auch meine Methoden. Ich weiß, mit wem ich sprechen muss und was jeweils davon zu halten ist. Die meisten Frauen bringen mir Vertrauen entgegen, wenn mir auch nicht so ganz klar ist, warum. Wir erwarten im nächsten Jahr drei neue Halligbewohner, so viel habe ich erfahren.«

Hansen zuckte unbestimmt mit den Schultern und nickte flüchtig. Er hatte nicht vor, seine unerfreuliche Reise mit einem häuslichen Streit zu beenden, indem er Jorke darauf hinwies, dass die eine, um die es ging, vermutlich gerade nichts sagen würde. Die übrigen hatten keinen Grund, Jorke zu belügen.

Im Gegensatz zu ihr ahnte er, warum sie so viel Vertrauen genoss. Es gab solche Menschen …

»Hör zu, Sönke«, mahnte Jorke und rüttelte sanft an seiner Schulter. »Am Sonntag lag ein Boot vor Honkenswarf vor Anker, weißt du noch? Es hatte Sommerfrischler von Föhr an Bord. Die wurden übergesetzt, am Ufer wurde ein Tisch aufgeschlagen, und die Gäste haben getafelt.«

Hansen hob ruckartig den Kopf und sah Jorke aufmerksam an.

»Ja«, sagte sie, erleichtert, dass er ihr endlich zuhörte. »Es handelte sich für die Gäste um ein sogenanntes englisches Picknick, und außerdem hatten sie Zeit, sich auf der Hallig umzusehen. Das Boot ankerte stundenlang vor dem Nordufer und segelte erst zurück, als es ebbte.«

»Du bist ein Schatz«, sagte Hansen bewundernd.

Jorke nickte flüchtig und fuhr bekümmert in ihrem Bericht fort. »Stell dir vor, sie wollten mit den Halligleuten nichts zu tun haben, als wären wir gefährliche Wilde. Sie haben sich am Ufer verstreut und sich mit sich selbst beschäftigt. Nur eine einzige Frau hat sich auf die Honkenswarf gewagt, und als sie sich kurz umgesehen hatte, ist sie geflohen wie eine erschrockene Ringelgans. Mit flatternden Armen. Aber vom Halligflieder sollen die Leute ganze Armvoll auf das Schiff geschleppt haben!«

»Na ja, lass sie, und diese Frau interessiert uns nicht. Aber die anderen Frauen vom Lustschiff, das stundenlang geankert hat! Das ist eine Erklärung, die viel glaubhafter ist als alle anderen Möglichkeiten«, bemerkte Hansen versonnen und dachte einen Augenblick nach. »Eine gutsituierte Frau in Umständen begibt sich in einen belebten Badeort, um dort anonym das Kind zu bekommen, dessen Vater nicht ihr Ehemann ist. Mit Geld lässt sich bestimmt Schweigen erkaufen, wenn man es richtig angeht. Anschließend wollte sie es vielleicht zur Adoption freigeben. Bestimmt gibt es da verschiedene Möglichkeiten. Zufällig ergaben sich die Umstände aber offenbar so, dass sie die Geburt sogar verheimlichen konnte.«

»Du bist ja plötzlich so gesprächig«, sagte Jorke verwirrt. »Fröhlich am Ende?«

»Nein, fröhlich natürlich nicht. Aber unendlich erleichtert, Jorke. Ich fand es so schrecklich, dass eine Frau von der Hallig solche Schuld auf sich geladen haben soll. Es passte nicht. Aber jetzt ist alles wieder in Ordnung, jedenfalls was die Hallig betrifft.«

»Ich weiß nicht«, murmelte Jorke zweifelnd. »So unschuldig, wie du es gerne hättest, geht es hier wohl wieder auch nicht zu. Tetta Friedrichsen, Tetes Tochter, wurde so auffallend unruhig und verlegen, als ich mit ihr sprach. Sie versuchte, etwas zu verbergen, und das gelang ihr nicht. Einmal war sie den Tränen nahe. Aber natürlich hat dies nichts mit dem Neugeborenen zu tun.«

Hansens Miene verdüsterte sich wieder. »Du weißt noch nicht alles. Das Neugeborene wurde wahrscheinlich erstickt, jedenfalls lebte es anfänglich, sagte der Arzt.«

»Aber das ist ja Mord!«, rief Jorke bestürzt und ließ sich auf den nächsten Stuhl sinken. »Und du meinst wirklich, dass jemand von diesen reichen Sommerfrischlern, die alles haben, was die Welt bieten kann, ein solches Verbrechen begeht?«

»Keine Ahnung«, antwortete Hansen unsicher. »Ich dachte, meine Erklärung hörte sich ganz vernünftig an. Vielleicht wurde die Dame von Panik überrascht, als das Ereignis dann wirklich eintrat. Und zwar auf Langeness, nicht wie geplant auf Föhr.«

»Aha«, sagte Jorke skeptisch. »Dame auch noch.«

»Tja«, murmelte Hansen.

»Der Mord, um nicht zu sagen, die Angelegenheit, ist für dich dann ja erledigt, oder? Für uns alle.« Jorke betrachtete ihn forschend.

In Windeseile durchforschte Hansen sein Gewissen. War er um der Hallig willen bereit gewesen, Schliemann die Verantwortung für alles Weitere zu überlassen, in der Hoffnung, dass dieser nichts tat, hatte sich die Situation jetzt geändert. »Nicht ganz«, widersprach er. »Als Erstes werde ich natürlich Mumme ausführlich informieren. Und danach gibt es nur zwei Möglichkeiten. Entweder ich benachrichtige Schliemann und lege alles offiziell in seine Hände, wozu ich verpflichtet wäre. Wie er eine Frau beurteilt, die sich ihres Neugeborenen entledigt, weiß ich. Für ihn ist es

Sünde, wenn nicht Todsünde! Der Mann wird ihn nicht kümmern, und sie wird keine Gerechtigkeit finden. Das wäre keine gute Lösung.«

»Weiter«, verlangte Jorke mit gerunzelter Stirn.

Mit wachsender Verlegenheit fuhr Hansen fort. »Die andere Möglichkeit ist, dass ich der Sache im Stillen nachgehe und versuche herauszufinden, was genau passiert ist. Ich bin nicht derjenige, der Anklage gegen eine bedrängte Frau erheben will, und vielleicht kann ich ihr helfen.«

Jorke sprang auf und baute sich mit den Fäusten in der Taille vor ihm auf. »Verpflichtung! Pflicht!«, rief sie zornsprühend. »Weißt du, was ich glaube? Es macht dir einfach Spaß, Rätsel zu lösen. Mehr ist es nicht. Und die Bekanntschaft mit reichen Berlinerinnen auf der Promenade von Wyk ist ja auch nicht zu verachten! Mit Damen, wie du sagtest!«

»Aber Jorke!« Hansen zog Jorke trotz ihres heftigen Sträubens auf seinen Schoß und hielt sie fest, bis sie sich beruhigte. »Du bist ja eifersüchtig.«

»Nein, nicht nur! Schließlich hast du Urlaub, und ich habe mich darauf gefreut, mit dir zusammen am Frühstückstisch zu sitzen. Abgesehen von allem anderen …« Sie verstummte und schmiegte sich unglücklich in seine Arme.

»Ich verstehe dich ja.« Hansen fasste einen Entschluss. »Aber sieh mal. Wenn die Polizei auf Föhr auch kein Interesse an einem unter unbekannten Umständen gestorbenen Neugeborenen auf der Hallig zeigte … Aber bei einer Frau, die Gast ist … So wie die Dinge jetzt liegen, kann ich das alles nicht mehr ignorieren. Irgendetwas wird durchsickern. Und das Wasserbauamt muss darauf drängen, dass aufgeklärt wird. Sonst heißt es hinterher noch, wir hätten etwas zu vertuschen. Schließlich versuchten die Schleswiger schon im vergangenen Jahr unser Amt mit aller ministeriellen Macht aufzulösen. Mit anderen Worten, mein Oberbaudirektor Cornelius Petersen hat gar keine andere Wahl, als mich mit der Aufklärung zu beauftragen. Ich werde auf Föhr mit ihm telefonieren und ihn um Aufschub meines Urlaubs bitten.«

»Das hast du dir ja fein ausgedacht, Sönke«, rief Jorke halb empört, halb versöhnt. »Ich bedinge mir aber aus, dass du sofort danach deinen Urlaub antrittst.«

»Ja, bestimmt. Ich sehe einfach keine andere Lösung«, sagte Hansen unglücklich.

»Weißt du was, mein scheinheiliger Deichbauer? Wenn du diesen Fall gelöst haben wirst, wird es einen neuen geben, wetten? Ich bin nicht sicher, ob dieser Urlaub jemals wahr wird …«

»Aber?«, fragte Hansen konsterniert.

»Wenn ich an der Stelle dieser jungen Frau wäre, würde ich es nicht mit einem Herrn Schliemann zu tun haben wollen. Dir würde ich vertrauen. Ich werde dich also eine Weile an sie abtreten.«

Hansen lächelte und erhob sich mit Jorke auf den Armen. »Ich werde ja nicht die ganze Zeit auf Föhr sein. Komm, lass uns zu Mumme hinübergehen. Und was wir später machen, sehen wir dann.«

Kapitel 3

Anderntags war Hansen schon wieder auf der Rückreise nach Wyk. In diesem Hafen fühlte er sich schon lange heimisch, war er doch an der Planung der Anlagen zu seinem Schutz selber beteiligt gewesen.

Während die übrigen Halligleute sich mit Taschen und Körben, die Butterkrüge, Käselaibe und Wollstrümpfe enthielten, auf den Weg zu ihren jeweiligen Abnehmern machten, drehte Hansen sich um sich selbst und überlegte, was er zuerst machen sollte.

Sein Vorgesetzter fiel ihm ein. Er musste mit ihm sprechen, sofern der noch sehr junge Gott der Telefone ihm gnädig war. Ein kleiner Umweg brachte ihn zur Post, wo er nach einigem umständlichen Getue des Beamten plötzlich Cornelius Petersens Stimme im Ohr hatte.

»Wir haben doch nicht etwa Probleme, Hansen?«, erkundigte sich Petersen, und Hansen konnte ausgezeichnet heraushören, wie alarmiert er war. »Wenn Sie sich mitten in Ihrem Urlaub nach Wyk zum Telefon bemühen, ist etwas passiert!«

Hansen lieferte ihm in neutralem Ton einen Überblick.

»Ich möchte keinesfalls, dass es Gerüchte und Mutmaßungen über unseren Deichbau gibt, wie Sie wissen«, sagte Petersen, nachdem er den ersten Schrecken überwunden hatte. »Dass etwa die betreffende Frau einen Deichbauarbeiter bestochen haben könnte, ihr zu helfen. Oder ähnlich

Unwahrscheinliches. Das Wasserbauamt kann es sich nicht leisten, ins Gerede zu geraten!«

»Ja, das sehe ich auch so«, bellte Hansen in die knatternde Leitung, um dem offenbar unwirsch werdenden Gott der Verbindung zuvorzukommen. »Aber dass einer unserer Männer damit zu tun haben könnte, ist ausgeschlossen. Es handelte sich um den schon vorbereiteten Deichabschnitt, der als Nächstes mit Steinen bedeckt werden sollte, es war also völlig klar, dass daran weitergearbeitet werden sollte. Dann aber wurde der Leichnam durch die Wellen eines Starkwindes aus Nordwest freigespült. Ich glaube, wer immer das Kind dort zurückgelassen hat, hat einfach nur bemerkt, dass der Klei dort weich genug zum Graben war.«

»Na, gut … das beruhigt mich etwas. Und dass Sie klären werden, was passiert ist, ist selbstverständlich. Unser Deich muss unter allen Umständen über jede Verdächtigung erhaben sein. Das gilt auch für alle, die mit ihm zu tun haben.«

»Selbstverständlich«, frohlockte Hansen, der die Aufforderung zum Handeln zu seiner Erleichterung klar und deutlich gehört hatte. »Ich mache mich an die Arbeit und melde mich wieder.« Vor dem Backsteingebäude fiel ihm auf, dass Jorke vermutlich völlig Recht hatte. Ihm machte die Aufklärung von Rätseln Spaß.

Als Erstes beschloss er, herauszufinden, welches Hotel das englische Picknick veranstaltet hatte. Er nahm Kurs auf die Promenade, um sich zum Gesellschaftshaus zu begeben. Dort war für die Gäste der Mittelpunkt von Wyk, wo Informationen aller Art zusammenliefen.

Bevor er noch den Sandwall, die Flaniermeile von Wyk, erreichte, weckte eine Annoncier-Säule des Reklamekönigs

Litfaß seine Aufmerksamkeit. Aber sie war ganz frisch überklebt mit den Bekanntmachungen für die nächsten Tage. Saumseligkeit erlaubte man sich in Wyk wegen der Gäste nicht.

Der Sandwall war erschreckend voll. Hansens berufliche Aufgaben hatten ihn bis dahin meistens am Hafen festgehalten. Jetzt staunte er über die Menge der promenierenden Gäste. Wyk wurde anscheinend immer beliebter.

Damen in hellen Kleidern, beschützt vom Sonnenschirm, den der Begleiter über sie hielt, stellten die Mehrheit der Menschen. Von weitem war die Musik einer Kapelle zu hören, die aus dem Strandpavillon vor dem Gesellschaftshaus drang.

In der Vorhalle des Hauses war die Musik immer noch laut. Aber Hansen wurde sofort fündig, die Mitteilung, die ihn interessierte, war noch nicht abgehängt worden.

Wir beehren uns, stand da auf einem bunten Plakat, das die See und eine Flotte von Ewern vor der Silhouette von Wyk zeigte,

> *unseren Gästen kundzutun, dass wir wieder zu einem unserer beliebten und weithin bekannten Englischen Picnics, in Frankreich auch als piquenique bezeichnet, einladen. In diesem Jahr wird der ganztägige Ausflug zur Hallig Langeness gehen, einem Ort von natürlicher Schönheit und bezaubernder Ursprünglichkeit.*
>
> *Die Veranstaltung wird gemeinschaftlich organisiert von Redlefsen's Hotel, Jens Christiansens Gasthof und dem Privat-Logier-Haus Burmester. Wir bitten unsere Gäste um Anmeldung bis spätestens zum 15. August für die Fahrt am 17. August. Gäste anderer Hotels sind gern gesehen, sofern noch Plätze (40 ins-*

gesamt) zur Verfügung stehen. (Die mitfahrenden Damen werden höflichst daran erinnert, ihren Sonnenschirm mitzubringen.)

Die Suche nach der Frau würde etwas schwieriger werden, als Hansen es sich vorgestellt hatte. Vierzig Gäste aus drei oder noch mehr Hotels. Zuzüglich des Personals, das höchstwahrscheinlich dafür geschult war, die Gäste aufmerksam im Auge zu behalten und insofern für ihn besonders wichtig war, würde er eine erkleckliche Anzahl von Menschen zu befragen haben und sich auf eine ziemliche Lauferei einstellen müssen. Und das alles unter Wahrung größter Behutsamkeit, sowohl wegen seiner Dienststelle als auch, um die Gäste nicht zu beunruhigen, die von den Wyker Hotels wie Kleinode gehütet wurden, seitdem es nach den Jahren des Niedergangs wieder aufwärtsging.

Nachdenklich schlenderte Hansen in den angrenzenden Raum, in der die meisten Sesselgruppen besetzt waren mit rauchenden, plaudernden Herren, unter die sich einige wenige Damen gemischt hatten. Die meisten zogen es offenbar vor, sich im rauchfreien Salon jenseits einer gläsernen Wand oder im angrenzenden Garten aufzuhalten.

Er fand einen Platz bei einem einzelnen Herrn, der sich hinter einer Zeitung verbarg und sich völlig unempfindlich gegen Gesellschaft erwies.

Ohne es zu wollen, wurde Hansens Aufmerksamkeit von der selbstbewussten, alles übertönenden Stimme eines Mannes gefesselt, der vor einer Runde gut im Futter stehender älterer Herren dozierte, die die benachbarte Sesselrunde bevölkerte. Der Redner selbst wirkte schmächtig, aber drahtig.

»Nein, das ist anders, werter Herr Nachbar, ich habe leider Ihren Namen vergessen, die Franzosen schmelzen den Tran schon an Bord ihrer Schiffe aus, während die Holländer vorsichtiger sind und dies an Land tun, um die Feuergefahr, die stets droht, zu vermeiden. Und …«

»Die Holländer sind eben engherzige Geizkragen, mein lieber Paul, während die Franzosen charmant und großzügig sind. Selbst beim Walfischfang erweist sich das.«

Die Dame schien die Ehefrau des Herrn namens Paul zu sein, der die Lippen für einen Moment erbost zusammenkniff und weitersprach, kaum, dass sie geendet hatte, ohne sich auch nur für eine Sekunde um ihre Einlassung zu scheren. »Um ein Schiff mit Tran zu füllen, braucht man zwanzig bis dreißig Walfische. Das ist natürlich eine ganz andere Beute als die acht Liter, die eine hiesige Robbe ergibt. Deswegen bin ich auch ganz dafür, dass wir den Walfang wiederaufnehmen.«

»Verehrter Herr Dürrschnabel, waren Sie denn in dieser Saison schon auf Robbenjagd?«, fragte einer der Herren.

Zufällig bekam Hansen mit, dass Pauls vermeintliche Ehefrau die Nase abfällig rümpfte. Dann überlegte er, wo ihm der ungewöhnliche Familienname schon begegnet war, ohne dass es ihm einfallen wollte.

»Ein einziges Mal. Ich warte darauf, dass mir ein prächtiger Bulle gemeldet wird. Diese unerfahrenen Jungtiere zu schießen, die die Sandbänke gegenwärtig bevölkern, ist etwas für Anfänger. Damit gebe ich mich nicht ab.« Der Mann nahm den Mund ganz schön voll. Aber die Zuhörer nickten anerkennend und ohne irgendeinen Zweifel zu zeigen. Offenbar war Dürrschnabel als erfolgreicher Jäger bekannt.

»Ich bin sicher, Herr Abgeordneter, dass Sie die Räume

Ihrer Villa bereits mit Robbenfellen pflastern können«, mutmaßte jemand einschmeichelnd.

Richtig, das war es! Der Mann war schleswig-holsteinischer Abgeordneter des preußischen Landtages in Berlin.

»Und Ihre Neffen und Nichten mit Kinderschühchen und Muffs aus Fell beglückt haben«, ergänzte ein anderer.

Dürrschnabel streifte Asche an einem glänzenden Aschenbecher ab, ohne auf die anbiedernden Bemerkungen einzugehen. Stattdessen wandte er sich an die Dame, die im Sessel neben ihm saß und mit ihrem korpulenten Körper gut auch noch die leere Hälfte seines eigenen hätte ausfüllen können. »Wolltest du nicht zur Teestunde hinübergehen, herzliebe Dora? Du verträgst doch den Bierdunst nicht, wie du immer sagst.«

»Dorothea!«, fauchte sie zwischen den Zähnen, »nenn mich nicht immer Dora! Das ist so gewöhnlich! Im Übrigen habe ich mich umentschieden. Vielleicht könnten die Herren ja auch etwas Rücksicht nehmen.«

»Natürlich, natürlich«, sagte Dürrschnabel friedfertig. »Wir entscheiden uns öfter um, ich weiß.« Während seine Frau die vollen Lippen siegreich schürzte, wandte er sich wieder an seine Zuhörerschaft, die inzwischen eiligst die Bierkrüge aus Frau Doras Nähe entfernt hatte. »Um auf den Walfang zurückzukommen, sollte es uns ein nationales Anliegen sein, die Flotte der deutschen Walfanggesellschaften wieder aufzubauen. Es ist in Vergessenheit geraten, dass wir darauf ein altes Anrecht haben. Wir waren einst die führende Nation im Walfang.«

»Norwegen nimmt den Mund neuerdings sehr voll«, äußerte jemand zustimmend. »Die rüsten auf.«

»Genau«, versetzte Dürrschnabel verärgert. »Ich werde

mich deshalb in Berlin mit aller Macht für den Bau eines modernen Walfangschiffes verwenden. Dann kommen auch die armen Nordfriesen hier wieder in Arbeit und Brot.«

»Aber«, wandte der einzige jüngere Herr zaghaft ein, »die Zeit des Walöls scheint doch abgelaufen. Selbst die Verwendung von Petroleum ist veraltet, wie man gerade hier in Wyk sehen kann, wo sie dabei sind, die Straßen auf elektrische Beleuchtung umzustellen.«

»Sie sind viel zu jung, um da mitzureden!«, fuhr ihm Frau Dürrschnabel in scharfem Ton in die Parade. »Hier geht es auch um die Ehre des Deutschen Reiches!«

Der junge Mann zuckte erschrocken zusammen, während Paul Dürrschnabel ein wenig verlegen wirkte. Er stand abrupt auf. Mit der Zigarre wedelnd beschrieb er einen Bogen zur Tür. »Ich werde Luft schnappen gehen, gesunde Seeluft. Hier drin ist es sehr verraucht. Du kannst ja noch bleiben, liebste Dora.«

»Nenn mich nicht Dora!«, zischte sie und raffte ihre beutelartige Tasche und den Schirm an sich, um ihrem Mann nachzurauschen, der sich so schnell entfernte, als ob er sich auf der Flucht vor ihr befinde.

Weiß stand Dorothea Dürrschnabel nicht, stellte Hansen fest, der ihr mit den Augen folgte. Es machte ihren Rücken breit und stämmig wie den eines Möbelpackers, hingegen ließ die ausladende fransenbesetzte bunte Schleife über der altmodischen Tornüre sie von hinten aussehen wie ein riesenhaftes Weihnachtsgeschenk. Das energische Vor und Zurück ihres Sonnenschirms verursachte ein lautes Klacken auf dem Steinfußboden, das die vorübergehende Stille der Anwesenden, die ihr stumm nachsahen, brach.

An der Tür hatte Dora ihren Mann eingeholt. Offensichtlich beabsichtigte sie weniger, mit ihm zu promenieren, als ihn zu überwachen. Ein seltsames Ehepaar, fand Hansen.

Die Anspannung der zurückbleibenden Herren wich hörbar. Einige tuschelten miteinander und lachten verhalten. Einer sprang auf. »Ich werde mir jetzt etwas Schärferes als ein Flensburger zu Gemüte führen. Geht jemand mit?«

Zu dritt verließen sie den Raum. Die beiden, die kein Interesse an einem weiteren Umtrunk hatten, vertieften sich in ein leises Gespräch, das Hansen nichts anging und das zu belauschen er nicht die Absicht hatte.

Stattdessen hingen seine Gedanken dem Politiker und seiner Frau nach. Offenbar war Dürrschnabel nicht sonderlich beliebt, wurde aber umschmeichelt. Oder lag das spürbare Unbehagen der Runde daran, dass Frau Dora immer so scharfzüngig und unberechenbar war, wie er selbst sie empfunden hatte? Anscheinend schonte sie niemanden, nicht einmal ihren Ehemann. Zuweilen war es schon peinlich gewesen.

Kurze Zeit später leerte sich das Gesellschaftshaus. Obwohl man auch dort speisen konnte, gingen wohl die meisten Gäste zum Mittagstisch ihrer Hotels zurück. Sönke Hansen beschloss, seine Nachforschungen in Redlefsen's Hotel zu beginnen. Offenbar war dieses bei dem Ausflug federführend gewesen, wie es einem Haus anstand, das vor der preußischen Zeit dem dänischen König gehört hatte und immer noch vom einstigen Glanz zehrte.

Das Hotel mit drei Flügeln und einem Türmchen war ein Bau von imponierender Größe an der Ecke zwischen Großer Straße und dem Sandwall. Der Besitzer sollte seit der Königszeit beträchtlich umgebaut und renoviert haben.

Hansen betrat das Gelände durch das offene zweiflügelige Tor und wurde in der Halle von einem livrierten Jungen in Empfang genommen. Verstohlen sah er sich in dem Haus um, in dem er noch nie gewesen war, während der Junge ihn höflich zum Portier geleitete. Der Mann stand hinter einem langen Tresen und blätterte mit knochigen Fingern hektisch in Papieren.

Hansen stellte sich namentlich vor und erkundigte sich dann nach dem Ausflug zur Hallig.

»Oh ja, Herr Hansen, aber Sie sind fast eine Woche zu spät dran, tut mir furchtbar leid«, antwortete der Mann bedauernd. »Die Annoncen werden nicht überall rechtzeitig erneuert, so sehr wir uns auch darum bemühen. Aber da es eine kurze Fahrt und ein sehr beliebtes Fahrtziel ist, das auch von Damen angenommen wird, denen die weite See unheimlich ist, werden wir das englische Picknick Anfang September erneut veranstalten. Möchten Sie als externer Gast vorgemerkt werden? Gesetzt den Fall, dass Sie dann noch auf Föhr sind und wir ausreichend Platz haben.«

Während er auf Hansens Antwort wartete, blickte er suchend auf dem Tresen umher, ging in die Knie, um unter die Platte zu spähen und zog schließlich ein Blatt Papier aus einem Stapel hervor, der direkt vor seiner Nase lag. »Da haben wir es ja schon. Darf ich Ihren Namen hinzufügen?« Er tunkte die Feder in die bereitstehende Tinte und setzte sie unter einer Freizeile hinter dem letzten einer langen Reihe von Namen an.

Hansen schüttelte den Kopf. Notgedrungen entschloss er sich zur Wahrheit, jedenfalls zur halben. »Ich bin im September nicht mehr hier. Ich hätte nur gerne Auskunft über den Ablauf dieser Fahrten. Übrigens, warum nennen Sie sie ausgerechnet englisches Picknick?«

»Sind Sie vom *Inselboten?«*, unterbrach ihn der Portier wie aus der Pistole geschossen.

»Nein, meine Frage ist privater Natur«, antwortete Hansen erstaunt. »Reine Neugier. Ein freundlich gemeinter Hinweis auf England ist ja im Kaiserreich eher selten.«

»Ach so, ich verstehe …« Der Portier beruhigte sich wieder. »Unsere Gäste erfreuen sich alle einer gehobenen Bildung. Sie erwarten aufgrund der Ankündigung eines englischen Picknicks etwas Besonderes. Sie reagieren nicht wie der gewöhnliche Mann auf der Straße, der den Engländern eine … eine gewisse Abneigung entgegenbringt. Ich hoffe, Sie wissen, was ich meine.«

»Durchaus«, bestätigte Hansen, nachdem er seine Überraschung verdaut hatte. »Ich wüsste gerne, ob ich die Fahrt meiner Frau empfehlen kann, auch wenn ich selbst schon abgereist bin.«

»Oh.« Der Portier ließ wieder sein berufsmäßig unverbindliches Lächeln sehen. »Sie können Ihre Gattin ganz ohne Sorge unserer Mannschaft überlassen, die gewohnt ist, sich auch um alleinstehende Damen zu kümmern. Es handelt sich um eine sehr kultivierte Veranstaltung. Den Tee bereiten wir selbstverständlich frisch in einem Reise–Samowar zu, die Speisen sind erlesene Spezialitäten, gegen die Abendkühle haben wir warme Plaids mit, was bedeutet …«

»Danke, ich spreche Englisch«, unterbrach Hansen seinen Redefluss. »Wie groß ist die Mannschaft? Meine Frau ist besonders ängstlich, müssen Sie wissen.«

»Nun, es sind der Kapitän mit seinen beiden Seeleuten, die für die Segeltour und das Ausbooten auf die Hallig sorgen, die beiden Mägde, eine von uns und eine vom Logier-Haus Burmester, sowie der Knecht, der von Jens Christiansens Gasthof gestellt wird. Der Knecht ist zuständig für das

Aufstellen der Tische und dergleichen schwerere Arbeiten. Alle sind sehr erfahrene, vertrauenswürdige und langjährig in unseren Häusern beschäftigte Personen.«

»Und auf der Hallig selber? Gibt es dort nicht Bullen oder wilde Schweine, die gefährlich werden können?« Etwas spät fiel Hansen ein, dass er seine Unkenntnis nicht übertreiben durfte. Es war nicht zu übersehen, dass er Nordfriese war.

»Nein, Herr Hansen«, antwortete der Portier geduldig, obwohl er jetzt dezent durchblicken ließ, dass auf ihn verschiedene Aufgaben warteten, denen er sich gerne widmen würde. »Die Tiere werden ferngehalten, wir erlauben nicht einmal, dass unsere Gäste von den Einheimischen gestört werden, damit sie sich nicht gewissermaßen besichtigt vorkommen. Wer aber einen Spaziergang über die Hallig machen möchte, kann dies jederzeit ungefährdet tun. Auf besonderen Wunsch hin können die Dame oder der Herr sich von unserem Personal begleiten lassen.«

»Das hört sich ja alles sehr vertrauenerweckend an«, bemerkte Hansen und ließ Zufriedenheit durchblicken. Unwillkürlich drehte er sich um und folgte der Blickrichtung des Portiers, der trotz der Inanspruchnahme durch Hansen die Halle stets im Auge behielt und sich gerade tief verneigte.

Durch die Halle wogte soeben hocherhobenen Kopfes und mit wackelndem Bürzel, wie Hansen respektlos in den Sinn kam, Dorothea Dürrschnabel und verschwand durch die geöffneten Flügeltüren in den Speisesaal. Ihr Ehemann folgte ihr mit gequälter Miene, dem Portier unwirsch zunickend.

»War das nicht der Landtagsabgeordnete Paul Dürrschnabel?«, fragte Hansen scheinbar neugierig.

»In höchsteigener Person, ja, nebst seiner Gattin Dorothea. Sie pflegen bei uns zu logieren, wann immer sie in Wyk weilen. Sie sind miteinander bekannt?«

»Was ich dann noch fragen wollte«, fuhr Hansen fort, ohne die Frage zu beantworten, »ich wüsste gerne, welche Art von Gästen mitzufahren pflegen. Man kann seine eigene Ehefrau ja nicht unter jedermann lassen ... Mitunter gilt es einen Ruf zu wahren.«

»Bei uns fahren illustre Gäste mit sowie unbekannte Bürger«, antwortete der Portier merklich kühler. »Aber selbstverständlich alle von makellosem Ruf und untadeligem Benehmen.«

»Dürfte ich vielleicht in die Gästeliste kurz Einblick nehmen, die Sie da vor sich liegen haben, um mich zu vergewissern?«, fragte Hansen harmlos. »Die Liste der vorigen Fahrt, nehme ich an.«

Die Hand des Portiers landete mit hörbarem Klatschen auf dem Papier, deren auf dem Kopf stehende verschnörkelte Schrift Hansen leider nicht hatte lesen können. »Nein, das kann ich nicht gestatten«, sagte er abweisend und verwahrte das Blatt sorgfältig in einer Schieblade im Tresen, die er zudem noch abschloss. »Und nun, Herr Hansen, Sie verstehen ... Guten Tag.«

»Moin«, sagte Hansen verdrießlich und kehrte dem Empfang den Rücken.

Draußen im Hof blieb er nachdenklich und unschlüssig stehen. Warum war der Portier mit der Gästeliste für die Fahrt zur Hallig so geheimniskrämerisch gewesen? Sechsundvierzig Menschen wussten Bescheid, und es konnte so schwierig nicht sein, zumindest einen von ihnen zu finden, um Auskunft zu bekommen.

Hansen zuckte die Achseln. Vermutlich gehörte Diskretion in einem solchen Hotel zur Berufsehre, außer wenn es um die Anwesenheit eines Politikers wie Dürrschnabel ging, mit dem der Portier sich fast gebrüstet hatte. Im Redlefsen's zu wohnen war vermutlich eine Selbstverständlichkeit in den Augen des Abgeordneten, wohingegen Hansen, der mit solchen Leuten noch nie zu tun hatte, sich in deren Gewohnheiten erst hineinfinden musste.

Eine Tür schlug mit hörbarem Knall zu. Hansen schrak hoch und sah, wie eine Hausmagd in weißer Schürze die Stufen zum Türmchen verließ und mit Wäsche im Arm auf ihn zukam. Ihr Blick war auf ihre Füße gerichtet. Womöglich träumte sie verliebt vor sich hin, jedenfalls nahm sie ihn nicht wahr, während sie wie mit Kompasskurs auf ihn zusteuerte.

»Moin«, sagte Hansen belustigt und machte ihr im letzten Augenblick mit einem Sprung Platz, damit sie nicht mit ihm zusammenstieß.

»Oh, Verzeihung.« Hellblaue Augen blickten zu Hansen hoch.

Nein, verliebt war sie nicht, sondern nachdenklich und ernsthaft, obwohl ein derart pausbäckiges Gesicht unter solch wunderbar dicken Zöpfen eher zu einem fröhlichen Menschen zu passen schien. »Sie arbeiten hier im Haus?«, fragte Hansen, der plötzlich das Bedürfnis spürte, sie lächeln zu sehen. »Können Sie mir möglicherweise weiterhelfen? Ich hätte gerne eine Auskunft.«

»Ich bin hier Hausmädchen, ja. Versuchen wir es.«

»Genau«, erwiderte Hansen erfreut lächelnd. »Versuchen wir es. Vor kurzem fand für die Hotelgäste ein Ausflug nach Langeness statt, und eine Magd des Hauses war dabei. Könnten Sie mir sagen, wer das war? Aus einem persönlichen Grund würde ich gerne mit ihr sprechen.«

Auf ihren starren Blick, der durch ihn hindurchzugehen schien, war Hansen nicht vorbereitet. Ihr Unterkiefer zitterte, und sie hätte ums Haar den Wäschestapel fallen lassen. Er ergriff behutsam ihren Arm, um sie zu stützen. »Alles in Ordnung mit Ihnen? Ich wollte Ihnen nicht zu nahe treten.«

»Nein. Ich meine, ja«, rang sie sich ab, anscheinend ohne genau zu wissen, worauf sie überhaupt antwortete. »Tut mir leid, das weiß ich nicht. Ich war nicht gut zupass und hatte ein paar Tage Urlaub. Mir geht es immer noch nicht gut.« Damit entzog sie sich Hansens Hand und lief davon.

Verblüfft sah er ihr nach. Auskunftsfreudig war man in diesem Haus wahrlich nicht. Oder standen hinter diesem Verhalten vielleicht Eifersüchteleien unter dem Personal?

Denkbar wäre auch, dass der Besitzer den Befehl zur absoluten Verschwiegenheit ausgegeben hatte. Vielleicht hatte er mit dem Haus die Gepflogenheiten eines königlichen Hofes übernommen.

Tatsache war jedenfalls, dass er in Redlefsen's Hotel mit seinen Fragen nicht weiterkam. Das erweckte in ihm nicht nur Missfallen, sondern auch ein gewisses Misstrauen.

Kapitel 4

Der Hausknecht in Jens Christiansens Gasthof war höchstwahrscheinlich nicht derart mimosenhaft wie das Personal bei Redlefsen's. Hansen beschloss, es zur Abwechslung mit einem Gespräch unter gestandenen Männern zu versuchen. Hansen blieb eine Weile in der Mittelstraße stehen und studierte scheinbar den Aushang eines Cafés, während er beobachtete, wer im Gasthaus aus und ein ging. Es wirkte gepflegt. Er entdeckte, dass das benachbarte Gebäude offenbar dazugehörte. Ein offensichtlich aufstrebendes Haus, ein Eindruck, der sich verstärkte, als er feststellte, mit welcher Sorgfalt ein älterer Mann die drei Steinstufen der Treppe mitsamt dem Geländer polierte.

»Moin. Gehören Sie zum Haus?«, erkundigte sich Hansen.

»Oh ja, der Herr«, antwortete der Mann bereitwillig und schwenkte höflich seine Mütze. »Peter Paulsen, Hausknecht, zuständig für alles, was außer Haus anfällt. Womit kann ich Ihnen dienen?«

»Ich bin Deichbauer Sönke Hansen«, stellte er sich nach kurzer Überlegung vor. »Es geht um den Ausflug, der neulich für Gäste nach Langeness veranstaltet wurde.«

»Wurden Schaufeln, Hacken oder anderes Gerät vom Deich entfernt oder gar gestohlen?«, fragte Paulsen, plötzlich aufgeregt. »Das war ich nicht, Herr Hansen, und ich möchte schwören, auch niemand von unseren Gästen. Wir haben nur Publikum, das über jeden Verdacht erhaben ist, meistens langjährige Stammgäste.«

»Und die Gäste der anderen Hotels?«, fragte Hansen, sich bereitwillig auf diese Sichtweise einlassend. Mochte sie auch einem Irrtum von Paulsen entspringen, war es doch keine schlechte Möglichkeit, mehr zu erfahren.

»Meistens begüterte Leute. Redlefsen's ist ganz exklusiv und weltbekannt!«

»Ja, gewiss«, stimmte Hansen zu. »Aber damit ist eigentlich nichts über ihre Gäste gesagt, oder?«

»Nein, vielleicht nicht«, gab Paulsen zu. »Aber ich glaube kaum, dass sie Schabernack mit Schaufeln treiben. Sie könnten sich fuderweise welche kaufen. Wenn Sie mir nicht trauen, sollten Sie Göntje befragen, Göntje Brarens von Redlefsen's. Die kennt ihre Gäste bestimmt besser als ich. Aber von ihr werden Sie dasselbe hören wie von mir.«

»Wie könnte ich Ihnen denn nicht trauen, so von Friese zu Friese«, entgegnete Hansen leutselig. »Trotzdem würde ich ganz gerne mit Göntje Brarens sprechen. Wo finde ich sie denn?«

»Nun, im Hotel natürlich. Sie erkennen sie leicht. Sie ist achtzehn Jahre jung, eine wunderbar mollige, kleine Person, die man am liebsten in die Arme schließen möchte, um sie zu beschützen. Auch wenn man so alt ist wie ich. Aber was die Molligkeit betrifft, das täuscht. Sie ist flink wie eine Katze und erfüllt alle Wünsche der Gäste im Handumdrehen, weshalb sie sehr beliebt ist.«

»Ich war neulich im Redlefsen's von Bekannten zum Speisen eingeladen ... Trägt sie unter einem schmalen blauen Kopftuch einen dicken doppelten Zopfkranz aus weißblonden Haaren?«

»Das ist sie, Herr Hansen«, sagte Paulsen beglückt. »Dann

kennen Sie sie ja schon. Im Redlefsen's gibt es niemanden, mit dem man sie verwechseln könnte. Die übrigen weiblichen Hausangestellten sind älter. Und weniger ansehnlich. Um es geradeheraus zu sagen: Die weißen Schürzen sind das Einzige, wodurch die sich von Vogelscheuchen unterscheiden.«

»Oha«, antwortete Hansen schmunzelnd. »Na, dann werde ich Göntje wohl finden. Es wurde übrigens nichts gestohlen, das ist ein Irrtum, den ich selbstverständlich zu berichtigen habe. Es handelt sich um eine rein persönliche Angelegenheit.«

»Oh, das beruhigt mich, Herr Hansen«, sagte Paulsen erleichtert.

»Haben Sie schon mal bei den Deicharbeiten auf der Hallig zugesehen, da Sie ja offenbar wissen, dass die Geräte liegen bleiben?«

»Das nicht. Aber ich mache ja gelegentlich am arbeitsfreien Sonntag auch mal einen privaten Ausflug, um zu gucken, wie es mit dem Deich vorwärtsgeht. So ein Deichbau ist ja etwas, das man nicht alle Tage zu sehen bekommt ...«, antwortete Paulsen und hob erneut seine Kappe, während er sich eng an den Handlauf presste, um einen schlanken, grauhaarigen Herrn an sich vorbei in den Gasthof zu lassen. »Moin, Dr. Molitor. Wieder einmal einen langen Strandspaziergang gemacht?«

»Bis zum Südstrand, Paulsen, bis zum Südstrand, und dann die Badestraße wieder zurück. Sehr erfreulich, was man am Strand zu sehen bekommt, gell? Es werden mit jedem Jahr mehr Gruppen, die Strandgymnastik treiben und ihre schmächtigen Knochen kräftigen. Und sehn Sie mal, was ich hier habe! Eine ganz monströse Muschel, die ich noch nie gesehen habe. Wissen Sie zufällig, was es sein könnte?«

Paulsen, dem er das unbekannte Objekt unter die Nase hielt, schüttelte verständnislos den Kopf. Hansen grinste. »Eine pazifische Felsenauster, Artname *Crassostrea gigas*. Wurde im letzten Jahr aus England ins Wattenmeer importiert.«

Dr. Molitor schob seine Brille auf die Stirn und musterte Hansen von oben bis unten. »Donnerwetter!«

Hansen wollte ihm gerade bekennen, dass es das einzige Seetier sei, das er aus gutem Grund kannte, um nicht als Hochstapler dazustehen, als Molitor die offenkundige Besichtigung seiner Person beendete und mit den Worten: »Guten Morgen, die Herren Friesen«, eilig ins Haus entschwand.

»Ist Ihr Gast Arzt?«, erkundigte sich Hansen.

»Jawohl«, bestätigte Paulsen in stolzem Ton. »Dr. Konrad Molitor ist Stammgast bei uns. Früher hat er in Frankfurt eine große Praxis für wohlhabende Patienten geführt, aber seitdem er sie aufgegeben hat, kommt er zweimal im Jahr für vier Wochen zu uns. Einmal sogar im Winter. Nicht einmal Sturm und Nebel können ihn von seinen Spaziergängen abhalten. Und wegen ihm hält Herr Christiansen sein Haus auch in den Wintermonaten offen ...«

»Es ist erfreulich zu hören, dass es mit Wyk wieder aufwärtsgeht«, bemerkte Hansen anerkennend.

Mit einem herzhaften »Ekke Nekkepenn und allen anderen Vorfahren sei Dank«, stimmte Paulsen zu, während er bedächtig einen Besen, der an der Hauswand lehnte, um einen halben Meter versetzte.

Eine atemberaubende Arbeitsgeschwindigkeit. Hansen grinste in sich hinein. »Und diese Ausflüge mit Picknick sind natürlich ein wunderbares Angebot für Gäste, Land und Leute kennenzulernen.«

Paulsen presste die Lippen zusammen, als ob dazu von ihm kein Kommentar zu erwarten sei, dann gab er ein unerwartetes Keckern von sich und blinzelte Hansen auf einem Auge heftig zu. »Herr Hansen, an Land und Leuten sind die mitunter gar nicht interessiert. Bei unserem Ausflug nach Langeness jedenfalls nicht.«

»So?« Hansen runzelte verständnislos die Stirn.

»Na! Wenn der Ehemann doch auf Entenjagd in die Vogelkoje gehen möchte, sie aber nicht. Vielleicht haben sie sogar Streit miteinander, nach fünf Wochen gemeinsamer Sommerfrische, in denen sie einander auf die Pelle gehen.« Paulsen zog die Augenbrauen nach oben und blickte Hansen beifallheischend an.

Hansen nickte.

»Auf unserem Picknick aber findet sie bestimmt die Gesellschaft eines angenehmen alleinstehenden Herrn, der ebenfalls die Entenjagd verabscheut ... Vielleicht haben sie sich darüber schon in einem der Salons oder im Gesellschaftshaus verständigt ...«

»Ach so!« Hansen schwieg verdutzt und kapierte. Anscheinend wusste jedermann darüber Bescheid, dass die Ausflüge an einsame Stellen gern für trauliches Beisammensein von nicht miteinander Verheirateten genutzt wurden. Kein Wunder, dass der Portier von Redlefsen's seine Liste verteidigt hatte wie eine Seeschwalbe ihr Brutrevier. »Na ja. Ich hörte selber, wie fast ein Streit zwischen Eheleuten entbrannte, als es um Walöl ging.«

»Sehen Sie? Und manchmal muss man sich wegen der Enten oder der Wale eben ein paar Stunden aus dem Wege gehen. Hinterher ist man dann wieder ein Herz und eine Seele«, beteuerte Paulsen treuherzig. »Das ist bei mir und meinem Weib auch so.«

»Wissen Sie zufällig, ob das Ehepaar Dürrschnabel auf dem Ausflug dabei war?«, fragte Hansen aufs Geratewohl.

Wieder keckerte Paulsen los, bis er sich besann und sich hastig zur Tür umsah, die jedoch zu war. Er beruhigte sich und trat zu Hansen auf den Bürgersteig. »Die Dora, die war mit, er natürlich nicht«, raunte er.

»Dora?«, fragte Hansen ungläubig.

»Na ja. Wir kennen sie eben schon lange. Die ist anstrengend, oha.« Paulsen verdrehte die Augen. »Die verlangt immer, dass sich alle um sie bemühen, ganz gleich, ob wir vom Begleitpersonal oder die anderen Gäste. Ständig hat sie irgendetwas zu bemängeln oder zu befehlen. Dieses Mal ging es um einen Teller. Einen einzigen Teller, stellen Sie sich nur vor!«

»Ja?«, fragte Hansen ermunternd, und Paulsen erzählte bereitwillig weiter.

»Ein Teller fehlte. Man musste zum Schiff zurückrudern lassen, um es wegen des Tellers aus unserem Hotelgeschirr auf den Kopf zu stellen, aber dort fand er sich nicht. Schließlich nahm Frau Dora mit einem Blechteller aus der Schiffskombüse vorlieb. Sie ist fast geplatzt vor Wut. Ich glaube, die fährt nie wieder mit.«

Hansen hörte ihm kopfschüttelnd und verständnislos zu. »Wegen eines Tellers.«

»Na ja, unsere Mädchen packen grundsätzlich drei Porzellanteller mehr ein, als wir Gäste haben, hübsche Teller von Redlefsen's, auf denen die Wyker Rose eingeprägt ist. Aber von denen wies Dorothea Dürrschnabel zwei zurück, mit der Behauptung, sie seien dreckig, was selbstverständlich außer ihr niemand erkennen konnte. Von den schon eingedeckten Tellern wollte sie keinen annehmen, weil von ihnen schon genascht worden war, wie sie sich ausdrückte, und dann ging diese Suche nach dem dritten los, der sich aber in keinem der Körbe fand. Die arme Fraucke bekam alles ab.«

»Sollte denn nicht Göntje besser über Redlefsen's Teller Bescheid wissen als Fraucke?«, erkundigte sich Hansen. Fraucke war offensichtlich die Magd des Logierhauses.

Paulsen nahm wieder die Kappe ab und strich sich mit verlegener Miene über das Haar. »Tja, Göntje war zu dem Zeitpunkt nicht da. Auch mehrere unserer Herren ohne Begleitung fehlten, so dass Fraucke und ich vermuteten … Sie verstehen?«

Hansen schmunzelte verständnisvoll und nickte wieder.

»Der Frau Dora haben wir allerdings gesagt, dass Göntje die Panne wahrscheinlich bemerkt und sich zum Schiff hätte zurückrudern lassen. Als Göntje endlich wieder zurück war, hatte Frau Dora längst einen anderen Grund zur Klage gefunden, so dass vom Teller nicht mehr die Rede war. Ich sage ja, sie ist sehr anstrengend.«

»Das scheint mir auch so«, bestätigte Hansen mitfühlend und erntete dafür ein dankbares Lächeln von Paulsen.

»Wir atmeten alle auf, als Frau Dora einen Spaziergang machen wollte. Meine Begleitung lehnte sie ab, und von unseren Herren drängte sich niemand danach.«

»Wohin ging sie?«, fragte Hansen neugierig.

»Zur Honkenswarf hoch, um eine Postkarte zu kaufen, auf der sich Seehunde und Jäger befinden sollten. Jeder hätte ihr mitteilen können, dass es so etwas auf der Hallig nicht gibt. Die muss sie sich in Wyk besorgen. Aber keiner sagte etwas, sie hätte es sowieso besser gewusst.« Paulsen grinste über beide Ohren. »So entgingen wir bestimmt eine ganze Stunde ihrer scharfen Zunge und hatten es recht gemütlich.«

Das war also die Dame, die mit flatternden Armen von der Warf geflohen war. Und mit wackelndem Bürzel. Hansen musste sich das Lachen verkneifen.

»Bei allem Respekt«, fügte der Hausdiener hinzu.

In diesem Augenblick wurde die Tür des Gasthofes aufgezogen. Ein Herr, sehr förmlich gekleidet, in gestreifter Hose und Weste, jedoch ohne Hut, erschien im Eingang. Der akkurate Scheitel und die strenge Miene, mit der er die Vorgänge auf seinem Vorplatz überprüfte, ließen darauf schließen, dass er der Besitzer des Gasthofs war und demnächst ein Donnerwetter über seinen Hausknecht loslassen würde. Paulsen bekam unversehens einen roten Kopf und begann mit Feuereifer, das Geländer zu polieren.

»Ich habe Herrn Paulsen in ein Gespräch verwickelt«, kam Hansen dem verärgerten Mann schnell zuvor. »Im Dienst Ihres Hauses hat er mir meine Fragen überaus geduldig beantwortet. Es täte mir leid, wenn ich ihn Ihrer Meinung nach zu lange in Anspruch genommen hätte. Geben Sie mir die Schuld. Herr Jens Christiansen, wie ich annehme?«

Der Hausherr kämpfte sichtlich mit sich. Schließlich dämpfte er seinen Zorn und rang sich eine Entgegnung ab. »Ja, stimmt. Unser Herr Paulsen ist stets sehr mitteilsam.« Dann wandte er sich an den Hausknecht selber. »Peter, bring Göntje Brarens diesen Brief. Aber nimm den Dienstboteneingang. Und verschwatze dich nicht.«

Paulsen lehnte den Besen, dem er sich gerade hatte widmen wollen, wieder gegen die Wand, nahm das Schreiben entgegen und trollte sich. Aus dem Augenwinkel sah Hansen seine erleichterte Grimasse.

»Sind Sie der neue Journalist?«, begann der Hotelier grimmig. »Der Neue vom *Inselboten?*«

»Nein, der bin ich nicht«, sagte Hansen und fragte sich verblüfft, warum dieser Mann, den im Städtchen offenbar noch niemand kannte, so viel Besorgnis auslöste. »Ich bin auf der Suche nach dem richtigen Hotel für meine Hochzeitsreise. Sie verstehen sicher …«

»Oh, selbstverständlich«, rief der Besitzer des Gasthauses aufgeräumt, tauschte blitzschnell seine finstere Miene gegen ein einladendes Lächeln aus und streckte Hansen die Hand hin.

Unwillkürlich nahm er sie und fühlte seine eigene kräftig geschüttelt. Jetzt erkannte er auch, dass Christiansen jünger sein musste, als es anfangs den Anschein gehabt hatte. Dreißig Jahre? Höchstens fünfunddreißig und schon erfolgreicher Geschäftsmann.

»Warum sind Sie nicht gleich zu mir gekommen? Aber ich verstehe schon. Vom Personal erhält man vielleicht andere Auskünfte … Möchten Sie mein Haus besichtigen? Wir haben ein Hochzeitszimmer, von dem aus man auf das Meer sehen kann. Da oben. Sehen Sie?« Christiansen stieg die Stufen herab und zeigte nach oben zum geschwungenen Giebel seines weiß gekalkten Hauses.

»Besten Dank«, erklärte Hansen höflich und registrierte mit einem Schmunzeln den Storch, der auf dem benachbarten Hausdach inmitten eines wagenradgroßen Nestes voller klappernder Schnäbel stand und sich nach dem Füttern seiner fast ausgewachsenen Brut ausgiebig putzte. »Ich werde Ihr Haus gerne in Betracht ziehen. Herr Paulsen hat mir etliches erzählt, das meinen Ansprüchen entgegenkommt. Und meiner Frau wird es gefallen, wie günstig diese Straße für den Nachwuchs zu sein scheint.« Er lüftete seinen Strohhut und machte sich, begleitet von Christiansens leisem Lachen, auf den Weg.

Der lange Marsch zum Logierhaus Burmester, das westlich vom Kinderheim gelegen war, ließ Hansen genügend Zeit zum Nachdenken. Das große Problem war offensichtlich, dass sich Gäste und Mannschaft so sehr zerstreut hatten, dass keiner sagen konnte, wo die anderen sich jeweils aufgehalten hatten. Das Segelschiff, die Honkenswarf und unendlich viele Buchten im noch nicht begradigten Halligufer kamen in Frage. Liegend konnten sich die Paare in den sandigen Nischen ungesehen vergnügen, und mochten manche auch ein anderes bemerkt haben, würden sie darüber nicht sprechen, um sich selber nicht zu kompromittieren.

Hansen blieb stehen, um sich den Schweiß unter dem Hutband abzuwischen, ließ dankbar Luft an seine feuchten Locken und musterte die Umgebung. Im Wasser standen mehrere Badekarren. Auf einer war die Flagge aufgezogen, zum Zeichen, dass man zum Strand zurückwollte, und einer der Badeknechte ritt im Wasser bereits heran, um den Karren herauszuziehen. In der Nähe kreuzten etliche Lustboote vor dem Strand hin und her. An diesem schwachwindigen Tag trauten sich vermutlich sogar Damen an Bord. Er schnaubte leise. Keine von ihnen war mit Jorke zu vergleichen, die allein zu segeln pflegte. In der dunstigen Sicht zählte er die Warfen von Nordmarsch und Langeness ab, bis sein Blick auf der Ketelswarf liegen blieb.

Er sehnte sich nach Jorke.

Als Hansen das Privat-Logier-Haus Burmester hinter der Mühle endlich erreichte, war ihm richtig heiß. Das zweistöckige, nicht besonders breite Haus wandte seinen Giebel zur Straße, aber offenbar gehörten zum Anwesen noch ein Hof und mehrere Hintergebäude.

Er fand Fraucke Nissen in einem überraschend großen

und hellen Raum, dessen rückwärtige Front ganz und gar aus Sprossenfenstern bestand und Ausblick auf einen Garten bot. Sie war augenscheinlich beim Eindecken der Tische für das Abendessen und erwies sich als ein dürres Geschöpf, nur einen halben Kopf kleiner als Hansen.

Älter als sechzehn konnte sie wohl kaum sein. Den Zeigefinger um eine flachsblonde Strähne gewickelt, gab sie mit leiser Stimme und niedergeschlagenen Augen zu, Fraucke zu sein, aber alle anderen Fragen beantwortete sie halbherzig und in einer Weise, die ihn keinen Deut näher an die Wahrheit brachte. War sie verschüchtert, oder hatte sie Angst? Und wenn, vor wem? Hansen hatte sich zwar vorgestellt, aber sie schien ihn für eine Art Polizisten zu halten. Er wurde fast fuchsig, weil er diese Mauer, die sie um sich herum errichtet hatte, nicht durchbrechen konnte.

»Hast du denn etwas Besonderes an dem Tag bemerkt?«, fragte er nach etlicher Zeit entnervt.

Fraucke schüttelte stumm den Kopf.

»Bist du auch einmal weggegangen?«

»Wie weggegangen?«

»Ob du dich vom Picknicktisch entfernt hast?«

Sie hob den Kopf und blickte Hansen aus großen erschrockenen Augen an. »Nein, das heißt, nur ganz kurz, um ... um meine Notdurft zu verrichten ... War das verkehrt?«

»Nein, natürlich nicht, willst du etwa in deine Wäsche pischern?«, antwortete Hansen mit einer groben Gegenfrage. »Du bist also mit Ausnahme weniger Minuten die ganze Zeit beim Tisch geblieben und hast den Gästen beim Picknick aufgewartet, richtig?«

Sie nickte.

»Waren denn die zumeist am Tisch?«

»Immer einige«, antwortete Fraucke zögernd. »Aber nie alle zugleich.«

»Wie viele Damen waren eigentlich an Bord?«

»Oh, viele«, beteuerte Fraucke, mit ein wenig mehr Nachdruck als bisher. »Bestimmt die Hälfte. Und nicht alle waren in Herrenbegleitung!«

Hansen horchte auf. Da war etwas, was Fraucke zu wurmen schien. »Gab es denn auch alleinreisende Herren?«

»Oh, ja. Mehrere. Aber nicht alle interessierten sich für Damen, gottlob.«

»Sondern?«, hakte Hansen sanft nach.

»Einer, der Herr Otto Jakob«, stotterte sie, »nein, der Herr Jakob war nicht wegen der Damen mitgefahren, so einer ist er nicht, sondern wegen der Landschaft.«

Ganz unerwartet glomm in Frauckes Augen ein Feuer auf, das Hansen zum Lächeln brachte. »Und er machte dann was?«

»Er malte«, stieß Fraucke stolz hervor. »Ihn interessierte das Picknick nicht, er stürzte sofort davon, mit seiner Staffelei unter dem Arm.«

»Wohin denn?«, fragte Hansen belustigt. Sie war anscheinend verliebt, was er ihr nachfühlen konnte, wahrscheinlich hatte sie überhaupt nur Augen für den Maler gehabt. Und das war hoffentlich der Durchbruch für ihn.

»Ja, am Ufer entlang. Dann verlor ich ihn außer Sicht. Aber allein war er!«

»Ich meinte eigentlich: in welche Richtung.«

»Ach so. Ja, nach Nordmarsch hin … Ich weiß da nicht so gut Bescheid«, antwortete Fraucke verlegen.

»Hast du das Bild gesehen, als er zurückkehrte? Hat er es gezeigt?«

»Nein, niemandem hat er es gezeigt«, sagte Fraucke. »Er

war wohl etwas gekränkt. Er hatte sich ja verspätet, wir waren alle schon an Bord, und die ganze Gesellschaft wartete nur noch auf ihn. Der Schiffer wurde ungeduldig, wegen des Wassers, wissen Sie?«

»Ja, natürlich. Vermutlich lief das Wasser schon mächtig ab. Weshalb war er gekränkt?«

»Der Schiffer hat Herrn Jakob Vorhaltungen gemacht, dass er die vereinbarte Zeit nicht eingehalten hatte. Frau Dürrschnabel erregte sich bereits und verlangte, dass Anker gelichtet würde, aber der Schiffer schickte das Beiboot wieder zum Ufer zurück, um Herrn Jakob zu holen, als wir ihn endlich sahen. Er kam ganz ruhig und gelassen heran, und das aus einer ganz anderen Richtung, als wir ihn vermutet hatten. Stellen Sie sich nur vor, man hätte ihn auf Nordmarsch suchen lassen, und nun kam er von Langeness! Na ja, es ging dann aber alles gut.«

»Er schlenderte also am Ufer herbei?«, präzisierte Hansen, nur eine Spur ironisch.

Fraucke straffte sich und sah ihn böse an. »Er ist Künstler, Herr Hansen! Bei Malern darf man nicht das gleiche Maß anlegen wie bei anderen Menschen!«

»Nein, natürlich nicht«, gab Hansen friedfertig nach.

»Deshalb habe ich ihm an Bord noch sein Essen zubereitet von dem, was übrig war, und mich darum gekümmert, dass er es auch aß«, setzte sie fort. »Er träumte sich nach Langeness zurück, glaube ich.«

»Du bist ein braves, aufmerksames Mädchen«, lobte Hansen. »Was hat eigentlich Göntje die ganze Zeit gemacht? War sie auch fast immer an der Tafel zum Bedienen?«

Fraucke presste die Lippen zusammen. Von einem Augenblick zum anderen verschloss sie sich wieder wie eine Auster.

»Was ist? Magst du sie nicht?«

»Doch«, sagte Fraucke zögernd.

»Aber?«

Fraucke schüttelte den Kopf.

Hansen wartete einen Augenblick, dann sah er ein, dass er von ihr nichts mehr hören würde. Alles in allem schien ihm, dass Paulsens Vermutung richtig war. Göntje war mit einem der Herren fortspaziert, und Fraucke wollte sie nicht verraten. Aber ob eine so großzügige Auslegung der Pflichten eines Hausmädchens wirklich im Sinne des Hotelbesitzers war?

Als er das Logierhaus verließ, standen die Mühlenflügel immer noch still. In der Hoffnung, wenigstens am Strand den Hauch einer Brise vorzufinden, nahm er den kürzesten Weg dorthin.

Das Ärgerliche war, fand Sönke Hansen, dass er zwar einiges erfahren hatte, jedoch hauptsächlich über eine unsympathische Dame, die wegen ihres Alters nicht als Mutter eines Neugeborenen in Frage kam, und über einen Mann, der ihn nicht interessierte. Er brauchte keinen weltentrückten Maler, dem weder Abfahrtszeiten noch Essen wichtig waren, sondern einen wachen Mitreisenden, der Auffälligkeiten beobachtet hatte.

Inzwischen war der Strand noch voller geworden, der Nachmittagsbetrieb hatte eingesetzt. Die See lag da wie Blei, und Langeness war im Dunst kaum auszumachen. Hansen beschloss, am nächsten Tag zurückzufahren. Im Augenblick kam ihm sein Aufenthalt in Wyk furchtbar nutzlos vor.

»Guten Tag, Herr Friese! Sehen Sie sich in Ihrer schönen Heimat um?«

Hansen wandte sich verdutzt um. Neben ihm stand der Herr, dem er vor Christiansens Gasthof begegnet war, trotz der Hitze im förmlichen dunklen Anzug mit Weste. Braune Augen blickten ihn hinter der Brille forschend an, aber ein besonders schmal gehaltener, fast nur angedeuteter Schnurrbart nahm ihm die Strenge.

»Dr. Molitor, nicht wahr? Arzt aus Frankfurt. Immer wiederkehrender Gast und offensichtlich leidenschaftlicher Inselbesucher.«

»Ah, Sie erinnern sich an mich und haben überdies Erkundigungen eingezogen. Es ist mir ein Vergnügen, einem Zeitgenossen zu begegnen, dem nicht alles gleichgültig ist.« Molitor zog seine schwarze Melone und verneigte sich leicht.

»Davon muss es hier Hunderte geben«, bemerkte Hansen und schwenkte seine Hand den gesamten Strand entlang. »Wo man auch hinsieht, lauter begüterte Menschen aus gebildeten Gesellschaftsschichten, und sie haben alle Zeit der Welt, um über wichtige Dinge zu diskutieren …«

»Sie überschätzen sie«, entgegnete Molitor trocken. »Sie alle spielen nur das Spiel des weltgewandten, modernen Menschen, der sich hier köstlich amüsiert, unbeleckt vom Elend, das einem in den Industriestädten in die Augen springt. Die Wahrheit ist, dass sie sich nach drei Tagen langweilen.«

»Sie jedoch nicht«, stellte Hansen fest.

»Nein, ich bestimmt nicht«, bekräftigte der Arzt. »Ich erhole mich sehr gezielt, treibe mir mit täglichen Sportübungen die kohlengeschwängerte Frankfurter Luft aus den Lungen und schwimme. Womit ich nicht dieses schamhafte Eintauchen ins Wasser meine, das hier so gern vom Badekarren aus geübt wird. Planschen unter einer Plane!

Und nicht nur Frauen, nein, sogar Männer, die sich sonst als Kerle geben.« Er schüttelte sich voll Abscheu.

Hansen lachte aus vollem Herzen. »Vor wenigen Tagen habe ich meiner Verlobten erzählt, dass wir bei unserer Hochzeitsreise nach Föhr genau das nicht machen werden. Wir werden nackt baden. An verschwiegener Stelle, natürlich. Ich kenne welche.«

»Sehr vernünftig! Wissen Sie, dass es Ärzte gibt, die das Nacktbaden ablehnen, weil es angeblich ungesund ist? Nicht zu glauben! Kommen Sie, setzen wir uns einen Augenblick. Sofern Sie Zeit haben.«

Da Molitor anscheinend Gefallen an der Unterhaltung gefunden hatte, folgte Hansen ihm zu einer erhöhten Stelle, wo der Sand einen trockenen Eindruck machte.

»Sind Sie auf den Nordfriesischen Inseln zu Hause?«, erkundigte sich der Arzt, als sie es sich bequem gemacht hatten.

»Nein, auf dem Festland, in Husum. Ich bin Deichbauer im dortigen Wasserbauamt. Aber im Augenblick halte ich mich aus beruflichen Gründen häufig auf Langeness auf«, erklärte Hansen.

»Oh, wie schön! Dort war ich vor ein paar Tagen, um meine naturwissenschaftlichen Studien fortzusetzen.«

Hansen sah ihn unter hochgezogenen Augenbrauen an. »Waren Sie etwa bei dem englischen Picknick dabei?«

»Ja, genau. So nannten die Veranstalter den Ausflug. Aber nachdem ich meinen Hunger ein wenig gestillt hatte, schlug ich mich in die Büsche, bildlich gesprochen. Im Osten, wo die Deicharbeiten noch nicht angelangt sind, gibt es wunderbar verschwiegene Buchten am Ufer und davor kleine Schilfinseln, wo man nackt schwimmen kann, ohne Anstoß zu erregen. An einer der Stellen kam ich mir vor, als würde ich ein geheimnisvolles urweltzeitliches Labyrinth aus der Jurazeit entdecken. Der Meeresboden war dort übersät mit Schalen von Klaffmuscheln, Herzmuscheln und Wellhornschnecken. Es gab sogar etliche weiße Bohrmuscheln und vereinzelte krause Bohrmuscheln, stellen Sie sich nur vor!« Er nahm seine Brille ab und deutete mit ihr präzise zur Honkenswarf hinüber. »Ihnen ist ja gewiss bekannt, dass sich Charles Darwin auch mit Entenmuscheln, die keine Muscheln sind, befasste! Für mich ist er der größte Engländer, den es je gegeben hat!«

Hansen lachte leise. »Ich kann Sie gut verstehen. Tiere sind zwar nicht mein Fachgebiet – ich lernte die Felsenauster sozusagen dienstlich kennen, aber auch ich bewundere Darwin. Ich habe Verwandte in England.«

Molitor warf ihm einen scharfen Blick zu. »Ich könnte mir vorstellen, dass Sie das nicht jedem auf die Nase binden.«

»Stimmt genau!«

»Dachte ich mir. Und als es dann ebbte, bin ich im Seegras umhergestapft. Es gibt dort das große und das kleine Seegras, müssen Sie wissen ...« Er unterbrach sich. »Entschuldigen Sie, wem erzähle ich das? Sie stammen ja aus der Gegend. Nun, ich habe also Seeigel beobachtet, der kleine Herzigel ist im Gras sehr häufig, mir scheint sogar, es gibt mehr, je weiter man in Richtung Hallig Oland geht. Die Seesterne sind auch sehr putzig, jedenfalls sofern man nicht zu ihren Beutetieren gehört.«

Hansen wagte gar nicht zu bekennen, dass ihm dies alles nicht bekannt war. »Ich könnte mir denken, dass Sie auch vor Frau Dürrschnabel geflohen ...«

»Oh, die Dürrschnäblerin!«, rief Molitor und rollte himmelwärts mit den Augen. »Geflohen ist der richtige Ausdruck! Diese nörglerische Diskussion um einen fehlenden Teller an einem Sommersonnentag an der zum Schwimmen oder stillen Genießen einladenden See war einfach unerträglich! Sie ist sonst schon schlimm genug, aber an dem Tag …«

»Kennen Sie das Ehepaar genauer?«

Dr. Molitor wiegte den Kopf und dachte ernsthaft nach. »Wer könnte schon behaupten, dass er jemanden genauer kennt, mit dem er ein paarmal im Urlaub zusammengetroffen ist. So gesehen, kenne ich sie nicht. Ich war einmal mit Dürrschnabel zusammen auf Jagd. Aber ich habe ihm den Schuss überlassen und mich damit begnügt, das Verhalten unterschiedlicher Spezies zu studieren. So eine Jagd ist sehr interessant. Man kann viel dabei lernen.«

»Meinen Sie über die gejagten Tiere oder über die jagenden Menschen?«

Molitor ließ ein vergnügtes Lächeln sehen. »Ich wusste doch, dass Sie ein Gesprächspartner sind, mit dem zu plaudern sich lohnt. Ich dachte tatsächlich auch an Herrn Dürrschnabel. Er ist ein sehr ehrgeiziger Mann, aufgeschlossen auch für alle Dinge, die er nicht kennt. Er saugt Wissen auf wie ein Schwamm und ist ein ausgezeichneter Analytiker. Ohne die Anwesenheit seiner Frau ist er auch ein unterhaltsamer Gesprächspartner.«

»Was hat seine Frau damit zu tun?«, unterbrach Hansen ihn verblüfft.

»Sie kujoniert ihn, wo sie kann, um es deutlich zu sagen. Aus der Sichtweise der jungen Disziplin der Psychologie sind sie ein sehr aufschlussreiches Paar, das zu beobachten sich lohnt. Aber für Außenstehende ohne diese wissenschaftlichen Ambition ist es zuweilen nur unangenehm.«

Hansen nickte. Etwas dieser Art hatte er bereits mitbekommen.

»Wie dem auch sei. Dürrschnabels Namen werden wir aus dem Landtag noch öfter zu hören bekommen, vermute ich, wenn nicht sogar aus dem Reichstag.«

»Soviel ich weiß, ist er Abgeordneter der *Deutschkonservativen*, und die haben in Schleswig-Holstein nicht viel Rückhalt«, bemerkte Hansen in zweifelndem Ton.

»Warten wir es ab«, widersprach Molitor. »Ich werde Dürrschnabel jedenfalls im Auge behalten. Seit einigen Jahren haben die Deutschkonservativen sich eine nicht unbeachtliche Vorfeldorganisation geschaffen, den *Bund der Landwirte*, die an Blut und Boden hängen. Seitdem finden sie auch Anhänger bei den kleinen und mittleren Landwirten. Der BdL verzeichnet im ganzen Kaiserreich in rasender Geschwindigkeit Neuzugänge.«

»Das wusste ich nicht«, gab Hansen beschämt zu.

Molitor klopfte ihm tröstend auf den Arm. »Dafür wissen Sie andere Dinge, junger Mann. Ich kannte die *Crassostrea gigas* nicht, und ich könnte nicht berechnen, wie man einen Deich baut. Politik ist für Ältere, darauf werden Sie später auch noch kommen.« Er ließ Hansen los, erhob sich und klopfte sich den Sand vom Hosenboden. »Ich muss nach Hause, will sagen, zum Gasthof zurück. Meine Blase ist etwas empfindlich geworden, und ich brauche mein Nickerchen vor dem Abendessen. Um noch ein letztes Mal auf Herrn Dürrschnabel zurückzukommen: Wenn er bei den Deutschkonservativen keine Karriere machen kann, tritt er eben dem *Zentrum* bei und versucht es dort. Oder dem *Allgemeinen Deutschen Arbeiterverein* des Herrn Lassalle. Machen Sie's gut.«

Hansen sah dem drahtigen kleinen Arzt staunend nach,

der sich mit schnellem Schritt entfernte und bald zwischen den promenierenden Sommerfrischlern verschwunden war. Lassalle zählte zum ganz linken Flügel der Sozialisten! Im Wasserbauamt durfte man nicht einmal seinen Namen erwähnen, ohne auf lauten Protest zu stoßen. Wenn Molitor diesem sich so konservativ gebenden Bürger Dürrschnabel zutraute, sogar dem Arbeiterverein aus brennendem Ehrgeiz beizutreten, war ihm alles zuzutrauen. Kein Wunder, dass er mit seiner Frau im Dauerstreit lag.

Kapitel 5

Hansen hatte das Gefühl, überhaupt nichts erreicht zu haben. Auf der Überfahrt nach Langeness fragte er sich, ob er den Mund zu voll genommen hatte. Möglicherweise konnte er diese Angelegenheit nicht aufklären. Es war schon fast beschämend.

Aber der Südstrand von Föhr verschwand im Morgendunst und damit auch die Probleme, die ein Teil der Insel waren und eben nicht der Hallig. Und da sein Chef Petersen ihm in seiner großzügigen Art freigestellt hatte, wie er seine Nachforschungen in Arbeit und Urlaub einbinden wollte, beschloss er, sich einen Tag zu beurlauben und ihn richtig zu genießen. Mit Jorke auf der Hallig umherstreifen. Nackt schwimmen. Durch das Seegras patschen und nach Herzigeln schauen … Er lachte leise. Da musste ein Gast aus Frankfurt kommen, um ihn zu belehren, wo die Herzigel sich gerne aufhielten.

Erwartungsvoll blickte er über Nordmarsch, als sie sich dem Ufer näherten. Dann fiel ihm auf, dass dort eine ungewöhnliche Ruhe herrschte. Am Deich war keiner der Männer zu sehen, die jetzt bei der Arbeit sein sollten. Was war jetzt wieder los?

Voller Unruhe sprang er im Jelf auf den Steg, den sie erst vor kurzem gebaut hatten, und entschloss sich, auf dem kürzesten Weg am Ufer entlang zur Ketelswarf zu wandern. Möglicherweise würden die Männer inzwischen zur Arbeit zurückkehren.

Auf dem im Bau befindlichen, noch nicht mit Steinen abgedeckten Teilstück des Deichabschnittes zwischen Nordmarsch und Langeness staken die Spaten, die Schiebkarren waren nebeneinander abgelegt worden, in schönster Ordnung mit dem Rad nach oben. Sönke Hansen wurde immer unruhiger. Heute war kein arbeitsfreier Sonntag. Er beschleunigte seine Schritte, als er zur Warf abbog.

Weit und breit war kein Mensch zu sehen, auch auf der Ketelswarf nicht. Als er sich unter den Zwerchgiebel gebückt hatte und lauschend in der Diele stand, schien ihm das Haus totenstill. Die Küche war aufgeräumt und das Herdfeuer durch die blank geputzte Stülp geschützt. Jorke war für längere Zeit fort.

Doch während er noch in der Dörns seine Alltagskleidung aus der Truhe holte, drangen von draußen Stimmen herein, und kurz darauf stand Jorke in der Diele, beleuchtet vom Sonnenschein, der durch die offen gebliebene Tür fiel. Überrascht starrte Hansen auf den silbernen Schmuck an ihrer Sonntagstracht. Dieser festliche Aufzug war beim gewöhnlichen Kirchgang nicht üblich. »Wart ihr alle beim Gottesdienst?«, erkundigte er sich verunsichert. »Eine Hochzeit?«

Jorke schluchzte auf und warf sich in seine Arme. »Tetta ist tot. Tetta Friedrichsen, Tetes Älteste, aber doch erst siebzehn Jahre.«

»Ja, und?«, fragte Hansen verständnislos und strich ihr tröstend über den Rücken. Er hatte gar nicht gewusst, dass Jorke mit Tetta befreundet gewesen war.

»Ich bin schuld, ich habe sie auf dem Gewissen«, murmelte Jorke in seine Jacke. »Du erinnerst dich doch, dass ich dir erzählte, wie verlegen sie wurde, als ich sie wegen des toten Säuglings befragte? Oder unruhig. Ich habe es wahrscheinlich falsch gedeutet. Jedenfalls habe ich sie daraufhin länger und genauer ausgehorcht als andere Mädchen.«

»Ja«, antwortete Hansen geduldig. »Ich erinnere mich an alles, was du sagst.«

»Sie war in anderen Umständen, was außer ihr niemand wusste«, sagte Jorke gequält, nachdem sie Hansen losgelassen hatte. »Und ist ins Wasser gegangen. Ich muss bei ihr fürchterliche Gedanken an ihre Zukunft ausgelöst haben. Wir waren gerade in der Kirche zum Gottesdienst, und im Augenblick wird sie von den Nordmarschern zurück zur Kirchwarf getragen, um im Familiengrab beigesetzt zu werden.«

Hansen holte tief Luft, vor Entsetzen sprachlos. Er war derjenige, der Jorke ausdrücklich gebeten hatte, nachzuforschen. Mit Aufregung und Streit auf der Hallig war zu rechnen gewesen, aber an eine solche dramatische Folge hatte er nicht gedacht.

Es war wohl ein Fehler gewesen, nach der vermeintlichen Mutter zu suchen. Sein Fehler. Menschliche Reaktionen ließen sich nicht mit Anlegedreieck und Rechenschieber berechnen.

Er umfing Jorke, trug sie in die Küche und setzte sich mit ihr auf dem Schoß auf das Alkovenbett. Minutenlang saßen sie eng umschlungen, Jorke in Trauer versunken, Hansen selbst mehr in Gedanken.

»Ich wünschte, ich könnte den Tag rückgängig machen, an dem ich umhergefragt habe.«

»Jorke, die Schuld, wenn es denn eine Schuld ist, Fragen zu stellen oder stellen zu lassen, liegt bei mir«, sagte Hansen entschlossen. »Aber dass Tetta wegen deiner Fragen ins Wasser gegangen ist, beginne ich zu bezweifeln. Möglicherweise hatte sie es schon vorher beschlossen.«

Jorke schüttelte den Kopf. »Das glaube ich nicht. Sie schien vielmehr anfangs nur überrascht, als ich ihr erzählen wollte, was passiert war. Aber natürlich wusste sie es schon.«

»Warum war sie dann überrascht?«

»Wegen meiner Erkundigungen. Sie fand, die stünden mir nicht zu. Sie meinte, dass diese Aufgabe ihrem Vater als Ratmann zukäme oder, in diesem Fall Mumme Ipsen, weil der Säugling auf Langenesser Grund gefunden wurde. Du hättest jedenfalls gar nichts damit zu tun.«

Hansen schüttelte ungläubig den Kopf. »Wenn sie sich so viele Gedanken um den verwaltungstechnischen Ablauf einer Befragung machte, glaube ich kaum, dass sie sich gleichzeitig durch dich in solche Angst versetzt sah, dass sie anschließend Selbstmord beging.«

»Meinst du wirklich?«, fragte Jorke nach geraumer Zeit und wischte sich eine Träne von der Wange.

»Ja«, sagte Hansen fest. »Auf diese Weise disputiert man nicht, wenn man solche Sorgen hat, dass man wenig später beschließt, ins Wasser zu gehen. Ich vermute eher, es muss später noch etwas geschehen sein, das sie dazu trieb.«

Jorke nickte zögernd.

»Tettas Behauptung, dass diese Angelegenheit nur von den Ratmännern behandelt werden darf, weist sie übrigens als echte Tochter ihres Vaters aus«, fuhr Hansen fort. »Schließlich wusste sie, dass wir beide verlobt sind, und übertrug vermutlich seine Wut auf mich ohne jedes Nachdenken auch auf dich.«

»Sönke, sie ist tot«, tadelte Jorke ihn milde.

»Ja, das tut mir sehr leid, und ich habe es nicht vergessen«, sagte Hansen. »Ich will aber vor allem nicht, dass du dir etwas auflädst, was gar nichts mit dir zu tun hat. Wahrscheinlich gibt es ein ganzes Bündel von Ursachen, und letzten Endes hat Tettas Einstellung zum Leben, die sie von ihren Eltern mitbekam, mehr mit ihrem Tod zu tun als deine Fragen.«

»Ich hoffe, du hast Recht«, sagte Jorke einigermaßen erleichtert und begann, ihren silbernen Schmuck abzulegen.

Den nächsten Tag verbrachte Sönke Hansen nicht ganz so, wie er ihn sich vorgestellt hatte, denn am frühen Morgen war es so kühl, dass ihre Hoffnung, schwimmen gehen zu können, sich von selbst erledigte.

Stattdessen überbrachte Erk, Mummes Sohn, die Einladung für Hansen, sich ihnen bei der Jagd auf Pfeifenten anzuschließen, sofern er Lust dazu habe. Vor einigen Tagen waren die ersten Rückkehrer gesichtet worden, und Erk brannte darauf, auf Jagd zu gehen. Er saß an Jorkes Küchentisch und plauderte munter drauflos. Man sah ihm seinen Jagdeifer an.

»Geh mit«, redete auch Jorke ihm zu.

»Ja, gut«, sagte Hansen schließlich etwas widerwillig, »ich komme mit.« Er fand keine Ruhe, die Sache mit dem toten Neugeborenen nagte an ihm, aber die Jagd würde ihn etwas ablenken.

Abends machten sie sich auf den Weg auf das Watt im Norden der Hallig. Es dämmerte, und das Wasser lief ab, die wichtigste Voraussetzung für die Jagd im Watt.

Erk trug den langen Entenketscher über der Schulter, sein Vater die Blendlaterne vor der Brust und eine Jagdtasche.

»Weißt du, Sönke«, schwatzte Erk erwartungsvoll, »in diesem Jahr sind die Enten sehr früh dran. Aber man muss die Gelegenheit wahrnehmen. Nächste Woche passt es nicht, weil es bei Niedrigwasser noch zu hell ist, da sehen die Enten uns, und wenn es endlich dunkel ist, läuft schon das Wasser auf. Da wäre es zu gefährlich, auf dem Watt zu jagen. Und wer weiß, was später ist? Vielleicht wieder eine Beerdigung, oder Sturm und Hochwasser. Oder etwas anderes.«

Hansen nickte bei seinen Erklärungen nur, eigentlich war er recht lustlos bei der Sache. Im Grunde hatte er nur Erk nicht enttäuschen wollen.

»Die haben es gut, die ein Gewehr besitzen, die brauchen sich nicht um das Niedrigwasser zu bekümmern.«

Mumme sagte nichts. Nur das Geräusch seiner Schritte im Gras war zu hören.

»Nicht wahr, Vater, diejenigen haben es gut, die eine Flinte besitzen und jederzeit vom Halligland aus jagen können?«, wiederholte Erk nachdrücklich. »Mutter würde sich über mehr Enten als Wintervorrat freuen, das weiß ich. Sollten wir nicht auch an sie denken?«

»Eine Flinte können wir uns nicht leisten, Junge«, sagte Mumme widerstrebend, »nur Berufsjäger besitzen ein Gewehr. Die Munition kostet auch.«

»Das stimmt so nicht, Vater, Tete Friedrichsen hat auch ein Gewehr! Und du bist Ratmann wie er! Außerdem hast du selbst mal eine Flinte besessen«, widersprach Erk eifrig.

»Sie war nur geliehen. Und die Zeiten sind lange vorbei. Außerdem: Tete …«, erwiderte Mumme zögernd und verstummte dann. Offensichtlich wollte er in Hansens Gegenwart nichts Schlechtes über den Ratmann von Nordmarsch sagen.

»Ich werde mir jedenfalls ein Gewehr kaufen, sobald ich kann«, murrte Erk und kickte einen Stein aus seinem Weg.

»Ja, bestimmt wirst du das«, sagte Mumme gedämpft und sprang von der Halligkante auf den Sand hinunter, der vom Wasser angeschwemmt worden war und jetzt trockenlag. »Du warst noch niemals auf Pfeifentenjagd, Sönke?«

»Nein«, flüsterte Hansen.

»Dann folgst du uns und tust dasselbe wie wir. Pass vor allem auf, dass du nicht auf Muschelhaufen trittst, die Pfeifenten können ausgezeichnet hören. Und von jetzt ab müssen wir still sein.«

Die Dämmerung war nahe daran, in Dunkelheit überzugehen, als Erk Hansen am Ärmel packte und nach vorne zeigte. Und da erst erkannte er vor den hell und unglaublich nah erscheinenden Lichtern von Wyk eine Schar von Enten, die sich in zurückgebliebenen Pfützen ihr Futter suchte.

Mumme hatte seine Tasche bereits geöffnet, um ihr den Zündstahl zu entnehmen und die Kerze in der Laterne anzuzünden. Im gleichen Augenblick, in dem die Enten aufmerksam ihre Augen auf das Licht richteten, huschte Erk aus der Dunkelheit hervor und schlug die Entenklappe mitten in die Schar.

Geflatter erhob sich, und die Enten stoben davon. »Zwei hab ich, glaube ich«, rief Erk leise.

Mumme trat näher, und Hansen folgte ihm. Erk kniete auf dem Stiel des Ketschers und griff unter das auf dem Boden liegende Netz, aus dem sich die Tiere zu befreien suchten. Er hielt die Ente am Schnabel fest und wirbelte sie kurz um sich selbst. Ein Knacken war zu hören, als die Wirbelsäule brach. Hansen schauderte es. Trotzdem war nicht zu leugnen, dass es ein blitzschneller Tod war.

»Es sind sogar drei«, frohlockte Erk. »Ganz gut für die erste Fangstunde, meine ich.«

»Das ist wahr, mein Junge. Siehst du, es geht auch ohne Gewehr. Ob ein Jäger aus einer einzigen Schar drei herunterholt, ist schon sehr fraglich.«

Hansen schmunzelte. Erk murrte zuerst, als er aber zu Hansen hochblickte, musste er mitgrinsen. »Mein alter Herr ist immer noch besser als andere, vor allem, wenn sie nicht aufpassen«, räumte er neidlos ein.

»Den alten Herrn habe ich überhört, aber sonst freue ich mich über die Anerkennung aus deinem Mund«, erwiderte Mumme. »Mach vorwärts, Erk.«

»Oh, nach Westen sehe ich immer noch genug.« Erk hielt sich jedoch nicht damit auf, zum Horizont zu blicken, sondern beeilte sich, die toten Enten an den Füßen zusammenzubinden.

Über Amrum war tatsächlich noch ein kleiner heller Streifen zu erkennen, zumindest eine Ahnung von Helligkeit, wie Hansen feststellte, als er sich umdrehte.

»Ja, aber es kommt Nebel auf.«

Hansen schnellte wieder herum, um die Ostseite von Föhr in Augenschein zu nehmen. Wo er Minuten davor noch Lichter gesehen hatte, schien jetzt eine weiße Wand zu stehen, die auf Langeness zukroch.

»Mit etwas Glück«, flüsterte Mumme, »finden wir noch eine Gruppe, wenn nicht, war die Jagd trotzdem nicht schlecht.«

Erk sprang auf, übergab Hansen die Enten und schulterte den Ketscher. Mumme lächelte Hansen zu und stapfte los, jetzt parallel zum Langenesser Ufer in westliche Richtung.

Mumme hatte einen schnellen Schritt angeschlagen. Hansen suchte immer wieder den Boden ab, aber gelegentlich knirschte unter seinen Stiefeln dennoch eine Muschel, er sah sich nicht in der Lage, es zu vermeiden.

Unvermittelt griff Erk nach der Hand seines Vaters, so dass dieser im Schritt geradezu zu versteinern schien, und deutete nach vorne. Er musste Augen wie ein Luchs haben. Hansen sah nichts außer einer Nebelwand, die sich jetzt mit unglaublicher Schnelligkeit über das Watt ausbreitete. Aber Mumme schien nicht den geringsten Zweifel am Urteilsvermögen seines Sohnes zu haben. Lautlos knöpfte er seine Tasche auf und begann mit seinen Vorbereitungen.

Erk hob den Ketscher, und Hansen hielt den Atem an.

Der nächste Augenblick änderte alles. Der Ketscher fauchte schon durch die Luft, als ein scharfer Knall ertönte, der nur durch den Nebel gedämpft wurde. Die Pfeifenten stiegen auf und zogen mit rauschenden Schwingen davon. Eine Feder flatterte zu Boden.

Erk ließ den Ketscher in den Sand fallen und sah seiner flüchtenden Beute wütend hinterher. »Es wären bestimmt vier gewesen«, polterte er. »Verflucht! Ausgerechnet jetzt musste der schießen!«

»Na ja«, sagte Mumme mit einem Seufzer. »Kann passieren. Und wenn auch du dir ein Gewehr zulegst, wird es noch mehr Jägern so gehen wie uns gerade.«

Hansen vernahm erstmals von dem Interessenskonflikt zwischen Jägern alter und moderner Art. Darüber hatte er sich natürlich noch nie Gedanken gemacht. Dann wandte er sich zum Festland um, um festzustellen, ob er dort jemanden sehen konnte. Aber der Nebel war da so dicht, wie er bei ihnen zu werden begann. Feuchte Schwaden wallten ihm immer wieder ins Gesicht, um sich nur vorübergehend zu lichten.

»Wer hat denn da bloß geschossen?«, fragte Erk laut und immer noch verärgert. »Das hat sich angehört, als ob der

Mann von uns aus Richtung Oland stünde. Aber da jagt Tete doch gar nicht!«

»Vielleicht hat jemand überraschend einen jagenden Sommergast aufgenommen«, mutmaßte Mumme zweifelnd. »Obwohl ich davon sicherlich informiert worden wäre. Und du weißt, wie man sich bei der Ortung von Geräuschen bei Nebel irren kann. So, machen wir, dass wir nach Hause kommen. Das war es für heute.«

Mumme hatte seine Gerätschaften schon verstaut und den Kompass zur Hand genommen, obwohl er ihn, wie Hansen vermutete, im Augenblick noch nicht wirklich benötigte. Auch er selber hatte dank des steten Windes und der Richtung der vorbeitreibenden Nebelschwaden ein sicheres Gefühl dafür, wo die Hallig sich befand.

Als sie festes Land erreichten, trafen sie auf die Steinkante am jüngst durchdämmten Priel und waren nach kurzer Wanderung wieder bei der Ketelswarf.

Erk nahm Hansen die Enten ab und schnitt kurzerhand eine von ihnen los, die er Hansen überreichte. »Unsere Träger erhalten immer ihren gerechten Anteil«, sagte er wieder gutgelaunt. »Stimmt's, Vater?«

»So ist es Sitte«, meinte auch Mumme. »Gute Nacht, Sönke.«

Kapitel 6

Mit frischem Elan ließ sich Sönke Hansen am nächsten Tag wieder nach Föhr zurücksegeln. Das nächtliche Erlebnis hatte ihm die düsteren Gedanken wegen der mageren Ergebnisse seiner Nachforschung aus dem Kopf geblasen. Ungeduldig wartete er, bis der Flecken Wyk endlich querab lag und er die neuen Gebäude der Gepäckabfertigung und der Fahrkartenausgabe am Hafen sehen konnte.

Er war jetzt fest entschlossen, alles bis aufs Tüpfelchen aufzuklären, auch um Tettas willen. So etwas durfte es einfach nicht geben!

Und hatte es auf der Hallig wohl auch noch nicht gegeben, soweit sich Jorke erinnern konnte, nachdem sie sich wieder beruhigt hatte. Anscheinend gab es hin und wieder heimliche Liebschaften, über die gemunkelt wurde. Aber damit hatte es sein Bewenden, Hochzeiten wurden rechtzeitig arrangiert und die Frage zweifelhafter Vaterschaft nicht öffentlich diskutiert. Hansen verstand jetzt besser, warum es kaum Aufsehen erregte, dass Jorke und er in Sünde lebten, wie ein Pastor es vermutlich formulieren würde.

Welcher Druck mochte auf Tetta gelegen haben, dass sie den Freitod gewählt hatte, was vermutlich weder eine Wahl gewesen noch frei geschehen war? Sein Mitgefühl mit dem armen Mädchen lenkte Hansens Gedanken wieder auf ihren Vater. Er wusste immer noch nicht, wer am Abend geschossen hatte. Sollte es aber wirklich Tete Friedrichsen gewesen sein, würde der damit ein ausgesprochen rohes Gemüt offenbart haben. Hansen selber wäre jedenfalls während eines so kurz zurückliegenden tragischen Todesfalls in der Familie nicht auf Jagd gegangen. Nicht einmal, wenn es mit dem Wasser gut passte.

Wie es der Zufall wollte, stolperte Hansen im Hafen von Wyk geradezu über Dr. Molitor, der trotz seiner wie stets tadellosen Kleidung mitsamt nachtschwarzem Hut und modisch spitzen Schuhen in höchst legerer Position am Wyker Kai hockte und neugierig in ein Fischerboot spähte, aus dem der Fang entladen wurde.

»Fangen Sie ausschließlich Plattfische?«, fragte er gerade, als Hansen ankam und hinter ihm stehen blieb.

»Jawoll, das sind Butt und Seezungen, bestimmt für die Gäste in den Speiselokalen«, antwortete der Fischer gleichmütig und hievte eine Holzkiste mit sprattelnden Fischen nach oben auf das Steinpflaster.

»Makrelen haben Sie nicht?«

Der Fischer lächelte nachsichtig und schob sich seine kurze Pfeife in den anderen Mundwinkel. »Nein, die habe ich nicht. Auf Makrelen sind die Kollegen aus, die auf die offene See gehen, vor Amrum und westlich Pellworm. Ich fange die Fische, die weiter binnen schwimmen, entweder mit Schnüren an Pflöcken oder in meinem Fischgarten.«

»Ein Garten im Wasser? Das hört sich ja hochinteressant an«, sagte Molitor erwartungsvoll. »Darüber würde ich gerne mehr erfahren …«

»Gegen ein Päckchen Tabak dürfen Sie sicher mal mitfahren, Dr. Molitor«, schaltete Hansen sich listig ein und blinzelte dem Fischer zu.

»Kann angehen«, sagte der bereitwillig. »Morgen zur gleichen Zeit, wenn der Herr möchte.«

Der Arzt sah zu Hansen hoch. »Oh, Sie sind das. Schön, Sie wieder zu treffen, Herr Hansen. Ich würde tatsächlich gerne mitfahren, danke für den Vorschlag.«

»Aber?«

»Morgen geht es leider nicht«, antwortete Molitor und federte trotz seines Alters gelenkig in die Höhe. »Da will ich auf Seehundjagd. Tygge Hemsen, der Jäger, mit dem ich immer unterwegs bin, sagt, dass wir so schnell wie möglich losmüssen. So viel Nebel wie in diesen Tagen ist für die Jahreszeit nicht normal, meint er, und es könnte noch schlimmer kommen. Und nächste Woche reise ich ab.«

»Ist richtig«, bemerkte der Fischer. »Meistens fange ich so viele Plattfische erst wieder ab Oktober, wenn es kälter wird.«

»Ja, wir wurden gestern Abend schon tüchtig eingenebelt«, erzählte Hansen und fügte für beide erklärend hinzu: »Nachbarn haben mich zur Pfeifentenjagd aufs Langenesser Watt mitgenommen.«

»Wird ein harter Winter werden, wenn die Pfeifenten jetzt schon da sind«, schloss der Fischer aus allen Ereignissen zusammen und wandte sich wieder seiner Arbeit zu, während Dr. Molitor und Hansen Seite an Seite zum Sandwall spazierten.

»Dr. Molitor«, begann Hansen ernst, »es ist ein Wink des Himmels, dass ich Ihnen gerade jetzt wieder begegnet bin. Um es geradeheraus zu sagen, ich benötige dringend Informationen über den Ablauf dieses englischen Picknicks. Insbesondere, da Sie bald abreisen werden.«

»Ist etwas passiert?«, erkundigte sich Molitor besorgt.

»Jemand hat sich am Deich zu schaffen gemacht«, antwortete Hansen ausweichend. Er hatte sich auf der Überfahrt gründlich überlegt, wie er vorgehen wollte, und sich entschlossen, die volle Wahrheit so lange wie möglich zurückzuhalten. Womöglich würde die Frau auf schnellstem Wege abreisen, wenn Gerüchte zu kursieren begannen. »Ich will es nicht an die große Glocke hängen. Aber wenn es gelingt, die Ereignisse zu rekonstruieren, finde ich möglicherweise den Täter, und kann mit ihm reden.«

»Nun, da haben Sie sich aber etwas vorgenommen«, sagte Molitor, ohne einen Hauch von Zweifel an Hansens Darstellung. »Ich will versuchen, meinen Teil dazu beizutragen, soweit ich das kann.«

Hansen nickte dankbar und kickte einen auf die Straße abgeirrten Ball, der ihm zwischen die Füße rollte, zu den im Sand spielenden Jungen zurück.

»Ich hatte Ihnen schon erzählt, dass ich mich wegen der Dürrschnäblerin aus dem Staub machte … Ich habe ihr übrigens kalte Waschungen mit Seewasser empfohlen, damit ihr cholerisches Temperament etwas gedämpft wird – was ich ihr natürlich nicht sagte –, aber für Ratschläge ist sie nicht zugänglich.« Molitor unterbrach sich und brummte ärgerlich vor sich hin.

»Was sagte oder tat sie denn?«

»Sie putzte mich in aller Öffentlichkeit herunter. Für sie sei die maßgebende Kapazität von Wyk der Badearzt Dr. irgendwas – so sagte sie. Im Gegensatz zu mir, von dem sie nichts wisse. Ich kenne Dr. Gerber natürlich, ein Mann, der außerordentlich viel für Wyk tut, nicht nur in medizinischer Hinsicht. Sie führte sich auf, als sei ich nicht nur ihr, sondern auch dem Kollegen zu nahe getreten.«

»Interessant«, sagte Hansen höflich.

»Aber nicht das, was Sie wissen wollen, ich weiß.«

Hansen lächelte in sich hinein. Molitor war aufmerksam wie ein jagender Fuchs.

»Ja, ich verließ die Gesellschaft am Ufer also«, besann sich Molitor. »Vor mir war schon ein junger Mann davongestürmt, ein Maler, wie man anhand seiner Utensilien sehen konnte. Er sprach mit niemandem ein Wort. Später, wieder an Bord, als wir alle auf seine Rückkehr zu warten hatten, wobei wir übrigens das selbstgerechte Gezeter von Frau Dürrschnabel ertragen mussten, meinte man allgemein, der Maler sei hochmütig, wie man das öfter bei Kunstmalern feststelle. Ich glaube eher, dass er nur schüchtern war. Er gehörte nicht der Gesellschaftsklasse der übrigen Gäste an, wissen Sie, und das verursacht mitunter große Hemmungen bei manchen Menschen.«

»Fraucke, die Magd des Logierhauses, erzählte mir von ihm.«

»Die graue Maus, die sich so rührend um ihn bemühte.« Molitor schmunzelte. »Ich hatte den Eindruck, sie sei entschlossen, dies auch ihr weiteres Leben zu tun.«

»Ich auch. Als sie mir von ihm berichtete, mutierte sie unversehens von einer Maus zur Löwin. Sonst wusste sie nichts zu erzählen.«

»Kann ich mir vorstellen. Sie hatte nur für ihn Augen. Ich hingegen ließ meine durchaus wandern, wie es meine Gewohnheit ist«, fuhr Molitor fort. »Es gab auf der Rückfahrt einen kleinen Zwischenfall, eigentlich das einzig Bemerkenswerte. Aber für Sie nicht interessant, denn die Dame, um die es geht, hat sich wohl kaum am Deich zu schaffen gemacht.«

»Erzählen Sie trotzdem«, bat Hansen und hoffte, dass Dr. Molitor die knisternde Spannung, in der er selber sich plötzlich befand, nicht bemerkte. Andernfalls würde der aufmerksame Arzt seine Lüge durchschauen, die er jetzt schon bereute.

»Sophie Brettschneider hieß sie«, sagte Molitor, in die Ferne schauend und etwas melancholisch. »Fräulein Sophie Brettschneider. Sie war unnatürlich mager und blutleer. Krankhaft anämisch. Auf See brach sie in Tränen aus, eine Sturzflut von Wasser ergoss sich geradezu über ihr weißes Kleid, das übrigens verknittert und schmutzig war.«

»Haben Sie eine Ahnung, warum sie weinte?«, fragte Hansen alarmiert.

»Nein, ich weiß es nicht. Ich würde das Symptom Depression nennen. Aber es gibt natürlich Zustände bei Frauen, in denen sich ein schwaches Gemüt offenbart, was manchmal bis zur Hysterie führen kann. Denken Sie an die Nonnen des hohen Mittelalters, die sich in ihren unausgelebten Sehnsüchten nach einem Mann für Bräute Christi hielten und reihenweise in Ohnmacht fielen.«

Nein, Hansen dachte vielmehr an Sophie Brettschneider. Er würde sie ausfindig machen. Was Molitor berichtet hatte, passte alles.

»Ich versuchte natürlich, ihr beizustehen, aber ihr sehr distinguierter Begleiter wehrte mich ab, in aller Höflichkeit, aber sehr bestimmt. Ich brauche mich um Fräulein Sophie nicht zu kümmern, sagte er, sie sei in guten Händen. Er wisse, was zu tun sei.«

»Meinte er seine eigenen guten Hände?«

»Nein, die meinte er nicht, sondern die des Arztes, der Fräulein Sophie in ihrer Heimat betreut. Aber er versprach Dora Dürrschnabel, Dr. Gerber zu konsultieren, wenn der Anfall sich wiederholen sollte. Sie schieden als Freunde.«

»Du meine Güte!«, sagte Hansen fast ungläubig. »Übrigens, verzeihen Sie mir meine Offenheit, aber halten Sie den Begleiter für den Liebhaber von Fräulein Sophie?«

Molitor zog die Augenbrauen ein wenig höher und wiegte unschlüssig den Kopf, fragte Hansen aber nicht, was dies mit dem Deich zu tun haben könnte, wofür Hansen dankbar war.

»Schwer zu sagen«, meinte er. »Jedoch bestimmt kein Liebhaber, der die Sophie am Halligufer entjungfert hat. Dafür waren sie zu vertraut miteinander und zu gelassen. Eher könnte er ihr älterer Bruder sein. Bruder und Schwester, ja, das mag sein.«

Vielleicht Bruder und Liebhaber? Hansen holte so geräuschvoll Luft, dass Molitor aufmerksam wurde. Er legte seinen Arm auf Hansens und zwang ihn, stehen zu bleiben.

»Was für seltsame Gedanken mögen Sie jetzt unter Ihren blonden Locken wälzen?«, fragte er und sah Hansen aufmerksam ins Gesicht. »Die Friesen gelten als der reinste und am wenigsten verdorbene deutsche Volksstamm – nicht meine Worte –, aber ich glaube, im Augenblick kann man Ihnen dieses Prädikat nicht zuschreiben.«

»Bah«, rief Hansen mit einem Anflug von Verzweiflung aus. »Sich mit Ihnen einzulassen, ist, weiß Gott, riskant! Geheimnisse kann man vor Ihnen nicht lange verbergen.«

»Nun erzählen Sie schon, womit Sie sich herumschlagen.«

»Wir haben die Leiche eines neugeborenen und erstickten Kindes im Klei an einer Stelle des Nordufers entdeckt, an der wir gerade arbeiten«, berichtete Hansen jetzt ohne Umschweife. »Zuerst hielten wir es für ein Unglück oder ein Verbrechen aus Not – wie auch immer – durch eine Halligfrau. Das erwies sich als nicht zutreffend. Der Verdacht richtet sich inzwischen eindeutig auf die Damen des Ausflugsschiffes.«

Dr. Molitor runzelte die Stirn und nickte bedächtig. »Jetzt verstehe ich Ihre sonderbaren Fragen. Und ich wäre sehr von Ihnen enttäuscht gewesen, wenn Sie über die bedauernswerte Mutter hergezogen wären in der Art unserer Politiker. Von wegen Verderbnis unter dem weiblichen Geschlecht und was dergleichen ungezogene und dumme Behauptungen noch mehr sind. Not ist es meistens, da haben Sie schon Recht. Aber ausgerechnet in einem Bade- und Kurort, in dem es von Reichen wimmelt?«

»Doch, vielleicht gerade«, beharrte Hansen. »Allerdings in dem Fall nicht gerade materielle Not, sondern seelische. Ausweglosigkeit vielleicht. Bei sechs, sieben Wochen Kuraufenthalt, die sich natürlich auch noch strecken lassen, könnte eine begüterte Frau der Entdeckung einer folgenreichen Liebschaft durch den Ehemann entgehen.«

»Ich weiß, was Sie meinen«, sagte Molitor nachdenklich zustimmend. »Ja, es wäre durchaus möglich. Vom Standpunkt eines Mediziners aus auch durchführbar. Allerdings würde ich im Hinblick auf eine Geburt ohne Hebamme oder andere sachkundige Helfer eher auf eine robuste Person mein Augenmerk richten, was Fräulein Sophie eindeutig nicht ist.«

»Ich habe mal gehört, dass anscheinend grundlose Tränenausbrüche nach einer Geburt vorkommen können.«

»Das ist richtig. Andererseits ist dieses eine Symptom nicht beweiskräftig.«

»Gab es denn noch andere Frauen, die Ihnen auffielen?«

Molitor verzog die Lippen zu einem verständnisvollen Lächeln. »Nun ja, eigentlich nur noch Louise Kerkhoff, die

Ehefrau eines schwerreichen Magnaten aus Dortmund, der nach Wyk nicht mitgekommen ist. Sie gibt sich immer sehr zugeknöpft, fast abweisend. Sie wird ihre Gründe haben. Ich vermute, dass sie an unserem fröhlichen Ausflug keine Freude hatte. Bei der Hinfahrt wurde viel gescherzt und gelacht, aber sie hat sich nicht beteiligt.«

»Könnte sie denn in Frage kommen? Altersmäßig, meine ich.«

Molitor wiegte den Kopf. »Medizinisch möglicherweise, sie ist wohl etwas über dreißig. Der Normalfall wäre es bei ihrer Konstitution nicht.«

»Und sonst? Und warum war die Rückfahrt nicht so fröhlich?«

»Wissen Sie, Herr Hansen«, sagte Molitor, »die ganze Gesellschaft war abgekämpft. Die brütende Hitze und die ungewohnte Seeluft machte uns allen zu schaffen, auch den Einheimischen. Mehrere junge Paare wirkten ausgesprochen ermattet, und ich vermute, sie hatten sich auf andere Art amüsiert als wir älteren. Östlich der Honkenswarf gibt es mehrere Einschnitte im Ufer, die höchstens von See einzusehen sind, Sie kennen sie sicher. Eigentlich wähnt man sich dort allein auf der Welt …«

»Ich weiß. Mir geht es auch so.«

»Sehen Sie. Ich wurde auf der Rückfahrt übrigens selbst allmählich schläfrig, vielleicht deswegen auch unaufmerksam. Die Einzige, die von einer wirbeligen Geschäftigkeit getrieben wurde, war die Magd Fraucke. Natürlich wegen ihres Malers. Die andere Magd hingegen, die mit dem ungewöhnlichen Namen …«

»Göntje«, half Hansen aus.

»Ja, Göntje. Die hing wie wir alle auf der Bank herum, zumal auch keiner der Gäste besondere Wünsche äußerte, die zu erfüllen gewesen wären. Alles in allem habe ich jedenfalls keine Frau bemerkt, der ich auf den Kopf zugesagt hätte, dass sie gerade eine Geburt hinter sich gebracht hat.«

»Tja«, murmelte Hansen niedergeschlagen und überschlug, welche Möglichkeiten es noch gab. »Dann muss ich mich wohl nach anderen Ausflugsbooten umsehen. Da es ein strahlend schöner Sonntag war, war auf dem Wasser viel los, von eleganten Yachten bis zu den kleinen Kähnen, in denen Fischer Gäste hinausrudern. Vermutlich haben wie immer welche vor der Hallig geankert, aber da achtet man als Bewohner nicht sonderlich drauf.«

»Tut mir leid, dass ich Ihnen nicht gescheiter helfen konnte«, sagte Molitor bedauernd.

»Ja, doch, Sie haben mir ja geholfen. Ich kann die Gäste des englischen Picknicks wohl ausschließen. Da Sie bis zur nächsten Woche hier sind, darf ich mich eventuell noch mal mit Ihnen beraten?«

»Ja, gewiss. Ich muss die Sache überschlafen. Vielleicht komme ich selber noch auf Sie zu. Aber morgen bin ich auf Jagd, denken Sie daran.«

»Ich denke daran. Vielen Dank auch, Dr. Molitor. Ich bin sicher, dass Sie die Angelegenheit diskret behandeln werden.« Hansen verneigte sich und blieb stehen, da sie die Mündung der Mittelstraße erreicht hatten.

Molitor reichte Hansen die Hand und schüttelte den Kopf. »Diskretion ist etwas für andere Leute. Ich fühle mich an die ärztliche Schweigepflicht gebunden.«

»Oh«, sagte Hansen dankbar und ging seiner Wege.

Als Hansen nach einem vergeblichen Versuch im Haus Burmester wieder zurückmarschiert und im Redlefsen's angelangt war, entlockte er dem verschwiegenen Portier, dass Louise Kerkhoff dort nicht wohnte, im Gegensatz zu Sophie Brettschneider. Aber es war zu spät geworden, um sie an dem Tag noch zu behelligen. Sie und ein Verwandter bewohnten getrennte Zimmer, erfuhr er noch.

Am nächsten Vormittag war sie in der Warmbadeanstalt, wo sie sich alle zwei Tage einer Kur unterzog, wie Hansen durch ein zufälliges Gespräch anderer Gäste mitbekam. Hartnäckig blieb er in der Lobby des Hotels sitzen und wartete. Der Portier, von dem er inzwischen erfahren hatte, dass er Bosse Ingwersen hieß, betrachtete ihn unter Stirnrunzeln, komplimentierte ihn aber immerhin nicht hinaus. Später sah Hansen, dass Ingwersen auch Göntje forschend mit den Augen folgte, als sie eilig die Halle durchquerte und im gegenüberliegenden Gang verschwand, und er machte sich klar, dass es zu den Aufgaben eines Portiers gehörte, alles im Auge zu behalten.

Am Nachmittag endlich spazierte Sophie Brettschneider am Arm ihres Begleiters aus dem Speiseraum, wo sie vermutlich den Tee eingenommen hatte.

Hinter den *Föhrer Nachrichten* verborgen, beobachtete Hansen sie und den etwas älteren Mann. Endlich schien keine Pflicht sie zu zwingen, sich irgendwohin zu begeben, ein Eindruck, der sich Hansen bisher aufgedrängt hatte. Das Paar blieb in der Lobby stehen und sah sich müßig um.

Fräulein Brettschneider, mit scharfen Linien im Gesicht, das bleich war wie Jorkes Schafskäse, mochte um die dreißig Jahre alt sein. Sie war auf eine modische Weise, die Reichtum und vornehme Abstammung signalisierte, sehr zurückhaltend gekleidet und perfekt frisiert. Der schattenhafte Eindruck, den sie machte, verflüchtigte sich, wenn man ihren schwerfälligen Gang sah. Sie hing wie ein Klotz an ihrem Begleiter.

»Ach, Fräulein Brettschneider«, ertönte es stimmgewaltig hinter Hansen.

Als er sich bedächtig umdrehte, sah er Dora Dürrschnabel durch die Halle pflügen, schnurstracks auf Sophie Brettschneider zu, und mit ihrer fetten kleinen Hand winkend, die sie der jungen Dame dann von weitem entgegenstreckte.

»Ja, meine liebe Sophie!«, rief sie, »wie geht es Ihnen heute? Ich habe mich schon gefragt, ob die Anwendung hilft, die ich Ihnen empfehlen konnte.«

»Das Dampfbad bekommt mir nicht«, bekannte Fräulein Brettschneider, verängstigt wie ein junges Mädchen, das öffentliche Aufmerksamkeit nicht gewohnt ist. »Es ist einfach zu anstrengend.«

»Aber das Schwefelbad schlägt bei unserer kleinen Patientin gut an«, bemerkte der Begleiter und betrachtete sie zärtlich.

»Gerhard, ich bin zweiundzwanzig«, protestierte Sophie.

»Hervorragend!«, schleuderte Dora Dürrschnabel emphatisch dem Herrn neben Fräulein Brettschneider entgegen, ohne deren Protest zu beachten. »Und sie muss viel Fisch essen, achten Sie darauf! Waller mit Randensoße, das gibt rotes Blut, und das scheint sie zu benötigen! Kretzer – nun ja, er hat viele Gräten, aber ein zuverlässiger Händler versteht ihn fast grätenlos zu filetieren. Und Saibling natürlich! Er ist sehr schmackhaft und gesund, macht bei tüchtigem Verzehr so festes Fleisch, wie er selber hat. Mein Gatte ist sehr darum bemüht, dass er sich auch in den Flüssen des Schwarzwaldes vermehrt. Es kann ja nicht angehen, dass nur die Wilden sich an ihm laben dürfen, nicht wahr?«

»Wilde im Schwarzwald?«, fragte der Herr ungläubig und rückte an seiner Brille herum.

Das interessierte auch Hansen. Doras Formulierungen waren zuweilen wenig klar.

»Ach was!«, ereiferte sich Dora. »Die Wilden in Amerika natürlich! Diese eingeborenen Indianer, denen man jetzt amerikanisches Land schenkt! Wenigstens müssen sie ihre Fische hergeben, seit einigen Jahren schon, an alle bedeutenden Länder Europas. Und Abgeordnete wie mein Gatte sorgen dafür, dass die Saiblinge auch bei uns ausgesetzt werden, denn schließlich haben auch die Deutschen Anteil daran, dass diese Kolonie kultiviert und zu einem reichen Land wurde, nicht wahr?«

Hansen hörte ihrem Wust von wahrscheinlich verkehrt verstandenen Informationen zwar zu, aber was Fräulein Brettschneider betraf, schloss er sich Molitors Meinung an. Eine junge Frau, die so verhärmt war, dass er ihr ohne weiteres zehn Jahre mehr gegeben hatte, war vermutlich schon länger krank. Und hier anwesend, um eine Kur zu machen, nicht um heimlich ein Kind zu gebären.

Er ließ den Blick durch die Halle schweifen. Dürrschnabel selbst war nirgendwo zu sehen. Dora würde also vermutlich Sophie mit weiteren unnützen Ratschlägen überschütten, die Hansen aber nicht interessierten.

Fräulein Brettschneider übrigens auch nicht. Sie wandte sich gerade mit wieder leidendem Gesicht an den Verwandten und flehte ihm etwas in das geneigte Ohr. Sie hatte wohl ihre eigene Technik entwickelt, um wohlmeinenden Leuten wie Dora Dürrschnabel zu entgehen. Ihr Begleiter erfasste ihren Unterarm, verbeugte sich wortlos vor Frau Dürrschnabel und nahm Kurs auf den Gang, der zu den Zimmern führte.

Sönke Hansen faltete die Zeitung zusammen und schlenderte nach draußen.

Kaum aus dem Tor des Hotels auf den Sandwall getreten, wurde Hansen fast umgerannt. Die Leute strebten in Richtung auf den Hafen, die männlichen Gäste im Eilschritt, ihre Frauen mit zusammengeklappten Sonnenschirmen am Arm hinter sich her zerrend. Zwischen ihnen hindurch schlängelten sich die einheimischen Jungs, barfuß oder mit klappernden Pantinen.

Hansen griff sich einen von ihnen aus dem Strom und hielt ihn fest. »Etwas passiert?«, fragte er auf Friesisch.

»Ja, doch, lass mich los, Mann!«, rief der Halbwüchsige in frechem Ton. »Da ist einer erschossen worden. Den schippern sie gerade in den Hafen.«

Kapitel 7

Sönke Hansen schloss sich den rennenden Menschen in gemäßigtem Tempo und etwas skeptisch an. So ganz konnte er nicht glauben, was der Junge ihm erzählt hatte. Dass jemand auf See erschossen wurde, war eher unwahrscheinlich. Oder war es auf Amrum oder einer der Halligen geschehen, wo es keinen Polizisten gab?

Die Menge drängte sich unter aufgeregtem Geraune am Hafenbecken zusammen. Hansen, der, abgesehen von neugierigen Lehrlingen und Straßenjungs, ausschließlich Badegäste sah, schob sich höflich, aber entschlossen hindurch, um festzustellen, ob er seine Hilfe anbieten konnte. Schließlich kam er an der Kaimauer an, und es gelang ihm, einen Blick in den längsseits festgemachten Ewer zu werfen, um den sich die Aufregung drehte.

Ein Mann lag mit angezogenen Knien in der Plicht, auf der Bank kauerte der einheimische Schiffer, den Kopf in die Hände vergraben, ein Bild der Verzweiflung. Medizinische Hilfe war offensichtlich nicht mehr vonnöten, anscheinend stand der Tod des Mannes fest.

Hansen registrierte die eng anliegende Seehundskappe, die der Tote noch auf dem Kopf trug. Dann bemerkte er auch das Gewehr und den Seehundshaken.

Welch besondere Tragödie! Ein Gast war erschossen worden! Hansen ergriff ein Want und ging in die Hocke. »He! Brauchst du Hilfe? Darf ich ins Boot kommen?«, rief er dem Schiffer gedämpft auf Friesisch zu.

Der Jäger hob den Kopf, musterte Hansen kurz und nickte. »Ich war es nicht«, verteidigte er sich. »Ich hatte kein Gewehr mit. Aber bei dem Nebel konnte ich nicht sehen, wer es war.«

»Ich zweifle nicht daran«, sagte Hansen und ließ sich ins Boot hinuntergleiten. Als er den Toten auf den Rücken drehen wollte, hielt er betroffen inne. »Das ist ja Dr. Molitor«, stammelte er.

»Du kennst ihn?«, fragte der Jäger dumpf.

»Ja, wir haben ein paarmal miteinander gesprochen. Ich bin Sönke Hansen, Deichbauer auf Langeness, vom Husumer Wasserbauamt. Und du selbst bist wohl Tygge Hemsen?«

»Von Boldixum«, bestätigte der Jäger kaum hörbar.

»Was geschehen ist, lässt sich nicht ändern«, bemerkte Hansen und verzichtete einstweilen darauf, sich nach den Umständen des Unfalls zu erkundigen. »Wir müssen nach Schliemann und nach einem Arzt schicken. Aber in dieser Volksmenge können sie sowieso nichts unternehmen. Wir sollten den Leichnam in die Leichenhalle bringen. Hilf mir, Dr. Molitor nach oben zu hieven, Tygge.«

Mit vereinten Kräften schafften sie den Toten auf den Kai. Nach wenigen Augenblicken wurde durch einen Fischer, der aufmerksam zugehört hatte, ein Karren für Fischkisten herangerollt.

Als Hansen sich in der Menge umsah, die endlich betroffen und still auf den Toten reagierte, erspähte er den langen Lulatsch, der ihm als Erster Auskunft gegeben hatte, und winkte ihn mit hochgestrecktem Arm zu sich.

Der Junge drängte sich eifrig und ungestüm durch die Reihen, indes Hansen ihm schweigend entgegensah. Von einem Herrn im Zylinder, dem das Schieben anscheinend nicht gefiel, fing er sich unerwartet eine Kopfnuss ein. »*Gott bewahre, am Kopf und überall!*«, schrie er empört.

Von den einheimischen Bengeln kamen unterdrückte Lacher. Selbst Hansen musste schmunzeln. Selten passte das geflügelte Wort wie eben gerade.

Plötzlich aber ertönte mitten aus der Menge heraus eine strenge Stimme: »*Welcher des Herrn Namen lästert, der soll des Todes sterben; die ganze Gemeinde soll ihn steinigen. Wie der Fremdling, so soll auch der Einheimische sein; wenn er den Namen lästert, so soll er sterben.*«

Das ging wohl etwas zu weit. Hansen hatte derzeit keinen Nerv für christliche Fanatiker und schüttelte nur grantig den Kopf. Er wartete, bis der Junge an der Kaikante angekommen war.

»Kannst du den Polizeiwachtmeister Schliemann benachrichtigen und ihn bitten, umgehend in die Leichenhalle zu kommen?«, fragte er leise.

Der schlagfertige Junge war ganz bleich geworden, aber er zog die Mütze vom Kopf und nickte. »Werde ich danach gesteinigt?«, flüsterte er Hansen zu.

»Ach was, Unsinn, jedenfalls nicht, solange du tust, was man dir sagt«, versetzte Hansen und versuchte vergeblich in der Menge die bibelkundige Person zu entdecken. »Wie heißt du?«

»Tums Godbersen. Und jawohl, ich hole den Polizeiwachtmeister, Herr«, sagte der Junge eilig, sehr viel respektvoller als bei ihrem ersten Zusammentreffen und anscheinend froh, wegzukönnen.

»Dann lauf, Tums«, brummte Hansen ermunternd und setzte für die Umstehenden fort: »Jemand muss dafür sorgen, dass Tygge Hemsen nun wohlbehalten nach Hause kommt.«

»Das mache ich«, erbot sich ein Fischer, der im benachbarten Boot am Vorstag lehnend zugesehen hatte.

Nachdem alles organisiert war, schoben Hansen und der Mann, dem der Karren gehörte, ihre traurige Fracht zur Leichenhalle neben der Kirche, gefolgt von einigen flüsternden Neugierigen.

An der Kirche wartete Schliemann schon ungeduldig. »Ach, Sie sind es, Herr Hansen«, sagte er mit einem Anflug von Verzweiflung. »Ich wollte dem Nichtsnutz Tums zuerst gar nicht glauben. Aber wenn Sie beteiligt sind, darf ich wohl davon ausgehen, dass es sich wieder um etwas Ungewöhnliches handelt.«

»Der Tote ist ein Gast. Sie müssen aufklären, was geschehen ist, da gibt es keine Wahl! Und beteiligt bin ich nicht. Nur war der Jäger, der mit dem Toten draußen war, heute nicht mehr zu gebrauchen, deswegen habe ich ihn nach Hause geschickt und die Angelegenheit selbst in die Hand genommen.«

»Sein Seehundsjäger hat ihn versehentlich erschossen. Was sonst?«, mutmaßte Schliemann nach einem Blick auf das kleine, wenig blutige Loch mitten in der Stirn. »Wer war mit?«

»Tygge Hemsen. Aber der war es vermutlich wohl eher nicht.«

»Tygge Hemsen?«, wiederholte Schliemann ungläubig. »Wissen Sie das genau? Der gilt als zuverlässiger und besonnener Mann. Ballert nie drauflos und achtet auch darauf, dass seine Gäste es nicht tun.«

»Er hat sich mir so vorgestellt. Ich musste ihn mit Begleitung nach Hause schicken. Er war am Boden zerstört.«

»Kein Wunder«, sagte Schliemann nüchtern. »Ein Seehundsjäger lebt davon, dass die Gäste Vertrauen zu ihm haben. Was meinen Sie, wie viel davon nach diesem Tag noch übrig ist?«

»Wenn Hemsen so ist, wie Sie ihn darstellen, verdient er, dass man ihm aus der Patsche hilft«, sagte Hansen entschlossen.

»Ja, ja«, seufzte der Polizist. »Ich hoffe, Sie greifen mir dabei unter die Arme?«

Das war ja etwas ganz Neues. Es hatte eine Zeit gegeben, in der Schliemann ihm spinnefeind gewesen war. Aber Hansen war nicht nachtragend. »Selbstverständlich«, sagte er. »Als Erstes muss ein Arzt feststellen, aus welcher Richtung Dr. Molitor erschossen wurde.«

Schliemann nickte eifrig. »Ich lasse nach Bethanien schicken. Die sind zwar manchmal etwas schwierig, aber das Einschussloch einer Gewehrkugel werden sie bestimmt erkennen und bestätigen.«

»Dr. Lorenzen von der Kinderheilstätte machte auf mich einen sehr guten Eindruck«, sagte Hansen zögernd.

»Aber jetzt haben wir es mit einem erwachsenen Toten zu tun«, wandte Schliemann ein.

»Dr. Lorenzen ...«

»Schon gut, wie Sie wollen, Herr Hansen. Nach Bethanien drängt es mich nicht gewaltsam«, knurrte Schliemann und informierte leise seinen Assistenten, den Hansen noch nicht kannte.

Dr. Lorenzen kam im Eilschritt mit seinem Köfferchen. Er runzelte verwundert die Stirn, als er Hansen neben den Polizisten bemerkte, sagte jedoch nichts, sondern ging zielstrebig an die Arbeit.

Als er eine Sonde im Schussloch auf der Stirn versenkte,

verließ Hansen die Halle. Ihm war elend zumute. Einen Bekannten, mit dem er sich noch vor wenigen Stunden unterhalten hatte, so zu sehen, ging ihm nahe.

Der Arzt brauchte bei diesem Toten nicht lange für seine Untersuchung. Als er aus der Halle getreten war, grub er in seinen Taschen und zündete sich eine dünne Zigarre an, die schon glomm, als er mit Schliemann auf dem Fuß bei Hansen angekommen war. »Ja, der Kollege Molitor ist von vorne erschossen worden«, sagte er. »Ein einziger sauberer Einschuss mitten zwischen die Augen. Kein großer Blutverlust. An der Kappe Gehirnsubstanz, die beim Transport verschmiert wurde.«

»Und weiter?«, fragte Hansen.

»Die Kugel ist derart am Hinterkopf ausgetreten, dass sich der Schütze und der Tote auf gleicher Höhe befunden haben müssen, also beide stehend oder beide liegend.«

»Liegend ist bei einer Seehundsjagd natürlich wahrscheinlicher«, warf Schliemann ein. »Tygge Hemsen gehört nicht zu denjenigen, die gestatten, dass ein Gast auf die Sandbank stürzt und noch im Stehen schießt, nur um zum Schuss zu kommen. Oder gar schon aus dem Boot heraus feuert.«

Lorenzen zog an der Zigarre und nickte nachdenklich.

»Außerdem lässt Hemsen bei der Jagd seinen Gästen den Vortritt. Ich glaube deswegen nicht, dass er den Herrn Doktor auf dem Gewissen hat. Da muss noch ein anderer Jäger gewesen sein. Und die waren beide auf den gleichen Seehund aus«, setzte Schliemann seine Überlegungen fort. »Den Seehund hat er verfehlt, und Dr. Molitor lag in der Schussrichtung.«

»So wird es wohl gewesen sein«, stimmte Lorenzen zu. »Ein außerordentlich tragisches Ereignis.«

»Also war es ein Unfall, der so unwahrscheinlich ist, dass er in tausend Jahren nicht mehr vorkommen wird.« Schliemann schien ein Stein vom Herzen zu fallen. »Wir müssen das in den Hotels und unter den Gästen verbreiten, damit kein Schaden für Wyk eintritt.«

Hansen schwieg. Ihn irritierte, dass ein Mann, der sich derart von Vernunft leiten ließ wie Molitor, in eine Situation geraten konnte, in der er auf diese dumme Art erschossen wurde. Warum hatte er sich nicht gemeldet? Hansen schüttelte den Kopf, um sich von seinem Unbehagen zu befreien.

»Irgendwelche Einwände?«, erkundigte sich Schliemann.

»Ich weiß nicht«, meinte Hansen zögernd und fuhr forscher fort, als ihm zumute war: »Jens Christiansens Gasthof kann ich übernehmen, wenn Sie einverstanden sind. Ich bin es Dr. Molitor schuldig, seinem Wirt zu erklären, was passiert ist. Man kann ihm nicht zumuten, per Gerücht zu erfahren, dass sein Gast tot ist, noch bevor Sie bei ihm angelangt sind.«

»Damit helfen Sie mir sehr«, sagte Schliemann erfreut und bot Hansen seine Hand zum Abschied. »Ich selber werde als Erstes das Protokoll schreiben und mich morgen mit Tygge Hemsen unterhalten, der Ordnung wegen, auch für das Protokoll. Ich bin erleichtert, dass wir den Hergang so schnell aufklären konnten. Besten Dank auch, Dr. Lorenzen.«

In melancholischer Stimmung wanderte Hansen durch die Straßen zum Gasthof. Als er die Treppe hochsteigen wollte, stand Jens Christiansen auf der obersten Stufe. »Haben Sie auch schon von Dr. Molitor gehört?«, fragte er.

»Sie haben es schon erfahren? Ja, deswegen komme ich zu Ihnen«, antwortete Hansen mit einem tiefen Seufzer, worauf er sofort in ein kleines Büro gebeten wurde.

»Ein toter Gast ist immer ein Unglück für ein Haus«, sagte Christiansen bekümmert und stellte Hansen einen Stuhl hin. »Ein erschossener ist natürlich noch schlimmer.«

»Ja, das glaube ich. Aufgrund von Dr. Lorenzens Untersuchungen ist Herr Schliemann zum eindeutigen Schluss gekommen, dass es sich bei Dr. Molitors Tod um einen Unfall handelt. So wird er sein Protokoll abfassen.«

»Wer hat denn geschossen? Er war doch wie immer mit Tygge unterwegs, nehme ich an?«, fragte Christiansen verwundert.

»Genau. Und Tygge hatte kein Gewehr mit. Es muss jemand anders gewesen sein. Und vielleicht hat der nicht einmal bemerkt, was passiert ist ...«

»Na, na ...« Christiansen blickte skeptisch.

»Es gab Seenebel«, ergänzte Hansen.

»Ach so, das ist etwas anderes. Es tut mir so leid«, sagte Jens Christiansen und blätterte in einem Stapel von Papieren. »Ich glaube, Dr. Molitors Frau ist tot. Wen soll ich denn nun benachrichtigen?«

»So wie ich Dr. Molitor kennen gelernt habe, hat er bestimmt für einen solchen Fall gesorgt.«

Der Wirt fand, was er suchte, und überflog das Formular. »Sie haben völlig Recht«, stellte er befriedigt fest. »Hier steht es, eine Tochter Isabella, die ebenfalls in Frankfurt wohnt. Sie haben ihn anscheinend schon länger gekannt.«

Das stimmte zwar nicht, aber es war müßig, darüber zu diskutieren. Hansen fühlte sich plötzlich wie zerschlagen, erhob sich und reichte Christiansen die Hand.

»Ich kann sie telegrafisch erreichen«, fügte der Wirt erleichtert hinzu, immer noch mit dem Anmeldezettel beschäftigt. »Danke für Ihre Hilfe. Ich hoffe, Sie nach Ihrer Hochzeit in meinem Haus begrüßen zu dürfen.«

»Das könnte sein«, erklärte Hansen, völlig abwesend. Dies war nicht der Augenblick, an seine Hochzeit zu denken.

»Sie können gerne auch zum Abendessen bleiben, Herr Hansen«, drängte Christiansen. »Es wird in ein paar Minuten aufgetragen. Und natürlich ist ein Gedeck …«

»Nein, danke«, unterbrach Hansen ihn erschrocken. Grübelnd stieg er die drei Stufen nach unten, wo er mit einem geckenhaft angezogenen Mann zusammenstieß, der die Treppe mit Schwung nehmen wollte.

»Sind Sie nicht derjenige, der sich um Dr. Molitors Leichnam gekümmert hat? Stimmt es, dass er erschossen wurde? Wissen Sie schon mehr darüber? Wir haben Sie beide schon miteinander spazieren gehen sehen.« Die Fragen wurden auf Hansen geradezu abgefeuert.

Er zuckte zusammen.

Vor ihm stand ein junges Paar, Arm in Arm, mit geröteten, vergnügten Gesichtern, über die ein Schatten von Betroffenheit ging, als er nickte.

»Wir wohnten doch hier zusammen und schwatzten manchmal miteinander bei den Mahlzeiten«, sprudelte die junge Frau heraus, die Hansen wegen ihres durchschnittlichen Gesichtes und der allgegenwärtigen Sanduhr-Silhouette auf der Promenade niemals aufgefallen wäre. »Auf der Rückfahrt von dieser Hallig zeigte er uns stachelige Schalen von irgendwelchen Seetieren. Später erfuhren wir dann, was er alles für interessante Dinge getrieben hat, während wir nur müßig am Ufer herumsaßen.«

»Wir sind eben Sommerfrischler und keine Forschungsreisenden«, warf der Mann ein.

»Und dazu auf Hochzeitsreise«, ergänzte seine Ehefrau und schmachtete ihren Mann mit schelmischem Blick an.

Hansen schmunzelte verloren und wünschte sich, auch so unbeschwert sein zu können. Plötzlich ging ihm auf, dass sie Teilnehmer des englischen Picknicks gewesen waren, und brachte flüssig seine plausible Begründung für die immer gleichen Fragen dazu heraus.

»Besonderes ist uns nicht aufgefallen«, erklärte der Mann bereitwillig. »Eine Frau benahm sich hysterisch, und die Bedienung war etwas zögerlich. Aber das war auch alles. Uns hat es nicht gestört, nicht wahr, Charlotte?«

Charlotte lächelte ihn verliebt an, während sie den Kopf schüttelte, bis ihr Hütchen verrutschte und sie danach griff, um es sich mit einem koketten Blick auf ihren Ehemann wieder geradezurücken.

Hansen fand sich mühsam zurück in seine Recherche. »Was meinen Sie mit zögerlicher Bedienung?«

»Ach, für das ganz junge Ding aus dem kleinen Logierhaus war es einfach zu viel Arbeit. Die besseren Hotels sollten es doch wirklich ermöglichen, eine dritte erfahrene Magd mitzuschicken oder wenigstens dafür sorgen, dass die zweite anwesend ist. Der Knecht, der ist hier Hausknecht übrigens, konnte nur die Tische geschickt aufschlagen.«

»Er versuchte sich dann auch an den Dingen, die er sonst wohl nicht macht, aber für die Teller hatte er drei linke Hände, mit denen gab es Kuddelmuddel. Plötzlich suchten alle nach den fehlenden Tellern. Ich würde mich nicht wundern, wenn er sie hat fallen lassen und die Scherben versteckt hat. Ich hoffe, mir passiert eine solche Ungeschicklichkeit in unserem kleinen Salon nie, was würden unsere Gäste sagen!« Die junge Braut sah Hansen strahlend an.

»Du bist doch bei deiner Frau Mama in die Lehre gegangen«, widersprach der Ehemann in entrüstetem Ton, um sich danach wieder an Hansen zu wenden. »Der Kerl stand später übrigens meistens herum. Höchstens, dass er mal zum Pinkeln fort war.«

»Und die andere Magd?«

»War fast die ganze Zeit abwesend. Kaum waren wir an Land, lief sie so zielstrebig davon, als wollte sie ihren Liebhaber auf der Hallig besuchen. Hauptsächlich deswegen musste wohl der Hausknecht ran. Immerhin hat er so getan, als wäre es normal.«

Charlotte kicherte und drückte ihr Gesicht an den Arm ihres Mannes. »Aber wir wollen nichts gesagt haben, nicht wahr, Joachim?«

»Eigentlich müsste man …«

»Nein, Joachim, nichts müsste man. Sie ist vermutlich einfach verliebt und …«

Hansen unterbrach sie. »Begleitet das Dienstpersonal nicht gelegentlich Gäste auf deren Wunsch hin auf Spaziergängen? Vielleicht war die Magd aus Gründen der Etikette des Hotels abwesend? Will sagen, um einer Dame die Hallig zu zeigen?«

Die beiden sahen sich bei Hansens umständlicher und zugegebenermaßen altmodischer Erklärung überrascht an, prusteten vor Lachen los und verweigerten die Antwort.

Als sie sich an Hansen vorbeidrängten, um ins Haus zu stürmen, kam er sich zu seiner eigenen Überraschung alt vor. Gerade rechtzeitig fiel ihm noch etwas ein. »Einen Augenblick«, rief er den jungen Leuten nach, worauf sich der Mann umdrehte. »Wohnt eigentlich noch jemand, der auf dieser Halligtour dabei war, hier im Haus?«

»Klar doch. Die fromme Louise.«

»Handelt es sich etwa um Louise …«

»… Kerkhoff, genau die. Wenn Sie mit ihr sprechen wollen, die geht jeden Tag nach dem Abendessen zur Kirche. Pünktlich. Mit einem Kreuz steif wie ein Uhrpendel. Nur der Popo wackelt nicht so.«

»Joachim!«, tadelte Charlotte giggelnd und zog ihren Mann in den Flur hinein.

Hansen starrte ihnen überrascht nach. Die Beschreibung hörte sich abschreckend an. Würde eine solche Frau heimlich ein Kind gebären? War der Kirchgang eine Art Buße? Jedenfalls war allein die Tatsache, dass Louise Kerkhoff, die Ehefrau eines schwerreichen Mannes aus der obersten Gesellschaftsklasse, hier wohnte, bemerkenswert, wenn nicht absonderlich.

Hansen beschloss, auf Louise Kerkhoff zu warten. Dem böhmischen Orchester lauschend, wann immer dessen Töne vom Strand herüberwehten, lungerte er in Sichtweite des Gasthofs herum, ohne den Eingang aus den Augen zu lassen. Zuweilen wechselte die Windrichtung, und dann drang leises Klappern an sein Ohr, anscheinend unterhielten sich die Storcheneltern auf dem Dach mit ihren Kindern.

Eine halbe Stunde später erschien auf dem Treppenabsatz eine dunkel und streng gekleidete Dame. In der schwarz behandschuhten Hand hielt sie ein kleines Büchlein im Elfenbeineinband mit Goldschnitt. Hansen hatte keinen Zweifel, dass es sich um Louise handelte.

Ihr Gesicht verdüsterte sich, als er mit raschen Schritten an sie herantrat. Anscheinend fürchtete sie sich vor fremden Männern. Hoffentlich begann sie nicht zu schreien, bevor er sein Anliegen vorgebracht hatte.

Er setzte gerade zum Sprechen an, als sie die Hand an ein Ohr legte und horchte. Und was er in ihrem Gesicht las, war nicht Angst, sondern Verärgerung.

»Dieses Sündenbabel!«, stieß sie aus. *»Sie sind schnell von dem Wege getreten, den ich ihnen geboten habe. Sie haben sich ein gegossenes Kalb gemacht und haben's angebetet und ihm geopfert und gesagt: Das sind deine Götter* … So steht es im 2. Buch Mose, Kapitel 32, junger Mann, falls Sie das nicht wissen sollten.«

»Nein, tut mir leid, ich weiß es nicht«, entschuldigte Hansen sich und begriff im gleichen Augenblick, dass Louise Kerkhoff sich an ihn erinnerte. Sie war die bibelfeste Person, die den ahnungslosen Tums am Hafen so erschreckt hatte.

»Das dachte ich mir schon. Die Frömmigkeit ist hierzulande weniger verbreitet als der Hang zu nichtigen Lustbarkeiten.«

»Nun ja, Wyk ist immerhin ein Kurort«, gab Hansen höflich zu bedenken.

»Auch in einem Kurort sollte man die Würde des Herrn wahren«, versetzte sie. Während sie ihren weißen Hals im hohen Stehbündchen, dessen Armierung aus Fischbeinstäbchen offenbar an der Haut scheuerte, ruckartig hin und her drehte, stieg sie mit vorsichtigen kleinen Schritten die Treppe herab. Ohne ein weiteres Wort schlug sie den Weg zur Kirche ein.

Hansen blickte ihr nach. An Louise Kerkhoff hatte er keine Fragen. Sie war nicht die junge Mutter. Bestimmt würde sie auch einen Bibelspruch zur Verdammung von Kindersegen zitieren können. Jedenfalls sah sie ganz so aus, als ob sie nach einem lebte.

Louise Kerkhoff machte eine so plötzliche Kehrtwendung, dass Hansen vermutete, sie habe etwas im Logierhaus vergessen, bemerkte dann aber, dass sie geradewegs auf ihn zuschritt.

»Um völlige Klarheit zu schaffen, junger Mann«, begann sie mit erhobenem Zeigefinger, »bei Mose 1, Kapitel 22, steht auch klipp und klar geschrieben, was der Herr von denen verlangt, die zu seinem Volk zählen.«

»Ja«, murmelte Hansen gequält.

»Der Herr sprach: Nimm Isaak, deinen einzigen Sohn, den du liebhast, und gehe hin in das Land Morija und opfere ihn daselbst zum Brandopfer auf einem Berge, den ich dir sagen werde.«

Während Louise Kerkhoff ihren Trippelgang zur Kirche wieder aufnahm, rang Sönke Hansen um Atem.

Während er ziellos im Ort herumwanderte, fragte er sich, ob man für das Land Morija – von dem er gar nicht wusste, wo es lag – die Hallig Langeness und für das Brandopfer ein getötetes Neugeborenes zu setzen hatte. Es schien nur auf den ersten Blick absurd. Wenn er Louise Kerkhoffs Zitate analysierte, waren Stichworte wie *steinigen*, *den geliebten Sohn opfern, den Namen des Herrn lästern, sich ein goldenes Kalb machen und anbeten* mehr als Andeutungen, dass sie in den Kindsmord verwickelt war.

Ohne es eigentlich zu wollen, geriet Hansen wieder auf den Sandwall, wo man wie üblich promenierte, um gesehen zu werden, und nichts mehr daran erinnerte, dass vor kurzem ein Gast erschossen worden war. Er hörte die Musik jetzt lauter, das Abendkonzert war noch nicht beendet.

Er zog sich Schuhe und Socken aus, krempelte die Hosenbeine hoch und schlurfte durch den lockeren Sand zur Wasserlinie hinunter, fest entschlossen, sich den Kindsmord für eine Weile aus dem Kopf zu schlagen. Die Tide war gerade gekentert, feucht glänzende Muscheln und Äste von Blasentang sowie gummiartige Wasserpflanzen waren von den Wellen zurückgelassen worden.

Hansen ließ sich ungeachtet der Nässe fallen, grub Hände und Füße in den Sand und spürte seine Kühle. Die letzten beiden Badekarren kehrten gerade ans Ufer zurück, und hinter Amrum ging die Sonne unter, beobachtet von einigen Herrschaften, die mit Ferngläsern bewaffnet müßig auf der Seebrücke standen.

Die Luft war ganz klar, jetzt am Abend gab es kein Anzeichen davon, dass bei Tage auf See Nebel geherrscht hatte.

Hansen versuchte, sich die Situation auf der Seehundbank vorzustellen. Zwei Jäger, die als Seehunde verkleidet waren, näherten sich kriechend einer Gruppe von Seehunden. Von ihnen abgedeckt, robbte von der anderen Seite ein weiterer Jäger heran, der ebenfalls einen Seehund mimte.

Für einen arglosen Betrachter aus einiger Entfernung handelte es sich um drei Gruppen von Seehunden. Dass sie auf einer Sandbank keineswegs ganz dicht beieinanderlagen, war normal, das hatte Hansen selbst schon oft gesehen, wenn er an einer Bank vorbeigesegelt war.

Und trotzdem nagte an ihm das Gefühl, dass das Bild unstimmig war. Es beschlich ihn eine Unzufriedenheit, die ihn nicht loslassen wollte.

Plötzlich vereinigten sich die Instrumente der Kapelle zu einem strahlenden Finale.

Die Stille, die danach eintrat, ließ Hansen erleichtert aufatmen. Dabei hatte er gar nicht wahrgenommen, wie sehr er sich gestört gefühlt hatte.

Gedankenlos folgte er mit den Augen einer kleinen Schar von Gästen, die sich zum Wasser hinunter begab. Ein offenbar in Sternenbildern bewanderter Mann zeigte auf die ersten sichtbar werdenden Sterne, und die Gesellschaft lauschte andächtig seinen Erklärungen und schien sich an dem Anblick zu freuen.

Sönke Hansen lächelte und sah ebenfalls nach oben. Zwei Stunden später würde der Himmel von Sternen glitzern. Auch ihn versetzte der Anblick immer wieder aufs Neue in Andacht.

Er fühlte sich brutal aus seiner Betrachtung gerissen, als er vom Sandwall her anschwellendes Gemurmel hörte. Die ausladenden hellen Hüte sich mondän und weltstädtisch gebender weiblicher Gäste begannen sich in seine Richtung zu schieben.

Hansen stand auf.

Als er sich den nassen Sand vom Hosenboden geklopft hatte, schwappte die erste Welle von korpulenten älteren Damen gerade in seine Nähe, gefolgt von der zweiten, die aus Zigarre rauchenden, unbekümmert lautstark palavernden Herren bestand.

Die Gruppe schob sich an ihm vorbei, ohne den geringsten Blick für einen schlanken barfüßigen Mann im Sand. Aber ihn störte es nicht, und er war dankbar, dass er nicht zufällig auf der Straße unterwegs war. Nur zu gut konnte er sich die von vielerlei Parfüms und Rauch geschwängerte Luftglocke vorstellen, die diese oberflächlichen Fremden vor sich hertrieben.

Zufällig trat für einen Augenblick Stille ein.

Hansens Gedanken eilten schnurstracks zu dem zurück, was ihn die ganze Zeit beschäftigte. Dr. Molitor hatte erwähnt, Frau Dürrschnabel habe sich noch über etwas anderes erregt als über den nicht auffindbaren Teller. Es hatte sich angehört, als ob er etwas Bestimmtes meinte.

Aber Molitor war tot.

Er beschloss, Dora Dürrschnabel am nächsten Tag schonungslos zu befragen. Leute, die wie Heuschrecken auf Föhr einfielen, um zu konsumieren, was sich in ihrer Reichweite befand, verdienten nicht die respektvolle und freundliche Aufnahme, die sie durchweg fanden. Es war nur recht und billig, ihnen auch etwas abzufordern.

Und genau das würde er tun.

Kapitel 8

In aller Frühe lief Hansen die paar Schritte zum Hafen hinunter. Tygge sah er zwar nicht, aber andere Fischer, die mit ihren Fängen zurückkehrten, die sie im Morgengrauen aus Netzen und Reusen eingesammelt hatten. Die Mehrzahl kannte er vom Sehen. Leider lag das große Ausflugsboot, mit dem die Hotelgäste unterwegs gewesen waren, nicht im Hafen.

Hansen sah sich um und steuerte dann einen Mann etwa in seinem Alter an, der Aale in schweren Körben auf den Kai hievte. Hansens Hilfe nahm er gerne an. »Ein guter Fang«, sagte Hansen und starrte mit Unbehagen in die sich windende Masse schwarzer Leiber und spitzer Köpfe mit scharfen Zähnen hinunter.

»Doch, doch, bin zufrieden. Und? Wonach suchst du heute, Hansen?«

Hansen grinste schuldbewusst; die Hoffnung, noch unerkannt in Wyk Erkundigungen einziehen zu können, war wohl vergeblich. »Nach einem kleineren Boot, das an diesem heißen Sonntag neulich von einem oder mehreren segelkundigen Gästen gemietet wurde und hinausfuhr.«

»Ein Schiffer von hier kommt nicht in Frage?«

»Notfalls. Ihr Ziel war übrigens Nordmarsch-Langeness.«

»Du bist sicher, dass du nicht von Redlefsen's Ewer sprichst?«

»Ganz sicher. Kleine Jollen und große Ewer kann ich gut unterscheiden.«

»Hm. Also, ich selber war zur Mittagszeit unterwegs, aber auf der Höhe von Witsum wurde es meinen Gästen zu heiß, und wir drehten um. Redlefsen's Boot habe ich während der ganzen Zeit vor Langeness vor Anker liegen sehen, aber kein anderes. Ich bezweifle, dass später noch jemand kam. Das Wasser lief ab.«

»So um halb fünf herum muss Niedrigwasser gewesen sein.«

»Ja, genau. Vielleicht hat einer der Kollegen am Vormittag etwas bemerkt, bevor ich draußen war. Aber ich glaube eher nicht, dass aus Wyk jemand zur Hallig ausgelaufen ist. So etwas spricht sich meistens herum, im Großen und Ganzen wissen wir, wo jeder mit seinen Gästen herumgesegelt ist.«

»Ja, danke«, sagte Hansen grübelnd. Er fragte noch einige der Männer, aber keiner hatte ein zweites Boot vor Langeness gesehen.

Seit neun Uhr wartete Hansen. Wieder einmal saß er in der Lobby von Redlefsen's und lauerte unter Ingwersens sich allmählich in Missbilligung verwandelnden Aufsicht auf Dora Dürrschnabels Auftritt.

Schließlich entschloss er sich, sich beim Portier nach dem Ehepaar Dürrschnabel zu erkundigen.

»Von mir erfahren Sie kein Wort mehr über unsere Gäste«, herrschte Ingwersen ihn in halblautem Ton an. »Was treiben Sie hier eigentlich?«

Hansen fiel es nicht ein zu antworten. Mürrisch kehrte er zu seinem Sessel zurück, wobei er auf die Idee verfiel, sich mit dem Rücken zum Portier zu setzen. Wenigstens konnte er sich so wieder auf die Dürrschnabels konzentrieren.

Nach einer Weile war er sich sicher, dass sie ausgerechnet an diesem Tag offenbar auf das Frühstück zu verzichten beabsichtigten, denn es ging schon auf elf Uhr zu. Gerade als er seine Uhr in die Westentasche zurückgesteckt hatte, kam Dora.

Ohne ihren Mann. Paul Dürrschnabel war noch nicht erschienen, als seine Frau die Glastür zum Frühstücksraum erreicht hatte.

Vielleicht war er unpässlich. Oder hatten sie sich so sehr gestritten, dass sie getrennt frühstückten? Er in der Vogelkoje, sie hier?

Inzwischen konnte er seine Ungeduld kaum noch zügeln. Als Dora endlich ihre Mahlzeit beendet hatte, stürzte er auf sie zu, um sie noch an der Glastür abzufangen.

Mit ärgerlicher Miene richtete sie die elfenbeinerne Spitze ihres Sonnenschirmchens gegen ihn, um ihn zu stoppen. »Sind Sie der Zeitungsschreiber dieses *Inselboten*? Und haben Sie vor, wie ein wilder Eber auch auf meinen Gatten zuzustürmen? Etwas mehr Gewandtheit im Umgang mit einem einflussreichen Politiker hätte ich schon erwartet, selbst auf dieser Insel!«

Hansen merkte, dass er es verkehrt angefangen hatte, trat einen Schritt zurück und zog seinen idiotischen Strohhut, völlig zu Recht Kreissäge genannt, vor allem, als er ihn auf der Mitte seiner Brust ausrichtete. In aller Form stellte er sich als Beamter des Wasserbauamtes zu Husum vor.

Dorothea Dürrschnabels in misstrauische Falten gelegtes Gesicht glättete sich nach der kurzen Musterung des Etiketts an Hansens weltstädtischer Kopfbedeckung. Unversehens begann sie Hansen mit Wohlwollen zu betrachten, als hätte sie gerade entdeckt, dass er jung war und eine gute

Figur machte. »Worin brauchen Sie meine Hilfe, Herr Hansen?«, erkundigte sie sich schließlich.

»Sie waren auf diesem Ausflug nach Langeness dabei, den sie das englische Picknick nennen?«, tastete sich Hansen vor, während er sich im Stillen wunderte, dass sie geschminkt war. Vielleicht war das in Berlin neuerdings nicht mehr den Frauen der Halbwelt oder den wirklich elend aussehenden Damen vorbehalten?

»Dieser Ausflug!«, begann Dora Dürrschnabel und rollte voll Abscheu mit den Augen. »Ein einfach entsetzlicher Tag! Nicht mal eine einfache Landpartie können diese Nordfriesen organisieren!«

»Nein?«, fragte Hansen sanft.

Frau Dürrschnabel warf ihm einen kurzen Blick zu, wie um sich zu vergewissern, dass sein Interesse ernsthaft war. »Kommen Sie«, befahl sie und zog ihn am Ärmel zu einer Gruppe zierlicher, mit rotem Samt bezogener Sessel, die für leichtgewichtige Damen gedacht schien. Während sie ihr tornürenbewehrtes Hinterteil hineinzwängte, sprach sie in einem Ton weiter, der keinen Widerspruch zuließ. »Ich werde es Ihnen erzählen. Sie sehen so einheimisch aus, und als Beamter im Wasserbauamt sind Sie gewiss in der Lage, auf Ihre Landsleute einzuwirken, dass sich so etwas nicht wiederholt!«

»Da bin ich nicht so sicher«, murmelte Hansen.

»Doch, das werden Sie! Also, es mangelte an vielem, was man bei einer Lusttour eines guten Hotels gewohnt ist und erwartet. Besonders beim Essen, da müssten sie auch hier einen gewissen Standard einhalten. Pilzsalat mit Kaninchen hätten sie doch zum Beispiel richten können, es ist eine vorzügliche, bekömmliche Vorspeise, und für Pfifferlinge und Steinpilze ist jetzt Sammelzeit. Oder Fleischtäschle, die machen sich bei jedem Picknick im Grünen allerliebst. Rum oder Branntwein für den Blätterteig wird sich doch wohl hier finden lassen, wenn auch nicht der Zibärtle, den mein Gatte so gern trinkt. Oder haben sie hier etwa nicht den badischen Riesling, den man für die Füllung benötigt?«

Sie unterbrach sich, schaute Hansen fragend an, und er merkte, dass eine Antwort gefordert war. »Ich weiß das nicht, ich bin keine Köchin«, sagte er widerwillig. »Und diese Pilze gibt es an der See, glaube ich, nicht. Wir haben Champignons.«

»Nein, Champignons in diesem Pilzsalat kommen nun wirklich nicht in Frage!«, beschied ihn Dora kurz und bündig, um laut weiterzuüberlegen. »Aber Schweine habe ich auf der Insel doch schon gesehen! Und gut geräucherte Kinnbäckle mit Bohnen schmecken auch lau. Oder Ochsenbrust, die kann man sogar kalt servieren. Oder Unterruhlbacher, Sie kennen Sie wahrscheinlich eher als Peitschenstecken, die man notfalls auch aus der Hand essen kann. Nichts davon gab es, auch keine Spätzle oder Knöpfle, nicht einmal Bubespitzle, obwohl in Schleswig-Holstein doch Kartoffeln gedeihen!«

»Eigentlich sollte es ja ein englisches Picknick sein. Vermutlich wollte Redlefsen's Küche aber auch einheimische Speisen vorführen«, verteidigte Hansen das Hotel energisch, obwohl er nicht die geringste Ahnung davon hatte, ob es die in dieser Fülle überhaupt gab. *Besser eine Laus im Kohl als gar kein Fleisch,* hatte er im Ohr, das war ein in der Gegend gern angewandtes Sprichwort, allerdings für Dora Dürrschnabels Gesellschaftsklasse wohl unverständlich.

»Und dann kommt etwas dabei heraus wie diese Krabbeltiere mit den vielen Beinen und den Spelzen, die man plötzlich auf der Zunge hat«, hieb Dora angewidert heraus und schüttelte sich. »Also nein, Herr Hansen! Die kommen mir im Leben nicht noch mal auf den Tisch! Und wenn Paul noch so sehr für sie schwärmt!«

»Meinen Sie Krabben?«, erkundigte sich Hansen vorsichtig.

»Sag ich doch! Rosa und nackt, geradezu obszön. Wir wollen davon nicht mehr sprechen! Das Hotel leistete sich ja noch mehr Malheur! Es waren zu wenige Teller da. Stellen Sie sich das vor! Ein Ausflug ins Grüne, und dann hat nicht einmal jeder einen Teller!«

»Schlimm!« Hansen schüttelte so mitfühlend den Kopf, dass Dora sich aus ganzem Herzen von ihm verstanden fühlte und ausholte, um sich richtig Luft zu machen.

»Nicht wahr? Das geht doch nun wirklich nicht! Auf einmal müssen zwei Menschen von einem Teller essen, die sich im Leben noch nie gesehen haben! Auch an Tischtuch war gespart worden. Eine fünf Meter lange Tafel kann man doch nicht mit einem Tuch von anderthalb Metern Kantenlänge bedecken! Ja, es war alles etwas schlampig vorbereitet worden. Die jungen Leute ließen sich davon den Spaß nicht verderben, aber erfahrene und weisere Menschen, wie ich und dieser Dr. Molitor, den ich notgedrungen wohl dazuzählen muss, ziehen es doch vor, trotz oder vielleicht wegen der Ödnis dieses Eiländchens auf einer Insel der Kultiviertheit zu speisen.«

»Und damit meinen Sie was genau?«, fragte Hansen verblüfft.

»Dass das einzige vorhandene Tischtuch für zwei Tische natürlich uns zustand«, antwortete Dora Dürrschnabel barsch.

»Ja, natürlich.« Blitzartig schoss durch Hansens Kopf,

dass der tote Säugling in ein lehmverschmiertes, ehemals weißes Tuch eingewickelt gewesen war, das er für ein Laken gehalten, um das er sich aber nicht weiter gekümmert hatte. War es in Wahrheit ein Tischtuch? »War eigentlich Ihr Ehemann gar nicht mit?«, fiel ihm dann ein.

Dora betrachtete ihn mit pikiert geschürzten Lippen und schien am liebsten nicht antworten zu wollen. »Mein Gemahl hält nichts von solchen Lusttouren«, fiel ihr schließlich ein. »Er zieht es vor, Fahrten zu unternehmen, die dem Wohl der Menschen im Königreich Preußen dienen.«

Was sollte das denn nun wieder heißen, grübelte Hansen, während er verständnisinnig nickte und »sehr ehrenwert« murmelte. Damit lockte er Doras erneut gesteigertes Wohlwollen hervor.

»Gegenwärtig weilt er auf Langeness und Nordmarsch, um sich vom Gesundheitszustand der Schulkinder ein Bild zu machen. Er wird demnächst im Landtag ihren schlechten Ernährungszustand zur Sprache bringen.«

Hansen zog überrascht die Augenbrauen hoch. »Schlechter Ernährungszustand bei Halligkindern? Woher wissen Sie das?«

»Das kann man sich doch ausmalen«, erwiderte Frau Dürrschnabel, nicht ohne einen mahnenden Unterton, der Hansens Unwissenheit galt. »So weit draußen, mitten im Meer den grausigen Sturmfluten ausgeliefert, in Unkenntnis aller Fortschritte, die man im übrigen Land macht, bar jeglicher Zivilisation und fremd in Preußen. Ihr jungen Leute lauft gar zu gern gedankenlos durch die Welt, ohne zu bemerken, dass es minderbemittelte, hungernde und durch schwere Krankheiten geplagte Bevölkerungsteile in unserem Land, sogar in unserer Nähe gibt, die unserer Fürsorge bedürfen.«

»Ich dachte immer, dass die Deutschkonservativen die adeligen Großgrundbesitzer vertreten«, rutschte es Hansen heraus.

»Nun, eben drum. Und in deren Händen ruht seit Jahrhunderten die Fürsorge für das einfache Volk, ungeachtet der Tatsache, dass dieses nicht mehr wie früher dem Adel direkt dient, sondern durch seine Steuern dem Staat und dadurch dem Adel immerhin noch indirekt.«

Hansen schluckte eine Entgegnung, die ihr ganz sicher nicht gefallen hätte, und räusperte sich. »Die Halligkinder sind sehr gesund, Frau Dürrschnabel, da kann ich Sie beruhigen. Täglich in der Sonne und in frischer Luft, dabei bis in den tiefen Herbst hinein barfuß. Sie sind so abgehärtet, wie die großstädtischen Ärzte es sich erträumen, und hungern muss kein einziges Kind. Fische, Porren, Möweneier, Blaumuscheln und Halligpflanzen stehen in unendlichen Mengen zur Verfügung, ab Herbst wilde Enten und Gänse …«

Dora Dürrschnabel musterte ihn mit eisigem Gesichtsausdruck. »Igitt! Und davon müssen die armen Kleinen leben? Wie bringen Sie es nur fertig, sie dann für gesund zu erklären?« Sie schüttelte aufgebracht den Kopf, während Hansen überlegte, wie er ihr den Unsinn ihrer Aussage klarmachen konnte.

Aber bevor er zu einem vernünftigen Ergebnis gelangte, fuhr sie, gnadenlos in ihrem Tadel, fort. »Was verstehen Sie schon von Kindern, Sie sind ja selbst kaum den Kinderschuhen entwachsen! Um zu wissen, was sie benötigen, muss man selbst welche geboren haben. Nein, ich und mein Gemahl sind uns sehr einig, dass wir eine Stiftung ins Leben rufen werden, mit deren Hilfe man die armen Halligkinder zur Erholung in die Kinderheilstätte von Wyk schicken kann.« Hansen verschlug es endgültig für eine Weile die Sprache.

»Ich bemerke, Sie sind jetzt doch beeindruckt«, sagte Frau Dürrschnabel besänftigt und patschte ihm auf den Arm. »Wie viele junge Leute schnell mit der eigenen Meinung bei der Hand, aber nicht uneinsichtig, wenn ältere, weisere Menschen mit Lebenserfahrung sprechen. Das gefällt mir an Ihnen.«

Hansens Blick folgte ihrer Hand, deren goldberingte Wurstfinger ein zärtliches Eigenleben auf seinem Unterarm entwickelten. Er entzog sich ihr bedächtig und wartete höflich, weil er den Eindruck gewann, dass sich ihre Gedanken in der Vergangenheit verloren und ihn nichts angingen.

»Ihr stilles Verständnis spricht sehr für Sie, Herr Hansen«, meinte Dora Dürrschnabel nach einer Weile gerührt und musste sich plötzlich die Augen mit ihrem durchsichtigen bestickten Taschentüchlein tupfen.

War es die Vergangenheit, die Dora fast zu Tränen rührte?

»Nicht alle Männer meiner Umgebung sind so verständnisvoll«, flüsterte sie. »Deswegen bin ich auch allein nach Langeness gereist. Um nach der Enge meines Alltages durchzuatmen. Verstehen Sie?«

Hansen nickte vage. Es war also die Gegenwart. Wenn er Dora richtig interpretierte, wollte sie ihm zu verstehen geben, dass sie zuweilen ihren Ehemann nicht aushielt. Es konnte auch umgekehrt sein. Und sie hatte anscheinend nicht ungern die Neigung, sich irgendwo anders anzulehnen.

»Aber beinahe hätten wir wegen dieses unkultivierten Malers – ein richtiger Prolet – auf der schrecklichen Insel bleiben müssen«, fuhr Dora Dürrschnabel fort und vergrub ihre Nase plötzlich schluchzend im Taschentuch. »Ich hatte solche Angst, wir müssten womöglich auf einem dieser Wohnhügel übernachten. Ich habe mich tapfer auf einen von ihnen getraut! Aber dort gibt es ja wirklich nur winzige Hütten, Ställe und einen Teich. Nackte Kinder und ein blonder Riese in Hosenträgern auf der blanken Brust. Das Ganze umgeben von tosenden Fluten. Wie in der Steinzeit! Und weder Postkarten noch ein Mann in der Nähe, dem ich mich hätte anvertrauen können.«

»Ja«, sagte Hansen gedehnt, indes er bestürzt Dora Dürrschnabels Gesicht betrachtete, dessen wahres Alter jetzt durch die Feuchtigkeit ihrer Tränen aufgedeckt wurde. Von den Tränensäcken bis zu den karminroten Mundwinkeln war die weißliche Schminke verschmiert und gab Krähenfüße und tiefe Falten frei. Schweigend reichte er ihr sein großes, frisch gebügeltes Taschentuch und wartete, bis sie sich mit dessen Hilfe einigermaßen wieder hergerichtet hatte. Dann stand er auf. »Darf ich Sie zu Ihrem Zimmer geleiten, Frau Dürrschnabel?«, fragte er behutsam.

Sie nickte getröstet und hakte sich wie selbstverständlich bei ihm ein. Als sie am Tresen vorbeikamen, warf Ingwersen mit erschrockenen Augen einen forschenden Blick auf Dora Dürrschnabel und schien sich mit einer leichten Verneigung bei Hansen zu bedanken. Zum ersten Mal in diesem Hotel vermittelte sich ihm das Gefühl, dass seine Anwesenheit, die sonst zugegebenermaßen wie eine Belagerung wirken musste, gerechtfertigt war.

Womöglich hatte die Gattin des Politikers den Hang zu Skandalen, und der Portier fürchtete sich davor, dachte Hansen, während er Dora Dürrschnabel langsam in den durch Gaslampen nur dürftig beleuchteten Gang führte, von dem aus die Zimmer zu erreichen waren. Sich nach Louise Kerkhoff zu erkundigen, wagte er jetzt überhaupt nicht mehr.

Vor der Suite mit der Bezeichnung *Berlin* machte Dora Dürrschnabel Halt und wies mit zitternder Hand auf die Tür. »Dieses ist es«, flüsterte sie.

»Der Schlüssel. Geben Sie mir den Schlüssel?«, fragte Hansen.

Die Frau, die sich ihm so kurzentschlossen anvertraut hatte, antwortete nicht. Eng an Hansen gepresst und mit gesenktem Kopf wartete sie schicksalsergeben darauf, dass es weiterging. Hansen betrachtete grübelnd von oben ihren Hutdeckel und kam zum Schluss, dass es nicht ratsam wäre, Dora in diesem aufgelösten Zustand allein zu lassen, um wegen des Schlüssels zum Empfang zu laufen.

Im Gang, der rechtwinkelig um die Ecke zu weiteren Zimmern führte, erklangen leise Schritte, und Hansen drehte sich um. »Können Sie mir …«, begann er angesichts der weißen Schürze, dann erkannte er das Hausmädchen Göntje und brach ab, um anders fortzufahren. »Bitte, helfen Sie mir, beziehungsweise Frau Dürrschnabel. Ihr ist nicht wohl.«

Statt sofort in Aktion zu treten, wich Göntje mit aufgerissenen Augen zurück.

»Göntje«, rief Hansen freundlich mahnend. »Ein Gast Ihres Hauses benötigt Hilfe!«

Die Magd schüttelte mit verbissener Miene den Kopf.

»Wenigstens den Zimmerschlüssel!«, polterte Hansen bar jedes Verständnisses, als er den Eindruck gewann, Göntje würde in panischer Angst gleich auf und davon stürmen.

Göntje nahm sich sichtlich zusammen, griff in ihre Schürzentasche und versuchte aufzuschließen, was sie erst nach einigen vergeblichen Versuchen schaffte. Bevor Hansen dazu kam, ihr die Lage zu erklären, drehte sie sich um und rannte den Weg zurück, den sie gekommen war.

Nachdem Hansen Dora Dürrschnabel in einem bequemen Sessel untergebracht und ihr auf Verlangen einen doppelten Kognak eingeschenkt hatte, eilte er in die Halle zum Portier, um ihn aufzufordern, eine tatkräftige weibliche Helferin in die Suite *Berlin* zu schicken.

»Verbindlichen Dank, Herr Hansen, wir wissen Ihre Hilfe zu würdigen«, stammelte Ingwersen aufgeregt und schlug mit fahriger Bewegung eine kleine Schiffsglocke an, worauf der Page herbeirannte, dem er etwas ins Ohr flüsterte.

Erleichtert verließ Hansen das Hotel. Zwei hysterische Frauen auf einmal waren entschieden zu viel für ihn.

Auf der Straße atmete er erst einmal tief durch. Wie hätte er ahnen können, dass diese scharfzüngige Frau, die durch das Leben stampfte wie ein Dampfer ohne Steuermann, in Gegenwart eines verständnisvollen Zuhörers, jedenfalls einem, den sie dafür hielt, derart zusammenbrechen würde?

Im Strandpavillon packten die Musiker gerade ihre Instrumente zusammen. Hansen blinzelte durch die noch jungen Bäume nach oben in die Sonne. Mittagszeit. Die Badegäste würden sich jetzt in ihre Hotels verziehen. Drüben, auf der anderen Seite der Wasserfläche, lag die Hallig im Dunst. Dort befand sich irgendwo das Tuch, in das der Säugling gewickelt gewesen war. Bestimmt hatte eine der sparsamen Hausfrauen seinen Wert erkannt und es vom Deich, auf den die Männer es achtlos geworfen hatten, mit nach Hause genommen. Dieses Tuch musste er finden. Vielleicht ergab sich daraus etwas Schlüssiges, ein Webrand mit Inschrift etwa.

Ihm fiel der Teller ein. Aus dessen Fehlen konnte er einen zwingenden Zusammenhang mit dem Säugling nicht entdecken. Denn einerseits war Dora Dürrschnabel äußerst kritisch, suchte wohl geradezu nach Mängeln, über die sie sich ausführlich beklagen konnte, andererseits gab es den Hausknecht, der als unbeholfen im Tischdienst geschildert worden war, der allerdings auch nicht zu seinen üblichen Aufgaben gehörte. Der Teller mußte mit der Sache nichts zu tun haben.

Dennoch stand fest, dass die Frau, von welchem Ausflugsboot auch immer sie gekommen war, gewusst hatte, dass die Geburt kurz bevorstand, und sich dafür ausgerüstet hatte. Leider wies alles auf die kaltblütige Planung eines Kindsmordes hin. Durch eine oder zwei Personen? Der Gedanke ließ Hansen in der Mittagssonne frösteln.

Der einzige Gast, den Hansen zu dieser Uhrzeit nicht in seinem Quartier vermutete, war der Maler Otto Jakob, den zu sprechen er sich inzwischen entschlossen hatte. Aber möglicherweise konnte die Magd Fraucke ihm erzählen, wo Jakob wohnte. Oder sogar, wo er sich derzeit aufhielt.

Im Frühstücksraum des Logierhauses Burmester wurde auch das Mittagessen serviert, wie Hansen durch die gläserne Füllung der Tür sehen konnte. Am durchaus übersichtlichen Mittagstisch ging es lebhaft zu. Jakob befand sich nicht unter den Gästen. Zögernd folgte Hansen dem Gang, der offensichtlich zur Küche führte, in der Hoffnung, irgendwo auf Fraucke zu treffen.

Er hatte Glück. Durch eine offen stehende Tür sah er

Fraucke, die im Hof eine kleine Schar von Gänsen mit grünen Küchenabfällen fütterte. Er stieg das Treppchen hinunter.

»Oh, der Herr Hansen«, sagte Fraucke überrascht, aber wesentlich weniger schüchtern als bei ihrer ersten Begegnung. »Suchen Sie mich?«

»Eigentlich suche ich nach Otto Jakob«, berichtigte Hansen, »und hoffte, du könntest mir sagen, wo ich ihn finde.«

Frauckes Gesicht überzog sich mit Röte. »Doch, das kann ich. Der Herr Jakob ist oben.«

»Er wohnt tatsächlich hier?«

»Ja«, sagte sie stolz. »Soll ich Sie nach oben bringen? Er malt. Sie dürfen ihn nicht lange stören.«

Hansen nickte schmunzelnd. Fraucke hatte offenbar von ihrem Maler schon Besitz ergriffen und regelte die Besuchszeiten.

Sie stellte den Eimer in eine Hofecke und winkte Hansen, ihr zu folgen. Zu seiner Verwunderung öffnete sie auf der jenseitigen Hofseite eine verwitterte Lattentür, hinter der Hansen einen Verschlag vermutet hatte, und begann eine Stiege zu erklimmen. Diese endete vor einer offenen Tür, die in ein handtuchschmales Zimmerchen führte.

Kopfschüttelnd betrachtete sich Fraucke das Durcheinander von schmutziger Wäsche und leeren Weinflaschen in einer Ecke des Raumes. »Ich muss heute Abend aufräumen kommen«, murmelte sie. »Davon versteht er nichts.«

»Und wo ist er?«, erkundigte sich Hansen stirnrunzelnd, nachdem er flüchtig die an der einen Längswand aufgestellten Ölgemälde betrachtet hatte, bevor sein Blick an dem leeren, zerwühlten Bett hängen blieb.

»Draußen. Er malt, wie ich Ihnen sagte. Weil das Licht

jetzt so gut ist.« Fraucke schlüpfte durch eine schmale Öffnung ins Freie, und Hansen folgte ihr.

Mit dem Rücken zu ihnen saß auf dem flachen Dach des Anbaus eine schmächtige Person, so vertieft in ihre Arbeit, dass sie sie nicht kommen hörte. Fraucke warf Hansen einen mahnenden Blick zu, legte den Zeigefinger über die Lippen und tappte auf Zehenspitzen zu Jakob.

Der Maler drehte sich nicht einmal um, als er ihre Hand auf seinem Rücken fühlte. »Stör mich jetzt nicht«, befahl er ungnädig.

»Sie haben Herrenbesuch, Herr Jakob«, sagte Fraucke leise.

»So? Frag ihn, was er will. Einen Porträtauftrag seiner garstigen alten Frau nehme ich nicht an, ich bin Landschaftsmaler.«

»Er steht hinter Ihnen, Herr Jakob«, entgegnete Fraucke sanftmütig. »Er ist zu jung, um eine alte garstige Frau zu haben.«

»Mir egal, wie alt sie jetzt ist«, knurrte der Maler. »Garstig ist sie so oder so.«

Hansen fand, dass es an der Zeit war, einzugreifen. »Herr Jakob«, sagte er höflich, »ich habe gehört, dass Sie auf Langeness gemalt haben. An dem Tag hatten wir einen Schaden am Deich zu beklagen, und ich suche Augenzeugen. Vor allem von den scharfen Augen eines Malers verspreche ich mir Hilfe ... Haben Sie etwas beobachtet, das Ihnen außergewöhnlich erschien?«

»Maler beobachten nicht! Es interessiert sie nicht, was geschieht. Maler halten Momente auf Leinwand fest«, erwiderte Jakob barsch. »Impressionen.«

Hansen warf Fraucke einen Seitenblick zu, aber sie starrte bei zusammengefalteten Händen mit seligem Gesichtsausdruck auf Jakobs Rücken. Hansen fand diesen weniger inspirierend. Er war sich im Augenblick nicht darüber klar, wie er den Maler zum Sprechen bringen konnte.

»Ich war zuerst sowieso an der falschen Stelle«, grollte Jakob unvermittelt. »Niemand hatte mich darauf aufmerksam gemacht, dass diese Rüpel von Deicharbeitern das Ufer im Westen der Hallig schon zerstört haben! Stellen Sie sich das vor!« Sein Ton wurde mit jedem Wort anklagender, und seine Erbitterung wuchs. Schließlich stieß er seinen Pinsel in ein Glas mit grüner Flüssigkeit und drehte sich um.

Erstaunt sah Hansen dem Maler ins Gesicht, der etliche Jahre jünger war als er selber.

»Nur weil ich das nicht wusste, habe ich an diesem Ort meine Zeit mit einer Skizze verschwendet«, schimpfte Jakob weiter. »Viel später erst habe ich bemerkt, dass das Ufer östlich von mir ja noch intakt war und bin nach dorthin übergewechselt. Da war es so, wie man sich in Berlin ein Halligufer vorstellt. Das Bild werde ich zu einem anständigen Preis verkaufen können.« Er beruhigte sich wieder.

Während Jakob mürrisch an den Farbflecken auf seiner Hand herumrieb, wobei er es schaffte, sie nur zu verwischen, statt zu beseitigen, ließ sich Hansen durch den Kopf gehen, was er über den Maler und jetzt von ihm selber gehört hatte. Plötzlich verstand er, dass dieser sich zuerst in genau dem Abschnitt des Ufers aufgehalten haben musste, der ihn interessierte. »Haben Sie aus der ersten Skizze auch ein Ölbild gemacht?«, fragte er.

Jakob fuhr in die Höhe. »Natürlich!«, fauchte er. »Glauben Sie, ich könnte es mir erlauben, meine Zeit zu verschwenden? Aber es ist wegen dieses idiotischen Steinhaufens und dem Ufer, das aussieht, als hätten sie es mit dem

Dampfpflug begradigt, für Berliner Salons einfach nicht idyllisch genug.«

»Darf ich es mal sehen?«

Der Maler sprang mit einem Satz auf die Füße und eilte an Hansen vorbei zur Terrassentür. »Ich zeige Ihnen das andere!«

Hansen konnte kaum ein Stöhnen unterdrücken. Was war dieser Kerl schwierig! Dann folgte er ihm und Fraucke nach drinnen. Jakob hatte das Bild bereits auf das Tischchen neben dem Bett gestellt und betrachtete es mit überraschender Zärtlichkeit.

Es stellte das unberührte Nordufer der Hallig dar, zerklüftet und mit Abbrüchen von Kleibrocken, auf denen Büschel von grauem Flohkraut wuchsen. Zwischen ihnen lag feiner hellgelber Sand, geriffelt, als sei eben noch eine Welle darüber hinweggegangen, stellenweise von einem dichten Wald von verzweigten grünen Stengeln bewachsen. Weiter draußen spiegelten sich im ruhigen Meer Wolkenberge, das Spiegelbild unterbrochen von Schilfinseln, die auf dem Kopf standen. Hansen verstand plötzlich, warum Jakob ihre Bauarbeiten als Zerstörung bezeichnet hatte. »Schön«, sagte er andächtig.

»Gut. Was wollen Sie zahlen?«, fragte Jakob knapp.

Der unvermittelte Übergang zum Geschäftlichen machte Hansen staunen. Weltfremd war Jakob wirklich nicht. »Dürfte ich das andere Bild erst noch sehen?«, fragte er ausweichend.

Jakob zuckte mit der Schulter und wechselte grummelnd die Bilder auf dem Tisch aus.

Hansen trat näher und beugte sich vor. Neben einem lila getupften Feld von Strandflieder hoben sich da der letzte fertige Deichabschnitt, der Steinhaufen und der schon festgeklopfte Kleikern des noch unbedeckten Deiches ab. Und eine Frauengestalt in gekrümmter Haltung. Er hielt den Atem an, während er sie genau betrachtete. »Was ist das? War diese Frau schon da, als Sie gemalt haben, Herr Jakob?« Sein Zeigefinger zitterte über der Leinwand, er war nicht in der Lage, seine Aufregung ganz zu unterdrücken.

»Was denn sonst? Ich sagte Ihnen doch, ich halte den Augenblick fest.«

»War denn eine Halligfrau anwesend?«

»Nö«, sagte Fraucke.

»Aber die Frau ist auf friesische Art dunkel gekleidet.« Hansen Stimme war vor Aufregung heiser.

»Ja, und?«

»Die Damen unter den Gästen pflegen doch meistens in hellen Kleidern zu gehen«, setzte Hansen seine Überlegungen fort. »Diese Frau trägt Tracht und hat eine Haube auf dem Kopf. Und darunter blonde Flechten, die zum Kranz gelegt sind. Da ist keine Verwechslung mit einem Gast möglich.« Sein Blick wanderte fragend zu Fraucke hinüber.

»Ja, wir Mägde gehen auf den Ausflügen immer in friesischer Tracht«, erklärte sie treuherzig. »Die Gäste verlangen das, und unsere Dienstherren schreiben es uns vor, weil wir damit viel Gefallen bei denjenigen finden, die von weit her anreisen. Aus Berlin und ...«

»Aber, wenn du immer beim Tisch geblieben bist, wie du behauptest, muss die Frau auf dem Bild doch Göntje Brarens sein«, unterbrach Hansen sie unbeherrscht. »Die während der ganzen Dauer des Picknicks verschwunden war.«

Fraucke senkte den Kopf und nickte kaum wahrnehmbar.

Kapitel 9

Die unerwartete Entdeckung wirkte auf Hansen wie eine berauschende Droge. Er taumelte ohne jeden Ortssinn durch das dämmerige, verwinkelte Logierhaus und fand erst auf der Straße wieder richtig zu sich.

Jetzt wurde einiges von dem verständlich, was er zu hören bekommen hatte, angefangen bei Dr. Molitors Bemerkung, dass eine robuste Natur nötig sei, um eine Geburt unbemerkt von anderen und allein zustande zu bringen, bis hin zu Göntjes bis dahin nicht erklärbarer Flucht vor seiner Person im Hotelflur. Und die Suche nach einem weiteren Lustboot erübrigte sich.

Am liebsten wäre er auf der Stelle zu Redlefsen's Hotel gelaufen, um Göntje an den Kopf zu werfen, dass er Bescheid wusste. Nach ein paar Schritten bezähmte er sich. Er hatte die Angelegenheit zu sehr zu seiner persönlichen Sache gemacht.

Dabei war er weder Anwalt noch Richter und hatte nicht das geringste Recht, von Göntje Rechenschaft zu fordern. Vielmehr war der Ausgangspunkt ja gewesen, dass er hoffte, der Frau helfen zu können.

Unter Bezähmung seiner Gefühle beschloss Hansen, sich zu gedulden und erst mit Göntje zu reden, wenn seine Aufregung sich gelegt hatte. Fest entschlossen lenkte er seine Schritte zum Strandwall.

Die ersten Gäste waren schon wieder auf der Promenade. Musiker mit schwarzen Kästen unter dem Arm eilten Hansen auf dem Weg zur Musikhalle entgegen. Er beschloss, zum Anleger zu gehen und sich auf das äußerste Ende der Pier zu setzen. Dort pflegten die Badegäste sich nur zu den Ankunftszeiten der Dampfer aufzuhalten, um den Neuankömmlingen zuzuwinken. Oder den Abreisenden nachzuwinken, je nachdem. Da derzeit kein Schiff auf Wyk zuhielt, würde er ungestört nachdenken können.

Einstweilen aber zog es ihn zur Mittelbrücke, die immerhin noch nicht überfüllt war. Er betrat sie gerade, als eine energische Stimme an sein Ohr drang.

»Ach, wen haben wir denn da! Unseren Herrn Hansen!«

Dieser Stimme hatte Hansen noch nie Sympathie abgewinnen können. Schon mit Wut im Bauch, drehte er sich um.

Mit Baron von Holsten, Oberdeichgraf des 1. Schleswigschen Deichbandes, hatte Hansen hier nicht gerechnet. Ein Irrtum, wie ihm sofort aufging. Statt der braunen Aktentasche mit dem Frühstücksbrot, die im Wasserbauamt des Barons ständiger Begleiter war, hatte er in der Hand eine Zigarettenspitze aus gelbem Meerschaum, in der die Zigarette glomm. Er trug einen fast weißen Gesellschaftsanzug mit dunklem Kragen. Offenbar hielt er sich in Wyk länger auf.

Der Baron musterte Hansen misstrauisch. »Machen Sie hier etwa Urlaub?«, erkundigte er sich. »Ist das nicht eine Spur zu teuer für einen Beamten des unteren Dienstes?«

»Mittlerer Dienst. Ich mache weder Urlaub, noch kure ich«, antwortete Hansen so kühl er es vermochte. »Ich ermittele.«

»Ach ja, Ihr neuer Freizeitspaß«, erinnerte sich von Holsten mit einem gluckernden Lachen. »Am besten wäre, Sie machten Ihre triebhafte Neugier zum Beruf, Herr Hansen, und spürten als Kammerjäger Schaben und Ratten nach. Geben Sie freiwillig den Beamtenstatus auf, den Sie unverdienterweise genießen. Dann brauche ich mir endlich keine Sorgen mehr darum zu machen, dass wir unter unseren preußischen Beamten Vaterlandsverräter haben. Guten Tag.«

Er spazierte davon, und Hansen, dem es bei dieser frechen Attacke die Sprache verschlagen hatte, sah dem Baron nach, ohne sich von der Stelle zu rühren. Der Streit zwischen ihnen lag nun schon zwei Jahre zurück. Aber wer als Deutscher für die dänische Minderheit im Grenzgebiet gleiche Rechte wie für alle anderen Bürger einforderte, war und blieb in den Augen dieses unbelehrbaren Mannes ein Vaterlandsverräter.

Wyk war ihm jetzt verleidet. Am liebsten wäre er auf der Stelle nach Langeness zurückgesegelt.

Aber gerade das war unmöglich. Er musste den Fall zu Ende bringen. Bedauernswert, aber Göntje war tatsächlich allmählich zum Fall geworden. Hansen seufzte und setzte seinen Weg zur Hafenpier vor Wut kochend fort.

Der innere Teil des Hafens, in dem sich abends die Lüttfischerboote drängten, wirkte verlassen, bis auf ein einziges etwas größeres, in dem sich ein Mann zu schaffen machte. An diesem warmen Sommernachmittag waren natürlich die meisten Fischer draußen, einige bestimmt auch mit Gästen wie üblich, wenn es in ihren Arbeitsablauf passte und die Gäste keine Scheu vor dem Arbeitsgerät und dem einen oder anderen Blutflecken hatten.

Der Fischer versuchte augenscheinlich, Wasser aus seinem Ewer zu ösen, aber bei seinen trägen Bewegungen kam die Hand manchmal nicht bis über die Bordkante, und das Wasser floss zurück in die Plicht.

Er war nicht bei der Sache, und hinaus wollte er heute wohl auch nicht.

Hansen beschattete seine Augen und entdeckte, dass der Mann Tygge Hemsen sein musste. Er machte kehrt und wanderte um das Sackende des Hafens herum auf die andere Seite.

Nach einer Weile spürte Hemsen, dass er beobachtet wurde, und sah auf. »Ach, du bist es, Sönke«, murmelte er. »Moin.«

»Moin, moin, Tygge. Ausgerechnet du bist im Hafen geblieben?«, stellte Hansen fragend fest.

»Ja, ausgerechnet ich«, bestätigte Hemsen in verbittertem Ton.

»Warum?«, fragte Hansen.

»Warum? Ich werde von den Gästen gemieden, als hätte ich die Pest. Bis zu dem Unfall von Dr. Molitor war ich weit und breit der am häufigsten in Anspruch genommene Jäger. Jetzt habe ich nicht einmal mehr Lust, zum Fischen hinauszufahren.«

Hansen ließ sich jäh auf die Kaikante plumpsen und schwang die Beine vor die Spundwand. »Das ist ja schrecklich«, murmelte er mitleidig. »Warum denn?«

»Ja, warum«, wiederholte Hemsen heftig, schmetterte das Ösgefäß auf das Seitendeck und setzte sich daneben. »Es hat sich herumgesprochen, ich hätte den Doktor auf dem Gewissen.«

»Das kann doch niemand ernsthaft glauben«, widersprach Hansen, war sich aber gleichzeitig im Klaren, dass lediglich Hemsens guter Leumund dagegen sprach, und das war kein Beweis im juristischen Sinn.

»Es gibt einfach keine andere Erklärung«, sagte Hemsen knapp. »Es hat sich ja auch keiner freiwillig gemeldet, um zu sagen, dass er's war.«

»Schliemann kam doch aufgrund der Schusswunde zum Schluss, dass Herr Molitor sich genau zwischen dir und dem Schützen befunden haben muss«, erinnerte sich Hansen. »Also müsste er ja fieberhaft nach einem zweiten Seehundsjäger auf der Suche sein.«

Hemsen schüttelte den Kopf. »Hat keinen gefunden.«

»Nein?«, fragte Hansen erstaunt.

»Außer mir war keiner von den anderen draußen, weil wir alle mit dem Nebel rechneten, der dann ja auch kam. Jedenfalls was die Jäger von Föhr angeht. Ich habe mich nur darauf eingelassen, weil der Doktor ein guter Kunde und obendrein sehr verlässlich war. Er folgte meinen Anweisungen immer. Grundsätzlich! Er hat auch sehr fleißig das *Hosen* gelernt. Es war mit ihm als Begleiter kein Risiko, im Nebel unterwegs zu sein. Dass er möglicherweise nicht zum Schuss kommen würde, wusste er, aber das machte ihm nichts aus. Sein größtes Vergnügen war eigentlich, sich so weit wie möglich anzuschleichen, um die Tiere zu beobachten.«

»Schoss er überhaupt jemals?«

Hemsen nickte nachdrücklich. »Ja. Und gut! Aber seitdem er mit mir unterwegs war, hat er nur das eine Mal ein Tier erlegt, als seine Tochter sich ein Seehundsfell wünschte. Ein andermal hat er einer Raubmöwe, die sich ungeniert über ein Robbenjunges hermachen wollte, während die Mutter jagte, ganz sauber in den Kopf geschossen. Deswegen weiß ich, dass er ein hervorragender Schütze war, und ich weiß, warum er darauf bestand, das Gewehr mitzunehmen.«

Hansen lächelte wehmütig. So etwa hatte er es sich vorgestellt. Molitor engagierte einen Seehundsjäger, um als eifriger Naturbeobachter, der er war, zu den Tieren gebracht zu werden, nicht um Trophäen zu erbeuten. »Und du selber?«

»Ich schoss nie, wenn ich mit dem Doktor unterwegs war. Er mochte das nicht, das hat er mir deutlich zu verstehen gegeben. Er befahl nicht. Aber er entlohnte mich fürstlich. Was ich bekam, war mehr, als manche andere für die Jagd mitsamt dem Erlös für Tran und Fell erhalten.«

»Gibt es das auch?«, fragte Hansen überrascht. »Ich dachte, die Gäste jagen ausschließlich, um ein Fell mit nach Hause nehmen zu können.«

»Meistens. Aber es gibt Ausnahmen«, sagte Hemsen lakonisch. »Dieser Abgeordnete, der so klapperdürr ist wie sein komischer Name …«

»Dürrschnabel«, ergänzte Hansen.

»Ja, der. Der hat schon so viele Seehunde geschossen, dass er die Felle seinem Jäger überlässt, er weiß gar nicht mehr, was er mit ihnen anfangen soll.«

»Fährt er auch manchmal mit dir hinaus?«

Hemsen kniff die Lippen zusammen und schüttelte den Kopf. »Ich nehme keine Männer mit ins Wattenmeer, die nur aufs Töten aus sind«, sagte er verdrießlich. »Den so wenig wie andere, die ihre Gier nicht im Zaum halten können. Und das ist bekannt.«

Beeindruckt von Hemsens kompromissloser Stellungnahme, schwieg Hansen eine Weile. Er starrte auf die träge schwappende Wasserfläche, auf der im inneren Hafenbecken Fischköpfe, angebissene Äpfel und anderer Abfall schwammen, und versuchte sich an den Wortlaut dessen zu erinnern, was der Arzt über Dürrschnabel gesagt hatte.

Ganz genau wusste er es nicht mehr. Aber fest stand, dass der Jäger und der Arzt aus unterschiedlicher Sicht zum Schluss gekommen waren, dass Dürrschnabel ohne jede Rücksichtnahme auf Mitmenschen oder auf die Natur vorging.

»Übrigens, was ich eigentlich sagen wollte«, begann Hemsen erneut, »war, dass alles, was Schliemann sich über den Hergang zurechtgelegt hat, sowieso Blödsinn ist.«

Hansen merkte auf. »Ach ja?« Nebenher stellte er fest, dass an der Pier gerade ein großes Segelschiff angelegt hatte, so leise und gekonnt, dass er außer dem lebhafteren Dümpeln der Äpfel nichts davon bemerkt hatte. Eine Gruppe von Gästen mit Wanderstöcken machte sich zielstrebig in den Ort auf.

»Ja«, sagte Hemsen, der nur kurz hinübergeschaut und dann das Interesse an den Leuten verloren hatte. »Wegen der Windrichtung. Der Doktor und ich krochen genau gegen den Wind, als wir die Seehunde vor uns hatten, das kann ich beschwören. Der kam von Nordost. Dass man sich den Tieren von der Leeseite nähern muss, beachtet jeder Jäger, denn Seehunde haben einen ausgezeichneten Geruchssinn. Der Schütze kann nicht in Luv der Tiere gelegen haben, wie Schliemann glaubt. Der muss sich seitwärts von uns befunden haben.«

»Und Molitor hat unglücklicherweise in dem Augenblick den Kopf gedreht«, fiel Hansen zur Erklärung ein.

Hemsen nickte. »Vielleicht hat er etwas gehört oder gesehen, das ihn beunruhigte. Er war ja drei, vier Seehundshakenlängen von mir entfernt. Ich blieb zurück, um das

Risiko, die Seehunde aufzuscheuchen, nicht zu vergrößern. Außerdem – wo sollte ich schon eingreifen, wenn er doch gar nicht schoss?«

»Wie lang ist ein Seehundshaken?«

»Meiner ist drei Meter achtzig.«

Hansen überschlug die Maße. »Molitor war also zwischen zwölf und fünfzehn Meter von dir entfernt.«

»Wenn du es sagst.« Der Fischer grinste trübe. »Bin im Rechnen nicht so beschlagen. Jedenfalls konnte ich ihn eben noch erkennen. Da kroch eine dicke Nebelwand auf uns zu, und der Doktor war schon halb drin. Ich wollte ihn gerade zu mir zurückrufen, als der Schuss fiel.«

»Ah ja«, sagte Hansen nachdenklich. »Und von wo kam der Schuss?«

»Von mir aus gesehen von links, meine ich. Aus Nordwest also. Jedenfalls ist das meine Erinnerung daran. War hinterher auch aufgeregt.«

»Klar. Konntest du die Seehunde überhaupt noch erkennen?«

»Nein, nein. Längst nicht mehr. Aber der Doktor muss sie noch beobachtet haben, sonst wäre er zu mir zurückgekommen.«

»Und ihr wärt dann zum Boot gegangen.«

»Genau.« Hemsen runzelte die Stirn. »Da fällt mir noch etwas ein. Ich hörte den Warnruf eines Vogels. Normalerweise bedeutet das, dass die Vögel den Jäger gesichtet haben. Für gewöhnlich kann man dann für den Tag Schluss machen und nach Hause fahren, die Seehunde wissen nämlich auch, was das bedeutet, und tauchen ab. Aber da Dr. Molitor am Platz blieb, war es wohl etwas anderes.«

»Ja«, sagte Hansen vage zustimmend, denn dazu hatte er keine fundierte Meinung. Von Jagd verstand er nichts. Vom

Segeln wesentlich mehr. Immer wieder gingen seine Blicke hinüber zu dem großen Ewer, der an der Pier liegen geblieben war und seine flatternden braunen Segel an der Luft trocknen ließ.

Hemsen folgte seinem Blick. »Das ist die Konkurrenz des Finanziers Aksel Andresen von Amrum«, sagte er, erneut in verbittertem Ton. »Seine *Welle* legt hier für zwei Stunden an, damit die Hotelgäste und die Wandervögel aus Wittdün sich in unseren Cafés mit Sahnetorte vollstopfen und dabei dem Konzert lauschen können, das wir Wyker bezahlen, dann geht es wieder retour. Die benutzen die Attraktionen, die wir bezahlen!«

So wie die Wyker die Hallig benutzen, dachte Hansen, aber er äußerte es nicht.

»Hoffentlich macht es nicht Schule, dass alle Hotelbesitzer sich eigene Schiffe zulegen! Dann verlieren auch noch die anderen Kollegen, die mit Gästen rauszufahren pflegen, ihr Zubrot.«

Hansen sah den Seehundsjäger mitfühlend an. Im Augenblick hatte er einiges durchzumachen. »Ich werde tun, was ich kann, um diese irrige Meinung der Badegäste hinsichtlich Dr. Molitors Tod zurechtzurücken«, versprach er. »Wäre es nicht angebracht, den Hergang in einem Zeitungsbericht zu schildern?«

Hemsen winkte ab. »Zwecklos. Dann kocht nur alles wieder hoch. Und glauben werden es die Leute sowieso nicht.«

»Tja dann«, murmelte Hansen, sprang auf und klopfte sich den Hosenboden ab. »Ich will mir noch ein bisschen die Beine vertreten. Und feststellen, ob ich auf der Pier eine kleine Brise einfangen kann. Im Vergleich mit gestern ist es ja wieder richtig heiß geworden.«

»Das ist es.« Mit einem Seufzer bückte sich Hemsen und begann erneut Wasser zu schöpfen.

Es war nicht viel, wie Hansen sehen konnte. Wahrscheinlich sollte die Beschäftigung mit dem Boot dem Jäger über die sonst so ausgefüllten Stunden hinweghelfen, die sich für ihn jetzt sicherlich ins Unendliche dehnten.

Sönke Hansen schlenderte an dem großen Ewer vorbei, ihn neugierig abschätzend. Er wunderte sich nicht darüber, dass der dänische Bauherr Aksel Andresen, den er vor zwei Jahren kennengelernt hatte, auch den Unternehmungsgeist besaß, zum Vergnügen seiner Hotelgäste ein eigenes Lustschiff anzuschaffen. Am Heck blieb er stehen und betrachtete das geschnitzte, blau und weiß bemalte Namensschild. »Moin«, grüßte er und machte Platz, als einer der Seeleute rückwärts gehend ein schweres Tau über den Kai zum Poller zog und dieses gegen die bisherige provisorische Heckleine auszuwechseln begann.

»Ahoi«, antwortete der Mann, mit dem Rücken zu Hansen, mit geläufiger Routine.

Hansen grinste in sich hinein. »Ich bin kein Gast.«

»Ach so. Dann moin, moin«, sagte der junge Mann und drehte sich zu Hansen um. »Unser Chef hat seine eigenen Ansichten, wie wir sprechen sollen und wie nicht. Seemännisch muss sein.«

»Kann ich mir denken«, erwiderte Hansen gemütlich. »Aksel macht keine halben Sachen. Wie geht es ihm? Ist er manchmal an Bord?«

»Bei den ersten Fahrten war er dabei. Da hat er die Routen festgelegt, die wir fahren sollen. Will sagen, er hat die Sehenswürdigkeiten bestimmt, alles andere bleibt natürlich unserem Käpt'n überlassen.«

»In absehbarer Zeit bekommt er noch einen Leuchtturm dazu. Das Leuchtfeuer Nordmarsch.«

»Das hat er uns erzählt. Das passt gut, auch wenn wir schon jetzt in der Ecke herumsegeln, wenn wir eine Fahrt zur Seehundbank vor Nordmarsch anbieten. Die Damen stoßen vor Entzücken schrille Schreie aus, wenn sie die Kleinen sehen.«

»Bleiben die denn liegen, wenn ihr so nahe heransegelt?« Hansen war einigermaßen verblüfft.

»Die haben sich schon daran gewöhnt. Die wissen, dass von unserem Ewer herunter nicht geschossen wird. Absolut verboten, weder zur Belustigung der männlichen Gäste noch zur Demonstration oder sonst etwas erlaubt. Strengste Anordnung von Herrn Andresen«, sagte der Mann respektvoll.

»Sieh einer an. Die Seehunde sind offenbar nicht blöd«, sagte Hansen anerkennend. »Aksel schon gar nicht.«

»Nein, keiner von denen ist blöd«, stimmte der Seemann leichthin zu. »Ein Kumpel von mir, der auf einem der Amrumdampfer fährt, hat erzählt, dass sie sich nicht einmal mehr über die Maschinengeräusche aufregen. Anfänglich ist noch jedes Tier ins Wasser gejumpt, obwohl der Dampfer natürlich seine Route fährt und die Bänke in weiterem Abstand passiert als wir. Angst hatten sie schon. Inzwischen wissen sie, dass das Wummern ihnen nichts tut. Seehunde stellen sich schnell um.«

»Wieder was gelernt«, sagte Hansen anerkennend. »Danke! Und grüß Aksel von mir, solltest du ihm begegnen. Sönke Hansen aus Husum, dann weiß er schon.«

»Dann bist du ja derjenige, der unseren Leuchtturm bauen soll«, sagte der Matrose und betrachtete Hansen verblüfft. »Dann habe auch ich mich bei dir zu bedanken.

Nicht jeder hat so einen guten Arbeitgeber wie ich, aber es muss auch Leute geben, die seine Ideen umsetzen können. Übrigens bin ich Hinrich, zuständig für alles außer fürs Kochen. Ich esse lieber.«

»Sieht man dir nicht an, Hinrich. Aksel Andresens Pläne haben Zukunft«, meinte Hansen lächelnd wegen der in aller Unschuld vorgebrachten Begründung für den Leuchtturmbau, die nur von Aksel selbst stammen konnte und natürlich so nicht stimmte. Er verabschiedete sich mit einem Nicken.

An der Spitze der Pier ging tatsächlich eine schwache Brise. Hansen ließ sich auf einem Pfosten nieder. Aber statt über den Fall Göntje nachzugrübeln, schweiften seine Gedanken immer wieder zu Molitor und der Seehundsjagd zurück.

Er wünschte sich plötzlich, die Seehundbank betreten zu können, um an Ort und Stelle nachzuspielen, was er über den Hergang gehört hatte. Triebhafte Neugier, wie der Baron behauptet hatte. Hansen schnaubte vor Widerwillen gegen den Mann, aber dann gewann seine Beunruhigung wieder Oberhand, die er sich allerdings nicht erklären konnte.

Er ließ den Blick über Oland und Langeness schweifen, die weiter entfernte Hallig Habel war gerade noch erkennbar, während der westliche Teil von Nordmarsch und Hooge im Dunst lagen.

Abrupt drehte er sich um. Inzwischen waren schon mehrere kleine Segler von See zurückgekommen.

Tygge Hemsen hatte aufgehört, Wasser zu schöpfen und saß mit gesenktem Kopf da, ohne Anteil an seiner Umgebung zu nehmen.

Hansen sprang auf die Füße. Er hatte soeben beschlossen, über den Seehundsfang so viel in Erfahrung zu bringen, wie Hemsen bereit war zu erzählen.

»Was hat es mit dem *Hosen* auf sich, Tygge?«, fragte Hansen, als er wieder am Liegeplatz des Fischers angelangt war.

Hemsen drehte sich zu ihm um. Hansens Frage entlockte ihm ein schwaches Lächeln. »So nennen wir das Nachahmen der Bewegungen des Seehundes bei der Lockjagd«, erklärte er bereitwillig. »Das ist eine Art der Jagd, die es in meiner Jugend noch nicht gab. Wir Jäger von Föhr und die von Hooge üben sie aus, aber wir haben sie nicht erfunden.«

»Und die Bewegungen?«

»Mit denen täuschen wir die Seehunde. Wir rollen uns auf dem Boden und stemmen den Oberkörper auf den Händen hoch. Anders kannst du dich an die Tiere nicht anschleichen, sie können nicht nur gut riechen, sondern auch sehen. Aber sie sind neugierig. Wenn die Tiere den Jäger bemerken, denken sie, es käme ein Artgenosse, den sie noch nicht kennen. Um sie zu täuschen, haben wir ja auch die enge Tarnkappe auf, die einen runden Kopf macht. Vor allem die jungen Seehunde robben dem Jäger sogar entgegen. Daran hatte der Doktor immer den größten Spaß …« Er brach seine Beschreibung tonlos ab.

»Könntest du mir die Bewegungen zeigen«, erkundigte sich Hansen fest, ohne sich auf Hemsens Deprimiertheit einzulassen.

Hemsen schien überrascht. Dann nickte er zögernd. »Aber nicht hier auf dem Kai. Die Steine sind kein brauchbarer Untergrund. Ich würde mir da bestimmte edle Körperteile quetschen.«

»Dann lass uns in den Königsgarten gehen«, schlug Hansen grinsend vor. »Gras ist weich genug für Juwelen.« Erleichtert sah er, dass Hemsen vor Lachen gluckernd seine Seehundkappe unter dem abgedeckten Bug hervorkramte und auf den Kai sprang.

Im Königsgarten lustwandelten Gäste, aber an ihnen störte sich Hemsen nicht. Die graue Kappe über den blonden Haaren, legte er sich der Länge nach ins Gras und hob die zusammengelegten gestreckten Beine an. Den Kopf fast im Nacken, schaukelte er von einer Seite auf die andere. »So wälzen die Seehunde sich, wenn es ihnen behaglich ist, weil die Sonne ihnen dann auf den Bauch scheint«, erklärte er abgehackt.

Hansen nickte. Aus dem Augenwinkel sah er, dass einige Herrschaften stehen blieben und die Vorführung verwundert betrachteten.

»Was macht der Mann?«, erkundigte sich ein Badegast leise, der sich neben Hansen gestellt hatte.

»Er zeigt die Bewegungen, die man erlernen muss, wenn man mit einem Seehundsjäger auf Lockjagd geht«, erklärte Hansen laut, damit auch diejenigen, die sich nur zögernd näherten, ihn verstehen konnten. »Auf Friesisch wird das Wort hossen gesprochen, geschrieben *hosen.*« Belehrung auch in sprachlicher Hinsicht konnte nicht schaden, fand er, manche Gäste interessierten sich für die Friesen als Volksgruppe und nahmen auch solche Informationen dankbar an. Als ob sie Exoten wären!

Hemsen drückte jetzt beide zur Seite ausgestellten Hände auf das Gras, stemmte den Oberkörper in die Höhe und bewegte sich ruckartig von der Stelle.

»So nähert er sich den Seehunden«, kommentierte

Hansen, fest entschlossen, die Gelegenheit beim Schopf zu packen. »Und das Gewehr oder den Seehundshaken, je nachdem, zieht er hinter sich her«, fuhr er fort, als der Jäger einen imaginären Gegenstand aus der Höhe seiner Knie abholte und bis vor die Brust schob.

»Kann das jeder lernen?«, fragte ihn einer der Herren begierig. »Und wo bekommt man eine solche Tarnkappe und ein Gewehr her?«

»Die stellt Tygge Hemsen zur Verfügung. Er gilt übrigens als der erfahrenste und umsichtigste Seehundsjäger von Wyk. Was meinst du, Tygge, kann der Herr, der so sportlich aussieht, das Hosen lernen?«

Hemsen, der inzwischen seine Vorführung beendet hatte und aufgestanden war, musterte den schlanken Mann ein wenig verblüfft, dann ging sein unsicherer Blick zu Hansen hinüber.

Hansen nickte ihm auffordernd zu.

»Meine Begleiter haben es alle mehr oder weniger gut gelernt. Können Sie denn schießen?«, fragte Hemsen. »Das wäre das Wichtigste. Im Allgemeinen nehme ich Schrot.«

»Ich benutze auf Jagd gewöhnlich meine Winchester 73«, antwortete der Gast. »Wann können wir mit dem Unterricht beginnen? Und wie lange dauert er?«

»Wenn Sie mit einer Winchester schießen können, werden Sie keine Schwierigkeit haben, das Übrige auch noch zu lernen«, stammelte Hemsen, der sein Glück kaum fassen konnte. »Heute gegen Abend, wenn Sie wollen, da ist es kühler. Am Strand. Dann könnten wir morgen oder übermorgen auf Jagd gehen, je nachdem, wie geschickt Sie sich anstellen.«

»Abgemacht«, sagte der Mann und streckte Hemsen die Hand hin, der sie kräftig schüttelte.

»Ich würde es auch gerne lernen«, meldete sich ein älterer Mann und trat vor. »Ich kann ganz gut schießen. Werden Sie mich auch annehmen? Ich bin Georg Schneider, aus Mannheim.«

Hansen klopfte dem Jäger sachte auf die Schulter und machte sich davon. Hemsen hatte sein Gleichgewicht wiedergefunden, und die Verhandlungen mit seiner Kundschaft überließ er ihm besser allein.

Kapitel 10

Sönke Hansen trat am nächsten Morgen einen schweren Gang an. Jedoch sah er sich nicht in der Lage, die Augen vor dem Wissen zu verschließen, dass Göntje eine Mörderin war, die ihre Tat geplant hatte. Was er tun würde, wenn sie gestand, wusste er selber nicht.

Es war noch früh am Morgen, als er das Hotel betrat, in den Zimmern war gewiss noch nichts zu räumen, denn der erste Dampfer fuhr an diesem Tag später.

»Ach, guten Morgen, Herr Hansen. Kann ich Ihnen helfen?«, fragte Bosse Ingwersen, jetzt auffallend diensteifrig.

Hansen zögerte. Aber es gab keine Möglichkeit, an dem Mann vorbeizukommen. Er musste Farbe bekennen. »Ich würde gerne mit dem Hausmädchen Göntje Brarens sprechen.«

Wenn der Portier erstaunt war, so zeigte er es nicht. »Sie sind kein Gast des Hauses«, sagte er zögernd. »Eigentlich sollte ich es nicht gestatten. Aber ich nehme an, dass Sie nur ehrenwerte Absichten haben. Göntje ist zu dieser Uhrzeit meistens in der Wäschekammer. Ich bringe Sie rasch selbst hin.«

Er eilte voran, den verwunderten Hansen hinter sich. Warum rief Ingwersen nicht den kleinen Pagen? Hatte er etwa ein besonderes Interesse an Göntje?

Nachdem sie um einige Ecken gebogen waren, standen sie vor einer offenen Tür. Gegen das Morgenlicht erkannte

Hansen Göntjes dralle Figur, die mit dem Rücken zu ihm vor einem Holzbrett stand und Wäsche zusammenlegte. Flüchtig bemerkte er, dass der Portier auf der Stelle kehrtmachte, und klopfte an die Türlaibung.

Göntje drehte sich um.

»Nicht erschrecken«, sagte Hansen hastig, um jedem Fluchtversuch vorzubauen.

»Nein«, sagte sie ruhig. »Was ist denn?«

»Ich wollte gerne mit Ihnen sprechen«, antwortete Hansen. »Darf ich die Tür schließen? Es ist vertraulich.«

Ihre Augen flackerten, aber sie lehnte nicht ab, und Hansen zog die Tür hinter sich zu. »Es ist wegen des toten Neugeborenen auf Langeness«, sagte er. »Ich habe die Vermutung, dass Sie die Mutter sind.«

Göntje griff hinter sich und hielt sich am Brett fest. Ein paar Handtücher rutschten herunter, um die sie sich nicht kümmerte. Sie schüttelte stumm den Kopf.

»Es gibt Beweise«, fuhr Hansen unter Bedauern fort, denn es widerstrebte ihm, sie zu quälen. Er war sich außerdem bewusst, dass es sich bei seinen so genannten Beweisen nur um Beobachtungen und Rückschlüsse handelte. »Das Tischtuch, das Sie mitnahmen, und der Teller, von dem ich inzwischen vermute, dass Sie ihn zum Graben verwenden wollten. Schließlich der Maler Jakob, der eine Frau in friesischer Tracht malte, die sich genau an der Stelle des Deiches zu schaffen machte, an der wir den Leichnam fanden.«

Göntje brach unter der Last seiner Anschuldigungen in sich zusammen, auf den Beinen schwankend, begann sie lautlos zu weinen.

»Tut mir leid«, murmelte Hansen und machte einen Schritt auf sie zu, um sie zu stützen.

»Nein!«, wimmerte sie und drängte sich in den Winkel

zwischen der Tischplatte und einem der Wäscheschränke. »Gehen Sie fort!«

»Aber ich tue Ihnen doch nichts«, sagte Hansen bestürzt über ihre Reaktion. Ihm schien fast, als ob sie mehr Angst vor ihm als vor seiner Entdeckung hätte. Er hielt es für das Beste, zur Tür zurückzuweichen. »Soll ich öffnen?«

Ihre Tränen flossen jetzt ausgiebig, aber sie hatte verstanden, dass Hansen ihr nichts antun wollte, und schüttelte den Kopf. Urplötzlich gaben ihre Beine nach, und sie glitt mit dem Rücken an der Schranktür entlang und landete auf dem Fußboden.

Hansen setzte sich im Schneidersitz ihr gegenüber. So war der Fluchtweg für sie offen, und sie begriff auch das, wie er an ihrem schweifenden Blick erkannte. »Ich bin es eigentlich gar nicht, vor dem Sie Angst haben, nicht wahr?«

»Nein«, sagte Göntje etwas gefasster und wischte sich die Tränen ab, »aber Sie verfolgen mich, und ich hatte Angst, Sie wollten dasselbe wie …«

»Wie wer?«, half Hansen behutsam nach.

»Wie … er.«

Sönke Hansen starrte sie an. Langsam begann er zu begreifen. »Der Vater des Kindes hat Ihnen Gewalt angetan?«

»Ja«, flüsterte Göntje.

Es machte Hansen stumm vor Mitleid. Er brauchte einen Moment, um sich zu fassen. »Und Sie konnten sich niemandem anvertrauen?«

»Wem denn?«, fragte sie mit gequälter Miene. »Und wozu? Ich weiß, was in solchen Fällen behauptet wird: Das Mädchen hat den Mann verführt, ihn halb wahnsinnig vor Begierde gemacht, bis er sich nicht mehr beherrschen konnte. Deshalb hat sie Schuld, nicht er.«

»Das ist wohl so«, gab Hansen zu und presste zornig über die ungerechten Verhältnisse, die er auch nicht ändern konnte, die Lippen zusammen. »Haben Sie das Kind getötet, weil Sie es nicht hätten versorgen können? Oder Ihre Mutter? Und wäre nicht auch ein Waisenhaus eine Möglichkeit gewesen?«

Göntje schüttelte nachdrücklich den Kopf und ließ Hansen mit einer Antwort warten. »Es gab keine Möglichkeit«, sagte sie schließlich.

»Das verstehe ich nicht«, behauptete Hansen. »Es gibt immer bessere Möglichkeiten als einen Mord.«

Sie begann wieder zu schluchzen und musste sich erst beruhigen, bevor sie antworten konnte. »Das glauben Sie vielleicht! Sie sind ja auch ein Mann. In meinem Fall gab es keinen anderen Weg.«

»Hat er Ihnen gedroht?«, fragte Hansen, dem diese Möglichkeit plötzlich einfiel. Vor seinen Augen brach Göntjes Widerstand jetzt ganz zusammen.

»Ja!«, ächzte sie. »Ich dürfte das Kind nicht bekommen, hat er gesagt, weil ich nicht stark genug wäre, seinen Namen zu verschweigen, wenn ich nach dem Vater gefragt würde. Er wurde wild wie ein amerikanischer Bär, als er hörte, dass ich nicht nach Hamburg gefahren war, um es wegmachen zu lassen. Aber ich hatte doch kein Geld, und das habe ich ihm gleich gesagt.«

»Das hat er von Ihnen verlangt! Welch ein verlotterter Charakter«, stieß Hansen voll Abscheu aus.

»Er ist ein Scheusal! Und wenn ich es doch bekäme, würde er dafür sorgen, dass ich nie wieder eine Anstellung auf Föhr bekäme. Das ist noch schlimmer, als eine gefallene Mutter zu sein.«

»Zweifellos«, bestätigte Hansen. Es bedeutete Armenhaus. Tiefer konnte niemand fallen. »Und wie heißt dieser Verbrecher, dessen Opfer Sie sind?«

Wieder war es mit Göntjes Fassung vorbei. Sie schüttelte den Kopf so heftig, dass eine der Flechten sich löste. »Nein, nein, den Namen erfahren Sie nicht! Er würde mich totschlagen.«

»Sogar davor müssen Sie Angst haben?«, fragte Hansen ungläubig.

Göntje nickte. »Er will mich über die ganze Welt jagen lassen.«

»Und die bigotte Frau? Was hat die damit zu tun?«

Das Entsetzen stand Göntje ins Gesicht geschrieben. Sie sah sehr elend aus und wurde immer blasser. Jede weitere Befragung erübrigte sich. Hansen erhob sich und reichte ihr die Hand. »Kommen Sie, Sie müssen sich frisch machen, bevor Sie unter die Leute gehen. Ich bringe Sie hin, wo Sie hin möchten.«

»In unsere Kammer.« Mit Hansens Hilfe rappelte sie sich auf, und er brachte sie ohne großes Aufsehen in den Anbau, in dem die Mägde schliefen.

Unter diesen Umständen war es völlig ausgeschlossen, Göntje anzuzeigen. Sie war ja bereits bestraft. Dass sie jemals vergessen würde, was sie getan hatte, war zu bezweifeln. Und wenn sie obendrein Angst um ihr Leben haben musste, würde nicht einmal ein Verhör durch den Polizisten Schliemann die Wahrheit an den Tag bringen. Der Verbrecher käme davon. Außerdem war immer noch völlig ungeklärt, ob er eine Komplizin gehabt hatte.

Etwas ratlos war Hansen in der Empfangshalle stehen geblieben, während er überlegte, was er als Nächstes tun sollte. Es schien sein Schicksal zu sein, in diesem Haus aufgelöste Damen durch die endlosen Gänge zu geleiten. Dazu fühlte er sich nicht eben berufen. Es wurde Zeit, seinen Urlaub anzutreten.

Aber was sollte er auf der Hallig sagen? Dass er nichts herausbekommen und aufgegeben hatte? Oder dass die Dame, auf die sein Verdacht gefallen war, abgereist sei?

»Guten Morgen, Herr Hansen«, flötete hinter ihm Dora Dürrschnabel, deren Stimme er mittlerweile fürchtete, obwohl sie sich im Augenblick zufrieden anhörte. Irgendwie wie das Schnurren einer Katze, die gerade einen Vogel verspeist hat.

»Guten Morgen, Frau Dürrschnabel«, erwiderte Hansen enthusiastischer, als ihm zumute war, und drehte sich um. »Sie sehen so glücklich aus, bestimmt ist Ihr Gatte zurück.«

»Ja, er ist gestern Abend gekommen. Sie haben ja so Recht.«

Da Dora bei Hansen stehen blieb, fühlte er sich bemüßigt, das Gespräch aufrechtzuhalten. »Es ist beruhigend zu wissen, dass sich unsere Politiker in steter Sorge um die Bevölkerung derart aufreiben.«

»Ja, nicht wahr? Nicht einmal zum Angeln ist er gekommen, so sehr wurde er von den Sorgen und Nöten der Halligbevölkerung in Anspruch genommen. Dabei hätte er gern einmal diesen für ihn spannenden neuen Sport auch einmal im Salzwasser ausgeübt …«

Hansen hörte staunend zu. Über welche Sorgen und Nöte hatten wohl die Halligleute geklagt?

»Dorothea, es wird Zeit«, sagte hinter Hansen jemand in drängendem Ton. »Du weißt, ich habe nachher noch ein wichtiges Treffen.«

Dürrschnabels schmale Hand legte sich auf Doras

fülligen Arm. Verweichlicht durch seine Arbeit in Berlin war er nicht, fand Hansen, eher drahtig wie ein englischer Sportsmann.

Er trat einen Schritt zurück und verneigte sich leicht.

»Sönke Hansen, Deichbauer. Ohne überschauen zu können, wie gut Sie und Dr. Molitor sich kannten, möchte ich Ihnen doch zum Verlust eines Freundes und Jagdgefährten kondolieren.«

»Sehr tragisch, ja«, sagte Dürrschnabel gewandt und reichte seiner Frau den Arm, damit sie sich unterhaken konnte. »Wer hätte gedacht, dass die so harmlose Jagd auf Seehunde solche Gefahren in sich bergen könnte. Ich sollte mich wohl endgültig mehr auf Karpatenbären verlegen.« Er lachte selbstgefällig.

Hansen fand ihn abstoßend zynisch und wünschte, er hätte den Arzt gar nicht erwähnt. Aber er beabsichtigte nicht, Dürrschnabel mit dieser flapsigen Bemerkung aus dem Gespräch über einen bedauernswerten Todesfall zu entlassen. »Dabei jagte er nicht einmal«, sagte er. »Er beobachtete ja nur.«

»Ja, das sieht ihm ähnlich«, stimmte Dürrschnabel zu, um Hansen unvermutet scharf zu mustern. »Woher wissen Sie das eigentlich? Er sprach nicht drüber, um sich nicht dem Vorwurf auszusetzen, er sei ein Feigling. Oder ein Aufschneider.«

»Wir sind uns in wenigen Tagen nähergekommen«, gab Hansen überrascht zu.

»So?« Der Politiker befreite sich aus dem Griff seiner Frau. »Geh schon mal vor, Dora, und bestell uns den Kaffee«, befahl er.

»Sag nicht immer ...«

»Entschuldige, Dorothea. Nun geh bitte.«

»Vertu deine Zeit aber nicht mit unnützem Geschwätz«, sagte seine Frau streng und schaukelte davon, selbst von hinten beleidigt wirkend.

Unverschämt, dachte Hansen, während er ihr nachsah. Oder gedankenlos. Darüber hinaus wunderte er sich, weil der Politiker es doch gerade noch so eilig gehabt hatte.

»Molitor war ein anständiger Kerl«, sagte Dürrschnabel. »Neugierig, aber trotzdem anständig. Wissen Sie, wir haben uns kurz vor Weihnachten kennengelernt und gingen zusammen auf Jagd. Zu dieser unwirtlichen Jahreszeit führt nicht mehr jeder einheimische Jäger Gäste auf die Seehundsbänke, deswegen brachte der Zufall uns zusammen. Was ich sagen wollte: Molitor erkannte neidlos mein Jagdglück an – ich habe bei allem, was ich anfange, Glück, gottlob. Er schoss wahrscheinlich aber schlecht und wollte nicht, dass andere es merkten. So ist es ihm leichtgefallen zu verzichten.«

Dürrschnabel beschrieb einen ganz anderen Dr. Molitor als den, den Hansen kennengelernt hatte. Aber er beschloss, den Mund zu halten. »Nun ja, so genau kannte ich ihn ja nicht«, murmelte er.

Dürrschnabel betrachtete ihn noch einen Augenblick unschlüssig, dann nickte er ihm zu und ging seiner Frau nach, nach rechts und links grüßend. Bei einem jüngeren, elegant gekleideten Herrn blieb er stehen, um einige Worte mit ihm zu wechseln, danach verabschiedete er sich selbstsicher und gelassen.

Offensichtlich hatte er von der Hallig Informationen mitgebracht, die bestens geeignet waren, um mit ihnen weiter seinen politischen Aufstieg zu betreiben. Sogar Dorothea war mit ihm zufrieden gewesen.

Auf der Straße fiel Hansen Dr. Lorenzen ein. Molitor hatte ihn belehrt, wie weit die ärztliche Schweigepflicht gehen konnte. Er war ziemlich sicher, dass Lorenzen ähnliche Ansichten hatte. Hansen machte sich umgehend auf den Weg, um sich bei ihm Rat zu holen.

Lorenzen stand mit verschränkten Armen im großen Tor und sah den Kindern der Heilstätte schmunzelnd beim Spiel mit dem Ball zu. Sie tobten und jauchzten, dass es über den Strand hallte. »Haben sie sich nicht schön erholt, was meinen Sie, Hansen?«, fragte er, ohne Überraschung über seinen Besucher zu zeigen.

Hansen betrachtete sich die Schar braungebrannter Jungs, allesamt in kurzen Hosen und mit nacktem Oberkörper. Zwischen ihnen entdeckte er erst nach einer Weile staunend kleine Mädchen, die sich von ihren Kameraden kaum unterschieden. »Unbedingt«, sagte er.

»Leider müssen wir einen Teil von ihnen morgen aus diesem Paradies vertreiben, damit sie anderen kachektischen und bleichsüchtigen Großstadtkindern Platz machen«, fuhr Lorenzen mit einem bedauernden Seufzer fort. »Ich wünschte, wir hätten ein größeres Gebäude und mehr Geldmittel, damit wir mehr dieser bedauernswerten Kinder aufnehmen könnten.«

»Was das betrifft, werden Sie wohl in Zukunft weniger, statt mehr Platz für bedürftige Kinder haben«, äußerte Hansen sarkastisch.

Lorenzen nahm die Arme herunter und sah argwöhnisch zu Hansen hoch. »Wie meinen Sie das?«

»Unser fürsorglicher Landtagsabgeordneter Paul Dürrschnabel beabsichtigt, eine Stiftung ins Leben zu rufen, mit Hilfe derer endlich die bleichen und unterernährten Halligkinder in Ihre Heilstätte verschickt werden können.«

»Machen Sie Witze?«, knurrte Lorenzen.

»Nein. Und Dürrschnabel auch nicht«, fügte Hansen hinzu.

»Nicht zu glauben! Was verspricht er sich davon?«

Hansen zog die Schultern in die Höhe. »Aufmerksamkeit, vermute ich.«

»Politiker!«, schnaubte Lorenzen erbost. »Na, ich hoffe, so weit wird es nicht kommen. Auch in Berlin müsste noch ein Restchen von Vernunft zu finden sein, wenn man nur tüchtig gräbt.«

»Da bin ich mir nicht so sicher«, murmelte Hansen und fuhr gleich fort, ohne sich auf dieses Thema näher einzulassen. »Ich bin wegen einer ernsten Angelegenheit gekommen. Ich brauche Ihren Rat.«

»Nanu«, sagte Lorenzen und sah ihn forschend an. »Dann lassen Sie uns in mein Arbeitszimmer gehen.«

Hansen folgte ihm schweigend durch den Gang, hinter dessen Türen gesungen, aber auch ein Gedicht skandiert und laut gerechnet wurde. Als er in Lorenzens Zimmer auf einem der mit Büchern übersäten Stühle Platz gefunden hatte, kam er sofort zur Sache. »Der Mord an dem Neugeborenen hat inzwischen eine Erklärung gefunden«, begann er. »Der Vater des Kindes hat die junge Frau vergewaltigt und für den Fall, dass das Kind zur Welt kommt und er selber namentlich bekannt würde, mit dem Tod bedroht.«

Lorenzen schüttelte stumm den Kopf. »Etwas in der Richtung ahnte ich schon. Frauen, die derart handeln, stehen meistens unter hohem Druck, und am häufigsten geht dieser vom Mann aus. Wissen Sie, um wen es geht?«

»Sie ist Hausmädchen in einem Logierhaus, wer er ist, weiß ich nicht. Die Tötung hat sie zugegeben, aber vor dem Mann hat sie eine so panische Angst, dass sie seinen Namen nicht nennen will. Außerdem gibt es da noch eine bigotte Person, von der ich vermute, dass sie beteiligt ist, allerdings weiß ich nicht, wie.«

»Ist das Hausmädchen sich darüber klar, dass Sie sie anzeigen könnten? Müssten, besser gesagt.«

»Ich weiß es nicht«, gab Hansen zu. »Vielleicht nicht. Denn ganz sicher ist, dass die Furcht der jungen Frau vor dem Täter für eine andere Furcht keinen Raum lässt.« Er zögerte. »Also, ich halte sie für äußerst willensstark. Sie würde es möglicherweise schaffen, einen Prozess durchzustehen, ohne den Namen preiszugeben.«

»Das hat er nicht verdient.«

»Nein, das hat er nicht verdient«, wiederholte Hansen, irgendwie erleichtert, dass es dem Arzt ähnlich ging wie ihm selber. »Aber sie auch nicht. Deswegen wollte ich für mich einen Schlussstrich unter die Angelegenheit ziehen und sie nicht anzeigen.«

Lorenzen strich mit einer Hand über einen kleinen Flecken auf seinem Schreibtisch, der nicht von Papieren und Büchern bedeckt war. »Sie ist für ihr Leben geschädigt, das wissen Sie?«, fragte er unvermittelt. »Vergessen wird sie die Tat nie. Sie wird ewig mit der Schuld leben, während er sich aus dem Staub macht.«

»Ja«, sagte Hansen bedrückt.

»Haben Sie irgendetwas über ihn in Erfahrung bringen können?«

»Nichts«, bedauerte Hansen. »Außer dass er ihr gedroht hat, er werde dafür sorgen, dass sie nirgendwo auf Föhr mehr eine Anstellung erhalten werde, wenn sie spricht …«

»Das bringt uns zu der Frage, ob er tatsächlich diese Macht hat.«

Hansen wiegte den Kopf. »Zumindest glaubt sie es. Das

brachte mich auf den Gedanken, dass der Kerl zu den Honoratioren der Insel gehören könnte.«

»Sie denken also an die Bürgermeister von Osterland-Föhr und West-Föhr, an Lehrer, an Pastoren. Und an die Ärzte.«

»Na ja, auf jeden Fall muss er ein Hiesiger sein, wenn er glaubt, das Mädchen derart lückenlos überwachen zu können«, sagte Hansen.

»Es läge nahe«, murmelte Lorenzen nachdenklich.

»Vor allem wäre natürlich an Männer zu denken, die dort arbeiten, wo das Mädchen es tut: in Logierhäusern und Hotels. Männer in höheren Positionen natürlich nur, Besitzer oder Pächter also.« Hansen hätte es noch präziser formulieren können: der Besitzer von Redlefsen's, bei dem Göntje sich keinesfalls beschweren wollte, stand natürlich als Erster unter Verdacht. Dann sah er wieder vor sich, wie Jens Christiansen seinem Hausknecht einen Brief zur Beförderung an Göntje übergab. Blaugraues Papier mit akkurater Adresse und hinten gesiegelt, eindeutig privater Natur. Eine Wäscheliste oder eine Auftragserteilung sah anders aus. Auch er kam in Frage. Außerdem wohnte Louise in seinem Gasthof.

»Das mag alles sein. Und den wollen Sie davonkommen lassen?«

Hansen kniff die Lippen zusammen.

Lorenzen gab nicht auf. »Herr Hansen, sind Sie sich im Klaren darüber, dass Sie sich selbst zu einem weiteren Opfer dieses Verbrechers machen, wenn Sie schweigend auf Ihre Hallig zurückkehren? Auf der Strecke bliebe Ihre Unschuld.«

Hansen nickte verdrossen.

»Finden Sie den Mann«, empfahl Lorenzen geradeheraus. »Man kann ihn nicht schonen wollen, um vermeintlich das Mädchen zu retten. Es wäre keine Rettung, glauben Sie mir! Für ihr Seelenheil ist es besser, sie büßt ihre Schuld ab – ein guter Rechtsbeistand wird es schaffen, die Strafe auf ein Mindestmaß zu drücken. Der Mann aber muss ins Zuchthaus. Er ist der eigentliche Kindsmörder.«

Hansen hörte dem Arzt widerwillig zu. »Nein, ich werde ihn nicht suchen.«

»Doch, das müssen Sie«, widersprach Lorenzen. »Sie sind dafür zuständig, auf den Halligen und Inseln Verbrechen aufzuklären, wissen Sie noch?«

»Das ist Ihnen bekannt?«, staunte Hansen.

»Ich befasse mich nicht nur mit Kohlenstaublungen und dergleichen, Herr Hansen.«

»Hm«, brummelte Hansen.

»Hier geht es auch um Gerechtigkeit. Sie wissen, was ich vom Raushalten halte …«

»Ich weiß.«

»Redliche Menschen müssen sich einmischen. Tun sie es nicht, wird die Welt in Skrupellosigkeit untergehen.«

»Das ist es nicht«, erklärte Hansen widerstrebend. »Ich habe Angst, dass ich Göntje schade. Wer garantiert, dass ihr Richter ein aufrechter Vertreter des Rechts und nicht nur der Paragraphen ist? Und wie finde ich einen Rechtsanwalt, der nicht nur tüchtig ist, sondern sich danach drängt, einer mittellosen Frau zu helfen?«

»Das alles ist sekundär. Finden Sie vor allem den Gewalttäter!«

Hansen erhob sich niedergeschlagen. »Ich glaube, Dr. Molitor würde ähnlich raten.«

Kapitel 11

Dr. Lorenzen hatte völlig recht. Nachdem Hansen eine Nacht über alles geschlafen hatte, fand er keine Ausrede mehr. Er entschloss sich, es nochmals bei Fraucke zu versuchen. Sie und Göntje arbeiteten zusammen, da wusste man zwangsläufig viel übereinander.

Fraucke sah ihm freundlich entgegen und ließ den Besen ruhen, mit dem sie den Bürgersteig kehrte. Es war früher Morgen, und kaum Gäste waren unterwegs. »Haben Sie sich entschlossen, welches Bild Sie kaufen wollen?«, fragte sie hoffnungsvoll. »Noch schläft Herr Jakob, aber dafür würde ich ihn wecken.«

»Braucht ihr das Geld für euren Hausstand?«, neckte Hansen sie, obwohl ihm nicht danach zumute war.

Der Erfolg gab ihm Recht. Fraucke strahlte ihn an. »Noch nicht, es ist ein wenig zu früh dafür«, meinte sie bescheiden und schlug die Augen nieder.

»Du meinst, er weiß noch nichts von seinem Glück«, sagte Hansen schmunzelnd.

»Stimmt. Aber ich bringe ihn schon noch dazu. Ich weiß, was für ihn gut ist.« Treuherzig, aber fest entschlossen, sah Fraucke Hansen an.

»Das glaube ich dir.« Hansen glaubte ihr tatsächlich.

Aus der grauen Maus, wie Molitor sie bezeichnet hatte und die er selber noch kennengelernt hatte, war innerhalb weniger Tage eine junge Frau geworden, die offenbar ihren künftigen Lebensweg vor sich sah. »Das freut mich für dich«, fügte er hinzu. »Sprechen wollte ich allerdings mit dir, nicht mit ihm.«

»Oh«, sagte Fraucke und staunte ihn aus ihren blassblauen Augen an. »Was gibt es denn?«

»Kennst du eigentlich Göntje näher?«, erkundigte sich Hansen behutsam, aber an der direkten Frage ging eben kein Weg vorbei. »Ich meine, habt ihr Umgang miteinander in der Freizeit? Und kennst du ihre Familie? Oder Freunde?«

Fraucke klemmte ihre Lippen zu.

Nanu, dachte Hansen, überrascht von ihrer Reaktion. »War das eine ungehörige Frage?«, erkundigte er sich reuevoll. »Ich wollte dich nicht verärgern.«

»Was fragt ihr mich nur alle nach Göntje?«, antwortete Fraucke ungehalten.

Hansen verstand. Da war auch Eifersucht im Spiel. Göntje war trotz ihrer Fülle anmutig und hübsch und hatte vermutlich sogar unter den Gästen heimliche Verehrer. Dagegen war Fraucke eher von dem herben, spröde wirkenden Schlag, den es unter den Nordfriesen auch gab. »Wer denn außer mir noch?«

Das Hausmädchen begann wieder zu fegen. Erst als sie ein Häufchen Laub und Dreck beisammen hatte, bequemte sie sich zu einer Antwort. »Dieser Dr. Molitor. Dabei kannte ich ihn doch gar nicht.«

»Du hattest ihn doch beim englischen Picknick kennengelernt«, erinnerte Hansen sie.

Fraucke machte eine wegwerfende Geste. »Ach, da doch nicht. Nein, das war schon im Herbst. Spätherbst, oder so, jedenfalls hatten wir schon Frost. Er kam und erwartete ohne weitere Erklärungen, dass ich ihm Auskunft gebe. Wie kann einer das einfach so einfordern, auch wenn er Arzt ist? Ich sah ihn das erste Mal.«

Hansen wunderte sich ebenfalls. »Weißt du denn, warum er nach ihr fragte?«

»Keine Ahnung«, sagte Fraucke verdrossen. »Ich weiß nicht einmal, woher er wusste, dass wir beide in die gleiche Schule gegangen sind.«

»Er wird es vielleicht beim Picknick des vergangenen Jahres erfahren haben ...«

Fraucke schüttelte den Kopf. »Das kann nicht sein. Dr. Molitor war vor diesem August noch nie beim Picknick dabei. Göntje übrigens auch nicht. Sie hat erst in diesem Jahr ihre Vorgängerin von Redlefsen's abgelöst.«

»Das ist ja seltsam«, fasste Hansen zusammen. »Ein dir unbekannter Mann erkundigt sich bei dir nach einem Mädchen, das er irgendwo kennengelernt und das sein Interesse geweckt hat?« Während er auf eine Antwort wartete, huschte der Verdacht gegen Molitor durch seinen Kopf. Konnte allen Ernstes der Mann, der ihm eher wie ein feinsinniger Wissenschaftler vorgekommen war, eine verborgene, derart brutale Seite gehabt haben, dass er ein Mädchen vergewaltigte?

Aber Fraucke bearbeitete heftig und mit finsterem Gesicht den Gehsteig, ohne ihm zu antworten. Schließlich beendete sie ihre Tätigkeit, stützte das Kinn auf den Besenstiel und blitzte Hansen wütend an. »Göntje ist eine gute Kollegin, Herr Hansen. Aus mir werden Sie nichts Schlechtes über sie herauskriegen, so wenig wie der Doktor. Das hat sie nicht verdient!«

»Nein, nein«, bestätigte Hansen verwundert.

»Und wenn Sie etwa vorhaben, sich in unehrenhafter Weise an sie heranzumachen, so werden Sie das nicht schaffen! Moin, Herr Hansen!«

Missmutig sah Hansen Fraucke nach, die mit dem Besen

über der Schulter in das Logierhaus zurückkehrte, irgendwie in einer Pose, als hätte sie einen Feind glücklich besiegt. Keine Frage, sie war erwachsen geworden. Aber er hasste Verdächtigungen, die sich gegen ihn persönlich richteten, während er uneigennützig tätig war.

Mit einem Seufzer drehte sich Hansen um und kehrte wieder zurück auf die Promenade, die sich inzwischen mit Gästen zu beleben begann.

Dass Molitor der verbrecherische Kerl war, konnte er getrost verwerfen. Dagegen lag etwas anderes auf der Hand: der Arzt musste einen konkreten Grund für seine Erkundigungen gehabt haben. Hatte er, der geübte Beobachter, vielleicht etwas beobachtet, das ihn so sehr beschäftigt hatte, dass er versucht hatte, die ihm unbekannte Magd Fraucke nach Göntje auszufragen? Zweifellos war ihm kein Erfolg beschieden gewesen.

Mit wem hätte er sich darüber wohl ausgetauscht, wenn überhaupt?

Hansen wollte nur Dürrschnabel einfallen, von dem Molitor gesagt hatte, er sei ein ausgezeichneter Analytiker. Offensichtlich hatte der Politiker irgendwann in Molitors Gegenwart ein Problem zerlegt und Anerkennung gefunden. Es konnte jedenfalls nicht schaden, mal bei Dürrschnabel zu sondieren. Einen anderen Weg sah Hansen im Augenblick nicht.

Paul Dürrschnabel stand im Schatten der Bäume vor dem Hotel, in Gedanken versunken und von Zeit zu Zeit an einer ausgesprochen dicken Zigarre ziehend. Vielleicht brauchte er Erholung, dachte Hansen, als er zielstrebig auf ihn zuschritt.

»Moin, Herr Dürrschnabel«, grüßte er höflich. »Ich hoffe, ich störe nicht …«

»Doch, genau das tun Sie«, unterbrach Dürrschnabel ihn gereizt.

»Wie schätzen Sie die Chancen der Konservativen bei der nächsten Wahl ein?«, erkundigte sich Hansen. So einfach ließ er sich nicht abweisen. Und Dürrschnabel hatte das sofort verstanden, wie er sehen konnte.

Bedächtig klopfte der Politiker die Zigarrenasche mit dem Finger über einer Baumwurzel ab.

»Ausgezeichnet«, antwortete er mürrisch. »Vor allem unsere Organisation für die Bauern, der Bund der Landwirte, blüht in jüngster Zeit auf. Wir erhoffen uns über sie größere Erfolge in entlegenen Gegenden wie Nordfriesland.«

Hansen wiegte zweifelnd den Kopf.

Dürrschnabel zog mehrmals an seiner Zigarre und entließ einen Schwall von Rauch aus dem Mund. Dann ging eine Art Ruck durch seinen Körper. Offensichtlich hatte er seinen Verdruss überwunden und begann sich für eine Unterhaltung mit Hansen zu erwärmen. »Vielleicht gewinnen wir in Zukunft sogar die Beamten der ländlichen Regionen … Sie sind doch Beamter, oder?«

»Woher wissen Sie?«, fragte Hansen überrascht und unangenehm berührt.

»Oh, meine Frau erwähnte Sie, glaube ich, und Baron von Holsten auch …«

Hansen biss sich auf die Unterlippe. Dass diese beiden sich kannten, hätte er sich denken können. Aber warum unterhielten sie sich ausgerechnet über ihn?

»Sie erwartet ein Verfahren wegen Landesverrat, hörte ich?«, fuhr Dürrschnabel fort und ließ seine gelb gefärbten

Zähne sehen. Sein Lächeln war voll von Boshaftigkeit, eine gelungene Retourkutsche.

Aber Hansen bekam sich in den Griff, wenn auch nur mühsam. »Da sind Sie wohl der persönlichen Meinung des Deichgrafen auf den Leim gegangen, Herr Dürrschnabel«, sagte er so ruhig er konnte. »Mich erwartet natürlich kein Verfahren. Das ist ein Irrtum des Barons von Holsten oder sogar eine böswillige Vermutung. Er hat mir offensichtlich die Feindschaft erklärt ...«

»Nun, ich hörte hingegen, es könnte für Sie auch ernst werden. Sollten Sie einmal Hilfe benötigen, wenden Sie sich ruhig an mich«, bot Dürrschnabel an. »Es kann nicht sein, dass Angehörige unseres reinsten deutschen Volksstammes auf diese Weise dem Feind in die Arme getrieben werden. Damit will ich Ihnen gewiss nicht unterstellen, dass Sie jemals beabsichtigten, die dänisch gesinnten Abgeordneten zu wählen. Männer, die sich weigern, den Eid auf die preußische Verfassung abzulegen ...«

Hansen sah ihn ausdruckslos an. Was hier ablief, war ein starkes Stück. Der Mann versuchte tatsächlich, ihn mit Hilfe einer Drohung zu kaufen. Erpressung war das übliche Wort dafür.

»Es wird höchste Zeit, alle konservativen Kräfte des Reiches zu sammeln«, dozierte Dürrschnabel weiter, ohne seinen väterlich-mahnenden Blick von Hansen zu wenden. »Die Feinde scharen sich vor unseren Toren, um über uns herzufallen – anlässlich der Einweihung des Kaiser-Wilhelm-Kanals im vergangenen Jahr haben wir alle beobachten können, wie die Russen, Franzosen und Engländer mit den Säbeln rasselten. Die Dänen sowieso. Und trotzdem will im Inneren des Reiches das Schachern und Jüdeln der kleinen und kleinsten Parteien um Vorteile nicht aufhören … In dieser fatalen Situation setze ich wirklich auf die Charakterstärke des friesischen Stammes. Ich werde ihn fördern, wo immer möglich.«

»Sehr ehrenwert«, murmelte Hansen unbestimmt. »So zahlreich ist er ja nun nicht.«

»Aber wichtig!«, versetzte Dürrschnabel ernst und nickte mehrmals mit gespitzten Lippen. »Glauben Sie mir, Hansen, ich setze mich tagtäglich mit diesen Problemen auseinander.«

»Zweifellos«, nickte Hansen und fragte sich, wie er endlich eine Überleitung zu Molitor finden konnte.

»Allerdings«, fuhr Dürrschnabel fort, jetzt überheblich lächelnd, »auch ein Abgeordneter hat das Recht, sich gelegentlich zu erholen. Die frische Luft hier ist für einen Mann, der Berlin ertragen muss, schon Belohnung genug. Dazu die Jagd und das Angeln mit Gerät. Man müsste eine Art Wettangeln für Gäste einführen …«

Er schwieg einen Augenblick, in Nachdenken versunken, bevor er fortfuhr. »Na, wie dem auch sei: Ihr lebt hier im Paradies, Hansen. Ihr Friesen solltet dankbar sein, dass wir es für euch bewahren.«

Es gab keine Überleitung. Der Politiker würde unendlich mit seiner Selbstbeweihräucherung fortfahren. »Wenn nicht gerade jemand erschossen wird«, zerstörte Hansen bewusst Dürrschnabels Idylle. »Hat eigentlich Dr. Molitor sich Ihnen gegenüber jemals über die Hausmagd Göntje geäußert?«

Dürrschnabel zuckte zusammen und furchte die Stirn. Dahinter lief etwas ab, das Hansen sich nicht erklären konnte. »Göntje«, sagte er schließlich verächtlich. »Ich unterhalte mich grundsätzlich nicht mit Bekannten über das Personal eines Hotels, Herr Hansen. Guten Tag.« Mit einer zornigen Bewegung schleuderte er die nicht zu Ende gerauchte und teuer aussehende Zigarre in den Sand, wandte sich um und ging schnellen Schrittes in das Hotel zurück.

Hansen sah ihm verblüfft hinterher. Was hatte den Zorn Dürrschnabels so erregt? Die Erwähnung von Molitor? Oder Göntje? Oder einfach die Tatsache, dass Hansen so erkennbar wenig Wert auf Dürrschnabels politische Ergüsse gelegt hatte?

Mehr denn je wünschte er, dies alles mit Molitor durchsprechen zu können. Tatsache war, dass er im Augenblick nicht wusste, wie er weiter ermitteln sollte. Es blieb ihm nichts anderes übrig, als auf einen Zufall zu hoffen. In der Zwischenzeit konnte er gut wieder einmal nach Hause fahren.

Er lächelte in sich hinein, als er merkte, dass er unbewusst bereits auf dem Weg zum Hafen war. Nach Hause. Er schmeckte den Begriff auf der Zunge.

Noch hatten Jorke und er nicht geklärt, wo sie nach ihrer Hochzeit leben würden, in Husum oder auf Langeness oder sowohl als auch.

Auf jeden Fall war die Ketelswarf der Ort, an dem er sich wohl fühlte. Hansen beschleunigte seinen Schritt, um in seinem Logierhaus das Nötigste zu packen und Bescheid zu sagen, dass er ein oder zwei Nächte nicht anwesend sein würde.

Wie es seine Gewohnheit war, überflogen seine Blicke das Hafenbecken. Auf einem der längsseits des Kais vertäuten Boote war die Mannschaft dabei, abzulegen.

Und ihn sollte doch der Teufel holen, wenn er den Jungmann nicht kannte, der gerade die Heckleine loswarf und mit einem gekonnten Satz an Bord sprang. Hansen begann zu laufen. Der Kutter nahm bereits Kurs auf die Hafenausfahrt.

»Wirk!«, brüllte er, um sich über dem Geräusch des Motors bemerkbar zu machen. »Wartet! Ich will mit! Ich muss nur eben ein paar Sachen holen. Bin gleich zurück.«

Als Hansen keuchend an den Hafen zurückkehrte, drehte Knud, der Schiffer, mit hart eingeschlagenem Ruder Kreise im Hafenbecken. Fast zugleich erreichten sie die Kaimauer. Hansen packte das Want des Kutters und sprang bei fast unverminderter Fahrt an Bord.

»Nett, euch zu sehen«, rief er in das dröhnende Motorengeräusch hinein und wanderte schwankend nach achtern, wo Knud am Ruder stand.

»Du musst ein wenig früher aufstehen, wenn du auf See willst«, entgegnete Knud in missbilligendem Ton und grinste Hansen breit an. »Landratte!«

Von hinten schlug Wirk Hansen auf die Schulter. »Moin, Sönke«, rief er begeistert. »Wohin willst du denn?«

»Nach Langeness, nach Hause«, antwortete Hansen und spürte auf einmal eine brennende Sehnsucht nach Jorke. Nicht zu vergessen, auch ein paar Stunden ohne doppelzüngige Politiker und fruchtlose Versuche, Antworten auf eine Frage zu erhalten, die ihn genaugenommen nichts anging.

»Wir setzen dich im Jelf ab. Recht so? Wir fahren auch nach Hause. Geld abliefern.«

»Guten Fang gehabt?«, erkundigte sich Hansen.

»Jawohl«, antwortete Wirk für seinen Lehrherrn stolz. »Die Gäste können anscheinend gar nicht genug Porren bekommen.«

»Ja«, bestätigte der Schiffer, »das Geschäft läuft gut. Seit dieser Saison ist es Mode, Krabben in allen Variationen in den Hotels zu servieren. Neuerdings als Halligkrabben. Meinetwegen.« Er lachte leise.

Hansen horchte auf. »Ich hab schon gehört. Aber was heißt neuerdings?«

»Ach, bis vor ein paar Wochen waren es noch gewöhnliche Porren, und ab und zu bestellte ein Hotel drei Liter, oder wenn es hochkam, einen Korb voll«, erklärte Knud belustigt. »Jetzt aber sind sie zu nordfriesischen Halligkrabben geworden, die edler und teurer als Porren sind. Bei denen kleben die Pfennige zwischen den Füßchen.«

»Und davon haben sie zum Glück eine Menge«, rief Wirk.

»Ich würde mich nicht wundern, wenn Dürrschnabel etwas damit zu tun hätte«, sagte Hansen nachdenklich. »Der interessiert sich für alles.«

»Wer ist Dürrschnabel, und warum sollte er?«

»Ein schleswig-holsteinischer Abgeordneter der Deutschkonservativen im preußischen Landtag, der wochenlang auf Sommerfrische ist und im Redlefsen's wohnt. Offenbar führt er ständig das Lob der Nordfriesen im Mund, obwohl er nicht aus Schleswig-Holstein stammen kann. Er klingt irgendwie süddeutsch …«

»Im Redlefsen's bin ich der wundersamen Verwandlung unserer Porren zuerst begegnet, glaube ich«, unterbrach Knud ihn, uninteressiert an Männern aus dem tiefen Binnenland. »Ich habe den neuen Namen auf einem Plakat neben der Speisekarte gelesen, als ich das erste Mal fertig gepulte Porren abzuliefern hatte. *Halligkrabben, nordfriesische Delikatesse, neu eingeführt, dem geehrten Gast wärmstens anempfohlen*, stand da.«

»Donnerwetter«, rief Hansen und schüttelte fast bewundernd den Kopf. »Fertig gepulte Krabben? Welche Idee!

Die könnte tatsächlich von Dürrschnabel stammen. Der Mann ist ungemein rührig. Er will auch unsere mageren, bleichsüchtigen Halligkinder in die Kur verschicken. Nach Wyk.«

»Wo sind die denn?«, fragte Wirk erschrocken, während Knud in schallendes Gelächter ausbrach.

»Schwachkopf«, sagte er.

»Nein, ich glaube nicht«, widersprach Hansen. »Dürrschnabel weiß, was er will. Seitdem ich am eigenen Leibe mitbekommen habe, wie schlau er vorgeht, glaube ich, dass er es schafft, unbedarften Leuten die Hilfsbedürftigkeit der Halligkinder einzureden. Er will die Halligbewohner vermutlich als eine Art zurückgebliebene Eingeborene darstellen, denen er zu einem anständigen Leben verhilft. Dürrschnabel wird es weit bringen. Mindestens zum Reichstagsabgeordneten.«

»Na ja. Einer der Gründe, diese Partei nicht zu wählen«, brummte Knud verächtlich.

»Dann läufst du vermutlich Wyk derzeit öfter an als Husum«, vermutete Hansen, dessen Gedanken bei etwas anderem waren. »Wann fährst du denn das nächste Mal wieder hin?«

»Morgen Nachmittag, denke ich. Wir fischen heute und morgen Vormittag noch, dann haben unsere Hooger Frauen zwei bis drei Stunden Zeit zu pulen. Was sie nicht schaffen, nehmen wir eben ungepult mit nach Wyk. Wir liefern grundsätzlich rechtzeitig zum Abendessen.«

»Alle Achtung für deine Organisation«, sagte Hansen bewundernd. »Du stehst ja beinahe dem Finanzier und Erbauer von Wittdün nicht nach.«

»Na ja, so umfassend ist das Geschäft noch nicht, die Hotels zu den Krabben fehlen mir noch, aber ich denke, es kann sich trotzdem sehen lassen«, erwiderte Knud und konnte seinen Stolz nicht ganz verbergen.

»Wie viele Frauen hast du denn in Lohn und Brot?«

»Vier bisher. Aber bei Bedarf kann ich drei mehr einstellen.«

»Dann hoffe ich das Beste für dich«, sagte Hansen nachdrücklich. »Übrigens, was ich eigentlich fragen wollte: Könntest du mich wieder abholen? Und bei der Gelegenheit einen Abstecher zur Seehundbank vor Nordmarsch machen?«

»Was willst du da denn? Eine Leiche ausbuddeln?«, fragte Knud aufgeräumt.

Hansen verzog wie im Schmerz das Gesicht. »Das war geschmacklos, Knud.«

Der Schiffer sah etwas betreten drein. »Du meinst diesen Seehundsjäger. An den hatte ich nicht gedacht. Bei diesem Unfall lief alles so schnell und unauffällig ab, es stand ja auch kaum etwas in der Zeitung darüber. Was ich meinte, waren die Morde, die du aufgeklärt hast.«

»Ach, so«, murmelte Hansen versöhnt. »Übrigens, was den Schützen betrifft: War von den Hooger Seehundsjägern an diesem Tag einer draußen?«

»Es könnte wohl jedermann gewesen sein?«, mutmaßte Knud grimmig. »Ich weiß es nicht, aber ich werde mich mal umhören.«

»Gut. Und wie steht es mit dem Abholen? Kannst du?«

»Doch, das geht. Erinnere mich dran, Wirk: morgen müssen alle sieben Frauen zum Pulen antreten.«

»Für Sönke tue ich alles«, beteuerte der Jungmann.

»Fein, Wirk, dann übernimm mal das Ruder«, befahl Knud mit breitem Grinsen. »Sönke und ich werden uns unten einen Grog gönnen.«

»Hm«, murrte Wirk verhalten. »So hatte ich das eigentlich nicht gemeint.«

»Sönke«, sagte Knud, schon im Niedergang, »ist mit dieser Seehundbank etwas?«

Hansen blickte düster über See, ohne zu antworten.

Kapitel 12

Sönke Hansen hoffte, einen ganzen erholsamen Tag mit Jorke zusammen zu verbringen.

Nur unter Murren stand er früh auf, um ihr beim Melken der Kühe zu helfen. Aber gegen Jorkes gute Laune war kein Kraut gewachsen. Schließlich schaffte er es, mit seinen Händen, die nur gerade Linien gewohnt waren, den knubbeligen Zitzen einigermaßen gleichmäßige Strahlen zu entlocken. Nachdem sie zusammen die Rinder auf die Weide geschickt hatten, die nach dem Einfahren des Heus jetzt ohne Hütejungen frei umherlaufen durften, drückte Jorke ihm den Butterstampfer in die Hand.

»Fang schon mal an. Bis ich zurückkomme, hast du die ersten Butterklümpchen in der Milch. Heute Mittag gibt es Buttermilchsuppe. Von deiner Hände Arbeit.«

»Und was machst du? Kann ich nicht mitgehen?«, fragte Hansen hoffnungsvoll und beäugte missmutig die Gerätschaften, die Jorke ihm griffbereit hingestellt hatte.

»Ich bringe die Sau zum Decken. Das ist nichts für Städter«, sagte Jorke.

Ungläubig sah Hansen ihr nach, dann wandte er sich seufzend seiner Aufgabe zu. Viel später stellte er fest, dass Jorke ihn überschätzt hatte. Butterklümpchen konnte er immer noch nicht erkennen, als sie den Kopf in die Kammer steckte, um mitzuteilen, dass sie wieder da sei.

»Und da der Decktermin auf einen glückbringenden Tag fällt, werden wir in genau vier Monaten mindestens acht glückliche Ferkel haben«, fuhr Jorke zufrieden fort. »Und eine glückliche Sau.«

»Dazu eine glückliche Jorke«, setzte Hansen fort und ließ den Butterstampfer ruhen. »Wieso ist heute ein glückbringender Tag?«

»Weil du hier bist. Lass mal sehen, wie weit du gekommen bist.« Jorke spähte in das Butterfass. »Ich glaube, ich helfe dir ein bisschen.« Kaum hatte sie den Stampfer übernommen, zeigten sich die ersten Butterflöckchen.

»Ja, bei dir pariert natürlich selbst die Milch«, stellte Hansen missmutig fest.

Jorke drückte ihm lachend einen Kuss auf die Wange und entließ ihn.

Erst als sie am frühen Nachmittag geruhsam ihren Tee in der Dörns trinken wollten, wo Jorke den Tisch mit blau gemustertem Porzellan gedeckt und der Gemütlichkeit wegen eine Kerze angezündet hatte, konnte Hansen die unendlich vielen Fragen, die ihn bewegten, nicht mehr zurückhalten.

»Ihr habt hier nicht sonderlich viel von dem Unfall gehört, der sich neulich auf der Seehundsbank ereignete, oder?«, fragte er.

»Die *Föhrer Nachrichten* hatten nur drei Zeilen dafür übrig«, antwortete Jorke und benutzte die Zuckerzange, um ihm zwei Stückchen Zucker in die Tasse zu befördern.

»Sonderbar.« Abwesend tauchte Hansen den zierlichen Löffel in den Tee und begann umzurühren, dass die Tasse klirrte. Vermutlich war er damals zu beschäftigt gewesen, um in die Zeitung zu schauen, er hatte jedenfalls keinen Artikel über Molitors Tod gelesen. Hajo Clement, der Redakteur, hatte offenbar endlich Vernunft angenommen und bemühte sich der Gäste wegen um angemessene Zurückhaltung. Aber drei Zeilen fand er wiederum zu wenig. »Weißt du zufällig, ob einer der Jäger von der Hallig an diesem Tag auf Jagd war?«, wiederholte er die Frage, die er auch Knud gestellt hatte.

»Woher sollte ich das wohl wissen!«, sagte Jorke kratzbürstig. »Bemerkst du eigentlich überhaupt, dass wir nicht in der Küche, sondern in der Dörns sitzen? Ich habe hübsch gedeckt, denn ich fand, wir hätten uns eine schöne Stunde verdient. Und bitte zerschlage die Tasse nicht.«

»Oh«, sagte Hansen, legte den Löffel aus der Hand und betrachtete aufmerksam den Prachtteller mit den Knerken. Um seinen guten Willen zu zeigen, beugte er sich vor und las laut die umlaufende Inschrift, die einen Dreimaster unter Segeln begleitete: *»Skieppet Wigelantia af stapeln Stockholm 1772.** Ja, schön.«

»Aus der Familie. Vom Kapitän der *Wigelantia.*«

»Schön«, wiederholte Hansen. »Und die Jäger?«

»Bin ich Jäger?«, schnaubte Jorke. »Am besten, du fragst Erk.«

»Das ist wahr.« Hansen erhob sich, um hinauszugehen.

Jorke erwischte ihn am Arm und hielt ihn zurück. »Bitte, Sönke, bleib. Du hast nicht einmal einen Schluck getrunken! Du lässt dich von deinen Pflichten auffressen. Vergiss sie doch wenigstens für diesen einen Tag.«

»Dabei gehört dieser Unfall überhaupt nicht zu meinen selbstauferlegten Pflichten«, erkannte Hansen erstaunt und legte ihre Hand sanft auf den Tisch zurück. »Es ist wie so häufig: Ich möchte einfach nur wissen, was passiert ist, erst dann bin ich zufrieden.«

* Erinnerung an den Stapellauf des Schiffes *Wigelantia* in Stockholm, 1772

»Ja«, sagte Jorke, nickte und blies resigniert die Kerze aus. »Erk arbeitet im Stall, er baut einen neuen Kälberverschlag.«

»Ich höre ihn hämmern«, sagte Hansen und stürmte sogleich hinaus.

»Moin, Erk«, rief Hansen und blickte suchend den Stallgang entlang.

Die Hammerschläge verstummten, und jenseits einer Bretterwand tauchte Erks verschwitzter Haarschopf auf. »Ach, du bist es«, sagte er. »Moin, Sönke. Auch mal wieder da?«

Hansen seufzte vernehmlich. »Nicht für lange, leider. Erk, erinnerst du dich an den Tag, an dem auf der Seehundbank der Unfall geschah?«

»Sicher. Das war zwei Tage nach unserer gemeinsamen Pfeifentenjagd. Und es war noch nebeliger.«

»Warst du draußen? Hast du irgendetwas mitbekommen?«

»Glaubst du vielleicht, jemand von der Hallig hätte den Mann erschossen, ohne etwas davon zu sagen?«, brauste Erk auf.

»Jemand *hat* ihn erschossen, ohne etwas davon zu sagen.«

»Ja, das stimmt allerdings«, gab Erk merklich gedämpfter zu. »Nein, ich habe nicht gejagt. Ehrlich gesagt gehe ich nicht gerne auf Seehundsjagd, Sönke. Mit dem alten Seehundsknüppel meines Großvaters käme ich mir verdammt lächerlich vor. So haben sie die Hunde vor Jahrhunderten erschlagen, aber heutzutage werde ich mich doch mit diesem vorsintflutlichen Schlagstock aus Bein nicht sehen lassen. Mir reicht es schon, wenn ich mit dem Entenketscher los soll. Nein, solange Vater sich kein Gewehr zulegen will …«

»Verstehe«, unterbrach Hansen die Beichte. »Und jemand anders?«

»Da geschossen wurde, käme als Einziger ja Tete in Frage, aber ob er draußen war, weiß ich nicht. Wenn er einen Seehund erbeutet hätte, wüssten wir es. Wenn er ihn verfehlt hat, nicht.«

Vermutlich hätte Tete damit geprahlt und einen ausgegeben. Aber mit ihm hielt Hansen sich nicht auf. »Und der andere, der östlich von uns schoss? Der Gast.«

»Es gab überhaupt keinen Gast. Der Schütze an dem Abend war tatsächlich Tete, und er hat geschworen, dass er die ganze Zeit westlich von Norderhörn geblieben ist.«

»So kann man sich irren«, stellte Hansen nur nach außen hin gleichmütig fest. Denn jetzt hatte er endlich eine Spur, der ein Hauch von Wahrscheinlichkeit anhaftete. Die Seehundbank lag in Sichtweite von Nordmarsch, wo Tete wohnte.

Es gab außer seinem Gewehr kein anderes auf der Hallig. Außerdem würde ein Mann, der trotz des Freitodes seiner Tochter auf Jagd ging, es wohl auch fertigbringen, sich aus dem Staub zu machen, wenn er einen anderen tödlich getroffen hatte und die Chance sah, unerkannt zu entkommen.

Er musste lückenlos herausfinden, was Tete an diesem Tag gemacht hatte.

Jorke sah ihm erleichtert entgegen. Hansen erkannte sofort, dass sie ihm verziehen hatte.

»Sönke, ich habe über diesen Tag, an dem der fremde Jäger starb, nachgedacht. Ich weiß jetzt wieder, warum er bei uns kaum einen Eindruck hinterlassen hat. Das war nämlich der Tag, an dem uns ein Abgeordneter des preußischen Landtags besucht hat. Stell dir vor, ein Abgeordneter kommt zu uns auf die Hallig! Wir haben in den Tagen danach nur von ihm gesprochen. Dürrschnabel hieß er. Paul Dürrschnabel.«

»Ja, ich weiß«, sagte Hansen zerstreut und setzte sich Jorke gegenüber. »Ich kenne den Mann.«

»Ach«, sagte Jorke enttäuscht.

»Ja, erzähl mal. Was hat er gemacht?«

»Ich war nicht dabei. Ich wollte damit hauptsächlich sagen, dass von Langeness und Nordmarsch bestimmt niemand auf Jagd war. Die Männer haben doch gefeiert. Und so wie ich Tete Friedrichsen kenne, hat der in Gegenwart eines Fremden ordentlich losgelegt, die ganze Mannschaft unterhalten und tüchtig gekräht.«

»Ja, zum Gockel eignet er sich hervorragend«, stimmte Hansen zu, und dann fiel ihm ein, dass seine interessante erste Spur sich möglicherweise schon im Nichts aufgelöst hatte. »Hm. Irgendwie blöd. Wieso haben sie eigentlich gefeiert? Was haben sie gefeiert?«

»Der Herr Dürrschnabel hat doch den fertigen Deichabschnitt besichtigt. Und davon war er so angetan, dass er den Männern für den Rest des Tages freigegeben hat. Und er hat im Namen und auf Rechnung des preußischen Landtages alle freigehalten, die da kamen.«

»Was?« Hansen schoss fassungslos von seinem Stuhl hoch und stemmte sich auf die Tischplatte. »Der erlaubt sich, unsere Deicharbeiten zu unterbrechen?«

»Ja«, sagte Jorke und blinzelte verunsichert zu ihm hoch. »Du meinst, das hätte er nicht dürfen?«

»Natürlich nicht! Jeder Schuster soll bei seinem Leisten bleiben, und hier hat er sich wahrlich als Flickschuster schlimmster Sorte betätigt! Und ich, der ich verantwortlich bin, sitze ahnungslos auf Föhr, während er sich hier über meinen Kopf hinweg in meine Angelegenheiten mischt.«

»Ja«, sagte Jorke bedrückt.

»Und niemand hatte den Mut, dem Kerl entgegenzutreten ...?«

»Das wäre wohl zu viel verlangt gewesen«, wandte Jorke ein. »Bedenke, dass er im Namen des Landtages handelte. Unserer Regierung! Dem Kaiser hätten wir nicht mehr Respekt entgegenbringen können.«

»Ich kann es trotzdem nicht fassen!«, grummelte Hansen. »Frau Dürrschnabel wusste schon länger, wer ich bin und was ich tue. Er bestimmt auch, denn er hat mit dem Baron ausführlich über mich gesprochen. Und wenn nicht, hätte er zur offiziellen Besichtigung das Einverständnis meines Amtsleiters einholen müssen. Dem werde ich aber den Kopf waschen, wenn ich wieder auf Föhr bin!«

»Wäre es nicht besser, wenn dein Dienstherr das auf sich nähme?«, fragte Jorke unbehaglich. »Der Herr Petersen vielleicht.«

»Vernünftiger wäre es. Aber manchmal bin ich nicht vernünftig, sondern in Rage«, erklärte Hansen. »Außerdem ist Petersen schon seit Jahren dienstlich nicht auf Föhr gewesen. In seiner Position reist man nach Schleswig oder nach Berlin.«

»Vielleicht hatte Dürrschnabel diese Inspektion des Deiches gar nicht geplant«, sinnierte Jorke weiter, ohne sich auf Petersen einzulassen. »Eigentlich wollte er sich, glaube ich, über den Gesundheitszustand der Halligkinder informieren. Das hat er dann am nächsten Morgen auch getan, indem er beide Schulen während des Unterrichts besucht hat.«

»Unglaublich«, schnaubte Hansen.

»Wieso?«, fragte Jorke verblüfft. »Er gab sich sehr zufrieden. Fand die Halligkinder in ausgezeichnetem Zustand. Wir wären ein gesunder Volksstamm, sagte er. Was soll das eigentlich heißen? Ich kenne Stämme nur bei den Indianern, weil einige der Amerikaauswanderer über sie berichtet haben, und vielleicht stimmt das nicht einmal. Mir hätte es jedenfalls gereicht, wenn er festgestellt hätte, dass unsere Kinder braungebrannt sind und weder husten noch schniefen.«

»Na ja«, knurrte Hansen. »Politiker! Ich weiß gar nicht mehr, was ich glauben soll. Vielleicht hat er einfach vergessen, seiner Frau zu erzählen, was er hier vorfand. Denn bevor er herkam, waren sie beide entschlossen, die unterernährten Halligkinder in die Sommerfrische von Wyk zu verschicken, und so ungefähr hat Frau Dora nach seiner Rückkehr immer noch gesprochen.«

»Das ist aber drollig. Na, ich kann es nicht beurteilen, ich habe alles nur vom Hörensagen«, meinte Jorke. »Aber Tete begleitete den Herrn Dürrschnabel in beide Schulen, wie du dir denken kannst.«

»Lebhaft.«

»Schade, dass Mumme auf dem Festland war. Er hätte die Halligen besser vertreten als Tete.« Jorke strich Hansen über den Arm. »Sei so gut und vertage deinen Zorn. Er soll uns nicht die wenigen Stunden, die wir zusammen sind, vergällen, ja? Ich setze frischen Tee auf, während du dich beruhigst. Geh doch schon mal vor in die Dörns. Wir fangen einfach noch mal an.«

»Wie stehen eigentlich deine Ermittlungen bei diesem Kindsmord?«, erkundigte sich Jorke, als sie mit der Teekanne und einer neuen Sorte Küchlein zurückkehrte.

»Das ist eine missliche Sache«, antwortete Hansen kopfschüttelnd. »Aber ich dachte, du wolltest darüber nichts mehr hören …«

»Ich habe meine Ansicht geändert. Du wirst dir im Gegenzug anhören müssen, wenn ich mal Sorgen mit meinen Tieren habe.«

»Oh«, sagte Hansen überrascht, aber dann kam er zum Schluss, dass dies nur recht und billig war, und nickte. »Ich weiß, wer die Mutter ist, aber der Vater ist mir nicht bekannt. Möglicherweise ist noch eine dritte Person beteiligt. Dabei fällt mir etwas ein. Wo ist dieses Tuch abgeblieben, in das das Neugeborene eingewickelt war? Erinnerst du dich? Wer hat das bekommen?«

Jorke sprang auf. »Ich habe es selbst in Verwahrung genommen. Anscheinend handelt es sich um eine Tischdecke, jedenfalls ist es aus sehr gutem Leinen.«

Hansen sah ihr zufrieden nach, als sie in den Pesel ging. Jorke hatte früher als er gespürt, dass dieses Stück Tuch eine Rolle spielen würde. Er hörte einen Truhendeckel mit leisem Geräusch zufallen.

»Sieh mal«, sagte Jorke und hielt Hansen das sorgfältig zusammengelegte und geplättete Wäschestück hin. »In allen vier Ecken die gleiche Stickerei einer Rose.«

»Die Rose von Wyk«, erkannte Hansen ohne Verwunderung. »Redlefsen's Hotel verwendet sie als Erkennungsmerkmal, auch auf dem Porzellan. Das Tischtuch dürfte wohl ungefähr ein Meter fünfzig Kantenlänge haben, oder?« Jorke überlegte noch, während er schon still rechnete. »Das bedeutet: zwei Meter zwölf in der Diagonalen. Zwei davon auf die Tische mit der Gesamtlänge von fünf Metern, ja, das ergibt Sinn.«

»Für dich vielleicht, für mich nicht ganz.«

Hansen schmunzelte. Angewandte Mathematik war nicht jedermanns Sache und in einem Stall auch völlig unnötig. »Es war so: Frau Dürrschnabel war bei diesem Picknick dabei und beschwerte sich bei mir darüber, dass das Hotel mit der Tischwäsche und den Tellern schlampig umgegangen war. Inzwischen weiß ich, dass dies nicht stimmt. Die Mutter des Kindes, Hausmädchen im Redlefsen's, nahm nach der Ankunft des Ausflugsschiffes auf Nordmarsch Teller und Tischtuch mit, als sie merkte, dass die Geburt ihres Kindes bevorstand. Einen Teller zum Graben von Klei, weil sie nicht wusste, dass an diesem Uferabschnitt unsere Deichbauer ihre Werkzeuge abgestellt hatten. Das Tischtuch war natürlich für das Neugeborene. Und hätte ich es mir eher angesehen, wäre ich vielleicht früher auf die Mutter gestoßen.«

»Jetzt erzähle mir den Rest auch noch«, bat Jorke.

Geduldig gab Hansen Jorke eine kurze Zusammenfassung dessen, was er in Erfahrung gebracht hatte, vermied es jedoch, von der Vergewaltigung zu sprechen. Irgendwie schien es ihm nicht angebracht, dieses Detail vor Jorke auszubreiten.

»Das arme Mädchen«, sagte Jorke mitfühlend nach einer langen Gesprächspause.

»Ja. Nur bei der Suche nach dem Vater komme ich nicht weiter«, gestand Hansen. »Merkwürdig ist allerdings, dass sich ein Doktor Molitor – übrigens ist er der Gast, der erschossen wurde – für diese Göntje im vergangenen Herbst sehr interessierte.«

»Glaubst du, dass er es war?«

»Nein. Er war ein älterer, sehr anständiger Mann, beschlagen auf allen naturwissenschaftlichen Gebieten.«

»Ja, und? Warum soll sich ein Hausmädchen nicht in einen solchen Mann verlieben?«

»Nein, es war anders.« Hansen wand sich unbehaglich.

»Wann im Herbst war das eigentlich?«, fragte Jorke plötzlich.

»Ich weiß nicht genau. Spätherbst. Es hatte schon Frost gegeben.«

Unerwartet strich Jorke ihm über die Wange. »Du bist doch von uns beiden derjenige, der mit Zahlen umgehen kann«, sagte sie zärtlich. »Ist dir nicht klar, dass dieses Kind im November gezeugt worden ist? Ich wusste doch, warum ich dich zum Deckeber nicht mitnehmen wollte. Wahrscheinlich würdest du erschrecken, wenn du ihn mit den Zähnen mahlen hören und den schäumenden Geifer neben den Hauern sehen würdest. In diesen Dingen sind Städter empfindlich, wie ich mir schon dachte, und Deichbauer anscheinend ganz ahnungslos.«

»Du meinst, der Doktor hat seine Erkundigungen eingezogen gerade nach dem, nun, dem Decktermin? Oder wie nennt man das?« Er spürte, wie er rot wurde.

Jorke lachte so sehr, dass sie sich an der Tischplatte festhalten musste. »Ich glaube nicht, dass ich außer durch einen gewissen Deichbauinspektor jemals vom Decktermin bei Frauen habe sprechen hören. Du weißt doch, dass bei den Halligfriesen Frauen nicht zum Nutzvieh zählen.«

»Reden wir nicht mehr davon«, sagte Hansen äußerst verlegen.

»Gut, reden wir ein andermal davon. Wenn dieser Doktor nicht der Vater des Kindes ist – könnte es nicht sein, dass er auf andere Weise beteiligt war? Möglicherweise hat er die beiden zusammen gesehen.«

»In der Wäschekammer! Göntje verhielt sich, abgesehen

von ihrem Geständnis, sehr eigenartig, als ich dort mit ihr sprechen wollte. Mit dieser Wäschekammer war etwas!«

»Siehst du. Vielleicht ging Herr Molitor gerade an der Wäschekammer vorbei, und die Tür war offen …«

»Du meine Güte«, murmelte Hansen entgeistert. »Da könntest du Recht haben. Ich hatte mich schon selber gefragt, was Doktor Molitor in diesem Zusammenhang beobachtet haben könnte. Dürrschnabel bezeichnete Molitor einmal als neugierig, aber das stimmt nicht. Wissbegierig, ja, und das ist etwas ganz anderes. Er ging offenbar gern allen Dingen auf den Grund, bis er ihr Rätsel gelöst hatte. Wenn er etwas gesehen hat, hätte er es nicht einfach hingenommen.«

»Also war er ungefähr wie du«, bemerkte Jorke.

Hansen stutzte. »Meinst du?«

»Ja«, beteuerte Jorke ernsthaft.

»Vielleicht hatte Molitor die Befürchtung, dass Göntje nicht ganz harmlos war. Er kannte sie nicht, weil er in einem anderen Hotel logierte. Und er kam immerhin aus einer Großstadt, in der die Ärzte am gründlichsten die Sümpfe der menschlichen Seele kennen lernen«, grübelte Hansen laut.

»Oder dass umgekehrt der Mann nicht harmlos war«, ergänzte Jorke sofort.

Hansen lächelte sie liebevoll an. Ihr Gerechtigkeitsgefühl war eine der Eigenschaften, die er so an ihr mochte. Außerdem hatte sie Recht. »Göntje hat mir gestanden, dass ihr Gewalt angetan worden ist.«

»Ach so«, rief Jorke gedehnt. »Warum hast du das nicht gleich gesagt? Oder glaubst du ihr etwa nicht?«

»Doch, ich glaube ihr. Aber wenn Molitor tatsächlich gerade in dem Moment vorbeigegangen ist, dürfte er es nicht bemerkt haben. Ich bin sicher, er hätte eingegriffen. Er war ein ehrenwerter Mann. Außerdem ergibt es keinen Sinn, sich unter der Hand ausgerechnet nach dem Opfer zu erkundigen …«

»Gut, er hat also von der Gewalt nichts bemerkt. Dann hat er sich möglicherweise davon zu überzeugen versucht, dass die Magd nicht eine von den Huren ist, die zusammen mit den Taschendieben im Sommer auf die Insel kommen, um die Gäste auszunehmen. Das bedeutet, er hat den Mann gekannt und ihm unauffällig zu helfen versucht.«

»Das hat etwas für sich«, gab Hansen zu. »Sofern du Recht hast, kann es sich dann eigentlich nicht um das Hotelpersonal handeln, sondern wohl eher um einen von Molitor geschätzten Gast, der im Redlefsen's wohnt. Allenfalls noch um die Hotelbesitzer, von denen gleich zwei in Frage kämen … Im Gasthof Christiansen wohnt übrigens eine Frau, die sich ebenfalls verdächtig gemacht hat.«

»Aber?«

»Aber ich denke doch eher an eine hochgestellte Persönlichkeit von Föhr oder Sylt oder vom nahen Festland. Der Kerl drohte Göntje nämlich damit, ihr Leben auf Föhr zu zerstören, wenn sie auspackt. Sie zweifelt nicht daran, dass er es wahr machen wird. Er muss in irgendeiner Form Macht ausüben.«

»Schreiben die sich denn nicht auf, wer zu Gast ist? Oder darf ein Haus, in dem einmal der König wohnte, sich über Vorschriften hinwegsetzen?«

»Eine Gästeliste. Ja, sie haben eine. Aber ich habe schon einmal versucht, Einblick darin zu nehmen, und bin böse abgeblitzt«, bekannte Hansen und stützte ratlos den Kopf in die Hände. »Ihre Gäste sind Staatsgeheimnis. Allerdings habe ich mich schon damals darüber gewundert. Ich frage mich sogar, ob der geheimniskrämerische Portier etwas damit zu tun hat … Vielleicht weiß er etwas und muss schweigen, damit das Hotel nicht in Verruf gerät.«

»Im Ernst?«, fragte Jorke empört.

»Ich denke, ja. Jedenfalls muss ich herausfinden, ob Molitor im November im Redlefsen's war und welche anderen illustren Gäste zu dieser Zeit dort wohnten.«

Plötzlich zupfte Jorke ihn am Ohr. Er sah auf.

»Wenn dem Mädchen Gewalt angetan wurde, redet man nicht von Deckterminen«, tadelte Jorke ihn sanft. »Das war unanständig.«

»Du hast Recht, das tut mir leid«, erklärte Hansen reuig.

»Ich weiß, du bist etwas unbeholfen, wenn es um lebende Wesen geht.«

»Meinst du?«, fragte Hansen.

»Unbedingt. Aber du bist lernfähig. Das Buttern war fast schon perfekt.«

Hansen zog Jorke auf seinen Schoß. »Deine Ermittlungen auch. Du hast es faustdick hinter den Ohren, Jorke. Von wegen weltfremd, wie die Frau Dürrschnabel die Halligleute bezeichnete! Übrigens hat sie auch mich für einen Wilden gehalten, bis ich mich durch das Londoner Schildchen auf der Kreissäge als zivilisierter Mensch erwies. Ihr kommen jedenfalls Worte wie Hure und Decktermin nicht über die Lippen.«

Jorke schmiegte sich mit verschmitztem Lächeln an ihn. »Haben wir noch Zeit, bevor du dich im Hafen einfinden musst?«, flüsterte sie.

Kapitel 13

Knuds Kutter tuckerte ungefähr eine Stunde vor Niedrigwasser in den Jelf, wo Hansen schon ungeduldig am neuen Anleger wartete. Eigentlich bedauerte er inzwischen, dass er diese Verabredung mit Knud getroffen hatte. Jetzt wünschte er nur noch, den Besuch der Seehundbank schnell hinter sich zu bringen.

»Moin, moin«, grüßte er etwas matt und sprang an Bord. Auf den ersten Blick sah er, dass Knud und Wirk glänzender Laune waren. »Guten Fang gehabt?«

»Bestens«, antwortete Knud, der Wirk das Ruder überlassen hatte, und turnte nach vorne neben Hansen. »Übrigens, von Hooge war an dem betreffenden Tag niemand zur Jagd unterwegs.«

Wider Willen musste Hansen schmunzeln. »Ich habe doch noch gar nicht danach gefragt.«

»Spätestens in einer Minute hättest du«, entgegnete Knud und sah Hansen aufmerksam an. »Oder hast du das Interesse an dieser Bank verloren?«

»Nein, nein.« Hansen schüttelte den Kopf. Erst nach einigem Überlegen wurde er sich darüber klar, dass er bei aller Abneigung keinesfalls entdecken wollte, dass Tete Friedrichsen der unbekannte Schütze sein musste. Für die Zukunft der Hallig wäre dies eine Katastrophe. »Eigentlich gibt es keinen Grund, weshalb ich mich um den Unfall kümmern sollte. Es war ein Unfall, wie sie eben vorkommen.«

»Was beunruhigt dich dann?«

»Mich beunruhigt nichts«, widersprach Hansen gereizt. »Überhaupt nichts.«

»Das merkt man«, sagte Knud spöttisch.

Während sie der Bank entgegentuckerten, kam kein Gespräch auf. Hansen wusste selber nicht, warum er so schlechter Laune war. Vielleicht weil ihm der rote Faden fehlte.

Die Sicht war an diesem Nachmittag gut. Während Wirk den Motor drosselte, konnte Hansen vor der Silhouette von Hooge auf der Seehundbank schon zahllose schwarze Punkte erkennen, die sich beim Näherkommen als Seehunde erwiesen. Die meisten lagen auf der südlichen Seite, die an diesem Tag flach auslief.

»An dieser Stelle liegen sie meistens«, erklärte Knud. »Manchmal auch mehr zum Südwesten hin.«

»Und das weiß jeder?«

»Die Jäger natürlich. Sie kommen sowieso immer hierher, weil es die Lieblingsbank der Seehunde ist und sie obendrein von beiden Inseln und Halligen leicht erreichbar ist. Willst du auf die Sandbank?«

Hansen nickte knapp. »Ich muss das Gelände begehen, um mir ein Bild machen zu können.«

»Machen wir uns also fertig«, sagte der Fischer lakonisch und begann seine Stiefel auszuziehen. »Wirk bleibt an Bord.«

»Du willst mit?«, fragte Hansen erstaunt.

»Natürlich. Bei deinem gespaltenen Verhältnis zu Tieren aller Art befürchte ich, dass dir die Seehunde nachstellen, wenn du ohne Schutz bist. Und dann bleiben von dir nur noch die Gräten übrig.«

»Greifen die mitunter wirklich Menschen an?«, fragte Hansen verunsichert.

»Normalerweise nicht. Aber wenn *du* kommst: wer weiß? Vielleicht halten sie dich für einen schmackhaften nordfriesischen Kabeljau, groß genug für die gesamte Bande.«

Hansen schüttelte mit schwachem Grinsen den Kopf. Aber Knuds Begleitung war ihm nicht unlieb.

Die Seehunde krochen einer nach dem anderen zur Wasserkante und tauchten in die sanft auflaufenden Wellen ein, als Hansen und Knud auf die Sandbank stapften.

Am Ufer hielt Hansen den Fischer am Hemd fest und begann ihm zu erklären, was er über den Unfall wusste. »Tygge, der Jäger, erzählte mir, dass sie an dem betreffenden Tag Nordostwind hatten. Er hat offenbar an der Südwestkante angelegt, und von dort aus haben sie sich vorwärtsgerobbt.«

»Dann lass uns dort hingehen.«

Sie umgingen die Spuren, die die Tiere hinterlassen hatten, bis sie am anderen Ende der Sandbank anlangten, die hier eine niedrige, durch den Wind aufgeworfene Abbruchkante aufwies.

»Der Doktor war näher an den Robben dran, und er war beinahe schon im Nebel verschwunden, der von Nordmarsch her aufzog, sagte Tygge.« Hansen musterte kritisch die Umgebung und versuchte sich die Situation vorzustellen. »Der Schuss, der Molitor traf, soll von Tygge aus von links gekommen sein.«

»Wenn der Schütze mehr in Nord gelegen hätte, hätten die Robben ihn gewittert«, wandte Knud ein. »So blöd ist aber kein Jäger. Infolgedessen muss er sich mehr in Richtung Nordwest befunden haben und dürfte damit etwa gleich weit von Tygge wie vom Doktor gewesen sein. Wieso hat Tygge ihn dann nicht gesehen?«

»Keine Ahnung«, bekannte Hansen, ebenfalls verständnislos, und machte sich an der Kante der Sandbank entlang auf den Weg zur Nordseite.

Zwei Austernfischer hoben ab. Er drehte sich zu Knud um, der ihm mit grimmigem Gesicht folgte. »Den Warnruf eines Vogels will Tygge übrigens auch gehört haben. Aber mehr passierte nicht, und Molitor blieb liegen, woraus Tygge entnahm, dass die Seehunde nicht geflohen waren.«

»Molitor hatte Erfahrung mit Seehunden?«

»Ja. Seine Erfahrung erstreckte sich allerdings mehr auf die Beobachtung als auf die Jagd, aber in diesem Fall war es ja von Vorteil.«

»Oder auch nicht«, sagte Knud. »Wenn der Mann nach dem Warnruf aufgegeben hätte, wäre er aufgesprungen und nicht erschossen worden.«

»Möglich«, sagte Hansen nachgiebig und folgte einem anderen Gedanken. »Möglicherweise hat Tygge den Unbekannten gesehen und für einen Seehund gehalten.«

Der Fischer schüttelte den Kopf. »Die Tiere liegen immer als Gruppe beisammen, mitunter großflächig verstreut, aber niemals die Gruppe im Süden und ein einzelnes Tier im Norden. Wenn Tygge so etwas beobachtet hätte, hätte er gewusst, dass es sich um einen anderen Jäger handelt. Zumindest nach dem Tod des Doktors wäre ihm klar gewesen, dass der Kerl geschossen hat und geflüchtet ist.«

»Tja«, sagte Hansen. »Dann bleibt nur eine Möglichkeit: Tygge hat sich in der Richtung des Schusses geirrt. Dann lag der Fremde ebenfalls im Nebel, und das Geräusch wurde abgefälscht. Damit habe ich selbst schon meine Erfahrung gemacht. Wir hatten neulich auf Entenjagd doch glatt einen Jäger geortet, den es überhaupt nicht gab.«

»Hmhm«, knurrte Knud.

»Glaubst du mir nicht?«

»Nein.«

Hansen blitzte ihn wütend an.

»Ich male es dir mal auf«, sagte Knud beschwichtigend. Nach wenigen Augenblicken hatte er im Sand den Umfang der Sandbank und die Position von Tygge sowie Molitor markiert. Einen Stock, den er unterwegs aufgesammelt hatte, verwendete er als wandernde Nebelbank. »Ob sie nun mehr aus Ostnordost oder über Ost von Südost kam … Egal. Wenn der Jäger sich in ihr befunden hätte, wären die Seehunde schon längst nicht mehr da gewesen, weil sie ihn gewittert hätten. Und auf wen hätte der Kerl dann schießen wollen? Er wäre der Erste gewesen zu bemerken, dass seine Jagdbeute die Sandbank verlassen hatte.«

»Ja, irgendwie hast du Recht«, bemerkte Hansen. »Wahrscheinlich fehlen mir einfach Informationen, um dieses Rätsel zu lösen, das vermutlich gar keins ist. Zu blöd. Ich habe deine Zeit vergeblich in Anspruch genommen, fürchte ich.«

»Schon gut«, sagte Knud und erhob sich aus der Hocke. »Lass uns gehen.«

»Das Wasserbauamt ersetzt dir die Kosten, die du hattest«, sagte Hansen spontan. »Die zusätzlichen Krabbenpulerinnen, meine ich.«

»Dann ist es also doch ein Fall«, bemerkte Knud spitzfindig.

»Nein, das ist es nicht«, bestritt Hansen heftiger als nötig gewesen wäre. Natürlich hatte er vorgehabt, die Unkosten aus eigener Tasche zu bezahlen, was aber Knud nicht zugelassen hätte, wenn er davon gewusst hätte. Erst jetzt entdeckte Hansen, dass er sich mit seiner Argumentation selbst in Schwierigkeiten gebracht hatte. »Ein Unfall, wie gesagt. Aber du weißt, das Wasserbauamt muss sich um diese Dinge kümmern, um nicht angreifbar zu sein. Sie wollen uns immer noch auflösen.«

»Ach so«, sagte Knud mit ausdrucksloser Miene. »Falls du aber doch noch zu einer anderen Auffassung kommen solltest: Die *Welle* von Aksel Andresen wurde an diesem Tag bei Niedrigwasser hier herum gesichtet, mit Kurs auf die Rinne zwischen den Sandbänken. Für die Hotelgäste aus Wittdün ist es vermutlich spannend, herumzusegeln, wenn die Sicht gegen null geht.«

»Was du nicht sagst.« Hansen grinste in sich hinein. Knud kannte ihn ausgesprochen gut. Sein Unbehagen war durch die Besichtigung des Unfallortes keineswegs beschwichtigt worden.

»Womöglich lässt er die Gäste loten«, spann Knud seine Vermutungen weiter, »damit sie eine Ahnung davon bekommen, in welcher Lebensgefahr sie schweben. Aber da alle mit anpacken, kommen sie natürlich mit dem Leben davon und feiern am Abend ausgiebig. Und Andresen verdient daran ...«

»Du hast eine ausschweifende Phantasie«, stellte Hansen mit wieder besserer Laune fest. »Deine Ideen solltest du Andresen zur Verfügung stellen. Loten als Freizeitbeschäftigung für gelangweilte Badegäste! Wie wäre es außerdem mit Krabbenpulen unter deiner Aufsicht?«

Übermütig kichernd begannen sie durch das Wasser zum Kutter zu stapfen, aus dem ihnen Wirk ungläubig entgegensah.

Wieder in Wyk, brachte Hansen als Erstes zwei Eimer mit Butter zu dem Geschäft, dessen Adresse ihm Jorke aufgeschrieben hatte. Danach hatte er vor, mit Dürrschnabel zu reden. Sein Zorn über dessen Vorgehensweise nach preußischer Junkerart war immer noch ungebändigt.

Der Politiker halte sich gegenwärtig im Warmbadehaus auf, beschied der Portier Hansen. Er hatte sich also zu gedulden und bezog vor dem Haus, das nicht weit vom Hotel entfernt war, Posten.

Eine Stunde später schlenderte Paul Dürrschnabel aus dem Haus, mit rosiger Haut, die wohl vom Heißwasserbad herrührte. Jedoch ging von ihm auch ein merklicher Duft nach einem alkoholischen Getränk aus. Nach etwas Schärferem als Flensburger Bier. Dürrschnabel war in gelöster Stimmung. Gegen ein Gespräch hatte er nichts einzuwenden; mit wohlwollender Miene lud er Hansen ein, auf der nächstbesten Sitzbank an der Promenade Platz zu nehmen. »Was verschafft mir das Vergnügen?«, fragte er.

Ihm Vergnügen zu bereiten, hatte Hansen nicht vor. Andererseits musste er sich hüten, mit dem Kopf durch die Wand zu wollen. Insbesondere die Tatsache, dass der Politiker und der Deichgraf miteinander bekannt waren, riet ihm zur Vorsicht. »Sie waren vor ein paar Tagen auf der Hallig Nordmarsch-Langeness, um die Deichbauarbeiten zu inspizieren«, begann er. »Es wäre ein Zeichen von diplomatischem Geschick gewesen, das Wasserbauamt als zuständige Behörde einzubinden. Als Leiter der Baumaßnahmen hätte ich Ihnen gerne Sinn und Zweck der einzelnen Arbeitsschritte sowie unsere Fortschritte vorgeführt und erläutert. Und ich war zu erreichen. Hier.«

»Wollen Sie mir vorschreiben, wie ich meine Aufgabe als gewählter Abgeordneter auszuüben habe?«, fragte Dürrschnabel höhnisch, der im Nu begriffen hatte, dass es sich nicht um ein freundschaftliches Geplänkel handelte.

»Nein. Aber ich erwarte auch, dass Abgeordnete den zuständigen Fachleuten ihren Respekt erweisen«, entgegnete Hansen kühl. »Dazu gehört vor allem, dass Sie den Arbeitern nicht einfach Urlaub geben können. Die haben ihren Zeitplan, den sie erfüllen müssen. Verzögerungen akzeptiere ich nur durch Wetterunbilden.«

Dürrschnabel lachte trunken. »Durch Abgeordneten-Unbilden nicht, wie ich Ihren beleidigten Äußerungen entnehme?«

Hansen musterte ihn scharf. Dürrschnabel war wesentlich stärker angeschlagen, als er zuerst vermutet hatte. Er hätte ihn in diesem Zustand nicht ansprechen sollen. Aber für einen Rückzug war es zu spät. Jetzt musste er weitermachen. »Die Deicharbeiter hätten ohne Ihr Eingreifen an diesem Tag von dreizehn bis etwa achtzehn Uhr gearbeitet. Fünf Stunden Verlust pro Mann an einem Tag, für die gesamte Kolonne ungefähr fünfundsiebzig Arbeitsstunden, und das zu einer Jahreszeit, in der wir allmählich mit Stürmen und Landunter rechnen müssen und dann ganze Tage für den Weiterbau ausfallen. Der Schutz der Hallig hat vor allem anderen Vorrang. Es kann nicht angehen, dass ein x-Beliebiger kommt und den Leuten einfach freigibt!«

»Was unterstehen Sie sich!«, keuchte Dürrschnabel. »Weder bin ich ein x-Beliebiger, noch steht es Ihnen zu, mich zu tadeln, Hansen!«

Hansen warf jegliche Vorsicht über Bord. »Wäre es Ihnen angenehmer, der Chef meiner Behörde würde eine offizielle Beschwerde über den Abgeordneten Dürrschnabel beim preußischen Landtag einreichen? An Couragiertheit fehlt es ihm nicht!«

»Ich bin nicht bereit, Ihre Unverschämtheiten anzuhören«, lallte Dürrschnabel und erhob sich schwerfällig. Er torkelte gegen Hansen, und er musste ihn wohl oder übel stützen, bis der Politiker wieder sicher auf den Beinen stand.

»Vielleicht können wir morgen weiterreden?«, schlug Hansen als Kompromiss vor. Schließlich waren sie nicht zu dem vernünftigen Ende gekommen, das sein Ziel gewesen war.

Dürrschnabel schlug seinen Vorschlag mit einer ziellosen Gebärde nieder. »Ach, tun Sie sich mit Ihrer Nörgelei doch mit meinem Weib Dora zusammen. Die will auch immer das letzte Wort behalten«, schimpfte er und wankte auf dem Sandwall davon. In der Richtung, die seinem Hotel entgegengesetzt war. Aber Hansen scherte sich nicht mehr um ihn. Dürrschnabels letzte Bemerkung machte ihn hellhörig. Bisher hatte er den Eindruck gewonnen, dass sich das Ehepaar gegenseitig nicht zu schonen pflegte. Aber jetzt vermittelte Dürrschnabel den Eindruck, dass er sich in diesem Kampf für unterlegen hielt.

Sehr eigenartig.

Am nächsten Tag war Dürrschnabel unpässlich und für Hansen nicht zu sprechen. Umso erstaunter war der über den Artikel, den er am Frühstückstisch des übernächsten Tages auf der ersten Seite des *Inselboten* entdeckte.

Bekannter Landespolitiker besucht die Halligen Nordmarsch und Langeness.

Paul Dürrschnabel, hochverehrter Abgeordneter der Deutschkonservativen im preußischen Landtag, gab den Bewohnern der Halligen die Ehre eines Besuches. In Zeiten, in denen deutschlandweit die Mängel modernen Lebens erkannt werden, insbesondere die Schädigung unserer Jugend an Körper und Geist in dichtbevölkerten Städten und Industriegebieten, dürfen auch weniger im Mittelpunkt stehende Gebiete nicht vernachlässigt werden, so Dürrschnabel.

Der leidenschaftlich national gesonnene Politiker hat es sich deshalb zur Aufgabe gemacht, den Gesundheitszustand der Kinder in unserer engeren Heimat zu überwachen und mit allen Kräften zu fördern. Seine Inspektion der beiden Schulen auf den o. g. Halligen förderte unerwartete Frühschäden bei den Kindern zutage. Trotz ausgezeichneter Anlagen unseres geliebten friesischen Stammes fordern Mangelernährung und ständige Wetterunbilden ihren Tribut, die es raschestens zu bekämpfen gilt.

Paul Dürrschnabel wird sich im Landtag dafür einsetzen, dass den Nordfriesen von Halligen und Inseln alsbald Hilfe zuteil wird. In diesem Zusammenhang fordert er nachdrücklich die Gründung weiterer Kinderheilstätten auf Föhr.

Dieser Dürrschnabel war wendig wie eine Wetterfahne. Und er betrieb ein undurchschaubares Spiel. Im Gegensatz zu dem, was er auf der Hallig festgestellt hatte, enthielt der Artikel die Vorurteile, mit denen er sich dorthin auf die Reise begeben hatte. Vielleicht war der Bericht vorher formuliert worden. Oder dem Politiker passte es nicht in seine Planung, dass die Halligbevölkerung gesünder war, als er es wahrhaben wollte.

Hansen wusste nicht, was er von ihm halten sollte. Nicht

einmal bei einem karrieresüchtigen Politiker durfte der Zweck auf diese Weise die Mittel heiligen.

Er stand auf, klemmte sich die Zeitung unter den Arm und verließ die Pension. Auf dem Weg am Hafen entlang zum Sandwall fragte er sich, ob möglicherweise dieser neue Journalist, mit dem Jens Christiansen ihn verwechselt hatte, den Artikel geschrieben hatte. Der Schreiber musste ein Neuling auf den Inseln sein, wenn ihm solch blanker Unsinn aus der Feder floss. Oder völlig willfährig gegenüber einem einflussreichen Politiker.

Hansen beschloss spontan, sich bei Hajo Clement von den *Föhrer Nachrichten* nach dem Neuen zu erkundigen, und schlug einen schnellen, entschlossenen Schritt zur Redaktion an.

Sein Entschluss geriet ins Wanken, als er im inneren Hafenbecken die *Welle* liegen sah. Gäste waren anscheinend gegenwärtig nicht an Bord. Die Gelegenheit, mit jemandem von der Mannschaft zu sprechen, durfte er sich nicht entgehen lassen.

Hinrich schrubbte gerade gemächlich mit einer Drahtbürste den Rost von einem Want. Als Hansen bei ihm stehen blieb, sah er auf und grüßte mit einem erfreuten Grinsen. »Moin, Leuchtfeuerbauer.«

»Moin, Mann für alles.«

»Was gibt's? Oder spazierst du einfach nur so herum?« Hinrich spuckte auf das Drahtseil und fuhr mit dem Polieren fort. Rostbraune Partikel sammelten sich auf der Relingsleiste.

»Nein, das kann ich mir nicht leisten. Ich muss mein Geld genau wie du verdienen. Ich wollte dich etwas fragen.«

»Na, dann schieß los«, forderte Hinrich ihn auf und blickte ihn neugierig an.

»Vorige Woche hatten wir drei Nebeltage, erinnerst du dich? Am Sonnabend wart ihr unterwegs nach Nordmarsch, jedenfalls seid ihr an der Seehundsbank vorbeigesegelt.«

»Stimmt.«

»Ist dir auf der Bank etwas aufgefallen?«

»Nichts Besonderes«, erklärte Hinrich. »Ein Jäger war da.«

»Kannst du ihn beschreiben?«, fragte Hansen. »Und war es wirklich nur einer? Nicht etwa zwei?«

»Kann ich gar nicht sagen«, meinte Hinrich und kratzte sich mit der Drahtbürste nachdenklich an der Wange. »Er tauchte nur einen Augenblick auf, dann verschwand er im Nebel. Die Schwaden waren ganz schön dick zu dem Zeitpunkt. Außerdem hatte ich kaum Zeit, auf ihn zu achten. Ich stand am Bug, ganz Ohr für den Fall, dass jemand uns in der engen Rinne entgegengekreuzt käme, und mit der Nebeltröte vor den Lippen. Wir hatten das Groß schon rausgelassen, um nicht ganz so schnell zu sein.«

»Aha«, sagte Hansen. Das entsprach alles ungefähr dem, wie er es sich vorgestellt hatte. Dann fiel ihm etwas auf. »Moment mal. Wieso sollte der Entgegenkommende kreuzen? Und wieso wart ihr im Nebel? Seid ihr nicht von Nordwest auf Nordmarsch zu gesegelt? Am Wind und in den Nebel hinein?«

»Nein, umgekehrte Richtung, Hansen, wir waren vor dem Wind. Vom Jelf nach Südwest, südlich an der Bank vorbei, dann Westnordwest auf Heimatkurs.«

»Und wo lag der Jäger?«

»An der Ostkante der Bank. Er sah mit seinem runden

Kopf zwar aus wie ein Seehund, aber ich konnte ja deutlich das Gewehr erkennen, mit dem er gerade zielte. Und dann fiel auch schon der Schuss. Danach erfasste uns selbst der Nebel, und ich hatte auf das Fahrwasser zu achten. Der Käpt'n lässt mich kielholen, wenn ich mich wie ein Passagier auf Lustfahrt benehme.« Hinrich betrachtete Hansen immer noch erwartungsvoll, mit hochgezogenen Augenbrauen, als ob er auf eine Erklärung wartete.

Aber Hansen waren die Worte in der Kehle stecken geblieben.

Hinrich hatte den dritten Jäger gesehen, den Mann, der für Tygge außer Sicht gewesen war. Aber da er mit dem Wind gekommen war, mussten die Seehunde zu diesem Zeitpunkt die Bank längst verlassen haben. Der Jäger, im Besitz einer Seehundskappe und folglich nicht das erste Mal auf Jagd, hatte trotzdem geschossen. Gab es jemanden, der so leidenschaftlich auf das Schießen aus war, dass er blind wurde für alles, was um ihn herum geschah?

Dann fiel Hansen aber doch noch etwas Wichtiges ein. »Hast du sein Boot gesehen?«

»Sein Boot«, murmelte Hinrich mit gerunzelter Stirn. »Ja, ein Boot war da. Dass der Jäger nicht geschwommen war, war ja klar. Aber ich habe nicht genau darauf geachtet.«

»Kannst du dich denn erinnern, ob es ein großes oder ein kleines Boot war?«

»Das muss winzig gewesen sein. Sonst hätte ich trotz allem versucht festzustellen, wem es gehörte. Ich kenne viele, die hier herumsegeln, auch die Lustboote.«

»Ja, natürlich.«

Da Hansen mehr Fragen nicht einfallen wollten, verabschiedete er sich und ging.

Kapitel 14

»Ich kann es gar nicht glauben«, sagte Hansen, immer noch entsetzt, zu Knud, der am Spätnachmittag im Wyker Hafen an dem Platz angelegt hatte, den die *Welle* kurz davor verlassen hatte. Er war sofort an Bord gestiegen. Während Wirk trotz seiner Neugier die Porren ausliefern musste, hatte Hansen dem Schiffer berichtet, was er herausgefunden hatte. Obwohl Hansen sich gerne von Knud einen Irrtum hätte nachweisen lassen, stimmte dieser ihm zu seinem Leidwesen zu.

»Es muss volle Absicht gewesen sein«, meinte auch Knud. »So viel verstehe ich vom Jagen auch. An einen Schießwütigen, dem es egal ist, wer zu Tode kommt, glaube ich nicht.«

»Vielleicht aber doch. Es gäbe da möglicherweise jemanden …«

»Den Namen willst du mir wohl nicht verraten?«

»Lieber nicht. Ich könnte mich ja auch ganz gründlich irren«, grübelte Hansen bestürzt und ließ sich gerne gefallen, dass Knud ihm innerhalb kürzester Zeit den dritten Grog einschenkte, weil der ein ausgezeichnetes Beruhigungsmittel sei, wie er sagte.

»Rache. Oder Angst. Jedenfalls vermute ich das«, äußerte Knud besonnen, der noch beim ersten Glas war.

»Rache«, wiederholte Hansen und trank in großen Schlucken das Glas leer. »Ich kann mir bei einem Mann wie Molitor einfach nicht vorstellen, dass sich jemand an ihm rächen wollte. Er war zurückhaltend, freundlich, ein ehrenwerter Mann. Andererseits scheute er offensichtlich nicht davor zurück, unbequeme Wahrheiten auszusprechen. Wenn es kein Versehen war, woran ich noch immer glaube, wollte jemand, der verärgert oder beleidigt war, Molitor vielleicht erschrecken.«

»Stammte er nicht aus Frankfurt?«

»Ja. Und glücklicherweise kommt morgen seine Tochter zur Beerdigung.«

»Glücklicherweise«, schnaubte Knud. »Du bist ja besoffen, Sönke.«

»Ja, wahlscheinlich«, lallte Hansen. Er merkte noch, dass Knud sich an seinen Beinen zu schaffen machte. Dann lag eine Wolldecke über ihm, und Hansen versuchte, sein Gesicht in ein Kissen zu drücken, das plötzlich an seinem Kopfende lag, jedoch bemerkenswert hart war. Kapok, dachte er und konnte die Pflanzenfaser durch das Segeltuch riechen.

Er musste sich auf See befinden.

Tief beschämt versuchte Hansen sich am nächsten Morgen zu entschuldigen, als Knud ihn weckte, weil er auslaufen musste.

Knud winkte ab. »Denk dran, dass du heute zu einer Beerdigung gehen musst«, mahnte er.

Hansen fuhr in die Höhe und stieß sich den Kopf am Schapp. Mit schmerzverzerrtem Gesicht sank er wieder zurück in die Koje.

»Noch nicht. Es ist erst sieben Uhr«, sagte Knud geduldig.

Hansen blickte von ihm zu Wirk, der vom Niedergang auf ihn herabblickte und sich vor Vergnügen nicht einkriegen konnte. »Freu dich nicht so, dir wird es auch mal passieren«, sagte er dumpf.

»Klar«, stimmte der Jungmann fröhlich zu. »Darf ich dich jetzt von Bord tragen, Sönke?«

»Das fehlte mir noch«, grummelte Hansen und rappelte sich vorsichtig und endgültig auf. Es pochte heftig in seinem Kopf, als er sich die Schnürsenkel zuband, aber er biss die Zähne zusammen und machte die Augen zu, und irgendwie wurde er mit dem Problem fertig.

Eine Viertelstunde später stand er, durch einen Becher Kaffee endlich wach geworden, auf dem Kai und sah Knuds Kutter nach, der aus dem Hafen tuckerte und dabei eine v-förmige Spur hinter sich herzog.

Während er bedächtig seinem Logierhaus entgegenging, in dem er die Nacht eigentlich hätte verbringen sollen, nahm er sich vor, niemals mehr auf jemanden hinunterzusehen, der über den Durst getrunken hatte. Als Zeichen der tätigen Reue stellte er in Gedanken augenblicklich Dürrschnabel unter Schutz. Wer wusste schon, was der erlebt hatte, bevor er sich im Warmbadehaus einen angetrunken hatte? Vielleicht einen ausgiebigen Streit mit Dora.

Isabella Molitor war einige Jahre jünger als Hansen und wunderschön. Während er sich ihr vorstellte, überlegte er, warum sie wohl noch nicht verheiratet war. Sie dankte ihm kühl und distanziert, und eine Antwort auf seine unausgesprochene Frage erhielt er natürlich nicht.

Als die letzte Schaufel Erde von den wenigen anwesenden Trauergästen auf den Sarg geworfen worden war, trat Isabella Molitor zu Hansen. »Ich wäre dankbar, wenn Sie mich morgen in Redlefsen's Hotel aufsuchen würden«, sagte sie. »Die letzten Worte, die mich brieflich von meinem

Vater erreichten, galten Ihnen. Ich würde gerne mit Ihnen sprechen.«

Hansen verbeugte sich. »Natürlich. Wenn Sie es wünschen. So kurz ich Ihren Vater auch kannte, er hatte meine ganze Zuneigung.«

Sie nickte ihm zu und ging.

Da erst fiel Hansen auf, dass Paul Dürrschnabel nicht unter den Trauergästen gewesen war. Dass der Mann, der stets dabei war, hier fehlte, war ungewöhnlich. War er krank? Oder hatte er derzeit ganz andere Sorgen? Vermutlich Dora. Er beschloss, sein Gespräch mit Dürrschnabel noch zurückzustellen, es war schließlich nicht besonders eilig.

Hingegen hatte Louise Kerkhoff an der Beerdigung teilgenommen. Offensichtlich praktizierte sie tatsächlich die Frömmigkeit, die sie predigte.

Unerwartet sah Hansen Dürrschnabel am gleichen Tag noch auf dem Sandwall, gemächlich neben dem Deichgrafen einherpromenierend. Wie vom Donner gerührt, blieb Hansen stehen und flüchtete dann an das nächste Schaufenster. Die beiden Herren spiegelten sich darin, und aus ihrer beider Gesichtsausdruck und Gestik sprach Vertraulichkeit und nähere Bekanntschaft als Hansen angenommen hatte.

Wie erstarrt blieb er, wo er war, bis die beiden ihn passiert hatten, und entdeckte da erst, dass er auf die einzige Auslage im Fenster starrte, einem Paar zierlicher Damenschnürstiefel mit hohen Hacken und ausladender Ferse, die mit cremefarbenem und lila Chintz gefüttert waren. Als er sich hastig abwandte, fing er den spöttischen Blick eines vorbeipromenierenden Herrn ein, die Dame an seinem Arm aber musterte Hansen eher interessiert.

Am Abend fand ein Feuerwerk statt. Hansen, der ohne die Verabredung mit Isabella Molitor nach Langeness zurückgefahren wäre, wanderte an den Strand, um sich die Zeit zu vertreiben. Sehnsüchtig blickte er zur Hallig hinüber, die sich hinter den in den nachtschwarzen Himmel aufsteigenden Lichtblitzen und Feuerkugeln verbarg.

Gemächlich bahnte er sich seinen Weg durch die staunenden und schwatzenden Gäste. Eine Weile blieb er hinter dem Maler Jakob stehen, der unberührt vom Gewühl auf seiner Staffelei eine Skizze anlegte, hütete sich aber, ihn anzusprechen, obwohl Fraucke gar nicht zu seiner Verteidigung anwesend war. Dann schlenderte er weiter. In Höhe der Mittelbrücke traf er unvermittelt auf Dora Dürrschnabel, die so zielgerichtet auf ihn zusteuerte, als hätte sie ihn gesucht.

»Haben Sie meinen Gatten irgendwo gesehen?«, fragte sie mit unterdrückter Schärfe in der Stimme.

»Nein, leider nicht«, antwortete Hansen verblüfft. Er schaffte es aber trotzdem, seinem Bedauern Ausdruck zu verleihen. »Sicherlich besteht kein Anlass zur Beunruhigung. Hier im kleinen Wyk geht niemand verloren.«

»Ich bin nicht beunruhigt, ich bin verärgert, Herr Hansen. Es gibt nichts Schlimmeres als einen Gemahl, der andauernd verschwindet und sich außerstande sieht, mitzuteilen, wohin er geht.«

Dora Dürrschnabel brachte ihm aus unerfindlichem Grund ein hohes Maß an Vertrauen entgegen. Hansen schwieg geradezu erschrocken. Er wagte nicht, sie darauf hinzuweisen, dass ihr Paul sich möglicherweise kontrolliert und gegängelt fühlte. »Männer brauchen wohl ein gewisses Maß an Freiheit«, sagte er stattdessen mit einem kleinen entschuldigenden Lächeln, was bedeuten sollte, dass es ihm ebenso erginge und er deshalb Paul Dürrschnabel verstehen könne.

»Er sollte wissen, wo sein Vorteil liegt«, bemerkte sie, weiterhin laut mit ihrem Mann hadernd. »Ich unterstütze ihn bei seinem beruflichen Aufstieg, wo ich kann, aber er kommt mir nur wenig entgegen. Ich weiß, dass er es zum Minister bringen könnte, aber er macht es mir schwer. Würden Sie mich ins Hotel zurückbegleiten?«

Wortlos reichte Hansen ihr seinen Arm und wünschte, er wäre an diesem Abend nicht ausgegangen. Er hätte jetzt auch in seinem Sessel am Fenster sitzen, gelegentlich über das im Widerschein des Feuerwerks glitzernde Hafenwasser ausschauen und dabei in einem anregenden Buch lesen können. Sich wiederholt um vernachlässigte Ehefrauen kümmern zu müssen, gehörte nicht zu seinen Lieblingstätigkeiten.

»Die Frau, die Sie mal bekommt, kann von Glück sagen«, bemerkte Dora Dürrschnabel, schwer an Hansens Arm hängend, während sie losstapfte. »Ebenso die Gesellschaft.«

»Oh, ich eigne mich nicht für höhere Aufgaben«, widersprach Hansen leichthin und winkte im Vorbeigehen dem Journalisten Clement zu, der vermutlich aus beruflichen Gründen an den Strand eilte. »Ich bin Erdarbeiter, Wühlmaus …«

»Sie stellen Ihr Licht unter den Scheffel, Sie schützen vielmehr unser Land, Herr Hansen«, protestierte Dora laut. »Und das nicht nur durch Deiche, sondern auch in politischer Hinsicht. Wie Sie im letzten Jahr die Sabotage der Briten aufgedeckt haben, ist in den Kreisen von Politikern unvergessen!«*

* Siehe *Der Austernmörder*

»Wirklich?«, fragte Hansen ungläubig, womit er keineswegs nach weiteren Komplimenten angeln wollte. Er hatte es nicht gewusst.

»Mein Gatte hat es mir haarklein berichtet. Sie gehören zu den aufrechten Männern im Land, von denen es mehr geben müsste, sagt er.«

»Paul Dürrschnabel hat mir seine Unterstützung schon angeboten«, bekannte Hansen voll Unbehagen.

»Nun, sehen Sie. Sie sollten sie annehmen. Es ließe sich gewiss in einem Ministerium eine adäquate Aufgabe für Sie finden.«

Hansen glaubte nicht recht zu hören. Er nickte unbestimmt, um das ihm unangenehme Thema zu einem Ende zu bringen. Glücklicherweise sah er in einiger Entfernung im Licht der neuen elektrischen Laterne schon die Eingangstür vom Redlefsen's. Er atmete auf.

Was er im Lichtschein erkannte, ließ ihn die unverbindliche Erwiderung auf Dora Dürrschnabels Eröffnung vergessen. Am äußersten Ende des Lichtkegels stand die pummelige Göntje. Mit gesenktem Gesicht ließ sie anscheinend eine Gardinenpredigt über sich ergehen, die von Jens Christiansen gehalten wurde. Seine lange, hagere Gestalt war unverwechselbar.

Hansen kam der versiegelte Brief in den Sinn. War der Gastwirt wirklich der brutale Mann, der Göntjes Leben fast zerstört hatte? Im Vorbeigehen versuchte er, Christiansen verstohlen zu mustern, um irgendetwas Entlarvendes zu entdecken. Aber er fand nichts und sah sich stattdessen zu einem Nicken genötigt.

Christiansen verneigte sich höflich, während Göntje zusammenzuckte und dann den Kopf demonstrativ abwandte.

Sie hatte Angst vor ihm. Hansen hätte sie ihr gern genommen, aber wenn er ehrlich mit sich selber war, wusste er ja selbst nicht, wie alles enden würde.

»Nanu, so still geworden, Herr Hansen?«, fragte Dora Dürrschnabel ein paar Schritte später. »Denken Sie über Pauls Angebot nach?«

»Nein. Oder eventuell ja«, antwortete Hansen im Versuch, eine für Dora akzeptable Antwort zu finden.

Dora nickte zufrieden. Im Eingangsbereich des Hotels entzog sie Hansen den Arm, reichte ihm ihre Hand zum Kuss und entschwand in den Gang, der zu ihrer Suite führte. Etwas ratlos blickte er ihr hinterher. War es Pauls Angebot oder Doras? Und war es überhaupt ein Angebot?

»Herr Hansen!«

Er drehte sich um und bemerkte verwundert den Portier, der mit bedrückter Miene dicht neben ihm stand.

»Herr Hansen, Sie warten doch nicht etwa auf Göntje«, raunte Ingwersen.

Hansen schüttelte den Kopf.

»Nachdem ich Sie neulich zu ihr gebracht hatte, war sie nämlich ganz aufgeregt. Geradezu aufgelöst! Sie konnte ihren Dienst kaum verrichten. Was haben Sie nur mit ihr gemacht? Verzeihung, aber ich muss es wissen!«

»Ich habe natürlich nichts mit ihr gemacht, Herr Ingwersen«, sagte Hansen abweisend. »Was denken Sie sich eigentlich! Ich habe ein privates Gespräch mit ihr geführt, ein notwendiges, und sie hat sich aufgeregt, das gebe ich zu.«

»Sie sind ihr wirklich nicht zu nahe getreten?« Der Portier war nicht ganz beschwichtigt, aber offensichtlich glaubte er ihm allmählich. »Unsere Mädchen sind anständige Menschen. Sie wissen, dass sie andernfalls auf der Stelle hinausgeworfen werden. Unlautere Versuche sind deshalb ganz zwecklos.«

»Ich bitte Sie, Herr Ingwersen! Was unterstellen Sie mir!«

Der Portier zog sich etwas kleinlaut einen Schritt zurück. »Wissen Sie, ich sehe mich ein wenig an Vaterstelle bei unseren Mädchen, die doch alle noch nicht lange aus dem Elternhaus heraus sind. Und wie jeder Vater bin ich womöglich etwas voreilig gewesen ... Entschuldigen Sie bitte.«

»Ja, schon gut«, sagte Hansen beschwichtigt, weil er Ingwersen jetzt endgültig aus dem Kreis der Verdächtigen ausschließen konnte. »Ich habe zwar noch keine Kinder, aber der Anfang ist gemacht. Meine Verlobte berichtet mir beziehungsvoll von Säuen, Ferkeln und Deckterminen ... Ich glaube, ich verstehe Sie.«

Aber der Portier ihn anscheinend nicht. Angesichts der heruntergeklappten Kinnlade und dem unerquicklichen Anblick schadhafter Zähne eines älteren Menschen wäre Hansen am liebsten entflohen. Doch er hatte noch ein Anliegen. »Ist Herr Redlefsen eigentlich im Haus?«, erkundigte er sich.

Ingwersen sah ihn prüfend an. »Ach, so ist das«, sagte er bedächtig. »Nein, den können Sie nicht sprechen.«

Am nächsten Tag kam Isabella Molitor, wenige Minuten nachdem Hansen sich bei ihr hatte melden lassen, ins Foyer. Sie reichte ihm eine erstaunlich kräftige Hand und schüttelte seine mit eher männlicher Gebärde. »Lassen Sie uns in den Garten gehen«, sagte sie, »da ist jetzt noch niemand.«

Hansen folgte ihr nicht wenig neugierig, während sie auf einen Tisch im windgeschützten, stillen Innenhof zusteuerte und sich setzte, ohne Hansen Gelegenheit zu geben, ihr ritterlich behilflich zu sein.

»Ich habe uns Kaffee bestellt. Ich hoffe, es ist Ihnen recht.«

Er nickte und schnupperte in die Luft, als ein süßer Schwall von Rosenduft seine Nase erreichte.

»In Wyk gibt es betörend duftende Rosen, schon mein Vater hat es mir erzählt«, sagte Isabella leise. »In einem Garten habe ich, wie ich fest glaube, die *Rose de Resht* gefunden, eine persische Rose, die ich bisher nur in einem Lüneburger Pastoratsgarten gesehen habe.«

»Oh ja«, stimmte Hansen zu, der davon überhaupt keine Kenntnisse hatte, sich jetzt aber wenigstens erklären konnte, warum die Rose von Wyk Teller und Tischtücher verzierte.

»Mein Vater schrieb mir, wie ich Ihnen schon erzählte. Er starb offenbar über ein Problem hinweg, das er noch nicht gelöst hatte, aber da er einerseits mich um Rat bat, andererseits ihm das Problem durch Sie zugetragen wurde, sehe ich mich verpflichtet, mit Ihnen darüber zu reden«, begann Fräulein Molitor ihre Vorrede zur Sache. »Es geht um die junge Frau, die ihr verstorbenes Neugeborenes im Deich bestattete.«

Hansen starrte sie an. »Er fragte Sie in dieser Sache um Rat?«, stotterte er fast. »Soweit ich verstanden habe, sind Sie nicht einmal verheiratet.«

»Das will ich nicht gehört haben, Herr Hansen«, entgegnete sie streng. »Ich bin Ärztin und befasse mich hauptsächlich mit Frauenkrankheiten.«

»Ärztin?« Verständnislos schüttelte er den Kopf.

Isabella Molitors Blick wurde angesichts seiner Ratlosigkeit milder. Ein leises Lächeln ging über ihre Züge. »Ich habe in Zürich studiert, wie viele Frauen, denen das Studium in ihrem Heimatland noch verwehrt wird, und besitze eine Sonderzulassung des preußischen Königreiches für meine Praxis.«

»Entschuldigen Sie bitte, Fräulein Doktor.«

»Ich bin Ablehnung gewohnt«, bemerkte Isabella Molitor knapp. »Mindestens Unglauben, aber manchmal sogar unverschämte Kommentare. So viel dazu. Ich habe zu dem, was ich von meinem Vater erfuhr, im Wesentlichen zwei Anmerkungen zu machen.«

Mit einem Nicken zeigte Hansen, dass er ganz Ohr war. Isabella Molitor wartete, bis das Mädchen den Kaffee eingeschenkt hatte und außer Hörweite war.

»Falls der Verdacht sich weiterhin ausschließlich auf eine Frau konzentriert, die am englischen Picknick teilnahm, würde ich das Augenmerk auf das Hausmädchen Göntje richten. Das weibliche Personal von Hotels ist häufig Opfer von Zudringlichkeit, wie wir wissen. Die andere, die Fraucke, hat sich offensichtlich erst kürzlich verliebt – in einen Maler, nicht wahr? – und kommt weniger in Frage.

Vater dachte offenbar nach Ihrem letzten Gespräch mit ihm über die ganze Sache nach, und da muss ihm nachträglich noch einiges aufgefallen sein. Er schrieb mir, dass Göntjes Hände gezittert hätten, und sie ziemlich bleich war, als sie von Bord ging. Und der Grund kann bei ihr als Einheimischer wohl weniger ein Zuviel an Sonne gewesen sein, im Gegensatz zu den Damen unter den Gästen, dagegen sehr wohl Erschöpfung und Blutverlust …«

»Ihre Diagnose trifft ins Schwarze«, sagte Hansen mit unverhohlener Bewunderung. »Göntje hat es inzwischen zugegeben. Mir gegenüber.«

»Und wie haben Sie reagiert?«

»Ihr Vater hat mich gelehrt, wie umfänglich ärztliche Schweigepflicht zu verstehen ist«, antwortete Hansen nach kurzem Nachdenken. »Erst hat sie mein Nachfragen in Angst und Panik versetzt, doch dann sprudelte es aus Göntje heraus, was sie getan hatte und warum. Ihr wurde Gewalt angetan, und der Vater des Kindes bedroht darüber hinaus ihr Leben, wenn sie seinen Namen verrät. Offensichtlich hat er lokale Macht. Ich entschloss mich deshalb zu schweigen, suche aber im Stillen nach dem Täter.«

»So etwas dachte ich mir«, sagte Isabella mit einem Seufzer. »Ich habe nicht selten mit Frauen zu tun, die Ähnliches erlebt haben. Hinter Ereignissen wie einem Kindstod steckt meistens eine persönliche Tragödie, durch die die Schuldfrage zuweilen auf den Kopf gestellt wird. Was werden Sie unternehmen, wenn Sie ihn haben?«

»Ich bin nicht sicher, dass ich ihn finde …«

»Sie machen im Gegenteil den Eindruck, als ob Sie nicht gewohnt seien aufzugeben«, stellte Fräulein Dr. Molitor richtig. »Was werden Sie dann also machen?«

Hansen wiegte den Kopf. »Ich habe mich noch nicht entschlossen. Göntje fürchtet um ihr Leben, wie ich schon sagte, und das Schlimmste wäre wohl, wenn sie aufgrund meiner Aufklärungsarbeit im Gefängnis landet, während er dank eines schlauen und teuren Verteidigers davonkommt.«

»Damit kommen wir zu der zweiten Anmerkung, die ich zu machen habe. Sollte Göntje sich entschließen, vor Gericht zu gehen, was absolut anzuraten wäre, muss sie mit Bedacht vorgehen. Ich nehme an, Sie werden ihr helfen?«

In seiner Überraschung nickte Hansen. Was blieb ihm übrig?

»Sie sollten vom ersten Augenblick an den preußischen

Justizminister einbeziehen. Sie schaffen das, indem Sie sich an die Presse wenden, am besten an diejenige, die als weniger konservativ gilt. Wenn Sie ein vernünftiges Wort mit dem Journalisten reden, wird er bereit sein, so lautstark und leidenschaftlich zu berichten, dass der Minister den Fall nicht ignorieren kann und zumindest aus der Ferne verfolgt. Tun Sie dies nicht, bleibt die Angelegenheit auf jeden Fall beim Landesgericht hängen, und wenn sie dort in aller Stille abgehandelt wird, ist Göntje chancenlos. Lokale Persönlichkeiten haben zu den Gerichten immer Verbindungen und wissen sie zu nutzen.«

»Tatsächlich«, stieß Hansen aus. »Woher wissen Sie das alles?«

Isabella Molitor lächelte nachsichtig. »Wir Frauen lernen allmählich, uns zusammenzuschließen und gegen die männlichen Ansprüche auf alles, was außerhalb der Familie liegt, zur Wehr zu setzen. Wir kennen die Gesetze und vor allem die Gesetzmäßigkeiten der Politik.« Sie reichte Hansen die Hand, was er als Verabschiedung aufzufassen hatte. »Halten Sie mich auf dem Laufenden. Sollten Sie Unterstützung brauchen, haben Sie keine Scheu, sich an mich zu wenden.«

»Ich werde das gerne tun, Fräulein Dr. Molitor«, versprach Hansen und blieb zu ihrer erkennbaren Verwunderung sitzen. »Ich muss noch etwas anderes ansprechen, es tut mir schrecklich leid …« Er verstummte.

»Reden Sie«, bat Isabella Molitor beunruhigt.

»Hatte Ihr Vater Feinde?«

»Ich glaube kaum«, antwortete sie, ahnungslos, was auf sie zukam. »Er hat mehrere Jahrzehnte praktiziert, ohne ein einziges Mal mit einem Patienten Streit zu haben.«

»Es waren begüterte Patienten?«

»Ja, der eine Teil«, sagte Fräulein Molitor aufbrausend, als hätte Hansen ihren Vater angeklagt.

»Und der andere?«

»Das waren Patienten in der Gegend vom Dornbusch, früher in Frankfurt bekannt als der Diebsgrund. Ich nehme an, Sie können sich vorstellen, dass diese Leute auch heute noch bei sogenannten ordentlichen Bürgern als Gesindel gelten. Die meisten sind einfach nur bitterarm.«

»Und sie hat er kostenlos behandelt?«, ergänzte Hansen fragend.

Doktor Molitor nickte kurz.

»Es besteht Anlass zu der Befürchtung, dass Ihr Vater absichtlich erschossen wurde«, sagte Hansen mit einem tiefen Seufzer. »Ich kann es Ihnen nicht verschweigen. Wir haben den Hergang draußen auf der Seehundbank rekonstruiert unter Berücksichtigung der Windrichtung und anderer Bedingungen, die für Jäger wichtig sind. Ein Jagdunfall im eigentlichen Sinne ist aufgrund der Umstände ausgeschlossen, allenfalls gäbe es noch die Möglichkeit, dass jemand Ihren Vater sehr gründlich erschrecken wollte und eher zufällig traf.«

Isabella Molitor starrte blicklos in den blauen Himmel. »Wenn er jemanden nicht gemocht hat, hat er den Kontakt beendet. Es ist nicht seine Art gewesen, andere über längere Zeit belehren zu wollen und sie gegen sich aufzubringen«, murmelte sie.

Hansen fiel angesichts ihrer kontrollierten Beherrschtheit das Luftholen schwer. »Es gäbe noch zwei mögliche Erklärungen«, sagte er schließlich. »Der Jäger, mit dem Ihr Vater fuhr, ist ein Mann von Charakter. Es könnte sein, dass er seinerseits sich Feinde zugezogen hat, weil er ein entschlossener Gegner von wilden Abschüssen bei Seehunden ist. Möglicherweise versuchte jemand, Tygge Hemsen den Abschuss seines eigenen Jagdgastes in die Schuhe zu schieben, um ihn als Konkurrenten loszuwerden. Das hätte in diesem Sinne allerdings nicht geklappt, weil Dr. Molitors Tod offiziell als Unfall gilt.«

»Das müsste aber ein skrupelloser Mann sein! Und einheimisch!«

Hansen nickte.

»Wenn er nicht von hier wäre, hätte ich vorgeschlagen, einen tüchtigen Kriminalbeamten aus Berlin hinzuzuziehen, aber ...«

»Nein«, fiel Hansen ihr ins Wort. »Besonders sinnvoll ist das nicht, zumal meine Vermutung durch keinen einzigen Beweis untermauert ist. Übrigens wäre die dritte mögliche Erklärung ein schießwütiger Narr, aber da der Betreffende, wie ich herausgefunden habe, allein im kleinen Boot zur Sandbank kam, fällt auch in diesem Fall ein Fremder aus. Deshalb wollte ich Ihnen anbieten, mich unauffällig umzutun, während ich im Zusammenhang mit dem Kindsmord nach dem Gewalttäter suche. Dafür habe ich das Einverständnis meines überaus großzügigen Amtsleiters und kann mich frei bewegen.«

Isabella Molitor reichte ihm die Hand. »Einverstanden, Herr Hansen. Im Gegenzug werde ich meine Pläne ändern und nicht nach Frankfurt zurückfahren. Ich bleibe hier.«

Drei Stunden später, an Bord der *Rüm Hart*, die Hansen nach Langeness brachte, staunte er immer noch über Isabellas äußere Gelassenheit.

Bevor er sie kennen gelernt hatte, hatte er sogar damit gerechnet, dass Molitors Tochter während seiner Eröffnung zusammenbrechen würde. Wahrscheinlich wurde eine Frau so, wenn sie die Privilegien der Männer für sich selbst durchsetzen wollte. Oder war es umgekehrt?

»Worüber grübelst du denn die ganze Zeit nach, Sönke? Oder ist dir eine Laus über die Leber gelaufen?« Bevor Hansen sich umdrehen konnte, traf ihn ein kräftiger Schlag auf die Schulter.

Erk stand mit strahlendem Gesicht hinter ihm.

»Nicht jeder hat ein so sonniges Gemüt wie du, Erk«, antwortete Hansen schmunzelnd. »Hast du ein Kalb zum Preis von zwei Kühen verkauft, oder was freut dich so?«

»Kalb! Kühe!« Erk winkte ab und zog einen Riemen von seiner Schulter, an dem ein langes Segeltuchfutteral hing. »Nur wenn du von Seekühen gesprochen hättest, hättest du sofort mein Wohlwollen. Sieh mal, was ich hier habe.«

Erks geheimnisvoller Ton machte Hansen neugierig. Folgsam spähte er zwischen drei von Erk zügig aufgerissenen Druckknöpfen in das Innere des Behältnisses und erkannte ein Gewehr. »Donnerwetter«, sagte er ehrfürchtig, weil der junge Mann dies zu erwarten schien.

»Vater hat es endlich erlaubt«, raunte Erk ihm überglücklich zu. »Ich wusste schon seit einer ganzen Woche von der Witwe, die es verkaufen wollte. Ich habe Todesängste ausgestanden, dass es bereits weg sein könnte, als ich heute kam. Aber sie hatte es noch, es handelt sich um eine Dreyse-Jagdwaffe, und den ganzen Schrotvorrat hat sie mir obendrein geschenkt. Es ist ein wirklich modernes Gewehr, viel besser als das alte Dreyse-Zündnadelgewehr M/41. Und natürlich erst recht besser als das Kipplaufgewehr von Tete Friedrichsen.«

»Aha«, sagte Hansen, zu verblüfft, um etwas Gescheiteres von sich zu geben. Damit kam er aber bei Erk, der voller Überschwang war, nicht durch.

»Weißt du, die Preußen haben viel Geld in die Entwicklung der Waffen für ihre neuen Füsilierregimenter gesteckt«, beteuerte er eifrig. »Dreyses neue M/62er sind kürzer und leichter als die 41er.«

»Aha«, sagte Hansen wieder. »Und jetzt?«

»Ich gehe auf die Jagd, sobald es mit dem Niedrigwasser passt! Leider erst in zwei Wochen. Heute Abend geht es nicht, heute ist auf Hilligenlei Verspielen, und morgen ist es schon zu dunkel. Aber die Seehunde werden schon noch das Fürchten lernen.«

Hansen betrachtete ihn bekümmert. Erk würde sich doch wohl hoffentlich nicht zu einem der Räuber entwickeln, von denen Tygge gesprochen hatte. Dann lenkte ihn ein anderer Gedanke ab. »Schießt du mit Schrot auf Seehunde?«

»Aber sicher. Das ist das Übliche. Schon das kleinste Schrotkörnchen, das den Kopf trifft, macht den Seehunden den Garaus. Die sind da besonders empfindlich.«

Hansen wandte sich mit einer heftigen Bewegung wieder zur Reling um und starrte über die See, ohne etwas wahrzunehmen. Dr. Molitor war mit einer Kugel erschossen worden.

Der erste wirkliche Beweis dafür, dass der Täter nicht auf Seehundsjagd gewesen war. Es war kein Unfall. Aber war es wirklich Mord?

Kapitel 15

Es gab offensichtlich mehr Jäger auf den Inseln als allgemein bekannt und dazu weitere Gewehre in Familien, in denen der Jäger gestorben war, überlegte Hansen, während er an der Nordkante der Hallig zur Ketelswarf unterwegs war. Erk hatte sich verabschiedet, um zur Mayenswarf abzubiegen, und Hansen fiel jetzt erst ein, dass er sich nach dem Namen der Witwe hätte erkundigen sollen.

Möglicherweise hatte er also den Kreis der Verdächtigungen über die offiziellen Jäger hinaus zu erweitern. Aber wer, dem Tygge nicht passte, würde einen derart tückischen Weg einschlagen, um ihn tatsächlich loszuwerden?

Es war schon Spätnachmittag, als Hansen sich unter den Zwerchgiebel duckte und in Jorkes Diele trat. Sie selbst war weder in der Küche noch im Stall, jedoch in der Kellerkammer, wo sie gerade ihre Arbeitskleidung auszog. Über den Stuhl gehängt waren schon ein dunkler Rock und eine weiße Bluse, und die festliche dunkle Haube, die zum Zopfkranz gehörte, lag auf der Sitzfläche.

»Nanu, gehen wir aus?«, fragte Hansen fröhlich und verpasste Jorke einen Kuss in den Nacken, als er ihre Wange nicht traf, weil sie ihm behende auswich.

»Ob du ausgehst, weiß ich nicht«, antwortete sie schnippisch. »Ich tue es jedenfalls, ich bin verabredet.«

Hansen starrte sie verständnislos und ein wenig gekränkt an. »Mit wem? Habe ich einen Konkurrenten?«

Jorke befestigte schweigend ihre Zöpfe und ließ ihn leiden. »Natürlich«, sagte sie schließlich. »Du amüsierst dich ja auf Föhr. Ich könnte wetten, dass du gestern beim Feuerwerk am Strand warst.«

»Stimmt. Ich habe einem Maler zugesehen«, gab er sofort zu. »Otto Jakob.«

»Und wer war die Frau?«

»Die Frau«, wiederholte er irritiert und betroffen wegen ihres leidenschaftlichen Ausbruchs. »Ja, es gab eine, aber sie ist schon älter. Amüsiert habe ich mich nicht. Ich musste die Dame in ihr Hotel begleiten, weil ihr Ehemann ausgebüxt war, und dabei hat sie so auf mich eingeredet, dass es wie Bestechung klang. Ihr Gatte ist dieser Politiker Dürrschnabel. Nur weiß ich nicht, warum.«

»Du sprichst, als hättest du vorübergehend deinen Verstand verloren, Sönke Hansen. Was weißt du nicht? Warum er Politiker ist? Oder warum die Frau dich bestechen wollte? Und was das Ausbüxen betrifft, bist du also nicht der Einzige?«

»Auf alle drei Fragen: ja. Und wer ist nun mein Konkurrent?«, fragte er eifersüchtig.

Jorke lachte verschmitzt und flog ihm um den Hals. »Meine Base von der Hunnenswarf, du Dummkopf. Heute Abend ist Verspielen auf Hilligenlei, und wir gehen alle hin.«

Der Gastraum füllte sich. Halligleute kamen stets rechtzeitig zu Ereignissen wie Verspielen, Kartenspielen oder Gottesdienst. Jorke organisierte ihnen drei Plätze, wunderte sich aber nicht, dass Hansen sich bald verkrümelte. Er gab nicht so viel um diese Leidenschaft der Halligleute.

Dagegen passte es ihm gut, im Krug zu sein, während

viele Gäste anwesend waren. Vielleicht konnte er das eine oder andere über Dürrschnabels eigenartigen Besuch auf der Hallig und sein dreistes Eingreifen in die Belange des Wasserbauamtes aufschnappen.

Um nichts in der Welt wäre er zu Tete Friedrichsen marschiert, um sich von ihm über die Deichbesichtigung aufklären zu lassen. Von wissentlicher Pflichtversäumnis bis zu absichtlicher Verweigerung der Verantwortung würde der Ratmann ihm liebend gerne allen möglichen Unsinn an den Kopf werfen.

Hansen schlenderte ums Haus, bis er an der einkehrenden Stille im Gastraum merkte, dass die Getränke verteilt waren und das Spiel begonnen hatte. Danach trat er in die offen stehende Küchentür. Irgendetwas köchelte auf dem Herd, das Dampfschwaden von sich gab.

Rouwert Wollesen, der Wirt, lehnte müßig an einem Geschirrschrank und gönnte sich offensichtlich selber gerade eine wohlverdiente Pause. Trotzdem stellte er bedächtig seinen Krug ab und blickte Hansen dienstbereit an.

»Kannst du mir auch einen vollen Krug beschaffen?«, fragte Hansen und leckte sich mit einem sehnsüchtigen Blick auf den Schaum die Lippen. »Und mir außerdem Asyl in deiner Küche geben? Ich finde dieses Spiel todlangweilig. Aber Jorke bestand darauf, dass ich mitkomme.«

»Ich verabscheue es auch«, stimmte Rouwert aus vollem Herzen zu. »Ich bin dankbar, dass meine Tochter die Spielleitung übernommen hat. Aber es ist gut für das Geschäft. Lass dich nieder, das Bier kommt gleich.«

Während der Wirt zum Zapfhahn ging, lümmelte sich Hansen hin und legte überaus zufrieden die Arme auf die gescheuerte Tischplatte.

»Dich schicken sie wohl wieder herum, um irgendein Geheimnis aufzuklären«, mutmaßte Rouwert, als er zurückkam, stellte Hansen den Krug hin und setzte sich mit Blickrichtung zur Tür. »In den nächsten zehn Minuten wird es ruhig zugehen, und Sohn und Tochter schaffen das allein. Aber in der Pause …«

»Tja, es geht immer noch um die kleine Kinderleiche. Ich bin dankbar, wenn ich zwischendurch auf die Hallig zurückkommen kann, um mich hier zu erholen.«

Der Wirt nickte verständnisvoll.

»Wenn ich dann allerdings erfahren muss, dass ein Politiker meine Abwesenheit nutzt, um den Deich zu besichtigen, genauer gesagt, zu überprüfen, kommt mir die Galle hoch«, murrte Hansen, gespannt, ob Rouwert sich dazu etwas entlocken lassen würde.

»Wahrscheinlich hat er nur die Zeit totgeschlagen, denn eigentlich wollte er am nächsten Vormittag die Schulkinder besichtigen«, stellte Rouwert richtig. »Plötzlich interessieren sich alle für unsere Kinder. Dabei lesen und schreiben sie nicht schlechter als die vom Festland, sagt der Lehrer.«

»Dann hätte Herr Dürrschnabel ja auch erst am nächsten Morgen zu kommen brauchen«, entgegnete Hansen, um den Wirt behutsam in das richtige Fahrwasser zurückzulenken.

»Wer weiß, was im Kopf von so einem vorgeht«, entgegnete Rouwert lakonisch. »Merkwürdige Gewohnheiten hatte er sowieso. Als die Feier auf dem Höhepunkt war, legte er sich schlafen. Kannst du dir so etwas vorstellen?«

Statt einer Antwort lachte Hansen ungläubig.

»Ja, wirklich«, beteuerte der Wirt. »Er behauptete, er könne das Leben eines Politikers nur durchstehen, wenn er jeden Nachmittag drei Stunden ruhe. Wir mussten das Bett oben in aller Hast beziehen, wer konnte denn ahnen, dass er Schlafenszeiten wie ein Säugling hat?«

»Der Mann sieht ja so gesund und gestählt aus, vielleicht kommt das vom vielen Schlafen«, knurrte Hansen ungnädig.

»Möglich. Es hat ihn auch nicht gestört, dass hier unten weitergefeiert wurde. Die Männer sind noch nie vorher freigehalten worden – an dem Tag haben sie sich alle tüchtig einen hinter die Binde gegossen. Beziehungsweise hinter den Kragen.«

»Waren denn alle da? Auch der Lehrer? Und der Pastor?«

Rouwert lachte und nickte. »Alle, die wollten, durften mithalten. Nur Mumme fehlte, weil er ja auf dem Festland war, und die Männer von der Bandixwarf. Die hatten es nicht mitgekriegt. Pech für sie.«

»Tete war also dabei?«

»Als Wortführer wie immer. Du kennst ihn ja.«

»Die ganze Zeit?«, fragte Hansen gespannt.

»Gehört habe ich ihn eigentlich ständig«, erinnerte sich Wollesen. »Warum willst du das wissen?«

»Ach, fiel mir nur so ein.« Hansen schüttelte missmutig den Kopf. »Und am Deich? Was hat der Abgeordnete da festgestellt?«

»Es war alles in bester Ordnung. Er lobte die Tüchtigkeit des friesischen Stammes.«

»Er liebt ihn, sagt er.«

»Wer will es ihm verdenken?« Rouwert stand auf. »Wir sind doch sehr nett. Warte eben. Ich muss mal drinnen nach dem Rechten sehen.«

»Klar.« Hansen fasste das letzte Schaumflöckchen ins Auge, das sich noch auf dem Bier befand, und grübelte lustlos vor sich hin.

Ganz gewiss verband Dürrschnabel mit dieser Betonung des Friesischen irgendeine Hoffnung. Und das, obwohl er der Sprache nach nicht aus Schleswig-Holstein stammte, nicht einmal aus Preußen. Irgendwie wollte er sich die Friesen zunutze machen. Hansen konnte sich nichts Genaueres unter einem Werdegang in der Politik vorstellen, aber bestimmt ging es um Dürrschnabels beruflichen Aufstieg, so wie Molitor schon gesagt hatte.

Rouwert kam zurück, mit zwei Krügen, in denen frisches Bier schäumte. »Jorke hat eine Gans gewonnen«, teilte er Hansen mit.

»Und ich verpasse den Braten«, grummelte Hansen missvergnügt, während er den Krug mit Wohlwollen betrachtete. »Danke. Ich muss morgen zurück nach Föhr.«

»Eine lebende.«

»Ach so«, sagte Hansen. »Dann habe ich sie wahrscheinlich nach Hause zu tragen. Sie wird mich beißen. Und es ist wohl nur gerecht, dass ich vor Angst Fett ausschwitzen muss, bevor ich ihr Schmalz essen darf.«

»Wo hast du Fett zum Ausschwitzen? Übrigens ist die Gans noch jung und hat kein Gramm Schmalz.«

»Schade. Aber bei meiner Angst vor unbekannten Tieren wird sich das Fett zum Ausschwitzen schon noch irgendwo finden«, beharrte Hansen.

»Du und Angst! Keiner würde dir das abnehmen. Das hat mich bei diesem Politiker auch so gewundert«, fuhr Rouwert übergangslos fort. »Solche Leute tragen meistens dicke Schmerbäuche vor sich her, soviel ich weiß, aber der nicht. Wahrscheinlich kann er viel Zeit für Sport erübrigen, wie man das aus höheren Kreisen so hört.«

»Vielleicht hat er ja Vermögen«, dachte Hansen laut.

»Bestimmt! Er hat sich beim Bier nicht lumpen lassen.

Ich war froh, dass mein Vorrat reichte. Dieser Dürrschnabel wollte hier übrigens angeln, man stelle sich das vor! Er ist Mitglied in einem Verein … Warte, ich krieg das noch zusammen. Es war der *Central-Verein der Anglerfreunde 1866 zu Berlin*, ja, so sagte er, und darauf war er sogar besonders stolz. Und er will irgendein preußisches Gesetz verhindern, durch das sich die Angler geärgert fühlen.«

»Nanu«, sagte Hansen erstaunt. Für Angler einzutreten, hörte sich nicht nach höheren Karrierezielen an. Immerhin war ihm jetzt klar, wieso Dora Dürrschnabel dem blutarmen Fräulein Brettschneider so viele Fischarten empfehlen konnte.

»Ja, sein Angelzeug hatte er sogar mitgebracht, aber er ist dann doch nicht mehr dazu gekommen.«

»Dabei war er drei Tage fort. Er kam erst abends zurück, erzählte mir seine Frau.«

»Du kennst sie? Wie ist die denn?«

»Wenn du ihre Figur meinst: das Gegenteil von ihm. Wenn die beiden zusammentreffen, habe ich immer Angst, sie könnte zu spät bremsen und ihn niederwalzen. Ich glaube, sie würde sogar mich umlegen. Mit einem Schirm hat sie es schon probiert, und ich habe mich erfolgreich mit einem Hut gewehrt. Beim nächsten Mal wird sie geschickter vorgehen.«

Rouwert lachte. »Und sonst?«, fragte er neugierig.

»Herrisch. Sie fährt ihm immer über den Mund. Manchmal ist es peinlich für Dritte.«

»Wahrscheinlich muss er sich deshalb im Anglerverein schadlos halten. Oder gibt's auch schon Frauen, die angeln?«

Hansen grinste angesichts Rouwerts misstrauischen Gesichtsausdrucks und hob die Schultern. »Wohl eher nicht«, vermutete er. Wahrscheinlich kämpften die Isabellas des Deutschen Reiches gegenwärtig bei wichtigeren Instanzen um ihre Gleichberechtigung.

»Dann ist alles klar«, fasste Rouwert feixend zusammen. »Dürrschnabel haut ab vor seinem kriegerischen Weib. Zum Anglerverein, auf die Hallig und wer weiß, wohin noch.«

»Auf die Jagd. Du könntest Recht haben«, stimmte Hansen friedfertig zu.

»Jetzt muss ich aber endgültig rein unter die Meute«, meinte Rouwert. »Bleib hier, so lange du willst.«

»Ja, danke. Aber ich will auch mal nachfragen, ob mein Fräulein Verlobte schon nach Hause möchte.«

Jorke wollte noch keineswegs, und Hansen musste sich eine ganze weitere Stunde gedulden, bis er die Gans im Dunkeln nach Hause tragen durfte. Mit zugehaltenem Schnabel, und als sie zu Hause ankamen, waren seine Finger taub, weil er nicht daran gedacht hatte, sich eine Schnur geben zu lassen.

Jorke lachte ihn trotzdem nur aus. Aber Hansen war insgeheim stolz darauf, dass er die Gans überlistet hatte, ohne zu Schaden gekommen zu sein.

Auf der Fahrt nach Wyk entschloss Hansen sich, endlich in der Redaktion der *Föhrer Nachrichten* vorbeizuschauen. Sein Verhältnis zu dem etwas skurrilen Journalisten hatte sich seit der Zusammenarbeit im letzten Jahr gebessert, und es konnte nicht schaden, die Verbindung entsprechend Fräulein Molitors Ratschlag jetzt schon aufzufrischen. Vielleicht würde er dabei auch etwas über den neuen Mann des *Inselboten* erfahren können, der Dürrschnabels verlogene Berichterstattung so kritiklos übernommen hatte.

»Ach, Sönke Hansen! Haben wir eine neue Leiche entdeckt?«, spöttelte Hajo Clement keine Stunde später.

Hansen grinste. Inzwischen ließ er sich von Clement nicht mehr provozieren. »Noch nicht. Aber vielleicht könnten wir über eine alte Leiche reden.« Es tat ihm leid, Dr. Molitors sterbliche Überreste so zu deklarieren, und im Stillen bat er ihn um Vergebung. Aber er hatte längst eingesehen, wie zweckmäßig es war, sich dem respektlosen Jargon der Journalisten neuer Art anzupassen.

»Setzen Sie sich, und schießen Sie los.«

»Warum war Ihr Bericht über Molitors Tod so knapp? Hat da jemand seine Hand im Spiel gehabt?«

»Hm«, brummte Clement. »Das ist aber eine sehr indiskrete Frage. Wenn es um ein sensibleres Thema als den Fremdenverkehr ginge, würde ich sie gar nicht beantworten. Ein politisches, zum Beispiel.«

»Die Gäste sollten also nicht beunruhigt werden?«

Clement nickte. »Der Bürgermeister persönlich kam zu mir. Offensichtlich angefeuert durch diesen Möchtegernkanzler Paul Dürrschnabel, will sagen, auf dessen Veranlassung. Na ja, ich erhöhe doch nicht mit Unfällen armer Schweine meine Auflage, was glauben die denn? Ich hätte sowieso zurückhaltend berichtet, nun wurde es eben zahm.«

»Seltsam, dass Dürrschnabel sich so für das Wohl der Friesen einsetzt ...«

»Das stimmt, und da steckt etwas dahinter, könnte ich wetten«, knurrte Clement plötzlich erbost. »Mit seinem Bericht über den Halligbesuch ist er nämlich nicht zu mir gekommen, sondern zu Thaddäus Lämmle, dem neuen Redakteur vom *Inselboten*, gegangen. Aus seiner Sicht clever, denn den Unsinn über die hungernden Halligkinder hätte er mir nicht auf die Nase binden können.«

Hansen brach in ein gequältes Lachen aus und schüttelte den Kopf. »Wissen Sie mehr über diesen Lämmle? Ich habe den Eindruck, dass sich eine gewisse Furcht vor ihm breitmachte, noch bevor überhaupt sein Gesicht in Wyk bekannt war.«

»Na ja, es heißt, dass Dürrschnabel bei Lämmles Einstellung die Hand im Spiel hatte. Lämmle kommt aus Stuttgart, wollte angeblich wegen der Krankheit seiner Frau an die See. Er stammt aus der gleichen Gegend von Süddeutschland wie Dürrschnabel.«

»Ja, und?«

»Keiner weiß, was von Lämmle wirklich zu erwarten ist. Die Leute glauben, dass er nicht aus der Sicht der Inselbevölkerung Bericht erstatten wird. Das ist natürlich Unsinn, denn dann würde niemand den *Inselboten* mehr kaufen. Der Herausgeber wird schon dafür sorgen, dass die Auflage nicht sinkt. Ich denke deshalb, dass Lämmles Aufgabe eher die sein wird, Dürrschnabels politische Botschaften unter das Volk zu streuen, so unauffällig, dass es gar nicht bemerkt wird. Außer jemand ist sehr aufmerksam.«

»Sie.«

»Ja. Lämmle macht mir Sorgen, das muss ich zugeben.«

Hansen grinste schief. »Vor zwei Jahren waren Sie derjenige, der Sorgen bereitete, soviel ich mich erinnern kann.«

»Ich war wohl etwas wild«, gab Clement zu. »Sehr unabhängig in meiner Meinung. Aber wir haben uns aneinander gewöhnt, die Föhrer und ich. Im Journalismus ist übrigens nicht Unabhängigkeit die Gefahr, sondern Abhängigkeit.«

»Womit wir bei Dürrschnabel sind. Was will der?«

»Aufstieg in höchste Ämter. Das Gegenteil von dem, was sein Vater anstrebte. Der Vater von Paul war nämlich der einzige Mensch evangelischen Glaubens in einem katholischen Dörfchen namens Bietigheim. Als der im Jahr 1846 auch noch eine evangelische Frau heiratete, hielt er es dort nicht mehr aus und rebellierte. Aber statt in eine evangelische Gegend von Baden zu ziehen, flüchtete er so weit er konnte: nach Schleswig-Holstein. Der Paul ist aber noch in der alten Heimat geboren und hat auch Verbindungen dorthin.«

»Welcher Art?«

»In der eigenen Familie durch einen Onkel. Aber Dürrschnabels Frau, die Dorothea, ist seine wichtigste Verbindung. Die hat er sich extra aus Baden geholt, um sie zu heiraten. Ihre Schwestern leben weiterhin dort und bestärken vermutlich Dora, lautstark und anhaltend an der schrecklichen norddeutschen Umgebung zu leiden, in die es sie verschlagen hat.«

»Haben sie eigentlich Kinder?«

Clement brauchte nicht in seinen Papieren nachzublättern, um diese Frage zu beantworten. Er schüttelte den Kopf.

»Dann möchte ich mal wissen, was Dora von Kindern versteht«, sagte Hansen vergrätzt. »Und dass sie viel Ahnung von badischer Küche hat, bezweifle ich jetzt auch. Sie plappert einfach nach, was sie gehört hat. Sie tischte mir kuriose Namen von Gerichten auf, ich wusste nicht einmal, ob es sich um Fisch oder Fleisch handelt.«

»Doch, Dora soll leidenschaftlich gern kochen. Abgesehen davon, ist sie dumm wie eine Schnecke. Eine Weinbergschnecke aus dem Schwarzwald in Kräutersoße.«

»Dort sind sie ja arm dran, wenn sie sogar Schnecken schlachten müssen. Aber was Sie nicht alles herausgefunden haben!«, sagte Hansen voll des Lobes.

»Reines Handwerk«, antwortete Clement geschmeichelt und gab Hansen damit deutlich zu verstehen, dass es sich um hohe Kunst handelte.

»Ich betätige mich auch gerade wieder in diesem Feld«, bekannte Hansen zurückhaltend. »Wenn ich etwas Konkretes habe, bekommen Sie's.«

Jetzt lachte Clement. »Ich dachte es mir schon. Sie sondieren immer erst mal, wie die Stimmung hier in der Redaktion ist. Die ist hervorragend. Und nach unserer erfolgreichen Zusammenarbeit zum Nutzen der Allgemeinheit im letzten Jahr warte ich jetzt ungeduldig auf Ihre diesjährige Leiche.«

»Das ist in Ordnung. Sie kriegen sie als Erster«, versprach Hansen grinsend und schlenderte aus der Redaktion.

Draußen im Freien fiel ihm aus unerklärbarem Grund wieder Erk ein. Hätte Erk das Gewehr nur drei Wochen früher erstanden, hätte Hansen ihn verdächtigt, Molitor erschossen zu haben. Wild auf Gewehre und auf das Schießen, dazu jung und tollkühn und jedenfalls als Seehundsjäger wenig geübt, hätte er möglicherweise übersehen, dass sich auf der Seehundsbank nur zwei Jäger befanden, nicht zwei übriggebliebene oder besonders faule Seehunde. Auch die Lage des Bootes passte zu einem Jäger, der von der Hallig gekommen war. Aber Erk hatte kein Gewehr besessen, und Tete war den ganzen Nachmittag nicht aus der Gaststube hinausgekommen. Außerdem pflegten anscheinend die Jäger der Inseln und Halligen auf die jagdbaren Tiere mit Schrot zu schießen. Er nahm sich vor, sich bei Tygge zu erkundigen, unter welchen Umständen ein Jäger Kugeln benutzte, wenn er ihn zufällig traf.

Aber die Frage ließ ihm keine Ruhe. Sein zielloser Spaziergang endete schon wenige Minuten später vor Hemsens Boot, das wie alle anderen in der Reihe verlassen zwischen Bug- und Heckleine schwojte. Jedoch hörte er jenseits des Deiches aus dem Königsgarten seltsame Geräusche und Befehle und darunter auch Tygges Stimme, wie er meinte.

Mit Anlauf rannte er auf die Deichkrone, wo er verdutzt stehen blieb. Im Gras rollte sich ein halbes Dutzend Männer, stemmte sich auf gespreizten Händen vorwärts und gab bellende oder muhende Laute von sich, wie Hansen sie eher Kühen zugetraut hätte, aber bekanntermaßen verstand er nicht viel davon. Als Oberaufseher fungierte der Seehundsjäger Tygge, feuerte den einen an und tadelte unbefangen den anderen.

Hansen verkniff sich ein Lachen. Er fand es großartig, wie Tygge seine schwierige Situation gemeistert hatte. Im Umkreis der Übenden standen etliche Paare und schauten verlangend zu, zumindest einige Männer unter ihnen waren anscheinend weitere Anwärter auf Unterrichtsstunden.

Plötzlich entdeckte Hansen ein braunes Gewand im Gras, das eindeutig ein langer Rock war. Daraus stachen nackte Waden hervor, die in zierlichen Stiefeln endeten. Donnerwetter, Tygge hatte sogar eine Frau angelockt.

Als es Hansen aber gelang, einen Blick auf ihr Gesicht zu werfen, wusste er, dass er sich geirrt hatte. Nicht Tygge hatte die Dame angelockt, vielmehr hatte wahrscheinlich sie mit allen Mitteln der Überredungskunst den Jäger gezwungen, sie zu akzeptieren.

Isabella Molitor war ganz der Mensch, der versuchen würde, alle Aspekte zu erforschen, unter denen ihr Vater zu Tode gekommen war, das wurde Hansen jetzt klar. Sie war eindeutig dabei, das Hosen so perfekt zu erlernen, dass ein Jäger sie nicht ablehnen konnte, wenn sie den Wunsch äußerte, zum Jagen auf eine Seehundbank mitgenommen zu werden. Das war eine andere Vorgehensweise als seine eigene, und sein Respekt vor ihr wuchs ein weiteres Mal.

Tygge Hemsen beendete die Unterrichtsstunde, indem er in die Hände klatschte. Dann stieg er zu Hansen auf die Deichkrone hoch. »Das habe ich dir zu verdanken«, sagte er leise.

»Kein Grund für Dankbarkeit«, antwortete Hansen. »Man tut, was man kann. Dafür habe ich mal wieder eine Frage an dich als Fachmann: Werden Seehunde immer mit Schrot geschossen?«

»Meistens. Schrot ist billiger als Kugeln und trifft den Seehund immer tödlich, wenn man auf den Kopf zielt«, antwortete Hemsen. »Alle Jäger von den Halligen und Inseln nehmen Schrot.«

»Und die anderen?«, fragte Hansen.

»Wer als Gast hier jagen will und genügend Geld hat, nimmt mitunter Kugeln«, fuhr der Jäger missmutig fort. »Vor allem, wenn er auch anderswo auf Jagd geht, auf größere Tiere wie Hirsche und Gämsen oder auf gefährliche wie Löwen oder Elefanten. Das ist aber nichts als Prahlerei, vor allem, wenn der Kerl nicht trifft, und dann weiß man schon, wes Geistes Kind er ist. Na ja, das ist eben so.«

Hansen nickte staunend.

»Und dann«, sagte Hemsen mit wachsendem Groll, »gibt es auch noch die Gäste, die nicht im Besitz einer Jagdwaffe sind, sondern ihre Militärwaffe mitbringen. Anscheinend steht die bei vielen Reservisten des Kaiserreiches im Schrank. Als Soldaten schießen sie natürlich mit Militärgeschossen, die sie auch dabeihaben. Wenn man sie darauf anspricht, weil solches Kaliber ja für die Jagd hier völlig unnötig ist, weichen sie aus. Halb im Scherz hat da schon mancher behauptet, die Läufe seines Gewehrs wären nur an Kugeln gewöhnt, und er wollte es mit ihnen nicht verderben.«

»Und weiter«, forderte Hansen, weil er merkte, dass Hemsen noch nicht am Ende war.

»Ich vermute, so einer hat auch die Kugeln im Schrank. Wenn sie verschossen sind, holt er sich wahrscheinlich einfach neue bei seiner Ausgabestelle ab, für Übungszwecke, oder was weiß ich.« Hemsen zuckte mit den Schultern. »Aber bezahlen nicht wir alle mit unseren Steuern für Militärausgaben?«

»Militärwaffen«, stotterte Hansen und begriff zunächst nur, dass diese Information für ihn eine andere Bedeutung hatte als für den Jäger.

Kapitel 16

»Tygge, unter diesen Umständen muss ich unter vier Augen mit dir reden«, sagte Hansen entschlossen. »Es geht um diesen Unfall auf der Seehundbank.«

»Lass uns zu meinem Boot gehen«, schlug Tygge vor und winkte einem seiner Schüler zu, ein etwas korpulenter Mann, der sich von seiner Frau unter deren vorwurfsvollen Blicken Gras und Erde von der Hose klopfen ließ. »Glaubst du inzwischen etwa, dass doch ich geschossen habe?«

»Im Gegenteil. Ich habe mittlerweile erfahren, dass ein dritter Mann auf der Seehundbank war. Er lag an der Ostseite und war der Schütze, der den Doktor tödlich traf.«

Hemsen blieb stehen und schüttelte den Kopf. »Ganz bestimmt nicht, Sönke. Dann wären doch gar keine Seehunde mehr da gewesen.«

»Überleg dir mal, ob sie wirklich noch da waren oder ob du es nur angenommen hast. Und denk an den Warnruf der Vögel.«

Der Jäger packte Hansen am Oberarm und sah ihm in die Augen. »Glaubst du das wirklich?«, fragte er ernst. »Die Seehunde habe ich nicht mehr sehen können, das stimmt, aber Molitor beobachtete sie doch!«

»Molitor beobachtete vielleicht den anderen Jäger. Er muss sich ja gefragt haben, welcher Teufel den ritt, sich von der Luvseite anzuschleichen. Ich vermute deshalb, dass die Seehunde sofort nach dem Warnruf ins Wasser gingen. Da die Südseite der Sandbank sanft ausläuft und außerdem der

Nebel die Geräusche dämpfte, hast du es nicht hören können, schätze ich.«

Tygges Finger gruben sich schmerzhaft in Hansens Muskeln. »Er war hinter dem Doktor her, willst du das damit sagen?«

»Genau.«

»Aber der hat es nicht gewusst.«

»Offensichtlich nicht. So wie der Schusskanal in seinem Kopf verlief, hat er seinem Mörder geradewegs in die Augen geschaut. Vielleicht hat Molitor noch gesehen, dass der andere zielte, aber Verdacht hat er bedauerlicherweise nicht geschöpft ...«

»Und ausgerechnet während er mit mir auf Jagd war«, schimpfte Tygge erbittert.

Dieser Vorwurf traf zwar nicht den Kern der Tragödie, aber Hansen konnte ihn dem Jäger nicht verdenken. »Vielleicht eben deswegen. Hast du Feinde, die versuchen könnten, dich auf diesem Weg loszuwerden?«

»Bösartige Kreaturen gehören wirklich nicht zu meiner Bekanntschaft«, antwortete Hemsen, beinahe beleidigt.

»Ich meinte weniger deine Bekanntschaft als deine Konkurrenz.«

»Neider habe ich, wer hätte die nicht, wenn er erfolgreich ist. Aber auf ganz Föhr gibt es keinen, dem man einen Mord aus solchen Gründen zutrauen könnte, Sönke, wirklich nicht.« Hemsen dachte einen Augenblick nach. »Überhaupt: Deine Gedanken schlagen Haken wie ein Hase. Wäre es nicht viel wahrscheinlicher, dass derjenige, der erschossen wurde, auch gemeint war?«

»Ja, deswegen habe ich das zuerst überprüft. Molitor hatte keine Feinde, sagt seine Tochter. Er war im Gegenteil ein Menschenfreund, in seiner Praxis mit reichen Patienten hat er anscheinend das Geld verdient, mit dem er in aller Stille in einem heruntergekommenen Stadtteil arme Kranke kostenlos behandeln konnte. Und in seiner Freizeit liebte er es, ganz allein die Natur zu beobachten …« Hansens Stimme versagte im Schrecken, der ihn plötzlich überwältigte, und er musste sich räuspern.

»Ist etwas?«, fragte Hemsen beunruhigt.

Jorke hatte es ausgesprochen. Molitor beobachtete. Er hatte in die Wäschekammer geblickt und die Vergewaltigung beobachtet. Und Göntje konnte den Zeugen gesehen haben. Diese Schlussfolgerung war ihm bisher ganz entgangen. Hansen gab sich einen Klaps gegen die Stirn und rannte los. Er musste sofort mit Göntje sprechen.

»Was ist denn?«, rief Hemsen hinter ihm her.

»Später! Mir ist etwas Wichtiges eingefallen!«, schrie Hansen zurück, als er bereits das Sackende des Hafenbeckens erreicht hatte.

Göntje hatte gegenwärtig Mittagspause und war außer Haus, was ihr durchaus erlaubt war. Wie ein Bär im Käfig wanderte Hansen vor dem Tor des Hotels hin und her, unfähig, seine Unruhe zu bändigen. War es wirklich möglich, dass Doktor Molitors Leidenschaft für das Beobachten und der Mord an ihm die Fortsetzung des Kindsmordes sein konnten?

Endlich kam Göntje, atemlos, offenbar bereits zu spät. Hansen packte sie am Oberarm und wirbelte sie zu sich herum. »Göntje, ich glaube jetzt zu wissen, dass dir der Kerl in der Wäschekammer Gewalt antat. Hat euch da jemand zusammen gesehen?«

Sie errötete, tat aber verständnislos. »Was meinen Sie?«

»Ich bin zum Schluss gekommen, dass ein Mann euch

zufällig beobachtet hat. Und du hast ihn gesehen, als er vorbeiging!« Hansen war wütend. Er wollte Antworten. »Hast du ihn erkannt?«

»N-nein«, stammelte Göntje und schüttelte heftig den Kopf. »Lassen Sie mich los, Herr Hansen!«

»Es war Dr. Molitor, stimmt's?«, zischte Hansen, ohne sich von ihrem Sträuben beeindrucken zu lassen.

»Ich kannte den Mann nicht!«, schrie sie ihm ins Gesicht.

Es gab den Zeugen also. Aber Molitor war es nicht gewesen? Hansens Wut verrauchte, obwohl sie ihn nicht überzeugt hatte. Trotzdem war es eine Sackgasse, und er war im Augenblick völlig ratlos. »Tut mir leid«, entschuldigte er sich lahm. »Es war wichtig, und ich war so sicher, dass es stimmt.«

»Das mag ja sein.« Göntje rieb sich den Arm. »Aber mein Dienstbeginn ist auch wichtig. Lassen Sie mich jetzt gehen?«

»Warum bist du denn auch so spät!«, versetzte Hansen verärgert. »Wann kann man denn mal vernünftig mit dir reden?«

»Jens Christiansen hielt mich auf. Was geht Sie das überhaupt an!«

»Da ist noch etwas …«, fuhr Hansen bedächtig und mit fast zusammengekniffenen Augen fort. »Dr. Molitor, Jens Christiansen … Und aus dem gleichen Gasthaus Louise Kerkhoff. Welchen Part spielt die denn?«

»Louise Kerkhoff!«, schnaubte Göntje in brodelndem Zorn, riss die Schlupftür auf und verschwand ins Hotelgelände. Sie schmetterte sie vor Hansens Nase mit solcher Wucht zu, dass das ganze hölzerne Tor bebte.

Wütend knirschte Hansen mit den Zähnen. Göntje

schaffte es mit Leichtigkeit, ihn aus dem Gleichgewicht zu bringen. Er hatte sich benommen wie ein Gefangenenwärter, und alles war verkehrt gelaufen. Herausgekommen war lediglich die Gewissheit, dass Louise Kerkhoff mit der Angelegenheit zu tun hatte.

Die Hände in den Hosentaschen, streifte Hansen am Strandwall entlang, mit sich selber hadernd, dass es ihm nunmehr gelungen war, beide junge Frauen, von denen er sich Auskünfte erhofft hatte, gründlich zu verärgern. Hingegen schien Dorothea Dürrschnabel ihn ins Herz geschlossen zu haben, eine Person, der er von Herzen gern aus dem Weg gegangen wäre, wenn nur seine Höflichkeit zugelassen hätte, ihr ins Gesicht zu sagen, dass er keine Zeit für sie habe.

Eines der kleinen Blumenmädchen, die den Sandwall auf und ab patrouillierten, um ihre Ware zu verkaufen, mitunter den Gästen sogar aufzudrängen, kam Hansen entgegen. Ihr Hund, der das Wägelchen mit dem Wassereimer zog, in dem der Rosenvorrat stand, trottete hinter ihr her. »Die Rose von Wyk«, rief sie gellend. »Kauft die lieblichen Rosen von Wyk!«

Er musste unbedingt versuchen, Fraucke nochmals auszuhorchen. Angesichts der Rosen hatte er eine Idee. Möglicherweise war Fraucke in ihrer Verliebtheit empfänglich für Aufmerksamkeiten.

Mit dem Gespür von geübten Verkäufern, auf entgegenkommende Gesten zu reagieren, nahm das Mädchen auf ihn Kurs und hielt ihm einen Strauß unter die Nase. »Rosen für die Geliebte, der Herr?«, fragte sie keck in einer Mundart, die gewiss nicht auf den Inseln heimisch war. »Oder Scherenschnitte für die vielen Frauen, die in ganz Deutschland nach ihrem schönen blonden Geliebten schmachten? Und was sagt die gnädige Frau dazu?«

Hansen, der sorgsam darauf achtete, das Mädchen zwischen sich und dem Hund zu belassen, obwohl sie ihm die bissigere zu sein schien, ging auf ihren Scherz nicht ein. Er fand sie unangenehm aufdringlich. »Ich nehme fünf tiefrote Rosen.«

»Und wie wäre es mit einem Scherenschnitt?« Das Mädchen faltete das wie eine Blüte geschnittene Papier mit geheimnisvollem Gesicht auf und hielt es ihm urplötzlich vor die Nase. »Die berühmte Rose von Föhr! Mann und Frau mit den alten dänischen Trachten und Ansichten des Fleckens Wyk. Damit Sie ihn auf ewig in Erinnerung behalten!«

»Die Trachten sind friesisch, und zwar von der Insel«, verbesserte Hansen knapp.

»Ach, ich dachte, der Herr wäre Däne.«

Ihre plumpen Versuche, ihn zu überrumpeln, brachten Hansen doch zum Lachen. »Na gut, gib mir eine mit.«

»Jeder Hahn ist ein Kerl auf seinem eigenen Misthaufen, sagt man hier doch. Muss wohl ein kleiner sein«, bemerkte sie unzufrieden und drückte ihm die mit einem Wollfaden zusammengebundenen Blumen in die Hand, nachdem sie das Geld in Empfang genommen hatte. »Bevor die Dame sie ins Wasser stellt, soll sie die Stiele unten anschneiden.«

Wenig später stand Hansen vor Fraucke und überreichte ihr die Rosen mit einer Verbeugung. »Als Zeichen der Versöhnung«, sagte er.

Das Hausmädchen starrte die Blumen an, sprachlos, und Hansen hoffte, dass es die Freude war, die sie so stumm machte.

»Ich habe dich neulich verärgert, ich weiß es. Weder wollte ich dich ärgern, noch Göntje zu nahe treten«, sagte Hansen und legte die Hände auf dem Rücken zusammen. »Ich habe mich nicht richtig erklärt, und du hast mich missverstanden. Ich würde gerne noch einmal anfangen, wenn du erlaubst.«

»Danke, Herr Hansen«, sagte Fraucke, mittlerweile tief errötet. »Mir hat noch nie jemand Blumen geschenkt.« Danach verstummte sie und sah ihn argwöhnisch an.

»Ich versuche, Göntje zu helfen«, begann Hansen.

Fraucke schüttelte wissend den Kopf. »Warum sollte Göntje Hilfe brauchen? Sie kommt gut zurecht.«

Offenbar wusste sie nichts von der heimlichen Geburt, was die Angelegenheit schwierig machte. Hansen beschloss, es anders anzupacken. »Dieser Dr. Molitor, der sich im Herbst nach Göntje erkundigte, wollte ihr nichts Böses, wie ich inzwischen herausgefunden habe, und stellte ihr auch ganz gewiss nicht nach.«

»Nein? Na, das ist ja schon mal gut zu wissen«, erklärte Fraucke unbestimmt, begann aber neugierig zu werden.

»Er pflegte in Frankfurt ein Armenviertel aufzusuchen, um dort Kranke kostenlos zu behandeln, vor allem Frauen«, fuhr Hansen fort, ein wenig zuspitzend, was Molitors Tochter ihm erzählt hatte. »Ich denke, er hatte einen handfesten Grund, sich ausgerechnet zu diesem Zeitpunkt nach Göntje zu erkundigen.«

Fraucke riss die Augen auf. »Sie meinen, er hat geglaubt, dass der Kerl Göntje Gewalt angetan hatte?«

Hansen hatte Mühe, seine Überraschung zu verbergen. »Sie hat es dir also erzählt?«

»Ja, selbstverständlich. Wem hätte sie es denn sonst sagen sollen?«

»Ihrem Dienstherrn, natürlich. Oder war Redlefsen selbst der Täter?«

»Aber Herr Hansen! Da sieht man nun wirklich, dass Männer von diesen Dingen keine Ahnung haben. Der Herr Redlefsen hätte sie doch auf der Stelle rausgeworfen! Ob er's nun war oder nicht.«

»Wirklich?«, fragte Hansen ungläubig. Ihm dämmerte allmählich, womit sich Isabella Molitor herumzuschlagen hatte. »Wieso?«

»Ein Hausmädchen, das Männern auf diese Weise gefällig ist, kann doch in einem Hotel, das etwas auf sich hält, nicht geduldet werden«, sagte Fraucke mit überheblicher Miene.

»Aber, Augenblick mal«, sagte Hansen empört. »Göntje wurde vergewaltigt!«

Fraucke zog mit unbestimmter Miene die Schultern hoch. »Das sagt sie.«

Hansen begann, mit kurzen, hastigen Schritten im Kreis um Fraucke herumzuwandern. »Das kann doch nicht sein«, murmelte er selbstvergessen. Er konnte einfach nicht glauben, dass Göntje ihn derart angelogen hatte. »Hat sie dir auch erzählt, dass es einen Zeugen gab?«

»Na sicher. Das war doch dieser Dr. Molitor. Er kam, um sich nach Göntjes Leumund zu erkundigen, denke ich«, antwortete Fraucke verblüfft.

»Aber Göntje kannte den Zeugen nicht«, wandte Hansen ein und fragte sich allmählich, ob sie geschickter log, als er ihr unterstellte.

»Damals noch nicht«, sagte Fraucke. »Sie hat den Doktor erst bei dem englischen Picknick wiedergesehen. Seitdem weiß sie natürlich, wer er ist.«

»Ach so.« Hansen begriff plötzlich, dass seine Frage an

Göntje falsch formuliert gewesen war und ihr erlaubt hatte, geschickt auszuweichen. »Hat Göntje dir denn noch jemals mehr über die Angelegenheit erzählt?«

Fraucke schob die Unterlippe vor und schüttelte den Kopf. »Nur dass sie den Doktor bei dieser Fahrt erkannt hat, und dass er Gast bei Christiansens ist. Aber sie wusste nicht, ob er sich an sie erinnerte. Im Dienst sind wir ja ganz anders gekleidet als auf der Lusttour. Jedenfalls hat er nichts gesagt, und sie hat nichts gesagt. Deswegen verstehe ich auch nicht, was es da jetzt zu helfen gibt. Das ist alles doch schon lange her und vergessen.«

»Nun ja, ich sprach mit dem Doktor darüber«, antwortete Hansen unbeholfen, »wahrscheinlich hast du recht. Ich habe mich vermutlich geirrt. Die Sache ist für mich damit auch erledigt. Du musst die Stiele unten anschneiden, bevor du die Blumen ins Wasser stellst.«

»Na, das weiß ich doch! Auch in einem Privat-Logier-Haus gibt es Damen, die Blumen von Kavalieren bekommen. Was denken Sie denn«, versetzte Fraucke patzig und ging mit dem Blumenstrauß als Trophäe in der hocherhobenen Hand davon.

Blumen von Kavalieren. Sie kreisten in Hansens Kopf, während er sich auf den Rückweg machte. Er fragte sich, ob auch Göntje gelegentlich von Jens Christiansen Blumen bekam. Wenn er wirklich der Gewalttäter war, sicherlich nicht.

Warum hatte Dr. Molitor eigentlich in dessen Gasthof gewohnt, obwohl er sich doch wahrscheinlich, wie seine Tochter, auch Redlefsen's hätte leisten können? War es Bescheidenheit, oder stand diese Ungereimtheit in irgendeinem Zusammenhang mit einem möglichen Verdacht gegen den Gasthofwirt? Hatte Molitor den Wirt beobachtet?

Und schließlich gab es da noch den unsichtbaren Herrn Redlefsen. Mochte sein Portier Bosse Ingwersen im Hinblick auf Göntje auch unschuldig sein – warum aber stellte er sich so vor seinen Arbeitgeber? Was hatte der zu verbergen?

Insgesamt standen jedenfalls mehrere Männer in einer ungeklärten Beziehung zu Göntje, und als Täter ausschließen konnte er noch keinen. Demgegenüber ordnete er Louise Kerkhoff eher als jemanden ein, der sich als moralische Instanz betätigt hatte, vielleicht als Göntje in tiefster seelischer Not war.

Plötzlich war Hansen dieser ganzen Probleme überdrüssig. Ein wenig neidisch sah er den Kindern zu, die am Strand herumtollten. Gegenwärtig war es bei Tage wieder warm genug, um sich mit nacktem Oberkörper im Sand herumzurollen oder laut und unbekümmert Ball zu spielen. Die hatten es gut!

Dann entdeckte Hansen Göntje, die ziemlich dicht an der Wasserlinie im feuchten Sand eine Sandburg baute. Eine Tätigkeit, die zweifelsohne zum Hausmädchendasein in einem guten Hotel gehörte. In sich hineingrinsend schnürte er sich seine Schuhe auf, um sie mitsamt den Socken auszuziehen, und stapfte barfuß zu ihr hin. Als sein Schatten auf sie fiel, blickte sie hoch, und ihr Gesicht umwölkte sich.

»Jetzt weiß ich, warum Sie es so eilig hatten«, begann er schnell, bevor sie ihn abweisen konnte. »Sie wollten zum Kuchenbacken an den Strand. Das verstehe ich natürlich! Darf ich mitspielen?«

Wider Willen musste Göntje schmunzeln. Mit einer

grünen Handschaufel zeigte sie auf ein putzig angezogenes kleines Mädchen in rot-weiß gestreifter Unterhose und einem bonbonfarbenen Mützchen, das einige Meter entfernt von ihnen saß, sich versonnen den feinen Sand über die Schienbeine häufte und festklopfte. »Bitten Sie meine Spielkameradin um Erlaubnis. Sie befiehlt, was wir tun. Die Mutter hat keine Zeit. Sie musste zum Nachmittagstee in das Gesellschaftshaus.«

»Wo Kleinkinder stören«, ergänzte Hansen behutsam.

»Ja«, sagte Göntje und wandte den Kopf ab, und Hansen vermutete, dass sie an ihr totes Töchterchen dachte.

Nein, sie hatte nicht gelogen. Es stimmte. Dann entschloss Hansen sich zu einem kühnen Vorstoß. Eine weitere Gelegenheit bekam er möglicherweise nicht mehr. »War der Kerl Jens Christiansen?«, fragte er schonungslos. »Er stellt Ihnen auch weiterhin nach, stimmt's?«

Zu seiner Überraschung begann Göntje zu lachen. Ein Anflug von Hysterie klang durch. Hansen hockte sich schnell neben sie und drückte ihre Hand. »Tut mir leid. Alles in Ordnung?«

Göntje wischte sich Lachtränen aus den Augen und nickte. »Er stellt mir nach, das stimmt. Er will mich brennend gern als Hausmagd haben und verspricht mir den Himmel auf Erden, wenn ich einwillige. Der … der Kerl ist er nicht.«

»Ach so«, sagte Hansen halb enttäuscht, halb erleichtert. »Ich habe Sie ein paarmal mit ihm gesehen. Ich hoffte schon, ich hätte ihn erwischt.«

»Und dann? Hätten Sie ihn verprügelt?«, fragte Göntje, die sich wieder gefangen hatte.

Mein Gott, welche Selbstbeherrschung, dachte Hansen. Er sah ihr an, wie nahe ihr dieses alles ging. Und nichts gab ihm das Recht, sie so zu quälen. Trotzdem konnte er nicht aufhören zu fragen. »Warum will er denn partout Sie als Hausmädchen? Sind Sie so beliebt bei den Gästen?« Kaum ausgesprochen, hätte er seine Frage am liebsten rückgängig gemacht. Er spürte, wie ihm die Hitze der Verlegenheit die Wangen hochkroch. »Ich meine …«

»Schon gut«, unterbrach Göntje ihn. »Ihre Frage ist ganz in Ordnung. Ich weiß ja, wie Sie sie gemeint haben. Und ja, ich bin beliebt bei den Gästen. Und beim Hotelbesitzer. Neben meiner Arbeit schaffe ich es immer, kleine Probleme zu lösen und mich um dieses und jenes zu kümmern, wofür die Gäste dankbar sind und sich wie zu Hause fühlen. Der Hotelier berechnet es nicht extra.«

»Als da wäre?«

»Na, es gibt keine Taxa für das Burgenbauen, zum Beispiel …«, versetzte Göntje ungeduldig. »Oder dafür, einer Dame drei unterschiedliche Förtchenrezepte zu besorgen, von Föhr, von Amrum und von Langeness, mit denen sie in ihrem Berliner Salon Bewunderung hervorrufen kann. Oder ihr auf der Stelle einen Schnürhaken als Ersatz für den verlorengegangenen zu beschaffen.«

»Und so etwas spricht sich rum«, staunte Hansen.

»Natürlich tut es das«, bekräftigte Göntje. »Nicht, dass ich wüsste, warum andere Hausmädchen das nicht ebenso gut könnten wie ich. Es ist nur ein wenig Verständnis für die Bedürfnisse anderer Menschen nötig.«

»Und ausgerechnet Ihnen hat man so übel mitgespielt«, murmelte Hansen mitfühlend.

Göntje zuckte die Schultern. Offensichtlich erwartete sie keinen Dank.

»Werden Sie denn wechseln?«, fragte Hansen, jetzt aus purer Neugier, wie sie sich entscheiden würde.

»Ich weiß es nicht«, sagte Göntje unentschlossen. »Bosse Ingwersen kümmert sich sehr lieb um uns Mädchen. Eigentlich habe ich es gut im Redlefsen's. Jedenfalls solange ich …«

»Solange Sie dem Besitzer verschweigen, dass jemand Ihnen Gewalt angetan hat? Wer war es? Oder war es Redlefsen selbst?« Die Fragen rutschten Hansen heraus, bevor er sich zurückhalten konnte.

»Solange ich jemandem Bestimmtem aus dem Wege gehe! Was wissen Sie eigentlich noch alles, Herr Hansen?«, fragte Göntje erbost. »Warum spionieren Sie mir nach? Und was planen Sie? Warum mischen Sie sich überhaupt ein?« Sie sprang auf.

Hansen setzte zu einer Antwort an.

Göntje stampfte mit dem nackten Fuß auf. »Es ist jetzt alles wieder gut. Sparen Sie sich die Antwort, ich will sie gar nicht wissen.« Überhastet stürzte sie zu dem Kleinkind hinüber, das überrascht aufsah, und sagte bestimmt: »Komm, kleine Maus. Es wird kühl, und wir müssen zurück ins Hotel. Deine Mama erwartet dich schon.«

Hansen sah ihr nach, als sie barfuß und mit der bonbonrosa Maus an der Hand auf den Strandwall zurückstapfte. Seine Gefühle waren sehr gemischt. Offenbar hatte er schon wieder alles verdorben. Aber Jens Christiansen und Bosse Ingwersen waren als Verdächtigte endgültig ausgeschieden.

Er wanderte langsam weiter und beschloss, die Rose von Wyk auf dem nächsten ruhigen Plätzchen, das er finden konnte, zu beschreiben und in einen Postkasten zu werfen. Jorke würde sich freuen.

Hansen blieb abrupt stehen. In einiger Entfernung von

ihm schwenkte Dora Dürrschnabel ihren Schirm über dem Kopf so auffällig, dass es keinem einzigen Gast auf der Promenade entgehen konnte.

Und sie meinte ihn, daran bestand kein Zweifel, spätestens als sie mit wuchtigem Schritt auf Hansen zusteuerte. Er sah keine Möglichkeit, ihr zu entkommen.

Dora Dürrschnabel hakte Hansen sofort unter und machte mit ihm kehrt. Sie blickte schelmisch zu ihm hoch. »So kann doch jeder, der Augen hat, beizeiten sehen, dass Sie sich mit dem Abgeordneten Paul Dürrschnabel politisch verbunden fühlen, nicht wahr?«

»Ja?«, ächzte Hansen entsetzt und versuchte, sich zu befreien, aber sie klammerte sich eisern an ihn.

»In welcher Weise Sie ihm zur Hand gehen werden, sehen wir dann noch«, fuhr Frau Dürrschnabel fort, ohne Hansens Sträuben auch nur irgendwie zur Kenntnis zu nehmen.

»Schuster, bleib bei deinem Leisten, heißt das Sprichwort«, warf Hansen diplomatisch ein. »Und das werde ich auch: in meinem Fach weiterarbeiten. Darin bin ich gut.«

»Genau, das werden Sie«, stimmte Dora Dürrschnabel begeistert zu. »Paul wird Sie in Berlin als seinen friesischen Assistenten einführen, mit dem Schwerpunkt auf friesischem Volkstum und meinetwegen auch auf Deichbau. Sie werden sehen: Es wird ein voller Erfolg werden, sowohl im Parlament als auch in meinem Salon!«

Hansen stoppte energisch. Er musste ihr Einhalt gebieten, in jeder Hinsicht. »Oh, Sie waren in der anderen Richtung unterwegs, stimmt's, Herr Hansen«, rief Dora Dürrschnabel reuig und lehnte sich für einen Augenblick zutraulich an ihn. »Das tut mir leid, ich habe Sie gewissermaßen einfach entführt, nicht wahr?«

»Ja.«

Dora Dürrschnabel sah ihn mit neckischem Lächeln an. »Ich bitte nochmals um Entschuldigung, Herr Hansen, seien Sie mir nicht böse. Wissen Sie, mein Gatte hat momentan so viel um die Ohren, er berät mit Baron von Holsten, dem Oberdeichgrafen, den Sie sicherlich kennen, irgendetwas wegen des Küstenschutzes ... Das muss ja auch sein, nicht wahr?«

»Ja«, seufzte Hansen geduldig. »Für Gattinnen ist es nicht besonders kurzweilig, wenn die Ehemänner im Urlaub ihrer beruflichen Arbeit nachgehen.«

»Sie sind ja so verständnisvoll, Herr Hansen«, sagte Frau Dürrschnabel in zärtlichem Ton und versuchte, ihm tief in die Augen zu blicken.

Er konnte ihr schlecht mitteilen, dass es ihm und Jorke gerade ebenso ging. Es gelang ihm, ihr seinen Arm zu entziehen, ohne dass sie es als kränkend auffasste. Erleichtert bemühte er sich, das Gespräch irgendwie abzuschließen, um in die Gegenrichtung verschwinden zu können. »Haben Sie eigentlich mal diese Dame aus Dortmund kennen gelernt, die stets Bibelsprüche im Munde führt, Frau Dürrschnabel?«

»Ja, natürlich, die Louise Kerkhoff«, sagte Dora wegwerfend. »Die hat als Fabrikarbeiterin begonnen und reich geheiratet. Sie hält sich für eine Missionarin mit einem Auftrag Gottes. Eine schreckliche Person!«

»Somit gehört sie natürlich nicht zu Ihren Kreisen, das verstehe ich. Aber schade, dass auch ein in der Gesellschaft akzeptierter Herr wie Doktor Molitor die Runde um Ihren Gatten und Sie nicht mehr komplettieren kann«, sagte Hansen galant, in der Hoffnung, dass ihr Gespräch jetzt von selbst versiegen würde.

Aber weit gefehlt. Doras an diesem Tag nicht sonderlich gut überschminkte Gesichtsfalten erstarrten. »Wie kommen Sie denn darauf?«, fragte sie entrüstet. »Doktor Molitor gehörte nie zu unseren Kreisen! Seine Ansichten sind zu ..., nun zu extrem! Das können wir uns als politisch in der Mitte des deutschen Volkes stehend nicht leisten.«

»Zu extrem?«, hakte Hansen verblüfft nach und verschob seinen Vorsatz, sich so schnell wie möglich zu verkrümeln, für ein Weilchen. Er konnte sich den gemäßigten Molitor beim besten Willen nicht mit extremen Ansichten vorstellen.

»Dr. Molitor fand, der Abschuss von Seehunden müsse eingeschränkt werden, stellen Sie sich nur vor!«, antwortete Dora erbost. »Wieso? Warum? Was für eine abartige Idee! Die hat er bestimmt aus dem Ausland.«

Hansen lächelte traurig. Dass der Arzt, der die Natur so liebte, nach dem Schutz der Robben verlangte, konnte er sich gut vorstellen. Er hatte noch im Ohr, wie Knud Steffensen im vergangenen Jahr prophezeit hatte, dass eines Tages nach den Austern auch das Seemoos und die Porren verschwinden würden, weil der Mensch die Bestände ausbeutete.

»Dabei sind es doch gerade die Jäger, die durch ihre Abschüsse dafür sorgen müssen, dass den Fischern noch genügend Fische übrigbleiben. Sehen Sie das nicht auch so, Herr Hansen?«

»Es gibt durchaus Fischer, die anderer Meinung sind«, antwortete Hansen ausweichend und dachte an Tygge Hemsen, der schließlich auch Fischer war.

»Nun, wie dem auch sei, Dr. Molitors Ansichten wichen jedenfalls sehr von denen ab, die durch die Deutschkonservativen vertreten werden, und so hatten wir nicht viel miteinander gemein. Mein Gatte kannte ihn auch gar nicht lange genug, um ihn auf Herz und Nieren geprüft zu haben, wie man so sagt ...« Dora lächelte Hansen wieder in einer Art zu, die ihm signalisierte, dass er bereits genug geprüft und für gut befunden worden sei.

»Ich dachte, Ihr Gatte und der Doktor wären Jagdgenossen gewesen. Die müssen sich doch aufeinander verlassen haben«, entgegnete Hansen und ließ sich seine Neugier auf Dora Dürrschnabels Interpretation der einzigen gemeinsamen Jagd der beiden nicht anmerken.

»Ein einziges Mal haben sie zusammen gejagt.« Dora machte eine abfällige Geste. »Das war kurz vor Weihnachten, am achten Dezember, genauer gesagt, wissen Sie, ich behalte alle Termine im Auge, weil Paul sie leicht vergisst und ich ihn immer erinnern muss. Im Februar, als wir auch hier waren, war es jedenfalls nicht, da war Molitor glücklicherweise nicht hier. Was wollte ich noch sagen? Ja, dass ich dankbar bin, dass dieser Doktor meinen Gatten verpasste, sonst hätte er sich womöglich für den Rest seines damaligen Urlaubs an uns gehängt, und das wäre mir sehr peinlich gewesen. Am zehnten Dezember reiste Molitor ab.«

»Wie denn: verpasste? Was meinen Sie damit, Frau Dürrschnabel?«, fragte Hansen verständnislos, aber sehr höflich, um sie zu einer ausführlichen Erklärung zu veranlassen. Was vor Weihnachten im Umfeld von Molitor und Göntje abgelaufen war, hatte ihm bisher noch keiner erzählt.

»Na, mein Gatte und Molitor sollten doch zusammen jagen«, schnaubte Dora, »und da gehörte es sich schließlich, dass sich der Doktor meinem Paul vorher vorstellte. Er war schon zwei Wochen vorher im Hotel gewesen, das war im November, aber da war Paul nicht in unserer Suite, ich weiß nicht, ob er in der Lobby oder im Salon war, und Molitor verpasste ihn eben. Nachdem ich ihn kennengelernt hatte, dankte ich meinem Schöpfer dafür.»

Hansen ging ein eisiger Schauer über den Rücken. Molitor hatte Dürrschnabel im November in seinem Hotel aufsuchen wollen! Und der war im Hotel gewesen, allerdings nicht in seiner Suite. Aus irgendeinem Grund – vielleicht weil Helligkeit und Niedrigwasser erst zwei Wochen später wieder zusammenfielen – waren sich die beiden dann erst im Dezember kurz vor der Jagd begegnet.

Ein Mann, mächtig genug, Göntjes Leben auf Föhr zu zerstören … War es etwa Dürrschnabel, dessen Rücken Molitor in der Wäschekammer sah, den er aber zu dem Zeitpunkt noch nicht kannte?

Dora fasste nach Hansens Hand und drückte sie mit mütterlicher Geste. »Ich weiß, Sie hingen aus einem mir unbekannten Grund an Molitor. Vielleicht hat es mit Ihrem eigenen Vater zu tun. Aber glauben Sie mir, der Arzt war ein verschrobener älterer Herr, dessen Gedankensprüngen niemand folgen konnte. Kein Grund, ihm viel Zeit für unnützes Gedenken zu opfern …«

»Dieser Einstellung kann ich mich nicht anschließen, verehrte Frau Dürrschnabel, ich kannte Dr. Molitor vielleicht etwas besser«, sagte Hansen, schüttelte kurz die Hand, die immer noch auf seiner lag, und ließ los. »Wenn Sie erlauben, ich habe es jetzt eilig …«

Dora Dürrschnabel verzog die Lippen, an denen so viele Fältchen endeten, verärgert. Wie ein viel benutzter Tabaksbeutel, dachte Hansen ungalant, verbeugte sich und ging verstört davon.

Ein einziger Gedanke rotierte in seinem Kopf. Hatte Paul Dürrschnabel Göntje vergewaltigt und bedroht? Oder doch Redlefsen? Wem musste Göntje aus dem Wege gehen?

Kapitel 17

Sönke Hansen schlug sich in die nächste Seitenstraße und blieb irgendwo stehen. Er vermochte bei diesem schrecklichen Verdacht gegen Paul Dürrschnabel nicht, mit dessen Frau weiterzuplaudern, als ob sie nur eine normale Bekanntschaft sei wie zig andere Damen auf der Promenade.

Jetzt musste er die Informationen erst einmal durchdenken. Irgendwo, wo Dora ihn in Ruhe lassen würde.

Also an den Hafen. Auf die äußerste Spitze der Mole.

Die Sonne lag schon tief über dem Horizont, als Hansen sich auf den Poller setzte, und es wurde merklich kühler.

Versonnen betrachtete er die See, über die sich ein feiner grauer Dunstschleier senkte, und sehnte sich nach der Hallig. In was nur war er hineingeraten?

Niemals hatte er sich vorgestellt, dass Göntjes Vergewaltiger auch ein Mann der besten Gesellschaft sein könnte, ein Gast, dessen Freundschaft vermutlich die Honoratioren der Insel suchten, sofern sie überhaupt Zugang zu ihm fanden.

Dabei sprach alles dafür, dass Dürrschnabel ein überaus ehrgeiziger und berechnender Politiker war, einer, der mit aller Macht nach einem Ministerposten strebte, der erkennbar in Reichweite lag. Wer, mit solch greifbaren Aussichten auf ein hohes Staatsamt, wäre so dumm, sich in ein Verbrechen wie dem an Göntje zu verstricken?

Sein Verstand sagte ihm, dass Paul Dürrschnabel als Täter nicht in Frage kam. Viel mehr sprach für Redlefsen.

Wären da nicht auch seine unscheinbaren Beobachtungen gewesen. Göntje, zum Beispiel, die so sichtlich zurückgeschreckt war, als er mit Dora Dürrschnabel am Arm an ihr vorbeispaziert war. Viel plausibler wurde selbst ihre Flucht im Hotelflur, wenn man es für möglich hielt, dass sie Angst hatte vor allem, was mit Paul Dürrschnabel zu tun hatte.

Er hatte Göntjes Reaktion beide Male auf sich bezogen, und das war anscheinend falsch gewesen. Allerdings hatte Göntje möglicherweise Gründe, sich vom Ehepaar Dürrschnabel fernzuhalten, die überhaupt nichts mit einer Vergewaltigung zu tun hatten.

Die friedliche Abendstimmung auf der Außenmole teilte sich Hansen allmählich mit. Bald hatte er überhaupt keine Lust mehr, sich mit den Verbrechen zu befassen. Als er sich umdrehte, sah er, dass die meisten Fischer ihre Boote vertäut und aufgeräumt hatten und sich langsam auf den Heimweg machten.

Tygge war nicht unter den Männern, trotzdem fiel Hansen ein, dass er dem Jäger noch eine Antwort schuldig war, nachdem er ihn einfach hatte stehen lassen. Ihm selber war während ihres Gesprächs gerade aufgegangen, dass Göntje den Zeugen der Szene in der Wäschekammer gesehen haben musste. Aber eigentlich hatte er mit dem Jäger über Molitors Tod gesprochen.

Für einen Augenblick breitete sich in Hansens Kopf Leere aus.

Danach schien sein Gehirn zu explodieren, so gewaltsam traf ihn die Erkenntnis, dass der Einzige, der ein Interesse am Tod eines Zeugen haben konnte, der Täter war. Paul Dürrschnabel. Vorausgesetzt, dass er der Vergewaltiger war.

Die Wäschekammer war natürlich für Dürrschnabel jederzeit erreichbar. Aber hatte er auch die Möglichkeit gehabt, am Tag von Molitors Tod auf Seehundjagd zu gehen?

Jorke fiel ihm ein. Hansen brauchte gar nicht lange zu überlegen. Dürrschnabel hatte an Molitors Todestag die Deicharbeiten auf Nordmarsch besichtigt. Anschließend hatten sie gefeiert, wahrscheinlich waren die meisten Deicharbeiter sternhagelvoll gewesen, weil sie Bier in solchen Mengen nicht gewohnt waren, und Dürrschnabel hatte sich zum Ausruhen hinlegen müssen. Vermutlich hatte er sich mitten am Tag nicht betrunken, aber er war seine Mittagspause gewohnt.

Wie lange hatte ihn denn niemand zu Gesicht bekommen?

Hansen sprang so hastig auf, dass er beinahe ins Wasser gestürzt wäre. Als er sich am rauhen Holz des Pollers festhielt, zog er sich einen kräftigen Splitter in den Handballen, aber um den konnte er sich jetzt nicht kümmern.

Die Seehundbank war vom Jelf aus innerhalb kürzester Zeit zu erreichen, jedenfalls schneller als von jedem anderen Punkt im Wattenmeer. Nebel war über Nordmarsch und über die Bank aufgezogen. Aber was machte das schon einem erfahrenen Jäger aus, der mit einem Kompass umzugehen wusste? Hansen stellte sich vor, dass man in den unbewohnten Karpaten Bären nur mit Hilfe eines Kompasses jagen konnte. Und natürlich schoss man auf Bären mit Kugeln. Obendrein musste einer, der wie Dürrschnabel auf Bärenjagd ging, wagemutiger sein als der Durchschnitt.

Hansens unfeinen Fluch hörten nur die Wellen und zwei Möwen. Er hatte nicht das geringste Interesse daran, ausgerechnet den Politiker Dürrschnabel als Täter zu entlarven.

Aber es gab eine Logik, die einen fast zwingenden Zusammenhang zwischen der Vergewaltigung von Göntje und dem Mord an dem beobachtenden Arzt schuf. Dürrschnabel war der Mann, der in beiden Fällen die Gelegenheit zur Tat gehabt hatte. Und die Skrupellosigkeit dazu besaß.

Es blieb die Frage des Fahrzeugs. Wenn das alles stimmte, wie war Dürrschnabel zur Seehundbank gekommen? Wer hatte ihn hingesegelt? War jemand von der Hallig beteiligt?

Am nächsten Morgen saß Hansen in der Plicht eines Ewers, der ihn zur Hallig brachte und den er selbst bezahlte. Ohne sich erst die Mühe des Umweges zur Ketelswarf zu machen, marschierte er sofort nach Hilligenlei. Dort waren sie gerade dabei, den letzten fertig aufgestellten Heuklamp mit steinbeschwerten Schnüren zu sichern. Ja, der Sommer war endgültig vorbei, aber das interessierte Hansen nicht.

Rouwert Wollesen, der Wirt, machte ein verwundertes Gesicht, als Hansen ihn geradeheraus nach Paul Dürrschnabel fragte. »Bist du jetzt hinter dem her, statt dich um diese Kinderleiche zu kümmern?«

Hansen grummelte vor sich hin.

»Na ja, es geht mich nichts an … Wie ich ihn als Mann fand?«, wiederholte Rouwert Hansens erste Frage. »Nun, zugänglich, eigentlich leutseliger, als man sich ein so hohes Tier vorstellt. Ich jedenfalls. Dazu schien er mir etwas verschroben.«

»Warum?«, hakte Hansen nach.

»Tja, ich hab's dir ja schon erzählt. Nachmittagsschlaf zu halten, wenn man doch extra auf die Hallig gekommen ist, um sie zu besichtigen, nenne ich verschroben.«

»Vielleicht war er müde vom vielen Bier, das da floss.«

Rouwert stützte sich mit den Ellenbogen auf den Tresen

und blickte Hansen scharf an. »Vom Bier? Willst du ehrlich wissen, was bei Dürrschnabel im Bierkrug floss? Ein Kamillenaufguss!«

»Nicht möglich«, sagte Hansen und lachte ungläubig.

»Er verträgt nichts Alkoholisches, sagte er. Sein Magen ist wegen der vielen Arbeit und der Sorgen für unser Land empfindlich geworden. Aber er wollte den Männern nicht die Freude verderben. Deshalb musste ich ihm sogar ein wenig Bierschaum auf den Tee löffeln, bevor ich ihm seinen Krug hinstellte.«

»Muss ja grässlich geschmeckt haben«, sagte Hansen, indes Rouwert tiefsinnig nickte. Dabei erinnerte sich Hansen genau, wie der Salontisch in der großen Runde diskutierender Herren im Gesellschaftshaus von Wyk von Bierkrügen und Aschenbechern übergequollen war. Er hatte nicht den Eindruck gehabt, dass Dürrschnabel abstinent war. Und schließlich war er ihm bereits einmal betrunken begegnet. »Wie lange hielt er denn Mittagsschlaf?«

Wollesen breitete seine Pranken zu einer unbestimmten Geste aus. »Keine Ahnung, Sönke, ich hatte an dem Tag wirklich zu tun. Es wimmelte von Männern, die austraten, zum Pissen an die Steinkante, oder mal kurz nach Hause, oder was weiß ich, wohin sie gingen. Dann kamen sie wieder herein, um das nächste Bier zu schlucken. Im Schankraum war ein dauerndes Gedränge. So etwas habe ich nicht einmal nach Beerdigungen erlebt.«

»Ja, natürlich.«

»Abendessen habe ich dem Abgeordneten jedenfalls eigenhändig bereitet. Bratkartoffeln mit viel Speck und Sauerfleisch. Er verlangte nach etwas Deftigem, so wie wir es selbst mögen, sagte er, damit er uns besser kennen lernt. Seine Frau macht ihm nur Nudeln.«

Der Widerspruch in Dürrschnabels Eß- und Trinkgewohnheiten schien dem Wirt nicht aufzufallen, Hansen aber sehr wohl. Und wenn er die unumstößlichen Tatsachen zusammenfasste, blieb darüber hinaus übrig, dass ein Teil der Halligleute einen Nachmittag im Rauschzustand verbracht hatte, während Dürrschnabel nüchtern und über Stunden gewissermaßen unbeaufsichtigt gewesen war. »Könnte Dürrschnabel nicht heimlich angeln gewesen sein, während ihr gefeiert habt?«

Wollesen machte ein verblüfftes Gesicht, dann verzog er die Lippen zu einem breiten Grinsen und begann schließlich schallend zu lachen. »Du, das könnte sein. Durch den Stall kommt man ja leicht ungesehen nach draußen.«

Hansen nickte. Vor allem zu der Jahreszeit, in der die Rinder tagsüber auf der Weide waren. Nach dem morgendlichen Ausmisten hielt sich dort kein Mensch auf.

»So ein Schlitzohr«, fuhr Rouwert bewundernd fort. »Der ist überhaupt nicht verschroben, wie ich dachte! Der war zwei Stunden angeln, bestimmt, da hast du Recht, er hatte vielleicht nur noch nichts mit Seefischen zu tun! Und hinterher wollte er nicht zugeben, dass er nichts gefangen hat. Wattwürmer hätte er sich leicht graben können. Niedrigwasser war an dem Nachmittag, das weiß ich mit Sicherheit. Der kleine Jens vom Nachbarn sollte für mich Pissers besorgen.« Der Wirt legte eine Pause ein, in der er anscheinend zunehmend Geschmack an seiner Auslegung fand. »Wattwürmer kennt er vielleicht auch nicht, in Berlin haben sie bestimmt keine«, fügte er dann hinzu. »Du, das war so!« Rouwert krümmte sich vor Lachen.

Hansen rieb sich das Kinn, um seine Bestürzung zu kaschieren. Jetzt brauchte man nur noch Angeln durch Jagd zu ersetzen, und der Kreis der Beweisführung war fast geschlossen. Es sah für Dürrschnabel übler aus, als Hansen erwartet hatte.

Das einzige Gegenargument, das er jetzt noch finden konnte, war die Tatsache, dass Dürrschnabel bei aller Planung, die er an den Tag hatte legen müssen, um Molitor zu erwischen, sich auch auf eine riesige Portion Glück hatte verlassen müssen. Andererseits blieb ihm für sein Vorhaben nicht viel Zeit, unter der Voraussetzung, dass Molitor ihm sowohl von seinem geplanten Jagdausflug als auch seiner baldigen Abreise erzählt hatte. Und immer noch war offen, wie Dürrschnabel zur Seehundbank hätte gelangen können. Damit stand oder fiel die ganze Gedankenkonstruktion.

Hansen war still geworden, und Wollesen beschäftigte sich wieder mit seiner Arbeit und verschwand irgendwann in die Küche.

Der Mann, der für die Steinschute verantwortlich war, trat in die Schankstube, gefolgt von einem der Deicharbeiter.

Grüße wurden gewechselt, nur Bocke, der Sohn des Schiffsführers der *Rüm Hart*, war auffallend still. Hansen wunderte sich allerdings weniger: Bocke konnte ihn nicht ausstehen.

»Ist was, Bocke?«, erkundigte sich Rouwert, der zurückgekehrt war, um den Zapfhahn zu bedienen.

»Schenk ihm einen doppelten Klaren ein«, ergriff statt seiner Volquard, der Schutenführer, das Wort. »Bocke braucht etwas zur Betäubung. Er hat höllische Zahnschmerzen und fährt gleich mit uns zurück nach Wyk.«

»Dann sieh noch mal nach deinem Ruderbötchen, bevor du abhaust«, riet Rouwert, nahm aber seinem Spott durch ein Grinsen die Schärfe. Er stellte ein gut gefülltes Glas vor den jungen Mann.

»Ich hatte es neulich angebunden. Was hackt ihr alle auf mir herum! Glaubst du im Ernst, ich könnte keine ordentlichen Knoten schlagen?«, nuschelte Bocke gekränkt und kippte den Schnaps in einem Zug hinunter.

Was sicherlich erst noch zu beweisen wäre, dachte Hansen. Bocke war alles andere als ein begnadeter Seemann, wie er wusste, deshalb war der Vorwurf nicht von der Hand zu weisen.

»Bocke, dein Boot ist mit dem Ebbstrom aus dem Jelf getrieben und dann vor dem Wind bis nach Hooge! Alle wissen es. So etwas kann jedem mal passieren. Ich wollte dich nicht ärgern«, sagte Rouwert in versöhnlichem Ton. »Hier, trink noch einen auf mein Wohl.«

Einen spendierten Schnaps wollte Bocke wohl nicht ausschlagen. Er nickte kurz und kippte ihn.

»Wir müssen jetzt los«, mahnte der Mann von Föhr und schob dem Wirt ein paar Münzen hin.

»Kann ich mitfahren?« Hansen kam die Frage ganz spontan über die Lippen. Eigentlich hatte er vorgehabt, über Nacht zu bleiben, aber er musste Bocke unauffällig aushorchen, solange der vom Schnaps betäubt war.

»Natürlich.«

»Was wird Jorke dazu sagen?«, fragte Rouwert belustigt.

Hansen sandte einen Blick an die Zimmerdecke. »Oh, erzähl ihr lieber nicht, dass ich da war«, bat er.

Spät am Abend im Pensionszimmer rekapitulierte Hansen, was Bocke ihm über sein verschwundenes Boot erzählt hatte. Angesichts der in die Höhe wachsenden Gebäude von Wyk waren Bockes Zahnschmerzen wie durch einen Spuk verschwunden, und die Erleichterung in Verbindung mit dem Schnaps hatte ihn redselig gemacht.

Das Boot, ein Ruderboot, das nicht einmal ein Hilfssegel besaß, war also auf Hooge angetrieben worden, aber weil es dort bekannt war, hatte jemand es in Schlepp genommen und nach Nordmarsch zurückgebracht. Bocke war der felsenfesten Überzeugung, dass ein Betrunkener es losgemacht und ihm einen Stoß in den Ebbstrom versetzt hatte. Natürlich nicht er selbst. Und Knoten pflegte er nicht schlampig auszuführen.

Hansen hatte sich dazu nicht geäußert.

Bocke sprach vom Tag des Besäufnisses auf Dürrschnabels Kosten. Am frühen Nachmittag, als das Wasser ablief, konnte aber eigentlich kaum jemand betrunken genug gewesen sein, um dem jungen Mann einen solchen Streich zu spielen.

Viel wahrscheinlicher war es, dass jemand mit einem Dingi hinausgerudert war, zum Beispiel zur Seehundbank. Vor dem Wind und mit dem Ebbstrom wäre das schnell gegangen. Der Rückweg wäre wegen des Nordostwindes weniger leicht zu bewältigen gewesen, aber für einen sportlich gestählten Mann auch ohne einheimischen Helfer möglich.

Der Ruderer hätte den Rückweg nehmen können, der am meisten Leeschutz bot, also zur Rixwarf und nicht zurück in den Hafen. Gedeckt von den Häusern auf der Rixwarf und durch den Nebel, hätte er aussteigen, das Boot in die See zurückstoßen und in aller Ruhe am Ufer entlang nach Hilligenlei spazieren können.

Mit dem Angelzeug im Segeltuchfutteral über der Schulter. Und vielleicht war das Angelzeug kein Angelzeug, sondern etwas anderes.

Die Aufklärung des möglichen Tathergangs brachte Hansen zum Schaudern. Er fragte sich, ob er sich wirklich darauf einlassen sollte. Oder machte er sich damit zum Narren? Schließlich hatte ein Einheimischer wie Redlefsen die weitaus besseren Möglichkeiten, sich unerkannt im Wattenmeer zu bewegen.

Noch hatte er sich nicht entschieden, als er am nächsten Morgen nach Tygge Hemsen suchte.

Dessen Geschäft war weiter aufgeblüht, der Jäger befand sich auf See. Ein Fischer im benachbarten Boot meinte jedoch, dass er bald zurückkommen müsste.

Hansen lief ungeduldig vor Hemsens Bootsplatz hin und her. Er konnte nur hoffen, dass dieser bereit war, ihm zu helfen. Eine andere Möglichkeit wusste er nicht. Schließlich wanderte er an den Strandwall, um Ausschau über die See zu halten.

Hinter ihm klapperten Schuhe. Hansen drehte sich mehr oder weniger zufällig um und erkannte Göntje, die auf ihn zulief und schließlich mit gerötetem Gesicht vor ihm stehen blieb.

»Da«, keuchte sie, packte seine Hand und zerrte sie zu sich heran, um ihm einen braunen Brief in die Handfläche zu patschen. »Nehmen Sie! Das haben Sie doch gewollt!«

Verwundert betrachtete Hansen den unscheinbaren Brief, der mit Vor- und Nachnamen an Göntje adressiert war.

»Sehen Sie hinein!«, forderte Göntje.

Er klappte den Brief an der Siegelstelle auseinander und konnte gerade noch verhindern, dass einige dunkel gefärbte Papierschnipsel davonflogen. Der Briefbogen war unbeschrieben. »Was soll das?«, fragte er ungehalten.

»Ja, was soll das?«, wiederholte Göntje erbittert. »Wenn

jemand mir eine zerschnittene Rose von Wyk schickt, was wird er wohl damit meinen?«

»Eine Drohung?« Hansen konnte es kaum glauben.

»Jawohl. Eine Drohung. Man weiß, dass Sie herumlaufen und Fragen stellen. Und das mussten Sie natürlich ausgerechnet am Badestrand am helllichten Tag tun! Und er hat uns zusammen gesehen!«

»Stimmt wohl«, gab Hansen zu. »Als Sie mit dem in Bonbonpapier verpackten Mädchen spielten …«

»… haben Sie keineswegs an das Kind gedacht und auch nicht daran, dass ich in Gefahr geraten könnte, sondern an meine schlanken Fesseln, wie ich vermute. Die übliche Ausrede von Männern!«, schimpfte Göntje. »Und was mache ich jetzt? Aufs Festland flüchten, oder glauben Sie etwa, Sie könnten mich schützen?«

»Am besten ins Hotel zurückgehen«, sagte Hansen und spähte verstohlen umher, um festzustellen, ob er ein bekanntes Gesicht sah. »Dass Sie jetzt zu mir gekommen sind, könnte der zweite Fehler sein.«

»Nein, ist es nicht«, widersprach Göntje heftig. »Ich weiß schließlich, wo der … der Kerl sich befindet.«

»Ach ja? Das wissen Sie?« Ein weiteres Indiz. Leider sowohl für Dürrschnabel als auch für Redlefsen. »Jagt eigentlich Herr Redlefsen?«

»Ja. Enten«, murrte Göntje und zerrte Hansen verärgert den Brief aus der Hand, bevor sie sich umwandte und den Strandwall entlang zurücktrabte.

Hansen sah ihr mit ungutem Gefühl nach. Wer immer der Vergewaltiger war, er hatte Göntje seit fast einem Jahr einen Maulkorb verpasst und damit Erfolg gehabt. Und jetzt diese Drohung. Bedeutete dies, dass Göntje in Lebensgefahr war, weil er Erkundigungen einzog?

Wenig später erkannte Hansen Tygges Boot, das unter braunen Segeln zum Hafen zurückkehrte. Sie trafen zugleich an Tygges Liegeplatz ein, und Hansen half dem Jäger beim Anlegen.

Hemsen entließ seinen Gast mit freundlichen Worten über dessen Schießkünste, versprach, das Fell noch am gleichen Tag zu Sattlermeister Michelsen zum Gerben zu bringen und sah anschließend Hansen abwartend an.

»Tygge«, sagte Hansen voller Inbrunst und vermied es, die tote Robbe im Boot anzusehen, damit es ihm nicht den Magen umdrehte, »ich brauche deine Hilfe! Du bist der Einzige, der mir in dieser Sache helfen kann!«

Aber noch bevor der Jäger antworten konnte, wurden sie durch die strenge selbstgerechte Stimme von Louise Kerkhoff gestört.

»Das ist, was ihr essen sollt von allem, das in den Wassern ist: alles, was Floßfedern und Schuppen hat, sollt ihr essen. Was aber keine Floßfedern noch Schuppen hat, sollt ihr nicht essen; denn es ist euch unrein.«

Tygge blickte die Frau mit offenem Mund an, während Hansen sich schnell fasste. »Ihre Bibelkenntnisse sind überwältigend, verehrte Frau Kerkhoff«, lobte er, während er sich gleichzeitig bemühte, das wenige, das bei ihm aus der Schulzeit hängen geblieben war, nutzbringend zu verwenden. »Aber wir können uns nicht nach allen Vorschriften richten, die für einen anderen Teil der Welt gelten. Dass man allerdings Straußenvögel und Kamele nicht essen darf, beherzigen auch wir in Nordfriesland.«

»Nun gut«, sagte sie besänftigt und hob einen knochigen Zeigefinger, um ihn warnend zu schwenken. »Aber lesen Sie trotzdem zur Sicherheit noch mal nach in 5. Mose, Kapitel 14.«

»Das werde ich tun«, versprach Hansen und verabschiedete Frau Kerkhoff mit einer Verbeugung.

»Hab ich die nicht schon mal gesehen? Und was hat das dummerhaftige Geschwätz zu bedeuten?«, fragte Tygge, als sie außer Hörweite war.

»Tja, wie das Jüngste Gericht war sie zur Stelle, als du mit dem Leichnam des Doktors im Hafen festgemacht hattest«, meinte Hansen und kratzte sich nachdenklich am Kinn. »Bevor ich Fräulein Dr. Molitor kennen lernte, hätte ich einfach behauptet, dass diese Frau aus freien Stücken so bigott ist, und es ihr Spaß macht, andere Menschen zu ärgern. Aber ich glaube, Isabella Molitor würde es anders erklären …«

»Du frisst ihr also auch schon aus der Hand.« Tygge triumphierte.

»Auch?«

»Na, ich. Bin ihr gegenüber zahm wie ein Heuler, der auf einen Fisch hofft, kann ihr nichts abschlagen«, bekannte der Jäger verlegen. »Und jetzt schieß los. Was wolltest du von mir?«

»Du kennst doch den Jäger gut, der Paul Dürrschnabel mitnimmt«, mutmaßte Hansen. »Wäre es dir möglich, dich unauffällig bei ihm zu erkundigen, ob Dürrschnabel ein eigenes Gewehr zur Jagd mitbringt? Ich wäre dir wirklich dankbar!«

»Warum erkundigen?«, fragte Hemsen zurück. »Der Kerl hat ein Dreysesches Hinterladergewehr, Typ M/41, das er in einem Segeltuchfutteral mit sich herumschleppt. Jedes Mal, wenn er nach Wyk kommt. Er liebt es über alles. Wahrscheinlich nimmt er es statt Ehefrau mit ins Bett.«

Hansen musste Tygge angestarrt haben, als ob dieser nicht ganz bei Trost sei, jedenfalls sah der Jäger sich zu einer weiteren Erklärung veranlasst.

»Das M/41 ist ein gutes Gewehr, es ist ein Zündnadelgewehr, das sehr genau schießt«, beteuerte er, als ob daran Zweifel bestanden hätten. »Die Preußen haben es allerdings weiterentwickelt, weil es als veraltet gilt. Aber immerhin ist die gesamte Zollwache eines Herzogtums da irgendwo im Süden heute noch mit dem M/41 bewaffnet.« Tygge winkte in Richtung Eiderstedt.

»In Baden vielleicht?«, schlug Hansen vor.

»Baden, ja. Ich glaube, das ist es«, antwortete Hemsen. »Wahrscheinlich hat ein badischer Herzog weniger Geld als der preußische König.«

»Könnte sein. Und es ist wirklich eine Militärwaffe?«, vergewisserte sich Hansen.

»Jawohl, ganz bestimmt.«

Kapitel 18

Als Hansen am nächsten Morgen Isabella Molitor aufsuchen wollte, lief er ihr schon vor Redlefsen's Hotel über den Weg. Sie war in ein elegantes modisches Kostüm gekleidet, das sie sehr schlank wirken ließ, und kam augenscheinlich von einem Gang in den Ort zurück. Sie lächelte zurückhaltend, als sie ihn sah.

Fest entschlossen, jetzt aufs Ganze zu gehen, brachte er es nicht fertig, ihr Lächeln zu erwidern.

»Was ist mit Ihnen? Haben Sie etwas herausbekommen?«, fragte sie sofort.

Hansen nickte. »Wir müssen miteinander reden, wo uns niemand hört.«

»Wir machen am Strand entlang einen Spaziergang«, schlug sie vor. »Ich war gerade auf der Post und bin dafür einigermaßen passend angezogen. Immerhin hat es mit dem Nachschicken aus Frankfurt geklappt. So tüchtig ist die preußische Post schon.« Sie wedelte mit einer zur Rolle zusammengelegten Zeitschrift.

Er warf kaum einen Blick darauf, überzeugte sich hingegen, dass ihr Schuhwerk ausreichend fest war. Der Strandwall endete immerhin im Sand. »Wir müssen uns außer Hörweite von allen zufälligen Lauschern begeben«, beharrte er.

»Dann lassen Sie uns einfach so tun, als ob wir alte Bekannte seien.« Ohne weiteres hängte Dr. Molitor sich bei ihm ein und begann ein unbeschwertes Geplauder über das gestrige und das heutige Wetter, zu dem sich Hansen kaum äußerte.

Plötzlich entdeckte er, dass Dora Dürrschnabel ihnen entgegenstöckelte, oben herum umgeben von Plissee-Volants und Blenden, die Taille eingeschnürt durch ein enges Korsett und im Gehen behindert durch die ausladende Tornüre auf dem Gesäß.

Sie war schon so nahe, dass es Hansen nicht mehr gelang, Isabella in aller Ausführlichkeit zu warnen, bevor sie einander mitten auf dem Strandwall begegneten. »Guten Morgen, Frau Dürrschnabel«, grüßte er höflich.

Dora Dürrschnabels Miene gefror, und sie musterte Isabella Molitor vom kleinen Hut bis zu den feschen Stiefelchen. »Guten Morgen, Fräulein Molitor«, sagte sie steif, ohne Hansen auch nur eines Blickes zu würdigen.

»Wünsche ich Ihnen auch, Frau Dürrschnabel«, erwiderte Dr. Molitor gut gelaunt. »Ich hoffe, Sie hatten eine erholsame Nacht.«

»Es ging«, gab Dora Dürrschnabel widerwillig und mit schmalen Lippen zu. »Jetzt, wo mein Gatte wieder da ist, fühle ich mich sicherer. Ich bin doch nur eine schwache Frau.«

Du liebe Zeit, wovor fürchtet sich denn diese Walküre, dachte Hansen respektlos, während seine Begleiterin ihm ihren Arm entzog und in der Zeitschrift blätterte.

»Zu meinem Erstaunen habe ich hier im *Neuen Monatsheft* einen Artikel gefunden, in dem Ihr Gatte mehrmals zitiert wird«, sagte die Ärztin. »Er fordert nachdrücklich die Gründung weiterer Kinderheilstätten auf Föhr und bedauert, dass Meinungen wie die seine, die ausschließlich dem Wohl des niederen Volkes dienen, kaum jemals gehört werden.«

Dora Dürrschnabel taute ein wenig auf. »Ja, mein Paul setzt sich schon lange für die Kinder der unbemittelten Schichten ein«, sagte sie stolz.

»Das ist mir neu«, erwiderte Dr. Molitor mit einem deutlichen Anflug von Skepsis.

»Nun, Sie sind ja wohl auch keine Pflegerin von kranken Kindern, die so etwas wissen könnte«, erwiderte Dora Dürrschnabel spitzzüngig.

»Nein, ich bin keine Kinderkrankenschwester«, bestätigte Dr. Molitor gelassen. »Ich bin Ärztin und widme mich besonders den ledigen Müttern mit ihren Kindern und den verelendeten armen Familien in den Industriegebieten der Großstädte.«

»Was Sie nicht sagen!«, brachte Dora Dürrschnabel nach einem Augenblick ungläubigen Staunens heraus. Sie war so verwirrt, dass ihr sekundenlang keine Erwiderung der üblichen verletzenden Art über die Lippen kam. »Ist das wahr? Sie nehmen sich gefallener Frauen an?«

Ihr Abscheu war kaum mehr zu überbieten, und Isabella schüttelte kaum wahrnehmbar den Kopf.

»Gehören Sie etwa zu diesen Weib …, zu diesen Blaustrümpfen, die ihre weiblichen Pflichten vernachlässigen?«, setzte Frau Dürrschnabel noch eins drauf.

Isabella ließ sich auf diese Weise nicht reizen. Erheitert raffte sie ihren modernen fußfreien Rock um zehn Zentimeter in die Höhe, so dass die bestrumpften Knöchel sichtbar wurden. »Sehen Sie an mir blaue Strümpfe?«

»Sie wissen schon, was ich meine«, fauchte Dora Dürrschnabel, wieder kampfbereit wie ein Frettchen. »Sie gehören zu diesen armen Frauen, die sich ihren Lebensunterhalt selbst verdienen müssen! Dabei ist bekannt, dass die Frau zum rat… Warten Sie, ich hab's gleich.«

»Zum rationalen Denken unfähig ist«, ergänzte Isabella ungerührt, »ich weiß, ich weiß, gute Frau Dürrschnabel. Es gibt unzählige Traktate darüber. Von Männern natürlich, wie man sich denken kann.«

»Überdies sind Sie einem Irrtum aufgesessen, Frau Dürrschnabel«, warf Hansen ein. »*Blue stockings* auf Englisch, Blaustrümpfe also, sind gebildete Damen, die sich für die Rechte aller Frauen einsetzen. Auch für Frauen wie Sie.«

Dora ignorierte ihn. »Ich wusste gar nicht, dass es so etwas wie Sie gibt! Ich hatte zwar flüchtig gehört, dass Sie sich um Kranke kümmern, aber das konnte ja gar nicht sein, nachdem Sie im Redlefsen's logieren …«

»Sie teilen die Welt in Menschen ein, deren Recht es ist, reich zu sein? Und in die anderen«, unterbrach Dr. Molitor sie, offenbar überdrüssig einer Gesprächspartnerin, die nicht zu belehren war. »Ich ziehe die Einteilung nach Sinnhaftigkeit und Nutzlosigkeit von Menschen vor. Oder auch danach, ob jemand rechtschaffen ist oder nicht.«

Dora Dürrschnabels Augenbrauen gingen pikiert in die Höhe.

»Ich«, fuhr Isabella fort, »durfte dank eines vermögenden Vaters studieren. Allerdings musste ich das im Ausland tun, weil das Studium im ganzen Kaiserreich, im Gegensatz zu anderen europäischen Ländern, Frauen nicht erlaubt ist. Sich dafür einzusetzen, wäre ein lohnendes Ziel für Ihren Gatten. Aber ich denke, Sie möchten Ihr Frühstück nicht versäumen, Frau Dürrschnabel, und Herr Hansen und ich haben auch noch etwas zu bereden.«

Begleitet von einem neuen giftigen Blick, diesmal auch auf sie, setzte sich Isabella Molitor in Bewegung, und Hansen folgte ihr nach einer knappen Verbeugung vor Frau Dürrschnabel.

Einige Meter weiter ließ Isabella hörbar die Atemluft raus. »Manchmal platzt mir der Kragen bei solchen Leuten. Dann kann ich mich kaum noch beherrschen.«

»Es ist Ihnen trotzdem gut gelungen.«

»Meinen Sie. Ich wusste gar nicht, dass Sie Englisch sprechen. Danke für Ihre Schützenhilfe.«

»Ich habe Verwandte in England«, erklärte Hansen seufzend.

»Ach so. Für manche Menschen ist das ja eine Art Verbrechen, zumindest ein Geburtsfehler.« Isabella drehte sich kurz um, um sich zu vergewissern, dass sie außer Hörweite waren.

»Meine Diagnose ist galoppierende Eifersucht. Oder wie könnten Sie sich sonst Dora Dürrschnabels Verärgerung zugezogen haben?«

»Sie umkreist mich wie eine Schmeißfliege das Aas und versucht gleichzeitig, mich ihrem Mann als Assistenten aufzuzwingen. Wahrscheinlich, damit sie mich zur Hand hat, wann immer sie einen verständnisvollen Zuhörer braucht. Das Verhältnis zwischen ihr und ihrem Mann ist offenbar nicht sehr gut.«

Isabella Molitor lachte unterdrückt. »Und mit mir am Arm glaubt sie, Sie seien von der Fahne gegangen. Sie Ärmster. Aber dass Sie sich selbst mit Aas vergleichen, finde ich nicht besonders hübsch.«

»Dora Dürrschnabel beurteilt, glaube ich, ihre Umgebung ausschließlich nach dem sie interessierenden Nutzwert. Und da scheint mir der Vergleich sehr passend.«

»Da mögen Sie Recht haben. Ich hatte hinreichend Gelegenheit, das Paar zu beobachten.«

»Das Ganze ist viel schlimmer, als Sie wissen können«, fuhr Hansen fort. »Dora Dürrschnabel haben Sie genau die richtige Gardinenpredigt gehalten. Ich hoffe, sie wird sie eines Tages begreifen. Kommen Sie, setzen wir uns hin.«

Unter Isabellas verwundertem Stirnrunzeln breitete Hansen sein Jackett auf dem noch von der Nacht feuchten Sand aus. Dann gab er ihr einen ausführlichen Bericht über den ersten Teil seiner Ermittlungen und schloss mit: »Herr Redlefsen ist nicht vom Verdacht entlastet. Aber ich glaube nicht daran, dass er der Verbrecher ist …«

»Kennen Sie ihn?«

»Nein«, gab Hansen zu.

»Eben. Dann wären Sie auf die Idee gar nicht gekommen. Herr Redlefsen ist ein außergewöhnlich menschenscheuer Mann, was man von einem Hoteldirektor zunächst gar nicht vermuten würde. Seine Arbeit besteht darin, von morgens bis spät in die Nacht mit Menschen zu korrespondieren, um sie für einen Aufenthalt in seinem Hotel zu interessieren. Der Erfolg seiner Methode gibt ihm Recht, das Haus ist meistens voll belegt. Und ich glaube, in seinem Kopf ist für eine weitere Leidenschaft gar kein Platz.«

»Genaugenommen ist das natürlich kein Beweis«, entgegnete Hansen, »jedoch sprechen ohnehin die meisten Indizien dafür, dass Dürrschnabel der Verbrecher ist, den wir suchen.«

»Um Gottes willen! Ausgerechnet er!«, stieß Isabella Molitor hervor, als Hansen zu Ende berichtet hatte. Sie zog eine bedenkliche Grimasse. »Und ich habe Sie noch bestärkt nachzuforschen, statt gleich einen Kriminalbeamten hinzuzuziehen.«

»Ich wollte es selbst so. Und das eigentliche Problem ist ein anderes«, sagte Hansen nüchtern. »So schlüssig es sich alles anhört, ich habe keine Spur eines Beweises. Das einzige handfeste Indiz ist die Segeltuchhülle des Gewehrs, aber erstens werde ich nicht einen Diebstahl begehen, um mich ihrer zu bemächtigen und Rouwert Wollesen vorzuführen, und wenn ich es doch täte, wäre zweitens nur bewiesen, dass das Futteral auf Nordmarsch war. Warum sollte es zu dem Zeitpunkt nicht eine Angel enthalten haben?«

»Sie haben vollkommen Recht.« Fräulein Molitor schnippte gedankenverloren Sandkörner fort, die sich auf ihrem Rock verteilt hatten, und starrte eine Weile stumm über die See. Plötzlich wandte sie sich Hansen zu.

Er zog erwartungsvoll die Augenbrauen hoch.

»Diese Artikel … über die bedürftigen Kinder, eine Serie muss man sie schon fast nennen«, sagte sie nachdenklich, »wann erschien der erste in der hiesigen Zeitung?«

»Das weiß ich nicht mehr«, antwortete Hansen missmutig. Er hatte auf einen konkreten Plan gehofft.

»Ich will kein Datum«, erklärte sie geduldig. »Erinnern Sie sich, ob Sie davor mit Paul Dürrschnabel gesprochen hatten, und wenn, worüber.«

»Ach so. Ja, habe ich. Ich war auf Nordmarsch gewesen und versuchte anschließend, Dürrschnabel den Kopf zu waschen, weil er eigenmächtig meinen Männern freigegeben hatte. Ich habe ihm meine Meinung sehr deutlich gesagt. Aber er war so betrunken, dass es wohl keinen Eindruck bei ihm hinterließ.«

»Haben Sie da auch mit ihm über seinen Besuch in den Halligschulen gesprochen?«

»Es war zwecklos, wie ich schon sagte. Außerdem gehören die Kinder nicht zu meinem Verantwortungsbereich.«

»Ja, natürlich. Wissen Sie was?«

Hansen schüttelte stumm den Kopf.

»Dürrschnabel mag betrunken gewesen sein. Aber er

hatte doch noch so viel Verstand zu begreifen, dass Sie ihm gefährlich nahe gekommen waren. Ich vermute, dass die Artikel bereits eine Art von vorbeugender Verteidigung gegen mögliche Angriffe von Ihrer Seite sind. Er ist dabei, sich einen Ruf als Sachwalter der Unterschicht zu verschaffen. Wenn es auch nicht stimmt, dass die Halligkinder unterernährt und verwahrlost sind, so hat er es doch in den Augen der Leute gut gemeint. Sie werden sehen: Es wird eine erkleckliche Menge Menschen geben, die ihm das abnimmt, Wahlbürger entsprechender Schichten vor allem, die nicht auf den Inseln und den Halligen wohnen. Und sie stellen die Mehrheit dar. Sofern seine Partei feststellt, dass sie damit Wähler anlocken kann, wird sie beschwören, dass Dürrschnabel sich schon lange für Kinder besonders einsetzt. Er macht sich auf diese Weise unangreifbar.«

Hansen war unentschlossen, ob er ihr zustimmen sollte. Es hörte sich so unwahrscheinlich an. Er musterte schweigend eine Weile die See, aber sie brachte ihm ausnahmsweise keine Erleuchtung.

»Wenn jemand gefunden wird, der bei einem Weibe schläft, die einen Ehemann hat, so sollen sie beide sterben, der Mann und das Weib, bei dem er geschlafen hat …«

Sie fuhren so erschrocken herum, dass sie mit den Köpfen zusammenstießen.

Wie ein Racheengel stand über ihnen auf dem Strandwall Louise Kerkhoff und schaute mit düsterer Miene über ihre Köpfe hinweg in die Ferne, als ob die Zweisamkeit anderer für sie unerträglich wäre. Sie reckte ihre schwarzbehandschuhte Hand, in dem sich wieder – oder immer noch, dachte Hansen ketzerisch – das elfenbeinerne Gebetbüchlein befand, in die Höhe und hob erneut an zu sprechen.

»Wenn eine Dirne jemand verlobt ist, und ein Mann kriegt sie in der Stadt und schläft bei ihr, so sollt ihr sie alle beide zu der Stadt Tor ausführen und sollt sie beide steinigen, dass sie sterben …«

»Frau Kerkhoff, nichts davon trifft auf uns zu, glauben Sie mir, wir unterhalten uns nur«, rief Hansen und raufte sich verzweifelt die Haare. »Im 5. Buch Mose, Kapitel 14, habe ich nachgelesen, wie ich Ihnen versprach, und festgestellt, dass kaum etwas von seinem Inhalt auf unser Land anwendbar ist. Ich verbitte mir deshalb ab sofort Ihre Einlassungen! Hier in Nordfriesland würde jedenfalls niemand dem Fremdling oder einem Ausländer Aas als Speise andrehen, wie in Kapitel 14, Vers 21, empfohlen wird.«

»Bis zu Kapitel 22 sind Sie aber leider nicht gekommen«, antwortete Louise Kerkhoff völlig unbeeindruckt und ging mit würdevoll erhobenem Haupt davon.

»Neulich hat sie einem Jungen die Steinigung angedroht. Der ist sonst nicht auf den Mund gefallen, aber da hat er wohl richtig Angst bekommen«, berichtete Hansen erbost, während er ihr nachsah. »Wesentlich schlimmer ist aber meine Furcht, sie könnte mit ihren Zitaten Göntje unwissentlich im Vorsatz, ihr Kind zu töten, bestärkt oder gar als erkennbare *Frucht der Sünde* wissentlich dazu gedrängt haben. Bei dieser Lusttour fuhr sie mit, verbiestert wie anscheinend stets. Wer weiß, was sie entdeckt und ausgeheckt hat, während die anderen ihren Spaß hatten?«

»Erste Wehen bei Göntje, Blässe, Schmerzlaute, das wäre möglich. Diese Frau ist vermutlich in ihrem Alltagsleben geschädigt und hat sich in die Religion geflüchtet, Herr Hansen.«

»So etwas dachte ich mir schon. Aber eine verblendete Person, die andere zur Zielscheibe ihres Wahnsinns macht, ist gefährlich für die Allgemeinheit«, murrte Hansen. »Sie hätte sich dann an einem Kindsmord schuldig gemacht.«

»Ich gebe Ihnen Recht. Aber wir wissen nicht, ob sie Göntje wirklich beeinflusst hat. Wir sehen nur, dass die Bibel die feste Größe ist, an die Louise Kerkhoff sich hält, und damit richtet sie noch keinen Schaden an.«

»Hm«, brummte Hansen.

»Um auf Paul Dürrschnabel zurückzukommen, er hat noch nie ein Wort über die Gesundheitspolitik von Preußen verloren«, bekräftigte Isabella Molitor ihre schon geäußerte Meinung unbeirrt. »Glauben Sie mir, die einschlägigen Zeitschriften lese ich, und den für die Gesundheitspolitik des Reiches zuständigen preußischen Abgeordneten aus Niederschlesien kenne ich ebenfalls, weil ich mit ihm gelegentlich zu tun habe.«

»Sie meinen, diese Sorge um die Halligkinder ist nur vorgeschoben, um begründen zu können, warum er die Hallig besuchen musste?«

»Ja, genau das. Und es ist ausgesprochen schlau eingefädelt. Er scheint einen Seismographen für mögliche Gefahren zu haben.«

»Dr. Lorenzen von der Kinderheilstätte klagte auch darüber, dass die Politiker sich nie um die Kinder kümmern. So bekannt, wie Paul Dürrschnabel auf Föhr ist, hätte er gewiss nicht zu erwähnen vergessen, dass dieser schleswig-holsteinische Abgeordnete der Einzige ist, der es sehr wohl tut«, ergänzte Hansen schon halb und halb zustimmend.

»Sehen Sie. Ohne Ihr Insistieren wäre vielleicht nur ein Artikel erschienen, in dem gestanden hätte, dass er sich die Halligkinder angesehen und für gesund befunden hat. Als Folge der ausgezeichneten preußischen Gesundheitspolitik, die vor allem von seiner Partei und so weiter, bla, bla,

bla. Gesunde Kinder aber geben kein Argument für das fleißige Beackern dieses Themas in der Öffentlichkeit. Um seine Beliebtheit zu steigern, braucht er unterernährte Kinder und laute Rufe nach weiteren Kinderheilstätten.«

»Aber eine solche Planung ist schon fast unwahrscheinlich«, sagte Hansen, immer noch zweifelnd.

»Vermutlich erfordert es vor allem einen über viele Jahre trainierten Instinkt«, verbesserte Dr. Molitor. »Was wiederum den Verdacht nährt, dass Paul Dürrschnabel noch mehr Dreck am Stecken hat.«

Hansen schüttelte sich. »Ja gut«, sagte er schließlich. »Aber unsere beiden Fälle reichen mir. Sie haben so etwas studiert und haben einschlägige Erfahrung, Sie halten es deswegen für möglich, dass Dürrschnabel der Täter ist. Ich halte es für wahrscheinlich, dass er es ist, weil alle Indizien für ihn sprechen. Und was nun?«

»Fragen Sie Göntje. Wenn Sie ihr auf den Kopf zusagen, dass Dürrschnabel der Täter ist, wird sie es zugeben. Sie wird dankbar sein, dass das Versteckspiel aufhört. Frauen reagieren im Allgemeinen so.«

»Aber ihre Angst vor ihm legt sich doch dadurch nicht«, wandte Hansen ein.

»Doch, wenn wir ihr klarmachen, dass wir zwei gut beleumdete Menschen sind, die Bescheid wissen. Unter diesen Umständen kann Dürrschnabel es nicht wagen, ihr etwas anzutun.«

Hansen schüttelte entschieden den Kopf. »Dürrschnabel hat entdeckt, dass ich Erkundigungen einziehe. Trotzdem oder gerade deswegen hat er Göntje gedroht, jedenfalls vermute ich, dass er es war, der ihr eine zerschnippelte Rose von Wyk zuspielte.«

»Sie müssen mit ihr sprechen! Finden Sie einen Ort, an

dem Paul Dürrschnabel Sie beide nicht zusammen sehen kann, zum Beispiel das Logierhaus der Hausmädchen. Das ist der Anbau am Hotel. Lassen Sie sich von Göntje die Zusicherung geben, dass sie als Zeugin gegen Dürrschnabel aussagen wird.«

»Dann erwartet sie ein Verfahren wegen Kindsmord.«

»Ich werde ihr helfen. Und wir haben immer öfter Erfolg.« Isabella Molitor war jetzt nicht mehr aufzuhalten, wie Hansen verwundert erkannte. »Und anschließend müssen Sie sofort mit Dürrschnabel selbst reden und ihm Ihre Entdeckung ins Gesicht schreien.«

»Du liebe Güte!«, rief Hansen aus. »Was versprechen Sie sich denn davon? Er braucht es doch nur abzustreiten und mir mit einer Anzeige zu drohen. Begründung: Gut beleumdeter Politiker wird von kleinem Deichbauinspektor erpresst, zum Beispiel.«

Isabella Molitor lachte von Herzen, bis ihr das Lachen offenbar im Halse stecken blieb. »Sie lernen schnell.«

»Bleibt mir nichts anderes übrig«, murmelte Hansen. »Was hier passiert, ist weit jenseits meiner Erfahrungen.«

»Trotzdem haben Sie Dürrschnabel entlarvt. Er ist offenbar ein Verbrecher. Seine städtischen Manieren machen ihn nicht besser als die der Gauner vom Land, mit denen Sie es bisher zu tun hatten.«

»Sie verstehen es, einen zu überzeugen«, sagte Hansen sarkastisch. »Ich gehe also zu Dürrschnabel und sage ihm ins Gesicht, ich wüsste, er sei ein Gauner aus der Großstadt?«

»Ja«, sagte sie fest. »Er wird Sie nicht anzeigen, weil ihm klar sein muss, dass Sie in diesem Fall vor der Polizei auspacken würden. Er kann auch nicht mehr wagen, Göntje etwas anzutun. Gleiche Begründung. Allerdings ist ein solches Patt nicht ausreichend, um ihn ins Gefängnis zu bringen. Sie müssen ihn überrumpeln, damit er sich äußert, und Sie brauchen einen gutbeleumdeten Zeugen, der bei Ihrem Gespräch anwesend ist. Kennen Sie einen zuverlässigen Journalisten?«

»Einen bedingt zuverlässigen Journalisten. Und das, glauben Sie, funktioniert?«

»Das weiß ich auch nicht«, antwortete Dr. Molitor aufrichtig. »Aber es muss jetzt Schlag auf Schlag gehen. Nervös ist Dürrschnabel offenbar schon geworden, wie diese zerschnipselte Rose zeigt, und dann wird er einen Fehler begehen.«

»Na, wenigstens sind Sie ehrlich«, knurrte Hansen.

»Aber seien Sie auf der Hut«, mahnte Isabella Molitor. »Das Paar ist gefährlich wie eine Klapperschlange. Sie klappert und lenkt die Aufmerksamkeit auf sich. Er hingegen gehört wohl zu den Schlangen, die ohne Vorwarnung beißen.«

»Ich habe wenig Erfahrung mit Tieren, am meisten noch mit Rindvieh.«

»Nun, zu der Sorte gehört Dürrschnabel zweifellos nicht.«

Hansen nickte knapp, klopfte sein Jackett aus und zog es wieder an. In tiefem Schweigen wanderten sie zurück zum Hotel, wo sie sich trennten. Hansen glaubte Isabella Molitor nicht, was Göntje betraf. Er kannte die Nordfriesen besser als eine Frankfurterin. Dagegen stand Isabellas Berufserfahrung. Einen Versuch war es wert.

Irgendwann musste Göntje ja Feierabend haben. Sönke Hansen wanderte außen um das an drei Seiten bebaute Anwesen herum und betrat den Garten von der offenen Rückseite. Mit tief herabgezogenem Strohhut würde er wie jeder Hotelgast wirken und mit etwas Glück ungesehen in das Nebengebäude schlüpfen können, in dem die Mägde wohnten.

Göntje wollte den Anbau gerade betreten, als er um die Ecke bog. »Verschwinden Sie«, zischte sie verängstigt. »Ich habe Ihnen doch gesagt, dass man uns nicht mehr zusammen sehen darf.«

»Dann lass uns hineingehen. Ich brauche deine Hilfe«, sagte Hansen leise in friesischer Sprache, während er schon die Tür öffnete. Noch hatte er keinen Gast an diesem etwas kühlen Abend im Garten gesehen.

Göntje, die vor ihm ins Haus schlüpfte, lehnte sich im Flur an die Wand und sah ihn mit großen Augen an. »Ich dachte, Sie wären vom Festland. Spricht man denn dort auch Friesisch?«

»Die Friesen durchaus«, bestätigte Hansen grimmig. »Göntje, dieser Mann, der dir Gewalt antat, hat noch mehr auf dem Kerbholz, er hat jemanden erschossen.«

»Sie wissen, wer es war?« Göntje wurde bleich, ihre Oberlippe zitterte.

»Ja. Der Kerl gehört ins Zuchthaus. Wärst du bereit, vor Gericht als Zeugin auszusagen?«

»Niemals!« Göntje machte ein entschlossenes Gesicht. »Dann würde er tun, was er mir angedroht hat. Aus Redlefsen's würde ich noch am gleichen Tag fliegen, und glauben Sie ja nicht, dass ich jemals wieder eine Stellung finden würde!«

»Aber unter diesen Umständen könnte er seine Drohung doch gar nicht mehr wahr machen! Außerdem will Jens Christiansen dich um jeden Preis haben!«

Göntje schüttelte heftig den Kopf. »Unter diesen Umständen«, äffte sie Hansen erbost nach. »Sie verstehen nicht, wie das mit uns Hausmädchen ist. Was auch immer passiert, wir haben die Schuld. Und wenn der Gast jemanden erschossen hat, dann habe ich eben jemanden verführt, der andere Leute zu erschießen pflegt. In den Augen eines Hotelbesitzers hat eins mit dem anderen nichts zu tun.«

Hansen sah sie missmutig an. »Der Gast ist Gott?«

»Genau das ist er. Lassen Sie den Zeugen aussagen, der den Schuss beobachtet hat. Das müsste doch reichen, um den Herrn ins Gefängnis zu bringen.«

Hansen griff sich verzweifelt an den Kopf. Der Verbrecher hatte sie vergewaltigt und einen Mann erschossen, aber sie redete respektvoll von ihm, wie man es ihr beigebracht hatte. Sie war unglaublich stur. »Das geht nicht. Es gibt keinen Zeugen«, gab er zu.

»Sie wollten mich also reinlegen«, stieß Göntje empört aus. »Sie haben wohl keinen Beweis dafür, dass er geschossen hat, und deswegen wollen Sie, dass ich aussage. Aber soll ich Ihnen sagen, was passieren wird?«

Hansen nickte geduldig, während Göntje so dicht an ihn herantrat, dass er die Hitze ihres Zorns spürte. Am liebsten hätte er die Arme um sie gelegt, um sie zu beruhigen. Aber er wagte es nicht.

»Der Richter würde aus dem, was ich sage, höchstens heraushören, dass der Herr seiner Ehefrau untreu ist, mehr nicht! Und dafür wird er nicht ins Gefängnis wandern. Aber ich würde nicht nur meine Stellung verlieren, sondern auch mein Leben, wenn ich endlich aus dem Zuchthaus entlassen worden bin. Bei etwas Glück erschießt er mich, statt mich wie eine Rose genüsslich zu zerschnippeln …«

Ihre drastische Schilderung machte jeden Beschwichtigungsversuch unmöglich. Glauben würde Göntje Hansen ohnehin nichts. »Übrigens erschießen …«, sagte er. »Der Betreffende führt ein Gewehr in einer gewachsten Segeltuchhülle mit sich. Würdest du wenigstens mir bestätigen, dass ein solches Gepäckstück in einer Suite des Hauses existiert? Hast du möglicherweise sogar mal hineingesehen?«

»Ich werde Ihnen gar nichts bestätigen, Herr Hansen. Nicht einmal, dass der Betreffende in einer Suite wohnt. Ich kann Ihnen nur mitteilen, dass ich das Gepäck von Herrschaften mit einer solchen Segeltuchhülle nicht kenne. Sofern Sie sich nicht total irren, weiß vielleicht eine der Kolleginnen davon. Unsere Arbeit dürfen wir uns selbst einteilen.«

»Aber du bestreitest nicht, dass er ein Gast ist. Und ich habe bemerkt, wie sehr du Dora Dürrschnabel verabscheust«, sagte Hansen grollend und stellte ohne Verwunderung fest, dass selbst die Nennung des Namens Göntje nicht aus ihrer wachsamen Reserve locken konnte.

Sie lächelte nur bitter. »Darf ich jetzt gehen?«

»Paul Dürrschnabel ist der Täter, stimmt's?«

Ohne zu antworten, schritt sie erhobenen Hauptes zur nächsten Zimmertür und schloss sie nachdrücklich hinter sich. Hansen lauschte ihr hinterher, aber es war nichts zu hören. Vermutlich blieb sie mit dem Ohr an der Tür stehen, um sich zu überzeugen, dass er ging. Sie hatte weder bestätigt noch abgestritten, dass Paul Dürrschnabel der Täter war. Aber er war es!

Jedoch war Isabellas Plan, der Hansen sowieso nicht sonderlich gefallen hatte, ohne Göntjes Zeugenaussage hinfällig. Kurzerhand beschloss er, ihn über den Haufen zu werfen und anders vorzugehen.

Kapitel 19

Hansen sicherte nach beiden Seiten, bevor er sachte die Klinke der Tür zur Suite Berlin hinunterdrückte. Wie er erwartet hatte, war sie verschlossen, denn das Ehepaar saß im Café, ausnahmsweise einträchtig beisammen.

Er ging rasch den Gang weiter, wenigstens kannte er sich inzwischen gut aus und wusste, dass er an der Tür zum Garten endete. Obwohl er eine plausible Ausrede für seine Anwesenheit parat hatte, war er dankbar, keinem der Hausmädchen begegnet zu sein, als er im Garten stand.

Dieser Tag war eindeutig zu kühl und unwirtlich für Gäste, um draußen zu sitzen. Hansen nutzte die Deckung der Rosenbüsche aus, die ihn ein wenig vor dem Wind schützten, jedoch nicht vor dem leise nieselnden Regen, und arbeitete sich vor bis zur Höhe der Suite Berlin.

Ortskenntnis war der einzige Gewinn aus dem fehlgeschlagenen Versuch am Vorabend, von Göntje Hilfe zu bekommen.

Als er nach ihrem Gespräch im Dunkeln in den Garten geschlichen war, hatte er Dora Dürrschnabel im hellen Licht eines Wohnzimmers ausmachen können, das im Gegensatz zu den trüben Funzeln in den Fluren schon elektrisch war. Vielleicht auch nur, weil es sich um die vornehmste Suite des Hauses handelte, ging ihm durch den Kopf, während er mit einem entschlossenen Schritt an die Gartentür der Suite trat.

Er war so erstaunt, dass sie sich öffnen ließ, dass er einen Moment auf der Terrasse verharrte, statt sofort hineinzuschlüpfen.

Mit klopfendem Herzen orientierte Hansen sich. Es war zweierlei, sich im Halbschlaf auszumalen, wie es wäre, in einem Hotelzimmer zu stehen und nach einem Gewehr zu suchen, und sich dann, entgegen alle Erwartung und ohne auf Widerstand zu stoßen, darin wiederzufinden.

Eine Schreibtischplatte, die auch im trüben Dämmerlicht eines Regentages noch von fleißigem Polieren zeugte, signalisierte ihm, dass er sich in einem großen Salon befand. Die gegenüberliegende Wand wurde von schweren Polstermöbeln eingenommen, die einer ganzen Schar befreundeter Politiker Platz geboten hätten.

In einem solchen, gewissermaßen öffentlichen Bereich würde man normalerweise kein Gewehr aufbewahren. Hansen war der Meinung, dass das Schlafzimmer der richtige Ort dafür sein musste. Die Tür, auf die er zunächst stieß, führte in ein geräumiges Bad, das ihn nicht interessierte.

Der nächste Raum war der Schlafraum. Der Schrank, in dem er das Gewehr vermutete, enthielt eine Menge Anzüge und Kleider, aber nicht den länglichen Gegenstand, den er in den hinteren Winkeln zu finden hoffte. Mit aufgestecktem Bajonett bis zum Ohr, ohne Bajonett bis zur Mitte des Brustkorbs, so hatte Tygge die Länge des Gewehrs anhand seiner eigenen Größe beschrieben.

Hansen warf sich auf den Bauch und tastete unter dem Schrank. Wieder nichts. Auch auf dem Möbel lag nichts, nicht einmal Koffer.

Allmählich wurde er nervös. Er hatte sich zwar auf den

Weg in die Privaträume des Ehepaars gemacht, als das erste Kuchenstück vor Dora gestellt worden war, und um ihre Walkürenfigur zu erhalten, würde sie vermutlich mindestens drei Portionen auswählen und essen müssen, aber mehr als zehn Minuten für seine Suche wollte er sich nicht gestatten.

Das Doppelbett lag als Aufbewahrungsort nahe. Darunter befanden sich jedoch nur dicke Staubflocken – genug, um Göntjes Kollegin einen Tadel zu verschaffen. Die Mittelritze war und blieb nichts als eine Ritze. Auch in den Zimmerecken war nichts, und weitere Möglichkeiten gab es nicht, denn der Frisiertisch war in den Ausmaßen zu kurz. Hoffentlich konnte man das Gewehr nicht in noch kürzere Stücke zerlegen, fiel Hansen ein. Er hatte nicht daran gedacht, Tygge nach einer solchen Möglichkeit zu fragen.

Zögernd ging er in den Salon zurück und inspizierte ihn nochmals genauer. Ein Buffet und ein merkwürdiger Sessel mit Beinen aus Geweihen vervollständigten die Einrichtung, die er sich vorher bereits angesehen hatte. Da erst fiel ihm die Schabracke des Sofas ins Auge, deren Unterkante auf dem Boden schleifte. Göntjes Kollegin würde ja dort wohl noch weniger putzen als unter den Betten …

Er quetschte sich zwischen den schweren Tisch und das üppige Sofa, ließ sich der Länge nach auf den Boden nieder und streckte den Arm aus.

Dann spürte er Segeltuch zwischen den Fingern, gutes, starkes Segeltuch, wie er es von Schiffen gewöhnt war. Mit angehaltenem Atem und unendlich erleichtert, zog er das Paket hervor.

Neben dem Tisch sitzend, konnte er schon von außen die Umrisse des Gewehrkolbens fühlen, noch bevor er die Verschnürung gelöst hatte.

Es war ein Gewehr. Und nur ein Gewehr. Etwas anderes befand sich nicht im Futteral.

Hansen hatte das Paket noch nicht wieder zugeschnürt, als er den Schlüssel im Türschloss hörte. Während er noch auf dem Teppich saß, schlug die Tür auf, dann knarrte ein Schalter, und das Licht ging an.

Dürrschnabel. Zum ersten Mal in seinem Leben wusste Hansen nicht, was er tun sollte. Er hörte ein Ächzen. Sein eigenes.

Ungläubig betrachtete der Politiker Hansen, schloss dann geistesgegenwärtig von innen ab und postierte sich anschließend mit einem Satz vor der Terrassentür, um Hansen den Fluchtweg abzuschneiden.

Hansen war immer noch so gelähmt, dass ihm das Gewehr aus der Hand rutschte und auf dem Boden aufschlug.

Dürrschnabel folgte ihm mit den Blicken. »Können Sie sich kein eigenes Gewehr leisten, so dass Sie meines stehlen müssen?«, fragte er beißend.

»Ich«, stammelte Hansen in höchster Not und wusste nicht weiter.

»Ja? Erklären Sie sich gefälligst!«

Nein, das hatte Hansen nicht vor, auch wenn jetzt alles etwas anders ablaufen musste, als Fräulein Molitor und er es geplant hatten. »Sie haben Dr. Molitor erschossen«, sagte er Dürrschnabel auf den Kopf zu.

Dürrschnabels Mienenspiel spulte im Bruchteil von Sekunden eine Folge von Empfindungen ab, die Hansen als Überraschung, Verachtung und schließlich als lodernde Empörung interpretierte.

Noch bevor der Politiker den Mund aufmachte, wusste

er schon, dass dieser sich vorbereitet hatte. Isabella hatte vollkommen Recht gehabt.

»Haben Sie jetzt eine Anschuldigung gefunden, von der Sie glauben, dass Sie mit ihr mehr gegen mich ausrichten können als mit einer Feier von Deicharbeitern?«, fragte Dürrschnabel höhnisch. »Die ich den verdienten Männern übrigens aus eigener Tasche spendiert habe! Oder ist es Ihre notorische Gewohnheit, erfolgreichere Männer als Sie selbst sind, mit Dreck zu bewerfen?«

»Sie haben Dr. Molitor erschossen«, wiederholte Hansen unbeirrt und stand vom Boden auf, »weil er wusste, dass Sie einer jungen Frau Gewalt angetan haben, und Sie Angst hatten, dass er Sie anzeigen würde.«

Dürrschnabel lachte erheitert, wenn auch etwas gezwungen. »Das lassen Sie mal nicht meine Frau hören. Die macht Flädle aus Ihnen, so dünn, dass man durch Sie durchsehen kann, wenn Sie behaupten, ich sei ihr untreu. Und wer soll die junge Frau sein, bitte?«

»Das weiß ich nicht«, antwortete Hansen glatt. »Den Namen hat mir Molitor nicht verraten. Ärztliche Schweigepflicht.«

»Aber Sie schnüffeln den Angestellten hinterher, wie ich bemerkt habe! Übrigens, was glauben Sie denn dann, gegen mich vorbringen zu können, junger Mann? Etwa die Tatsache, dass ich ein Gewehr besitze?« Dürrschnabel gab sich ungläubig, aber gleichzeitig überheblich. Zweifellos fühlte er sich wieder im Aufwind.

»Die Tatsache, dass ich jetzt Ihr Gewehrfutteral von innen gesehen habe. Die Tatsache, dass Sie den Inhalt für eine Angelrute ausgegeben haben. Die Tatsache, dass mehrere Männer außer dem Wirt von Hilligenlei bezeugen können, dass Sie dieses Ding mitbrachten und in den Nachmittagsstunden, in denen Dr. Molitor nicht weit entfernt von Ihnen erschossen wurde, für alle verschwunden waren.«

»Dass Sie mein Futteral gesehen haben, bestreite ich nicht, alles andere wohl, und nichts ist beweisbar«, sagte Dürrschnabel überheblich. »Und meine Frau kann jederzeit bezeugen, dass ich mir zuweilen ein paar Stunden Mittagsschlaf leiste, weil ich häufig abends im Dienste unseres Landes geistig frisch sein muss.«

»Jawohl, das kann ich«, keifte eine schrille Stimme im Schlafzimmer, dann riss Dora Dürrschnabel die Tür auf. Mit regennassem Gesicht und strähnig herabhängenden Haaren blieb sie unter dem Türsturz stehen.

Dürrschnabel machte keine Anstalten, seine Frau aufzuhalten. Hansen fragte sich, wo sie herkam.

»Sie haben sich auf eine ganz tückische und beleidigende Art in mein Vertrauen geschlichen, Herr Hansen«, fuhr Dora Dürrschnabel, die völlig aufgelöst schien, fort zu kreischen, »und ich wäre beinahe auf Sie hereingefallen. Dabei hatten Sie die ganze Zeit nur eines im Sinn: In unsere Suite zu gelangen und herumzuschnüffeln! Mein Gott, fast hätte ich Sie neulich aus Mitleid hereingebeten! Was hätten Sie wohl mit mir gemacht! Mich wehrlose Frau überfallen? Paul, tu doch etwas, bevor er zum Gewehr greift und uns bedroht!«

»Ja, ja doch.« Paul Dürrschnabel, anscheinend unentschlossen, was er tun sollte, blieb stehen, wo er war.

Hansen bückte sich und reichte ihm am langen Arm das Gewehrfutteral, das Dürrschnabel entgegennahm und sich anschließend fast auf den Fuß fallen ließ.

»Ist mein Collier noch da, Paul?«, verlangte Dora halb herrisch, halb ängstlich zu wissen.

»Was weiß denn ich? Du stehst im Schlafzimmer, meine Liebe. Sieh selbst nach!«

»Sag nicht, *meine Liebe!* Das kann ich noch weniger ausstehen als Dora!«

Ihr Kreischen war nicht zum Aushalten. Selbst Paul Dürrschnabel wurde es zu viel. »Gib endlich Ruhe, Dora«, befahl er, »es ist ja nichts passiert!«

»Wieso nichts passiert! Vor dir steht ein Dieb, und du sagst, es ist nichts passiert. Wie üblich kapierst du nichts. Und tust noch weniger!« Dora blitzte ihren Mann wütend an und fand endlich Zeit, sich die Regentropfen von den Wangen zu wischen.

Angesichts der verschmierten Schminke auf ihrem Gesicht machte Paul Dürrschnabel ein angewidertes Gesicht, wobei er sich kaum die Mühe machte, vor Hansen seinen Abscheu zu verbergen.

»Wenn ich nicht die ganze Zeit für deinen Aufstieg gesorgt hätte, wärst du heute nicht einmal der Sekretär eines Abgeordneten«, fuhr Dora leidenschaftlich fort.

In der Hitze der Abrechnung mit ihrem Mann hatte sie Hansen anscheinend vergessen. In aller Stille verschwinden konnte er trotzdem nicht, denn alle Ausgänge waren blockiert.

»Sei still, Dora, das tut hier nichts zur Sache!« Ganz unerwartet brüllte Dürrschnabel derart los, dass seine Frau den Mund schloss und offenbar eine weitere Schimpftirade hinunterschluckte.

Sekunden später hatte Dora sich wieder gefasst und wandte sich erneut dem Problem Hansen zu. »Wir übergeben ihn der Polizei«, befahl sie, ohne ihn aus den Augen zu lassen. »Paul, sag dem Portier Bescheid, der soll diesen komischen fetten Polizisten holen, den sie hier haben.«

»Dora, ich möchte kein Aufsehen«, widersprach Dürrschnabel energisch. »Das Letzte, das ich brauchen kann, ist ein Artikel in der Zeitung, in dem steht, dass der beliebte Abgeordnete Soundso einen Mann in seiner Suite entdeckte, dem die Gattin von Soundso beruflichen Aufstieg an der Seite ihres Ehemannes versprochen hatte.«

»Das hat sich doch längst erledigt!«, schnaubte Dora. »Er ist ein Einbrecher, der in flagranti erwischt wurde!«

»Ich kann nicht erkennen, dass er etwas mitgenommen hätte. Bitte begleiten Sie mich zum Portier, Herr Hansen«, ordnete Dürrschnabel entschlossen an, stellte das Gewehr beiseite und ging zur Tür, um sie aufzuschließen.

»Ich komme mit«, herrschte Frau Dora ihn an. »Sonst geht doch wieder etwas schief.« Ohne Schuhe schlurfte sie in den Salon und baute sich neben Hansen auf wie ein Gefangenenwärter.

Er roch den Alkoholdunst, den sie verströmte.

»Du bleibst hier«, befahl Dürrschnabel, um etwas gemäßigter in Ausdruck und Ton fortzufahren: »In dem Zustand, in dem du bist, zeigst du dich nicht in den Fluren des Hotels. Erinnerst du dich, vor deinem dritten Glas Absinth sind wir übereingekommen, dass du unsere Räume vom Garten her betrittst?«

Dora Dürrschnabel legte den Kopf schief und blickte ihren Mann mit einem schelmischen Lächeln an, das auf Hansen verunglückt wirkte. »Na gut, Paul, aber versprich mir, dass du morgen Anzeige gegen ihn erstattest.«

»Ja, ja«, sagte Paul Dürrschnabel gleichgültig, augenscheinlich froh, das Problem, das seine Frau darstellte, für einen Augenblick vom Halse zu haben, gleichzeitig aber schon mit etwas anderem befasst. »Kommen Sie, Hansen.«

Das Foyer war gut gefüllt mit Gästen, die sich wegen des Regens gezwungen sahen, im Haus zu bleiben. Paul Dürrschnabel steuerte auf den Portier zu, ohne nach rechts und links zu blicken.

Hansen spielte nur einen Augenblick mit dem Gedanken, sich aus dem Staub zu machen. Es wäre kein Ausweg gewesen, der Polizist Schliemann würde ihn jederzeit finden können.

Er verstand inzwischen selbst nicht mehr, dass er sich in ein derart ungewisses Abenteuer hatte stürzen können.

»Auf ein Wort unter sechs Augen«, sagte Dürrschnabel zu Ingwersen.

Der nickte überrascht, ließ seine Augen zwischen ihm und Hansen hin und her wandern und bat sie dann mit einer stummen Geste mitzukommen. In dem benachbarten kleinen Raum standen zwei Koffer und auf einem Tisch eine benutzte Tasse. Ingwersen drückte hinter sich die Tür leise ins Schloss und sah Dürrschnabel fragend an.

»Kennen Sie diesen Herrn hier?«, erkundigte sich Dürrschnabel.

»Ja, Sönke Hansen kenne ich«, bestätigte der Portier zögernd.

»Gut. Ich habe Hansen erwischt, wie er in meiner Suite herumschnüffelte. Ich bestehe darauf, dass Sie ihm Hausverbot erteilen.«

»Oh Gott, oh Gott«, stammelte Ingwersen. »Das hatten wir noch nie, das müssen Sie mir glauben, Herr Abgeordneter! Wie weit er gehen würde, konnte ich wirklich nicht ahnen, obwohl ich weiß, dass er neugierig ist.«

Diese verdammte Gästeliste, dachte Hansen, aber zu seiner Erleichterung ging Dürrschnabel auf Ingwersens Andeutung nicht ein.

»Wie kommt es, dass das Personal Leute durch das Haus streifen lässt, die keine Hausgäste sind?«, fragte er stattdessen scharf.

»Wir …, das …«, stammelte Ingwersen hilflos und verfärbte sich.

Genau genommen stimmte diese Behauptung nicht, aber Hansen zog es vor, sich still zu verhalten. Überdies traf es für Molitor zu, fiel ihm ein, während er Dürrschnabel beobachtete, der den Portier unter seiner Anklage eine Weile schwitzen ließ.

»Das wissen Sie natürlich nicht«, fuhr Dürrschnabel fortwährend verärgert fort. »Ich verlange, dass Sie in Zukunft Sorge dafür tragen, dass es nicht mehr passiert. Sie haften mir persönlich dafür. Sehen Sie sich dazu in der Lage? Oder soll ich mit dem Direktor des Hauses sprechen?«

Ingwersen war so eingeschüchtert, dass er wahllos den Kopf schüttelte und nickte. Er hätte Hansen leidtun können, wenn er nicht genug damit zu tun gehabt hätte, sich die Konsequenzen zu überlegen, die sich für ihn selbst ergaben.

»Gut«, sagte Dürrschnabel, »dann expedieren Sie Hansen jetzt hinaus!«

Hansen ließ sich widerstandslos hinausbegleiten. Weder in seinem eigenen noch im Interesse des Portiers lag es, Aufsehen zu erregen, und er hoffte, dass niemand den Hinauswurf bemerkte.

Der Regen hatte aufgehört, es tröpfelte nur noch. Hansen schaffte es gerade noch, mit weichen Knien das Hotelgelände zu verlassen. Draußen lehnte er sich an die Umfriedungsmauer und versuchte durchzuatmen.

So etwas Peinliches war ihm im ganzen Leben noch nicht passiert. Das Einzige, auf das er hoffen konnte, war, dass auch Dürrschnabel kein Interesse hatte, die Sache an die große Glocke zu hängen. Dora hatte den Anfang ihres Streites bestimmt nicht mitbekommen, andernfalls hätte sie nicht so hartnäckig auf der Einbindung der Polizei bestanden.

»Ist etwas geschehen?«, fragte die kultivierte Stimme von Dr. Isabella Molitor so teilnahmsvoll neben ihm, dass Hansen wusste, sie hatte seinen Abgang beobachtet und ahnte etwas.

»Und wie«, sagte er erbittert. »Nicht einmal anfangs ist es gelaufen, wie geplant. Mit Göntje zu sprechen, erwies sich als ein Schlag ins Wasser. Sie war bewundernswert beherrscht, weigerte sich rundweg, Dürrschnabel anzuzeigen und gab nicht einmal zu, dass er der Täter ist. Von dem Gewehr wusste sie nichts, weil sie einen Bogen um die Suite der Dürrschnabels macht. Da habe ich beschlossen, mich selbst darin umzusehen. Schließlich konnte ich nicht auch noch das andere Zimmermädchen befragen …«

Mehr brauchte er nicht zu sagen. Isabella Molitor legte eine federleichte Hand auf seinen Arm. »… und Sie sind erwischt worden.«

Er nickte.

»Schlimmeres hätte wohl kaum passieren können.«

Es klang immerhin nicht wie ein Tadel, sondern sehr nachdenklich. »Tut mir leid«, murmelte er.

»Ist er jetzt genau darüber informiert, was wir wissen?«

»Im Grunde über alles außer dem Ablauf der Vergewaltigung. Ich habe behauptet, dass ich dieses Verbrechen von Ihrem Vater erfuhr, er mir aber wegen der ärztlichen Schweigepflicht den Namen der Frau nicht verraten hat.

Das hat Dürrschnabel mir sofort abgenommen. So weit kannte er Ihren Vater.«

»Da haben Sie gut gelogen«, sagte Isabella anerkennend. »Damit ist wahrscheinlich wenigstens Göntje außer Gefahr.«

»Und ich habe sie am Strand tatsächlich nur wegen ihrer schönen Waden angesprochen«, ergänzte Hansen düster.

»Was?«

»Egal«, versetzte Hansen.

»Gut«, fuhr Isabella fort. »Wir müssen uns jetzt eine neue Taktik überlegen, nachdem Überrumpelung und Zeitungsbericht ausfallen.«

Hansen stieß einen tiefen Seufzer aus und wünschte sich weit fort. Zu Jorke.

»Dürrschnabel kann Sie nicht anzeigen«, fuhr Isabella im Selbstgespräch fort, »aber er muss Sie loswerden.«

»Meinen Sie, er wird mich auch erschießen wollen?«, fragte Hansen ungläubig.

»Nein, nein. Ich meinte weniger, dass er Sie als Person beseitigen muss, als dass er alles tun wird, um zu verhindern, dass Sie ihn anklagen.«

»Erpressung oder so etwas?«, fragte Hansen erbost.

Isabella zuckte die Schultern. »Ich weiß nicht. Wo sind Sie angreifbar?«

»Ich bin preußischer Beamter, Fräulein Doktor! Ich bin überhaupt nicht angreifbar«, protestierte Hansen empört. »Außer neuerdings wegen Einbruchs und versuchten Diebstahls, natürlich.«

Isabella Molitor lachte unterdrückt, aber so erheitert, dass Hansen schließlich mit einstimmte, als ihm aufging, wie närrisch sich seine Äußerung angehört haben musste. »Nein, gerade dies beides kommt für Dürrschnabel nicht in Frage.«

»Na ja«, meinte Hansen verlegen. Dann fiel ihm etwas ein, und er erschrak. »Erinnern Sie sich noch, wie Dora Dürrschnabel uns Arm in Arm promenieren sah und Sie sie in ein Gespräch über die Kinderheilstätten verwickelten?«

»Natürlich.«

»Seitdem ist ihr Wohlwollen mir gegenüber in einen richtigen Hass umgeschlagen. Informiert hat sie ihren Mann um seiner Karriere willen vermutlich schon immer, nur wird sie jetzt anders akzentuieren. Dora weiß vermutlich nicht, dass Dürrschnabel Ihren Vater erschossen hat, aber sie braucht ihm nur zu erzählen, dass wir beide lange Gespräche führen. Er wird sich denken können, dass darin der Mord an Ihrem Vater vorkommt. Schließlich sind Sie nach der Beerdigung Ihres Vaters hier geblieben, was im Normalfall eigentlich unverständlich wäre. Er wird sich ausrechnen, dass wir auf irgendetwas warten. Wahrscheinlich sind Sie in größerer Gefahr als ich.«

»Ach, das glaube ich nicht. Das wäre doch zu weit hergeholt«, meinte Isabella.

»Nein! Wenn Sie meinen, dass er mich nicht ermorden kann, so stimmt es vielleicht, weil das zu auffällig wäre. Ich habe ihm ja zu verstehen gegeben, dass ich mit den Deichbauern auf Nordmarsch gesprochen habe, es wissen also viele Bescheid. Aber nichts würde auf ihn hinweisen, wenn Sie durch einen Unfall umkämen. Ich stünde mit meiner Anklage allein da, und niemand würde mir glauben. Für mich wäre das Signal Ihres Todes außerdem eine sehr, sehr grobe Warnung, in welcher Gefahr ich mich befände, sollte ich reden … Entschuldigen Sie, wenn das sehr brutal klingt, aber ich habe in den letzten beiden Jahren lernen müssen, mich auf derartige Winkelzüge von Verbrechern einzustellen.«

»Hm.« Dr. Molitor wurde nachdenklich.

»Können Sie nicht nach Hause reisen?«, schlug Hansen vorsichtig vor. »Ich halte Sie auf dem Laufenden.«

»Herr Hansen, Sie werden mich hier noch brauchen«, sagte sie unglücklich, aber unnachgiebig. »Glauben Sie mir, dass mit den Dürrschnabels dieser Welt nicht zu spaßen ist.«

Hansen sah sie bedauernd an. Er hatte getan, was er konnte. Gleichzeitig bewunderte er ihren Mut.

Kapitel 20

Am nächsten Morgen war Hansen früh auf den Beinen, um ziellos am Strand herumzuwandern. Ihn hielt nichts im Bett, aber eigentlich auch nichts in Wyk. Am liebsten wäre ihm gewesen, Isabella Molitor zum Dampfer zu begleiten und abreisen zu sehen. Und er hätte sich sofort nach Langeness übersetzen lassen.

Es war nicht weit. Er konnte die Ketelswarf im Dunst genau ausmachen. Im Mittelalter noch waren die Bewohner von Nordmarsch auf Föhr eingepfarrt gewesen und zu Fuß zum Gottesdienst gegangen.

Er seufzte laut. Im Mittelalter hatte es auch noch keine Abgeordneten wie Dürrschnabel gegeben. Dafür aber natürlich Menschen, die auf andere Art Gewalt ausgeübt hatten. Er ballte die Fäuste. Oh, wie ohnmächtig er sich fühlte!

Ein Ruf erreichte sein Ohr, und er drehte sich um. Jemand kam auf dem Sandwall gelaufen und wedelte mit etwas Hellem. Fräulein Dr. Molitor, wahrscheinlich mit einer Zeitung.

Hansen rannte ihr entgegen, von Unruhe und Angst getrieben.

»Haben Sie das gesehen?«, keuchte sie und hielt ihm das Titelblatt des *Inselboten* unter die Nase. Schon aufgrund der fetten Titelzeile las Hansen den Artikel bis zum Ende, ohne ein Wort zu sagen.

Vaterlandsverräter unter uns?
Zum Beispiel S. H.

Es gibt Delikte, die so schwerwiegend sind, dass selbst unsere Justiz ihnen zuweilen tatenlos gegenübersteht. Dazu gehört vor allem Vaterlandsverrat, ein Verbrechen, das so ungeheuerliche Dinge wie Hochverrat, Landesverrat und Friedensverrat beinhaltet, eingeschlossen Spionage, staatsfeindliche Propaganda, Sabotage, Preisgabe von Staatsgeheimnissen, Androhung von Gewalt gegen Landtags- oder Reichstagsabgeordnete und noch anderes mehr.

Dieses Versäumnis ist umso bedauerlicher, als die Täter ihre undeutsche Wühlarbeit mitunter jahrelang ungestört fortsetzen können, so lange, bis der Schaden nicht mehr einzugrenzen ist.

Um der fortschreitenden Deutschlandfeindlichkeit einiger der uns umgebenden Länder wenigstens mit einem geflüsterten »Halt!« zu begegnen (zu mehr kann sich unsere Reichsregierung bedauerlicherweise nicht durchringen), ist u. E. der Kampf gegen den inneren Feind unverzüglich und bis ins Ausland weithin vernehmbar aufzunehmen!

Ein besonders krasser Fall wird uns durch Baron von Holsten, Oberdeichgraf des 1. Schleswigschen Deichbandes und in dieser Funktion gleichzeitig Vorsitzender der Kommission für Schleswig-Holsteinische Wasserbauangelegenheiten, berichtet.

(Um uns nicht dem Presseinhaltsdelikt der Beleidigung auszusetzen, nennen wir hier den vollen Namen des Vaterlandsverräters, dessen Name uns selbstverständlich bekannt ist, nicht.)

So viel zum Tatbestand: Obwohl Beamter des Wasserbauamtes von H. und als solcher zu besonderer Treue dem preußischen Königreich gegenüber verpflichtet, hat S. H. sich öffentlich zu den politischen Zielen des bekannten dänischen Journalisten Lars Rasmussen/Tondern, einem der führenden Köpfe der dänischen Bewegung in Schleswig, bekannt.

Rasmussen, selbstredend nordschleswiger Optant, und befreundet mit S. H., könnte sich also problemlos aus erster Hand Baupläne und Details des im Bau befindlichen Leuchtfeuers auf Nordmarsch beschaffen, eines Leuchtfeuers übrigens, das von Kapitänleutnant Marius von Frechen, Deichinspektor für das Herzogtum Schleswig, als kriegswichtig bezeichnet wird. Ausgerechnet S. H. ist der für die Bauausführung Verantwortliche.

So weit, so schlecht. Jedoch geht die Geschichte noch weiter. Rasmussen hat eine Tochter Gerda, der wegen illegaler antipreußischer Umtriebe die deutsche Staatsbürgerschaft abgesprochen wurde. Nachdem sie – lange flüchtig, staatenlos, international gesucht – inzwischen als Lehrerin in Kopenhagen eine Anstellung gefunden hat, braucht sie lediglich um die Ecke zu gehen, um die von ihrem Vater beschafften Pläne für einen deutschen kaiserlichen Leuchtturm in das dänische Kriegsministerium hineinzureichen. Allerdings wäre dieser Umweg gar nicht zwingend. Gerda ist die Verlobte von S. H.

»Wie infam!«, stammelte Hansen.

»Ja.«

»Wieso haben Sie überhaupt schon Zeitung gelesen?«,

fragte Hansen irritiert. Er hatte das Gefühl, als sei ihm etwas Wichtiges entgangen. »Es ist doch erst kurz nach sieben!«

»Es musste etwas kommen, das Ihnen den Wind aus den Segeln nimmt, ich hab es Ihnen ja prophezeit«, sagte Isabella Molitor. »Dabei dachte ich ganz selbstverständlich an die Presse, weil wir Frauenrechtlerinnen das automatisch als Erstes tun. Die Tricks von Politikern sind nämlich ziemlich durchsichtig, wenn man sie einmal analysiert hat, und es findet sich immer ein Zeitungsschreiber, der sie umsetzt. Ich habe mir beide Zeitungen schon kurz nach sechs geholt. In den *Föhrer Nachrichten* steht kein Wort über Sie. Was hat dieser Deichgraf mit Dürrschnabel zu tun?«

»Sie kennen sich wohl aus Schleswig, der Verwaltungsstadt der Provinz Schleswig-Holstein. In den letzten Tagen haben sie oft die Köpfe zusammengesteckt, ich habe sie mehrmals auf dem Strandwall gesehen. Dora hat sich darüber bei mir beschwert.«

»Na ja, sie haben diesen Artikel vorbereitet. Er ist ausgesprochen tückisch geschrieben. Und was die beiden betrifft, so wäscht eine Hand die andere.«

»Meinen Sie?«

»Ja, selbstverständlich meine ich«, sagte Isabella, ungeduldig hinzufügend: »Sie sind trotz allem noch so bewundernswert arglos, Herr S Punkt H Punkt! Dürrschnabel will Sie fertigmachen, und das hat er offensichtlich schon vorbereitet, seitdem Sie über die Feier der Deicharbeiter Details in Erfahrung gebracht haben. Mit Ihrer Tollpatschigkeit von gestern Abend hat das nichts zu tun, außer, dass damit der richtige Zeitpunkt zur ersten Schlacht gekommen war.«

»Wirklich?«

»Ja, wirklich. Dürrschnabel weiß, dass er jetzt alles in die Waagschale werfen muss, um sich zu retten. Er wird Ihre Glaubwürdigkeit so untergraben, dass man Ihnen nicht einmal mehr die Behauptung glauben wird, ob in Wyk die Sonne scheint oder ob es regnet …«

Hansen hatte nicht mehr den Mut zu widersprechen.

Die zweite Schlacht schlug Dürrschnabel am folgenden Tag, und da begriff Hansen erst so richtig, wie ausgezeichnet Isabella Molitor mit dieser Art von Kampf vertraut war, die ihm selbst so fremd war.

Eigentlich hatte er sich den *Inselboten* in aller Frühe nur gekauft, um sicher zu sein, dass er an diesem Tag Anwürfen entgehen würde. Und natürlich auch einigen spöttischen Blicken, wenn auch nicht von allen, die ihn kannten. Vielleicht hatten nicht sehr viele Menschen das Bedürfnis, einem Journalisten zu glauben, der nach süddeutscher Art Thaddäus Lämmle hieß und einen Friesen im eigenen Land beschuldigte.

Dieser Artikel war kürzer.

Vaterlandsverräter S. H. aus reichem Elternhaus?

Nein, im Gegenteil. Wie wir erfuhren, verlor S. H. seine Eltern schon recht früh. Sein Vater war kleiner Postbeamter, und es ist davon auszugehen, dass Geld im Haushalt knapp war. Nichtsdestotrotz ist von S. H. bekannt, dass er das Geld zu einem Studium besaß und mehrmals England, das Land unserer Lieblingsfeinde, deren Sprache er fließend spricht, besucht hat.

Stammt wohl das Geld, mit dem er seine mehrwöchigen Kuraufenthalte in Wyk finanziert, von seinen

Verwandten aus England? Oder kommt es vielleicht von seiner Verlobten in Kopenhagen, die fünf Gehminuten entfernt vom dänischen Kriegsministerium wohnt?

Hansen schäumte. Es reichte! Kurz nach acht Uhr machte er sich auf den Weg zur Redaktion des *Inselboten* in der Nähe der Windmühle.

Dort knallte er dem Mann hinter dem Schreibtisch die Tagesausgabe vor die Nase.

»Was erlauben Sie sich eigentlich, solche schäbigen Anwürfe gegen meine Person in die Zeitung zu setzen?«, fragte er, ohne seine Wut zu verhehlen.

Lämmle betrachtete ihn neugierig aus seinen braunen Augen, ohne sich einschüchtern zu lassen. »Sie sind Sönke Hansen?«

»Ja, bin ich«, erklärte er.

»Habe mir schon gedacht, dass Sie kommen«, sagte Lämmle gemütlich.

»Und was soll diese Kampagne gegen mich?«

Lämmle zuckte mit den Schultern. »Was heißt Kampagne? Der Herausgeber hat mir mitgeteilt, dass ich einen interessanten Fall bearbeiten soll. Unter anderen den Oberdeichgrafen der Provinz Schleswig-Holstein zum Fall eines Vaterlandsverräters befragen soll, dessen gute Beziehungen zur Polizei verhindern, dass er vor Gericht kommt. Das habe ich getan.«

Hansen verschlug es die Sprache.

»Verstehen Sie, manchmal muss man der Justiz etwas auf die Sprünge helfen. Das ist unter anderem die Aufgabe der freien Presse.«

»Es ist aber alles gelogen«, sagte Hansen voll Abscheu.

»Die Tatsachen gewiss nicht. Ich recherchiere sorgfältig.«

»Aber die Interpretation«, rief Hansen empört aus. »Ihre Fragen suggerieren doch bei den Lesern Antworten, die völlig falsch sind!«

Der Journalist zuckte gleichgültig die Schultern. »Ich stecke nicht in den Köpfen der Leser. Was die denken, bleibt ihnen überlassen.«

»Ich werde Sie verklagen! Wegen Beleidigung.«

»Da müssen Sie früher aufstehen. Kein Richter wird Ihnen zugestehen, dass Sie beleidigt wurden. Vielleicht habe ich Siegmund Höller gemeint oder Stephan Hebenicht oder …«

»Und die arbeiten alle beim Wasserbauamt in Husum?«, unterbrach ihn Hansen erbost.

»Wieso denn Husum? Davon habe ich kein Wort geschrieben. Es gibt viele Wasserbauämter im norddeutschen Raum, die mit H anfangen! Hamburg, Harburg, Hannover, vielleicht auch Hameln? Ich weiß es nicht.«

Der Kerl war auf alles vorbereitet. Hansen riss seine Zeitung wieder an sich. »Ich auch nicht«, fauchte er. »Aber ich werde zu den *Föhrer Nachrichten* gehen und denen einen gegenteiligen Artikel in die Feder diktieren.«

Lämmle lächelte spöttisch. »Tun Sie das. Allerdings steht Clement weit links, wie ich weiß. Da passen Sie mal gut auf, dass Sie nicht unversehens gegen das *Gesetz gegen die gemeingefährlichen Bestrebungen der Sozialdemokratie* von 1878 verstoßen. Wenn in Clements Artikel Tendenzen erkennbar werden, die den öffentlichen Frieden und insbesondere die Eintracht der Bevölkerungsklassen gefährden könnten, ist er dran. Und die Sicherheitsbehörden beschlagnahmen die Ausgabe ohne Fisimatenten nach Paragraph 23 PreßG.«

»Nach bitte was?«

»Nach Paragraph 23, Reichsgesetz über die Presse von 1874.«

»Wir haben doch hier keine Sicherheitsbehörden«, wandte Hansen kopfschüttelnd ein, dem das alles ganz fremd war. »Vielleicht in Berlin.«

Jetzt grinste Lämmle breit und überheblich. »O doch, Herr Hansen, die haben wir hier auch. Der unbedarfte Polizist Robert Schliemann hat vor wenigen Wochen vermutlich noch nicht gewusst, dass er die örtliche Sicherheitsbehörde ist. Jetzt weiß er es. Er bescheinigt uns seitdem jeden Morgen, dass er nach Paragraph 9, Absatz 1 PreßG, vor Auslieferung der Tagesausgabe ein Pflichtexemplar erhalten hat.«

»Wem: uns?«, fragte Hansen sanft.

»Meinem Herausgeber, dem konservativen Abgeordneten Dürrschnabel, Baron von Holsten ...« Die Stimme des Journalisten verklang. »Na ja, und noch einigen anderen«, ergänzte er knapp.

Hansen hatte genug erfahren. »Ja, klar doch«, sagte er grimmig und fuhr mit einer Offenheit fort, die ihn später bestimmt reuen würde. Aber jetzt konnte er nicht anders. »Dürrschnabel, der im Watt einen Arzt erschossen hat, und Ihr Verleger. Der wird sich freuen, wenn er endlich begreift, dass der Abgeordnete, dem er ein Forum für haltlose Angriffe gegen mich geboten hat, wegen Mordes gesucht wird.«

»Selbstverständlich pflegen Abgeordnete Menschen zu erschießen«, pflichtete Lämmle ihm spöttisch lächelnd bei. »Ihre Phantasie kennt wohl kaum Grenzen. Genau wie Ihr Privatleben. Ich begreife allmählich, welche Probleme Sie Ihren Vorgesetzten fortwährend bereiten. Wollen Sie mir mehr über diesen angeblichen Mord erzählen?«

»Nein, das werde ich nicht«, sagte Hansen fest, der inzwischen begriffen hatte, dass er in dieser Zeitungsredaktion kein Gehör finden würde.

»Nun, wie Sie wollen. Warum meinen Sie eigentlich, dass jemand Sie ausgerechnet jetzt angreifen sollte? Wenn ich es richtig verstanden habe, schwelt doch diese Sache mit dem Vaterlandsverrat schon eine ganze Weile.«

»Ich bin der Einzige, der Dürrschnabel den Mord nachweisen kann«, antwortete Hansen in Gedanken. »Natürlich versucht er mit allen Mitteln, meinen guten Ruf zu untergraben, und eine seiner Hilfskräfte ist der Oberdeichgraf.«

»Der Einzige, so, so«, sagte Lämmle versonnen und skizzierte schweigend mit dem Bleistift ein zottelig behaartes Schaf auf das blanke Stück Papier, das vor ihm lag.

Sönke Hansen drehte den Kopf und schaute verdrossen zu. Plötzlich überfiel ihn die Gewissheit, dass das Gesicht des Schafes eine gewisse Ähnlichkeit mit seinem eigenen besaß.

Kurz nach neun Uhr betrat Hansen Redlefsen's Hotel. Er musste sich unbedingt mit Isabella Molitor beraten, und das hatte keine Zeit, bis sie zufällig herauskam.

Das Foyer war fast leer, und der Portier sah Hansen von weitem kommen. Wie ein flinkes Insekt huschte der Mann hinter seinem Tresen hervor und mit weit ausgebreiteten Armen auf Hansen zu.

»Sie sind hier unerwünscht, das wissen Sie doch«, flüsterte er aufgeregt.

»Dann holen Sie mir auf der Stelle Dr. Molitor«, sagte Hansen, ohne sich beirren zu lassen, und fügte konziliant hinzu: »Wenn Sie versprechen, sich zu beeilen, warte ich draußen.«

»Das geht nicht. Bitte, Herr Hansen.« Der Portier begann ihn zur Tür zu drängen.

Hansen, der anfangs rückwärts gegangen war, um dem Portier und sich die Peinlichkeit körperlicher Gewalt zu ersparen, stoppte plötzlich, worauf der Mann gegen ihn prallte. »Wieso geht das nicht? Sie pflegt früh aufzustehen.«

Der Portier sah sich vorsichtig über beide Schultern um. »Eigentlich dürfte ich gar nicht mit Ihnen sprechen. Fräulein Doktor ist mit dem frühen Dampfer nach Husum gefahren.«

»Abgereist?«, fragte Hansen bestürzt. Zwar hatte er ihr genau das geraten, aber diese Heimlichkeit empfand er als Verrat.

Doch der Portier schüttelte den Kopf. »Nein, nein, sie kommt heute Abend wieder.«

»Würden Sie ihr dann sagen …«

»Ja, selbstverständlich, Herr Hansen. Aber nun gehen Sie bitte. Ich weiß inzwischen, wie sehr Sie mich bei Ihrem ersten Besuch beschwindelt haben! Von wegen Ehefrau, die als Gast unseres Hauses beim englischen Picknick teilnehmen soll. Zu dieser Schicht von Gästen zählen Sie überhaupt nicht, auch wenn Sie Englisch sprechen können, besser: weil Sie Englisch sprechen können! Ich weiß nicht, welche Händel Sie mit Herrn Dürrschnabel haben, sie gehen mich nichts an. Und ich bin ein Mensch. Leben und leben lassen, das ist mein Motto. Aber ich möchte auch nicht hinausgeworfen werden«, zischte Ingwersen, von Sekunde zu Sekunde besorgter.

»Schon gut. Beruhigen Sie sich.« Hansen eilte mit langen Schritten und einer ziemlichen Wut aus dem Hotel. Dem Portier machte er keinen Vorwurf, obwohl er die Situation als unglaublich erniedrigend empfand.

Wie es der Zufall wollte, lief er dem Baron von Holsten in die Arme, der, anscheinend auf dem Weg in seine Unterkunft, mit einem Lied auf den Lippen sein Gehstöckchen verwegen im Kreis wirbeln ließ.

Als er Hansen bemerkte, blieb er stehen, den Stock zwischen die Füße geklemmt, und versuchte Hansen mit eisigem Blick festzunageln.

Sönke Hansen, der einen Bogen um den Baron schlug, wurde von dessen Stock am ausgestreckten Arm aufgehalten. Mit dem Zeigefinger schob Hansen die Zwinge von sich fort. »Was wollen Sie von mir?«, fragte er grob. »Haben Sie nicht genug angerichtet?«

»Oh, Sie werden schon noch lernen, freundlichere Töne anzuschlagen, mein Lieber«, begann der Baron höhnisch. »Ihre Tage sind gezählt. Und was heißt angerichtet? Ich bin befragt worden und habe einige meiner Erfahrungen mit Ihnen sehr zurückhaltend berichtet. Was das Pressepack daraus macht, ist nicht meine Angelegenheit.«

»Pressepack nennen Sie die Zeitungsschreiber?«, fragte Hansen erstaunt, für einen Augenblick abgelenkt.

»Das sind sie doch. Alle miteinander. Und was Sie betrifft, Hansen, bin ich entschlossen, Herrn Petersen die Artikel vorzulegen und Ihre Abberufung aus der Kommission für Wasserbauangelegenheiten zu verlangen. Ich lasse mir doch nicht eine Instanz, für die ich verantwortlich zeichne, von Ihnen beschmutzen! Und mit diesen Details, die Lämmle ausgegraben hat, sind Sie nichts als ein Schmutzfink. Sie hatten zwar mal einen Fürsprecher in Paul Dürrschnabel, aber ich bin seiner Meinung nie gefolgt. Allerdings ist er stets rührend um Leute bemüht, die ihm die Treue halten.«

Hansen konnte kaum glauben, was er da hörte. Dieser

Mann war so verbohrt, dass jeglicher Widerspruch sinnlos war. Und als ob der Baron seine Gedanken gelesen hätte, stieß er ihm den Stock in die Seite und drückte fest zu, bevor es Hansen gelang, der Attacke auszuweichen, und der Baron sich zum Weitergehen entschloss.

»Ich würde mir mal die morgige Zeitung besorgen, Herr S Punkt H Punkt vom Wasserbauamt H Punkt«, rief Baron von Holsten unnötig laut, schon einige Meter entfernt.

Einige Passanten ließen verstohlene Blicke zwischen dem Baron und Hansen hin und her wandern, und ihrem beziehungsvollen Flüstern entnahm Hansen, dass die Angelegenheit in Wyk allmählich ruchbar wurde.

Danach war Sönke Hansen jegliches Bedürfnis vergangen, Isabella Molitor bei ihrer Rückkehr an der Pier abzufangen. Wenn der Oberdeichgraf seine Drohung wahr machte, wäre er seine Stellung los. Er hatte noch im Ohr, wie Petersen am Telefon selbst den Deicharbeitern einen makellosen Ruf abverlangte. Erst recht ihm, dem verantwortlichen Leiter der Bauarbeiten.

Entgegen seiner Hoffnung fand Isabella am Abend offenbar keine Gelegenheit mehr, sich mit ihm in Verbindung zu setzen, er wartete vergebens.

In böser Erwartung besorgte er sich am Morgen den *Inselboten.* Auf dem Rückweg in die Pension war ihm, als spüre er schon Blicke im Rücken, aber als er sich umdrehte, war da natürlich niemand. Die Angelegenheit begann offensichtlich, an seinen Nerven zu rütteln.

Als er sich dabei ertappte, bereits im Pensionseingang nach dem Artikel zu suchen, in dem Thaddäus Lämmle zu seinem dritten Schlag ausgeholt hatte, wusste er sich bestätigt.

Passen Vaterlandsverrat
und Moral zusammen?

Der unseren Lesern mittlerweile bekannte S. H. ist ein lebender Beweis dafür, dass diese beiden Dinge sich in der gleichen Person nicht vereinen können. S. H. jedenfalls lässt sich weder im Dienst noch im Privatleben Schranken auferlegen.

Zu Ohren ist uns gekommen, dass er im vergangenen Jahr – auf einer Dienstreise, deren Nutzen unbekannt blieb – im volltrunkenen Zustand in die Rostocker Klinik eingeliefert wurde. Warum sein Vorgesetzter trotz dieses Schlages ins Gesicht des preußischen Beamtentums nicht reagierte, bleibt rätselhaft.

Privat lebt S. H., nachdem seine dänische Verlobte die Verbindung inzwischen gelöst hat, in wilder Ehe ohne Trauschein oder den Segen der Kirche mit einer Frau zusammen, über deren Ruf wir nichts zu sagen haben.

Wir wollen unsere Justiz dennoch nicht dafür tadeln, dass sie nicht eingreift, denn sicherlich ist es im vorliegenden Fall schwierig, die Vorbereitung zum Hochverrat – der jederzeit begangen werden könnte – nachzuweisen.

Umso mehr setzen wir unsere Hoffnung auf die Öffentlichkeit, die aufgerufen ist, potentielle Vaterlandsverräter wie S. H. im Auge zu behalten. Wir alle werden uns dann in unserem heißgeliebten Königreich Preußen sicherer fühlen.

In dem Moment, als Hansen das Blatt fassungslos sinken ließ, klopfte es an die Tür. Isabella Molitor trat mit beiden Zeitungsausgaben unter dem Arm ins Zimmer. »Sie haben es natürlich gelesen.«

Hansen nickte schweigend und bat sie, in seinem kargen Zimmer Platz zu nehmen. Er wunderte sich über ihren merkwürdigen Aufzug, sagte aber nichts. Sie hatte sich eine Männerhose besorgt und trug Stiefel mit Wachstuchschäften.

»Gut, aber nur für einen Augenblick. Später gehen wir hinaus in die Sonne«, ordnete sie an. »Das ist meine medizinische Verordnung. Ich glaube, Sie brauchen etwas Aufmunterung, Licht und Luft.«

»Aha«, sagte Hansen lustlos.

»Ich vermute, dass die Kampagne gegen Sie erst einmal vorbei ist«, behauptete Isabella aufmunternd.

»Wieso denn das?«

»Der letzte Absatz, der Aufruf an die Öffentlichkeit, ist ein gewisser Abschluss.«

»Gestern«, stotterte Hansen vor Aufregung beinahe, »bin ich dem Oberdeichgrafen begegnet. Er drohte mir mit der Abberufung aus der Kommission für Wasserbauangelegenheiten, was letzten Endes zu meiner Entlassung führen wird, erzählte mir aber gleichzeitig, dass ich einmal Dürrschnabels Wohlwollen hatte. Und dass er zu seinen Leuten steht, sofern sie ihm treu sind. Das verstehe ein anderer!«

»Doch, das ist genau das, was ich meine«, sagte Isabella. »Sie stehen einerseits unter dem höchsten Druck, den man überhaupt auf Sie ausüben kann, andererseits aber gibt er Ihnen zu verstehen, dass Dürrschnabel Sie retten könnte. Unter der Voraussetzung, dass Sie sich willfährig verhalten.

Natürlich weiß der Oberdeichgraf nichts von Dürrschnabels wahren Motiven.«

Hansen starrte Isabella unter stummem Kopfschütteln an.

»Was ich mit dem Abschluss meine, ist auch, dass sich die beiden hüten werden zu überziehen. Die Artikelserie ist rein rechtlich gesehen nicht anfechtbar. Aber gewiefte Leute wie die beiden müssen befürchten, dass Sie in Ihrer Naivität vor lauter Empörung auf die Konsequenzen pfeifen und auspacken. Das wäre ein Rohrkrepierer in Dürrschnabels Augen.«

»Meine Naivität!«, schnaubte Hansen, kaum mehr imstande, seinen Zorn einzudämmen. »Rohrkrepierer! Wo haben Sie überhaupt dieses Wort her?«

»Ich bemühe mich in den letzten Tagen um schusssicheres Deutsch«, sagte Dr. Molitor und lächelte Hansen herzerfrischend an. »Kommen Sie. Unser Kutter wartet.«

Kapitel 21

Mit seinem stets reisefertig gepackten Seesack über der Schulter wanderte Sönke Hansen neben Isabella Molitor zum Hafen hinunter. Außer der Empfehlung, sich wetterfest auszurüsten, hatte sie ihm nichts gesagt.

Er haderte so mit der ganzen verfluchten Angelegenheit, dass er sich nicht einmal freute, als er an der Kaimauer Knuds Kutter liegen sah. Der Schiffer selbst saß auf einem Poller, Wirk und Tygge Hemsen standen, ins Gespräch vertieft, bei ihm. Offensichtlich warteten sie auf etwas.

Auf sie beide, wie ihm aufging.

»Sie haben für uns gestern Abend noch einen Ausflug ins Grüne organisiert?«, fragte er gleichgültig.

Isabella nickte. »Ehrlich gesagt, hatte ich nur Tygge wegen eines motorisierten Bootes um Rat gebeten, und er hat mit dem Besitzer alles abgemacht und wegen der passenden Tide den heutigen Tag bestimmt. Ich musste zu ihm, um ihm zu bestätigen, dass alles wie abgesprochen ablaufen kann. Zu Ihnen habe ich es nicht mehr geschafft.«

»Ach so«, sagte Hansen lahm.

»Guten Morgen, Fräulein Doktor«, grüßte Knud, zog seine Mütze und sprang auf. »Dann wollen wir mal. Wirk, mach die Klappe zu.«

»Welche Klappe?«, fragte der Schiffsjunge, ohne die Augen von Isabella zu lassen.

»Deinen Mund, Junge«, erläuterte Hansen ihm, unversehens wieder besserer Laune, während er Wirk freundschaftlich auf die Schulter schlug. »Oder soll sich Dr. Molitor mal deine Mandeln ansehen?«

»Ich hab doch keine Mandeln!«, rief Wirk entrüstet und drehte sich verwirrt um sich selbst, bevor er sich endlich besann und zur Vorleine sprang, um sie loszuwerfen.

Hansen ließ seinen Seesack in die Plicht fallen und half Isabella Molitor an Bord. Als sie neben dem Niedergang bei Tygge einen spritzwassersicheren Platz gefunden hatte und Knud bereits in das Fahrwasser einscherte, entdeckte Hansen, dass der Kutter ein kleines Ruderboot hinter sich her schleppte.

Isabella war seinem Blick gefolgt. »Ich wollte unbedingt den Tatort besichtigen«, erklärte sie ein wenig verlegen, als könnte es ihm nicht recht sein, dass sie ihn gewissermaßen entführt hatte.

»Ich weiß«, sagte Hansen. »Und Sie haben an alles gedacht. Ich vermute, den Ruderrekord von der Seehundbank zur Rixwarf aufzustellen, fällt mir zu …«

»So dachte ich es mir tatsächlich«, erwiderte sie mit melancholischem Lächeln. »Ich habe mir eine genaugehende Uhr verschafft.«

Sie verankerten den Kutter sorgfältig, denn die gesamte Mannschaft wurde auf der Sandbank als Darsteller von Jägern und Seehunden gebraucht und musste entsprechend Isabellas Anordnung von Bord gehen. Sie hatte ihnen genau erklärt, was sie sich vorstellte.

Während die Männer durch das seichte Wasser zur Sandbank stapften, wurde die Ärztin im Beiboot hinbefördert. Schließlich standen sie alle auf dem Trockenen. Die Seehunde waren ohne große Hast ins Wasser abgetaucht.

Offensichtlich benahmen sich die Besucher nicht wie Jäger, und die Tiere wussten es zu unterscheiden. Ein einziger war liegen geblieben.

»Der ist tot«, behauptete Tygge völlig sicher und nickte in die betreffende Richtung. »Mal sehen, warum.«

Sie folgten dem Jäger im Gänsemarsch zu der Stelle, wo die anderen gelegen hatten, wovon viele Schleifspuren zeugten. Der tote Seehund lag mit aufgesperrtem Maul auf der Seite. Ein Fischschwanz ragte aus seinem Schlund.

»Der ist erstickt«, sagte Tygge. »Kommt vor.«

»An einer Seezunge«, ergänzte Knud, nachdem er den Plattfisch herausgezogen hatte. »Schade drum, ist ein teurer Fisch.«

»Und ein grässlicher Tod für beide«, sagte Isabella erschaudernd.

»Ja, und um den einen, der uns interessiert, sollten wir uns jetzt kümmern», meinte Sönke Hansen mit einem Blick nach Südwesten, wo das schlechte Wetter aufzuziehen pflegte. Eine dichte Wolkenwand war zu sehen, aber akut bedrohlich war sie nicht. »Tygge, begib dich bitte an den Ort, wo du damals gelegen hast, und postiere dort Knud. Wirk setzt du an Dr. Molitors Beobachtungsplatz ab und kommst dann zu uns zurück.«

Die drei zogen ab. Hansen folgte ihnen mit den Augen. Auf Tygges Schulter lag der Seehundshaken, dessen Ende auf und ab wippte.

Die Ärztin schwieg, und Hansen, der spürte, wie bedrückt sie jetzt war, sagte auch nichts. Er drückte kurz ihre Hand und hörte ihren heftigen Atemzug.

»Ich reiße mich zusammen«, versprach sie.

Nachdem Hemsen zurückgekehrt war, besprach Hansen sich mit ihm, wo die Seehunde damals gelegen hatten und ließ ihn das Feld mit Strichen im Sand markieren. Schließlich musste der Jäger den ungefähren Platz des Mörders einnehmen.

Dann ging Hansen daran, basierend auf seiner Erfahrung als Deichbauer, die Winkel zwischen dem Schützen und allen anderen Positionen auszumessen. Schließlich rief er alle wieder zu sich. Er wartete, bis sie herangekommen waren und ihn umringten.

»Ich weiß genug«, erklärte Hansen düster. »Der Winkel von ungefähr dreißig Grad zwischen Dr. Molitor und den Tieren schließt praktisch aus, dass der Schütze sich geirrt hat. Es ist kein Versehen gewesen. Der hat auf einen Menschen gezielt und abgedrückt.«

»Wo ist eigentlich die Brille meines Vaters geblieben?«, fragte Dr. Molitor plötzlich. »Ich habe sie … ich habe sie im Sarg nicht gesehen.«

Hansen starrte sie überrascht an. Er hatte sich so an die kleine Geste gewöhnt, mit der Molitor seine Brille auf der Nase zurechtzurücken pflegte. Aber sich nach ihrem Verbleib zu erkundigen, hatte er vergessen. »Als ich Ihren Vater in Hemsens Boot sah, hatte er sie nicht auf«, erinnerte er sich betroffen und richtete dann das Wort an den Jäger. »Ist sie vielleicht zerschossen worden? Die Kugel hätte ganz bestimmt den Bügelrand über der Nase treffen müssen.«

Tygge schüttelte den Kopf. »Nein, er hatte keine Brille, als ich ihn von hier wegtrug«, sagte er bestimmt. »Aber es ist richtig, während der Herfahrt hatte er sie wie gewöhnlich auf der Nase. Kurz bevor wir anlegten, putzte er die versalzenen Gläser. Damit er die Seehunde auch klar sehen könne, hat er noch gesagt.«

»Dann ist sie wohl beim Aufprall der Kugel davongeflogen und längst weggeschwemmt worden«, mutmaßte Hansen.

»Tja«, sagte Isabella leise.

»Wir sollten weitermachen. Sie sind dran, Fräulein Doktor!«

»Womit?« Isabella war verlegen, sie wusste anscheinend sehr gut, was Hansen meinte.

»Mit *hosen*. Sie haben es extra für heute gelernt.«

»Ja, das habe ich. Aber es ist nicht mehr nötig.«

»Das finde ich aber doch«, rief Wirk begeistert. »Ich habe noch nie eine Frau hosen gesehen. Kommen Sie, ich zeige Ihnen, wo Sie liegen müssen, Fräulein Doktor.« Wirk galoppierte los, und Isabella folgte ihm nach einem unglücklichen Blick auf Hansen. Unterwegs streifte sie sich die Tarnkappe über, die Tygge ihr schnell in die Hand gedrückt hatte.

Dann warf Isabella sich in den Sand. Und wurde zum Seehund. Sie rollte nach beiden Seiten, schob sich mit dem Oberkörper in die Höhe und robbte unter merkwürdigen Lauten voran, verharrte und rollte wieder über die Seite.

»Wenn ich ein Seehundbulle wäre«, sagte Tygge bedächtig, »würde ich mich auf der Stelle zu ihr aufmachen und jedem Konkurrenten mitteilen, dass sie mein ist.«

»Sie macht es gut, nicht wahr?«, fragte Hansen beeindruckt.

»Am besten von der Gruppe. Sie ist die Tochter ihres Vaters. Aber jünger und beweglicher.«

»Glaubst du, man könnte sie im Nebel für einen Seehund halten?«

»Nein, aus dieser Position nicht wirklich. Der Mörder

hat den Doktor ja von der Seite gesehen. Und wenn Molitor auch nicht groß war, so war er doch trotzdem länger und schlanker als ein Seehund.«

Plötzlich warf Isabella, die noch ein, zwei Meter vorwärtsgerobbt war, den Arm in die Höhe, schwenkte ihn durch die Luft und sprang auf. Als sie näher gekommen war, erkannte Hansen die Brille in ihrer Hand.

»Da war schon Sand drübergeschwemmt worden, aber sie ist heil geblieben«, keuchte sie, als sie die Männer erreicht hatte.

Hansen betrachtete die nicht einmal verbogenen Bügel staunend, bevor er zu einem Entschluss kam. »Dr. Molitor«, erkannte er, »hat sie nicht aufgehabt, als der Schuss fiel. Womöglich hat er in seiner umgänglichen Art …«

»… Dürrschnabel mit der Brille zugewinkt«, fiel Isabella ihm atemlos ins Wort. »Wenn er auf etwas hinweisen wollte, pflegte er sie von der Nase zu ziehen und mit ihr herumzugestikulieren.«

»Stimmt«, sagte Hansen, und Hemsen nickte. »Er muss Dürrschnabel erkannt haben.«

»Und die Seehunde waren tatsächlich auf und davon«, fügte Hemsen hinzu. »Ich habe ihm erklärt, dass er wegen der Lichtblitze auf den Brillengläsern nur ganz bedächtige Kopfbewegungen machen darf, damit die Tiere nicht gewarnt werden. Er hat sich immer daran gehalten. Wenn er also mit der Brille herumgefuchtelt hat, waren sie schon fort.«

Isabella Molitor wischte sich mit ihren sandigen Händen verstohlen Tränen von den Wangen und steckte die Brille in die Tasche.

»Ich denke, wir haben alles gesehen«, sagte Hansen, hätte ihr am liebsten den Sand von den Wangen geputzt und nahm sie stattdessen am Arm, um sie behutsam vom Ort der Katastrophe fortzuziehen. »Jetzt beginnen wir mit der Wettfahrt. Zumindest vermute ich, dass Dürrschnabel so schnell wie möglich zur Hallig zurückgerudert ist.«

»Sönke«, mischte Wirk sich ein, »soll ich das machen? Am Ende bist du etwas zu alt, um bis zur Rixwarf durchzuhalten.«

Isabella lachte so, dass sie sich fast verschluckte, und Hansen packte Wirk am Nacken und schüttelte ihn liebevoll. Der junge Bursche hatte genau das gesagt, was nötig war, um die Ärztin von der erschütternden Nähe zum Ort des Mordes abzulenken.

Mehr als zwanzig Minuten brauchte Hansen nicht, aber er war trotzdem außer Atem, als das Ruderboot auf den Sand unterhalb der Rixwarf auflief. Den Hinweg hatte Dürrschnabel unter ähnlichen Verhältnissen, mit Rückenwind und mit dem Strom, hinter sich gebracht, sein Rückweg aber musste härter gewesen sein als Hansens.

Die Deckung, die man unterhalb der Rixwarf hatte, war im Hinblick auf Hilligenlei perfekt. Wenn wirklich jemand zufällig auf der Rixwarf gewesen und Dürrschnabel gesehen hätte, hätte dieser immer noch behaupten können, er sei zu der der Hallig vorgelagerten Sandbank lieber gerudert als zu Fuß gelaufen, um von dort aus im freien Wasser zu angeln. Es war schließlich auch eine Frage der mitzunehmenden Utensilien. Mit Eimer und Schlachtmesser hatte er sich sicherlich vorsichtshalber ausgerüstet.

Hansen hielt sich nicht lange mit Überlegungen auf, sondern senkte die Ruder erneut ins Wasser und pullte los. Nicht weit von ihm entfernt ließ Knud seinen Kutter Kreise ziehen, während er auf Hansen wartete.

Auf dem Rückweg nach Wyk sprachen sie kaum. Isabella und Hansen waren sich ohne Worte darüber einig, dass sie vor den Ohren der anderen keine Taktik, wie jetzt weiter zu verfahren sei, entwerfen konnten. Die Ärztin entlohnte Knud großzügig, wie Hansen an dessen Miene ablesen konnte, dann legte der Kutter wieder ab.

Statt eines späten Mittagessens schlug Isabella Molitor ein Café am Sandwall vor, wo sie sich Kuchen bestellten. An einem Tisch, der im Freien in einer Nische stand, konnten sie reden, ohne Lauscher befürchten zu müssen, und wurden wegen ihres absonderlichen Aufzuges auch nur von wenigen verwunderten Blicken getroffen.

»Am liebsten würde ich den Journalisten Clement von den *Föhrer Nachrichten* bitten, sich einzuschalten«, meinte Hansen, nachdem er seinen Hunger halbwegs gestillt hatte. »Wir haben schon zusammengearbeitet. In gewissen Grenzen ist er verlässlich. Und jetzt haben wir doch schon bessere Beweise gegen Dürrschnabel.«

»Und was sollte Clement wohl schreiben?«, fragte Isabella, die ihr Gleichgewicht wiedergefunden hatte, spöttisch. »Dass S Punkt H Punkt beleidigt ist, weil die Anwürfe in den Artikeln nicht stimmen? Oder dass der Oberdeichgraf B Punkt V Punkt H Punkt sich seit zwei Jahren von S Punkt H Punkt beleidigt fühlt und jetzt die Gelegenheit ergreift, schmutzige Wäsche zu waschen?«

»Lassen Sie doch endlich das S Punkt und so weiter!«, sagte Hansen erbost. »Und etwas schlauer könnte man es wohl anpacken.«

»Dann machen Sie mal Vorschläge.«

»Die Sache von der politischen Seite aufziehen. Der betreffende Oberdeichgraf wurde in jüngster Zeit oft mit dem Deutschkonservativen Abgeordneten Paul Dürrschnabel zusammen gesehen. Warum machen die beiden gemeinsame Sache? Was mögen sie wohl gegen S. H. ausgeheckt haben? Welchen Dreck am Stecken hat ein preußischer Abgeordneter, dass er vorbeugend den Friesen S. H. aufs Korn nimmt? Was hat er gegen die Friesen?«

»Damit kommen Sie nicht durch. Der Abgeordnete Paul Dürrschnabel setzt sich lebhaft für die Friesen ein, wie wir wissen. Der Angriff auf Sie ist und bleibt persönlich, und das bedeutet, dass man Dürrschnabel nicht einbeziehen kann.«

»Hm«, brummte Hansen gereizt. Uninteressiert betrachtete er die vorbeispazierenden Gäste, deren Reihen sich jetzt mit dem fortschreitenden September schon zu lichten begannen. Gern hätte er Isabella widersprochen, aber einen anderen Plan hatte er nicht. Zwischen ihnen war plötzlich eine Spannung zu spüren, von der er nicht wusste, wie er sie auflösen konnte.

Dann fing sein Blick einen auf dem Sandwall herbeitrabenden jungen Mann ein, dessen klappernde Holzschuhe schon von weitem auf ihn aufmerksam machten. Die müßigen Spaziergänger drehten sich zu ihm um und wichen ihm aus.

Hansen erkannte Tums. Er neigte sich zu Isabella, um ihr etwas Unverfängliches über die Lehrlinge und die Rosenmädchen von Wyk zu erzählen.

Der Blick des Jünglings fiel zufälligerweise auf sie beide. Er bremste ab, riss sich seine Kappe vom Kopf und kam an ihren Tisch. »Moin. Sie sind doch Sönke Hansen, oder?«

»Ja, Tums«, bestätigte Hansen mit einem unguten Gefühl.

»Ich habe ein Telegramm für Sie. Es hieß, ich sollte Sie zuerst in Redlefsen's und am Strand suchen oder die Mitteilung in Ihre Unterkunft bringen. Im Hotel waren Sie nicht, das habe ich aus Bosse Ingwersen trotz seiner Aufregung herausgequetscht. Ist es in Ordnung, wenn ich es Ihnen hier übergebe?«

»Sicher«, sagte Hansen auf Friesisch wie der Bote und grub in seiner Tasche nach einer kleinen Münze. Er ging wieder zum Deutschen über. »Noch nicht gesteinigt worden?«

Der Junge schüttelte mit einem Grinsen den Kopf und nahm das Geld entgegen. »Ich bin gerettet. Sie reist mit dem Abenddampfer ab. *Jü heet da eerme liif, ouers jü mäi e badmååns ai lis.* So eine ist sie.«

Hansen schmunzelte. Aus seiner Sicht hatte Tums Recht.

»Was meint Tums?«, fragte Isabella, die nichts verstanden hatte.

Hansen dolmetschte. *»Sie hat die Armen lieb, aber sie kann Bettler nicht leiden.«*

»Tums hat es erfasst«, sagte Isabella. »Hinter jedem Fanatismus steckt auch Heuchelei.«

Der junge Mann warf die rechte Hand über sein Herz und verbeugte sich so tief, dass er ihr ein Lächeln entlockte.

»Moment mal, Tums«, sagte Hansen, »wieso war der Portier denn so aufgeregt? Ist etwas passiert?«

»Anscheinend ist ihnen eins der Zimmermädchen abhanden gekommen. Die Göntje. Hat wohl was Besseres vor, als ihren Dienst anzutreten«, vermutete Tums großspurig, nickte Isabella mit bewunderndem Grinsen zu und stob davon.

Mit gerunzelter Stirn starrte Hansen ihm hinterher, ohne ihn eigentlich zu beachten. »Unsere Vermutung, dass Dürrschnabel mir geglaubt hat, ich wüsste nicht, wer die Frau ist, war vielleicht verkehrt«, sagte er tonlos. »Ich war gegen Göntjes ausdrücklichen Willen im Hotel, um mit ihr zu sprechen. Es war zwar schon dunkel, aber womöglich hat Dürrschnabel uns doch zusammen gesehen. Hoffentlich ist ihr nichts passiert …«

»Ich werde mich erkundigen, was los ist«, versprach Isabella. »Vielleicht hat sie sich nur verspätet. Herr Ingwersen organisiert zwar den Alltagsbetrieb des Hauses, aber manchmal wirkt er auf mich wie eine überbesorgte Glucke, es gibt Dinge, die er schwerer nimmt, als sie es verdienen.«

»Na, hoffentlich. Aber ich begleite Sie zum Hotel.«

»Das können Sie gern tun. Was ist mit dem Telegramm?«

Hansen zuckte die Schultern und riss die Botschaft des Wasserbauamtes auf. »Ich soll unverzüglich Wyk verlassen und meinen Urlaub antreten«, las er mit gefurchter Stirn. »Mein direkter Vorgesetzter, Oberbaudirektor Cornelius Petersen, ist in Ordnung und stellt sich immer vor mich. Meistens, jedenfalls. Aber er steht auch unter Druck, weil die Verwaltung am liebsten unsere Behörde auflösen möchte.«

»Das heißt also, er hat Kenntnis von den Zeitungsartikeln und versucht, Sie aus der Schusslinie zu ziehen«, erkannte Dr. Molitor.

Hansen grinste trübe. »Ich glaube nicht, dass Ihr Vater Ihr neues militärisches Vokabular gutheißen würde.«

»Wenn er noch lebte, nicht, da haben Sie Recht.«

»Ja, stimmt. Und was Petersen betrifft, so steht zu befürchten, dass er von unserer vorgesetzten Behörde in

Schleswig bedrängt wird. Dahin hat natürlich der Oberdeichgraf besonders gute Verbindungen.«

»Aber, wie ich Ihnen schon mal sagte, der Baron wird die Sache auf Anweisung von Dürrschnabel in der Schwebe halten …«

»Ja, Petersen hat mich immerhin noch nicht vom Dienst suspendiert, wie schon einmal irrtümlich. Ich glaube auch nicht, dass er diesen Fehler wiederholt. Und noch sieht er anscheinend keinen Anlass für irgendwelche Maßnahmen.«

»Sondern schickt Sie definitiv in den Urlaub. Das würde ich auch tun, nachdem ich Sie ein wenig besser kennengelernt habe«, sagte Isabella nachdenklich. »Sie wirken so besonnen, aber vor tollkühnen Unternehmungen schrecken Sie nicht zurück.«

»Mm«, brummte Hansen.

»Die schiefgehen können«, ergänzte Isabella nüchtern.

»Ich dachte schon, es sollte ein Lob sein«, knurrte Hansen.

Isabella Molitor lächelte versöhnlich. »Lassen wir uns die Rechnung geben.«

Kapitel 22

In schnellem Tempo eilten sie zum Hotel, wo sich der Portier vor Besorgnis fast in Auflösung befand. Statt Hansen hinauszujagen, schien er vielmehr erleichtert, ihn zu sehen.

Ingwersen lehnte sich über den Tresen und begann Hansen und Isabella Molitor flüsternd sein Herz auszuschütten. »Göntje ist doch ein ordentliches, zuverlässiges Mädchen. Sie hätte vor vier Stunden ihren Dienst antreten sollen, aber niemand hat sie gesehen. Ihr Bett ist gemacht, heute Morgen war sie noch da … Herr Hansen, ich beschwöre Sie, haben Sie ein Techtelmechtel mit ihr oder nicht?«

»Aber Herr Ingwersen, ganz sicher nicht«, sagte Hansen und dämpfte seine eigene Empörung. »Im Gegenteil, wir sind beide um Göntje besorgt. Nur deswegen habe ich dieses Haus nochmals betreten.«

»Na, ich weiß nicht, ob Sie da nicht ein wenig flunkern«, erwiderte der Portier reserviert. »Immerhin haben Sie sich doch bei Dunkelheit auf unser Gelände zu ihr geschlichen. Ein Mensch mit ehrlichen Absichten tut das nicht, wenn ich das so sagen darf, Herr Hansen.«

Hansen sah Isabella mit hochgezogenen Augenbrauen an, die widerstrebend nickte. »Göntje glaubt, dass sie in Gefahr ist. Und ein Gast Ihres Hauses durfte mich unter keinen Umständen mit Göntje zusammen sehen«, raunte er Ingwersen zu. »Aber ich musste mit ihr sprechen und bin wohl doch beobachtet worden.«

»Und wie! Dora Dürrschnabel hat sich lauthals bei mir beschwert!«

»Oje«, murmelte Hansen bedrückt.

»Das können Sie laut sagen«, fiel Ingwersen inbrünstig ein. »Und Göntje ist in Gefahr? Wirklich? Warum denn? Noch wollte ich Herrn Schliemann nicht Bescheid sagen, Herr Redlefsen will nämlich keine Polizei im Haus. Aber wenn das so ist … Oder was soll ich machen?«

»Nichts. Wir werden sie suchen«, schlug Hansen vor.

»Wo wohnen ihre Eltern?«, fragte Isabella.

»In Toftum hier auf Föhr. Und Sie glauben wirklich, dass Sie sie finden können?«, fragte Ingwersen zweifelnd.

»Besser als die örtlichen Konstabler allemal«, versetzte Isabella energisch und zog Hansen zum Ausgang.

»Göntje mag in Panik geraten sein, aber dass sie in wirklicher Gefahr ist, glaube ich nicht«, verkündete Isabella Molitor, kaum dass sie außer Hörweite waren. »In Anbetracht der Tatsache, dass Sie mit dem Gewehr in der Hand Dürrschnabel auf den Kopf zugesagt haben, dass er meinen Vater erschossen hat, dürfte für ihn das Problem Göntje zweitrangig geworden sein.«

»Bei der Beurteilung von Göntje haben Sie sich aber bereits einmal geirrt.«

»Ja, das stimmt«, gab Isabella freimütig zu. »Ich vermute trotzdem, dass sie weggelaufen ist. Offensichtlich gehört sie zu den Menschen, die sich lieber auf sich selbst verlassen.«

»Könnte sein.«

»Vielleicht sollten wir uns als Erstes überzeugen, dass sie nicht die Insel verlässt. Und morgen lasse ich mich nach Toftum kutschieren und höre mich dort um.«

»In einigen Minuten verlässt der Abenddampfer Wyk«, meinte Hansen nachdenklich. »Andererseits ist sie, was das Festland betrifft, so unerfahren …«

»Wir müssen uns trotzdem vergewissern«, bestimmte Isabella.

Sie eilten zum Hafen, wo die Reisenden gerade die Erlaubnis erhalten hatten, an Bord zu gehen und sich von ihren Gastgebern und Freunden verabschiedeten. Plötzlich entdeckte Hansen Louise Kerkhoff, die an der Reling erschien und ihn mit kleinen kraftlosen Bewegungen zu sich zu winken versuchte.

Es war reine Höflichkeit, die ihn bewog, sich nicht umzudrehen und zu verschwinden.

Über den Spalt zwischen Schiff und Kai hinweg reichte sie ihm eine schlaffe Hand. Ihr schmallippiges Lächeln schien anzudeuten, dass sie ihn auf ihrer Seite wusste. »Auf Wiedersehen, Herr Hansen. *Ein Mensch sieht, was vor Augen ist; der Herr aber sieht das Herz an.*«

»Unbedingt«, stimmte Hansen zu. »Meinen Sie damit sich selbst?«

Louise Kerkhoffs Antwort ging im Tuten des Dampfers unter, aber ihr beleidigter Gesichtsausdruck sagte alles. Hansen blieb stehen, während der Dampfer sich vom Kai löste und die Besatzung die Taue einholte. Immer noch fragte er sich, was diese Frau mit Göntje verband. Allerdings: als Helferin oder Mittäterin kam sie schon aus physischen Gründen nicht in Frage.

»Göntje ist nicht mitgefahren«, sagte Hansen. »Anscheinend war Louise Kerkhoff die Erste auf dem Schiff, dankbar, Föhr endlich verlassen zu können.«

»Ich gehe morgen auf die Suche nach Göntje. Wir sehen uns danach. Und Sie brauchen mich nicht zum Hotel zurückzubegleiten, Herr Hansen.«

Hansen lächelte verlegen. Sie hatte ihn durchschaut. Er wollte jetzt gerne allein sein, noch ein wenig herumbummeln, bevor er seine Pension aufsuchte. »Bis morgen.«

Isabella nickte lächelnd und nahm mit langen Schritten Kurs auf den Sandwall. Als Hansen sie aus den Augen verlor, setzte er seinen Weg in die Mühlenstraße fort.

Er passierte gerade die große Kornwindmühle, als ihm erste scharfe Böen entgegenkamen. Die Front, die er am Vormittag im Südwesten gesehen hatte, hatte Föhr erreicht, und der Wind fegte durch die lange, gerade Straße wie durch einen Kanal. Trotzdem, oder gerade deswegen, beschloss er, seinen Spaziergang auszudehnen. Sich den Wind auf den inzwischen bestimmt von Kurgästen geleerten Sportplätzen und bei den einsamen Weiden um die Ohren blasen zu lassen, kam ihm jetzt gerade recht.

Es war merklich dunkler geworden, schwarze Wolken rollten über den Himmel heran, und erste Regentropfen fielen. Hansen klappte den Kragen seiner Jacke hoch und zog den Kopf ein. Mehr brauchte er nicht, Wind und Wetter war er von seinem Außendienst gewohnt.

Den Duft von Rindern in der Nase, ging er zügig auf einem Feldweg in die Dämmerung hinein. Sehen konnte er sie noch gar nicht, aber das machte nichts, er war durch einen Graben vor ihnen geschützt, Übergriffe auf seine Person waren unmöglich.

Plötzlich hörte er halblaut gesprochene Worte hinter sich. Eine letzte Kutsche? Oder verspätete Reiter, die schnell ins Trockene eines Stalles wollten? Er trat zur Seite und drehte sich um.

Noch bevor er etwas erkennen konnte, traf ihn ein Schlag mitten ins Gesicht. Vor Schmerz ging er in die Knie.

»Du Sozialist«, zischte jemand. »Hau bloß ab, du gottloser Sozialdemokrat«, ein anderer.

Danach hagelte es wahllos gesetzte Schläge und Tritte in seine Rippen und in den Bauch. Zur Gegenwehr war Hansen schon nach dem ersten Schlag nicht fähig. Keuchend hoffte er, dass sie ihn am Leben lassen würden. Dann verlor er das Bewusstsein.

»Zweifellos haben uns die alltäglichen politischen Auseinandersetzungen des Festlandes erreicht«, vernahm Hansen jemanden, dessen Stimme ihm bekannt vorkam.

»Das ist wohl so«, stimmte Isabella Molitor ruhig zu.

»Das stimmt doch gar nicht«, wollte Hansen wutentbrannt entgegnen, aber er bekam nur ein Krächzen heraus. Es konnte nicht sein. Die Männer hatten nur so getan, als ob. Dürrschnabel hatte sie geschickt.

»Er kommt zu sich. Sönke Hansen«, rief Isabella, und gleich darauf war ihm, als ob eine der Kühe ihm rauh über die Wange schleckte.

Er versuchte, die zudringliche Zunge wegzuwischen.

»Sönke!«, lockte die Ärztin.

Ärztin! Jetzt war ihm klar, wer der andere war. Dr. Lorenzen. »Bin ich etwa in der Kinderheilstätte?«, fragte er, allerdings war ihm nicht klar, ob er überhaupt gehört wurde.

»Sein Kopf ist auch in Ordnung. Gottlob«, sagte Lorenzen dankbar und klapste Hansen beide Wangen derart unbekümmert, dass er empört die Augen aufriss.

»Sie sind ganz schön zusammengeschlagen worden, Sönke«, sagte Isabella weich. »Aber es ist noch mal gutgegangen.«

»Dem widerspreche ich aufs Energischste«, quetschte er mit dem Quentchen Höflichkeit, das er noch aufbrachte, heraus.

»I wo«, sagte Lorenzen sorglos, »eine gebrochene Rippe ist in Ihrem Alter schnell verheilt. Das pflegt bei allen unseren Patienten so zu sein.«

Hansen musste lachen, aber damit hörte er schnell auf. Es tat überall weh. Außerdem behinderte ihn der Verband, den er mit der Hand ertastete.

»Was ich Rippenbrüchen bei Männern an Gutem abgewinne«, formulierte Isabella genüsslich, »ist, dass sie sich mindestens drei Wochen lang nicht aufblasen können.«

»Es freut mich, dass Sie solchen Gefallen an mir finden«, stieß Hansen hervor, »aber es wäre gerechter, wenn Dürrschnabel das Aufblasen vergangen wäre.«

»Hat dieser Abgeordnete das Ganze veranlasst?«, fragte Lorenzen aufmerksam. »Gibt es womöglich einen Zusammenhang mit den Attacken gegen Sie im *Inselboten?«*

»Beides hängt sehr eng zusammen, Herr Lorenzen. Ob allerdings die beiden Männer auf sein Geheiß oder auf eigene Faust handelten, etwa weil sie aufgehetzt waren, weiß ich nicht.«

»Woher wissen Sie denn, dass es zwei Männer waren?«, keuchte Hansen.

»Die wurden gesehen. Ein Bauer und sein Sohn, die ihre Kühe zum Melken nach Hause treiben wollten, haben Sie auf dem Feldweg gefunden, während sich die beiden Schläger gerade aus dem Staub machten.«

»Meines Wissens liegt das Bethanien diesen Weiden ziemlich nahe«, murmelte Hansen, den allmählich wieder der Schlaf überkam. »Aber der Bauer hat klar erkannt, dass ich verstandesmäßig eher ein Kind bin?«

»Na ja«, sagte Lorenzen gedehnt. »Sie sind nicht unbekannt in Wyk geblieben, Herr Hansen.«

»S Punkt H Punkt«, flocht Isabella ein.

»Im Bethanien hatten sie Angst um ihre anderen Patienten«, erklärte Lorenzen zögernd. »Mindestens wegen der zu erwartenden Unruhe, sie schlossen aber auch Brandstiftung aus Rache nicht aus. Wie sie darauf kommen, weiß ich allerdings nicht. Darüber hinaus meinten sie, dass ich bestimmt doch ein unbelegtes extra langes Bett hätte. Was sie angeblich nicht hatten.«

»Dr. Lorenzen hatte auch nicht, aber er ist so selbstlos, dass er zwei Kinderbettchen aneinanderschrauben ließ«, setzte Isabella fort.

Hansen fuhr in die Höhe und äugte um sich, danach erst hörte er Isabellas unterdrücktes Gluckern.

Lorenzen drückte ihn sacht wieder auf das Kissen zurück. »Keine Sorge, Herr Hansen, Sie liegen in einem gewöhnlichen Bett für Erwachsene. Fräulein Dr. Molitor hat eine Art, das Funktionieren von Nerven und Reflexen zu überprüfen, die ich nicht gutheißen kann.«

»Mag sein«, sagte Isabella nachgiebig, »aber ich habe schon seit einigen Tagen das Empfinden, dass man Sönke Hansen aufheitern muss. Deswegen werde ich ihn morgen auf die Hallig zu seiner Verlobten zurückexpedieren. Gewissermaßen eigenhändig.«

Hansen gab ein gekränktes Stöhnen von sich. Er fühlte sich unfair behandelt. So durfte man nicht mit einem schwerverletzten Mann umgehen, schon gar nicht als Ärztin. Aber als er zu ihr hochblinzelte, lächelte sie nur harmlos.

Er bleckte die Zähne. So ganz wehrlos, wie sie zu vermuten schien, war er schließlich doch nicht. »Was ich Sie schon lange fragen wollte«, sagte er bedächtig, »als frisch gelernte Jägerin von Wassertieren können Sie mir ja bestimmt erklären, was genau Kretzer, Waller und Randen sind. Vielleicht kann ich mich auch mal an denen versuchen. Zur Erheiterung.«

Isabella lachte dermaßen fröhlich, dass Hansen seine Frage bereute. In seinem gegenwärtig etwas getrübten Zustand hätte er besser nicht versuchen sollen, ihr auf den Zahn zu fühlen.

»Ja, bestimmt!«, sagte sie. »Kretzer und Waller sind Flussfische. Die kann man angeln.«

»Und Randen?«, fragte Hansen misstrauisch.

»Da Sie ein Mann sind, würden Sie wahrscheinlich tatsächlich mit einem kräftigen Angelhaken an die Arbeit gehen«, prustete sie heraus. »Eine Hausfrau zieht die Randen einfach am Schopf aus der Erde. Man nennt sie auch rote Bete.«

Erneut zutiefst verärgert wühlte Hansen sich in sein Kopfkissen und schloss die Augen. Genau das war es, woran er zu spät gedacht hatte. Sie wusste auf alles eine intelligente Antwort. Und er hatte sich blamiert.

Zum ersten Mal in seinem Leben wurde Hansen in Wyk von einer Kutsche abgeholt, obwohl der Hafen so nah war, dass er ihn von seinem Fenster aus sehen konnte. Am liebsten hätte er protestiert. Aber kaum hatte Dr. Molitor neben ihm Platz genommen, entschloss er sich, Wichtigeres anzusprechen. »Was ist mit Göntje? Haben Sie sie gefunden?«

»Nein, aber ihre Eltern wissen, wo sie ist. Sie dürfen sich beruhigen.«

»Dem Himmel sei Dank«, murmelte Hansen. »Ich hatte wirklich Angst, ich hätte Göntjes Besorgnis zu sehr auf die leichte Schulter genommen. Jetzt, nachdem man mich zusammengeschlagen hat, noch mehr.«

»Ans Leben ist es Ihnen ja nicht gegangen«, bemerkte Isabella.

Hansen sagte nichts mehr. Er hatte das eigenartige Gefühl, nicht nur unter Kuratel, sondern auch unter Beobachtung zu stehen. Selbst die Fischer, die ihn kannten, gafften mit unverhohlenem Staunen aus ihren Booten zu ihm hoch. Es war peinlich.

An der Außenmole wartete schon die Steinschute auf Isabella und ihn, und auch dort gab es neugierige Zuschauer.

Das Schiff legte immerhin sofort ab, nachdem sie an Bord waren. Hansen wälzte sich, bis er auf der hölzernen Bank, auf der sonst die Arbeiter Platz nahmen, eine einigermaßen bequeme Position gefunden hatte.

»Haben Sie an die Hosenboje für unseren Patienten gedacht, Meister Volquard?«, fragte Isabella Molitor, als das Schiff auf dem richtigen Kurs nach Langeness lag und in gemütlicher Fahrt das Wasser durchschnitt.

»Natürlich, Fräulein Doktor«, antwortete der Mann am Ruder, ohne eine Miene zu verziehen. »Wird ihm passen wie einem Säugling die Windel. Ich habe sie gestern Abend noch überprüft.«

»Eine Hosenboje, in der ich an Land gezogen werde? Kommt nicht in Frage!«, ächzte Hansen entsetzt. »Ich bin weder schiffbrüchig noch Greis! Lieber gehe ich auf der Stelle über Bord. Schwimmen kann ich noch!« Als er sich auf beide Hände gestützt hochstemmte und zum Ufer Maß nahm, sah er erst, dass Volquard über beide Ohren grinste.

»Nur ruhig Blut, Sönke Hansen«, sagte Isabella beschwichtigend und drückte ihn mit einem Funkeln in den

Augen auf die Bank zurück. »Wenn Sie nicht wollen, gibt es natürlich auch eine Alternative.«

»Überprüfen Sie etwa nur wieder meine Reflexe?«, fragte Hansen argwöhnisch und ließ sich zurücksinken.

»Nein, diesmal Ihre Eitelkeit.« Isabella lächelte ihn zuckersüß an.

In seinem Schrecken über das angedrohte Bergegeschirr für Schiffbrüchige hatte Hansen ganz vergessen, dass die Deicharbeiter die Steine ja mit Pferd und Wagen an das Ufer zu bringen pflegten. Zwei Stunden nachdem die Schute unterhalb der Ketelswarf vor Anker gegangen war, rollte das Gefährt langsam über das trockengefallene Watt heran.

Brennend gern wäre Hansen zu Fuß gegangen. Aber irgendetwas hinderte ihn, sein linkes Bein richtig zu belasten. Als er vom Schiff gerutscht war und sich noch an der Bordkante festhielt, knickte es schon ein.

Isabella stützte ihn mit einer Hand. »Das ist nur der Ischiasnerv«, sagte sie. »Der ist vermutlich durch Tritte gequetscht worden. Ein Paar Tage Ruhe, und Sie können wieder hosen.«

»Wie beruhigend«, keuchte Hansen, dem außerdem sämtliche Muskeln und auch ein paar Knochen wehtaten. »Aber Seehunde jage ich nicht.«

»Verstehe ich gut. Mir tut es jetzt noch leid, dass ich meinen Vater um ein Fell bat …«

»Ich glaube, das sollte es nicht«, sagte Hansen. »Es wäre überheblich, sich für alles, was im eigenen Umfeld passiert, die Schuld zu geben.«

»Bei Gelegenheit werde ich Sie an Ihren weisen Spruch erinnern«, meinte Isabella melancholisch. »Glauben Sie, dass Sie es jetzt zum Wagen schaffen?«

»Doch, doch«, sagte Hansen und sah düster zur Ketelswarf hoch, »einmal muss es ja sein.«

Er freute sich nicht gerade auf das Zusammentreffen mit Jorke. Er hatte sie sträflich vernachlässigt. Und obendrein brachte er noch eine attraktive Dame mit, mit der zusammen er Stunden im Kurort Wyk verbracht hatte. Er hatte die schlimmsten Befürchtungen, was Jorke sich daraus zusammenreimen würde.

Jorke und Isabella verständigten sich über Hansens Kopf hinweg. Als sei er ein Kleinod, das weder zu trocken noch zu feucht, weder zu warm noch zu kalt gelagert werden müsste, berieten sie sich, wie mit ihm zu verfahren sei. Ihn ignorierte vor allem Jorke.

Da selbst ein schwacher Protest ihm Schmerzen bereitete, gab Hansen auf. Wenigstens hatte Jorke seinen Tee mit einem tüchtigen Schuss Rum versetzt, und er konnte sich an der Tasse festhalten, indes seine Gedanken auf Wanderschaft gingen und allmählich verschwammen.

»Morgen wird es ihm schon viel bessergehen«, hörte er Isabella sagen und dann noch Jorke, die verkündete, dass sie jetzt Erk holen würde.

Wofür braucht sie Erk, wenn ich da bin, dachte Hansen aufgebracht.

Sönke Hansen erwachte mit angezogenen Beinen im Alkoven, Licht flutete durch die zugezogenen Vorhänge, und es war ihm fast zu warm. Als er das Tuch beiseite zog, entdeckte er, dass er in der Dörns lag. Die Sonne schien zu den Fenstern herein, und der Bilegger strahlte schon Wärme ab.

Die Hand fest um das herabhängende Tau geklammert,

schaffte er es fast schmerzfrei, die Beine über die Bettkante zu schwingen und etwas wackelig auf ihnen zu stehen. Es ging ihm wirklich besser.

»Du bist schon auf?«, fragte Jorke, die durch den Türspalt gespäht hatte, und herbeieilte, offenbar, um ihn aufzufangen.

»Danke, es geht allein«, knurrte er, und versuchte, während er ihre Hände abwehrte, verstohlen in ihrem Gesicht zu erkunden, wie die Dinge standen. Jorke ließ nichts erkennen, ein schlechtes Zeichen.

»Wir können frühstücken«, sagte Jorke, »es ist fertig.«

»Und Fräulein Dr. Molitor? Ist sie auch auf?«, erkundigte sich Hansen unbeholfen.

Jorke lachte verschmitzt und pustete sich Locken von der Wange. »Wenn du Isabella meinst, sie ist auf dem Weg zum Festland, wo sie noch einiges zu erledigen hat. Sie lässt dir gute Besserung wünschen.«

»Isabella«, wiederholte er lahm.

»Ja, sicher, was dachtest du denn? Es verbindet, wenn man sich gemeinsam um einen Kriegsversehrten kümmern muss.« Jorke sammelte Hansens Kleidungsstücke ein, die auf einem Stuhl lagen.

»Kriegsversehrter! Das hast du von ihr«, schnaubte Hansen und fuhr etwas zahmer fort: »Ich glaube, was die Überprüfung von Reflexen angeht, hast du von ihr gelernt.«

»Wenn Reflexe so etwas Ähnliches sind, wie das Stoßen des Bullen mit den Hörnern, wenn er Rivalen abwehren will, hast du bestimmt Recht«, sagte Jorke friedfertig. »Ich lege dir die frische Kleidung neben die Waschschüssel. Diese hier stinkt, als hättest du dich in einem Kuhfladen gewälzt.«

»Habe ich wohl auch«, sagte Hansen erleichtert, verkniff sich eine ärgerliche Bemerkung wegen ihres unpassenden Vergleichs und dankte seinem Schicksal wieder einmal für Jorke.

Es ging ihm tatsächlich besser. Hinkend gelangte er in den Stall, wo die Waschschüssel auf einem Hocker stand und neben ihm der Kupferkessel mit dampfendem Wasser wartete.

Und beim Frühstück, zu dem Jorke ihm eine gewaltige Portion Rührei mit Speck vorsetzte, fühlte er sich schon wieder ganz stark. »Was sollte Erk hier eigentlich?«, fiel ihm plötzlich ein, und es gelang ihm vollendet, seine Eifersucht zu verbergen, wie er fand. »Gestern, nachdem ich gekommen war.«

»Vorgestern«, verbesserte Jorke. »Uns helfen, dich ins Bett zu packen. Ein Lebewesen, dessen Muskeln ganz schlaff sind, ist furchtbar schwer. Egal, ob es tot oder bewusstlos ist. Und egal, ob Schwein oder Mann.«

»Äh?«, brachte Hansen entsetzt heraus.

»Isabella kennt das auch. Mit Ebern hat sie allerdings im Gegensatz zu mir noch keine Erfahrung. Mummes voriger Eber hatte sich einmal übernommen, weißt du? An einem Tag drei Sauen, das war ihm einfach zu viel. Es gelang uns, ihn nach der letzten Brautschau lebend in den Stalleingang auf die Kopfsteine zu ziehen, aber dort musste Mumme ihn abstechen. Wir konnten die Schüssel gerade noch unter ihn schieben, um das Blut aufzufangen. Es wurden trotzdem sechsundzwanzig Ferkel, tüchtig, nicht?«

Hansen fehlten alle Worte. Sprachlos starrte er Jorke an, die über Abstechen und Blutströme plauderte, als ob es alltäglich sei, und es gleichzeitig fertigbrachte, behende Wurst und Speck für ihn aufzuschneiden und ihm vorzulegen.

»Greif zu. Du musst wieder zu Kräften kommen. Denk an den Eber«, ermunterte Jorke ihn und setzte sich wieder zu ihm. »Übrigens brachte Erk drei Pfeifenten mit. Die gibt es heute Abend.«

Hansen war sich inzwischen unsicher, ob er überhaupt noch hungrig war. Gleich, ob Speck oder Pfeifente.

»Was hat sich eigentlich Neues ergeben mit Göntje und ihrem Kind?«

»Hat dir Dr. Molitor nichts erzählt?«, fragte Hansen überrascht, während er mit einem Auge auf den dampfenden Teller äugte und bei sich bedachte, dass der Speck heiß am besten schmeckte.

»Isabella sagte nur, dass man dich im Zusammenhang mit dieser Sache zusammengeschlagen hat, aber über Göntje schwieg sie sich aus.«

»Ach so, ja, ich verstehe. Dann weißt du das ja alles noch gar nicht ... Der Speck ist herrlich knusprig«, befand Hansen und schlug zu.

»Selbstverständlich ist er das. Immerhin weiß ich, dass du bei Rouwert warst, um einen zu trinken, und anschließend davongejagt bist wie ein Spatz, hinter dem die Krähe her ist«, versetzte Jorke spitz.

»Ich musste sofort aufs Festland«, erklärte Hansen, zu bedrückt, um sich reizen zu lassen. »Mir wurde nämlich auf einen Schlag in Rouwerts Schankstube klar, wie alles abgelaufen war und wer Göntje und ihr Kind auf dem Gewissen hat.«

Jorke sah ihn erschrocken an. »Wer?«

»Dieser Politiker Dürrschnabel.«

Jorke begriff sofort die Bedeutung. »Ach du lieber Gott.«

»Und Dr. Molitor hat er auch erschossen. Dürrschnabel

glaubte sich vom Arzt erkannt, als er Göntje vergewaltigte. Das stimmte zwar nicht, aber Dürrschnabel ist skrupellos und riskiert nichts. Er geht buchstäblich über Leichen.«

Jorke legte ihre Hand auf Hansens. »Du wirst doch auf dich aufpassen, dass du nicht die nächste bist? Ich trage Angehörige nur sehr ungern zu Grabe.«

Nüchtern formuliert, wie bei Bauern üblich. Aber Hansen hatte inzwischen sein Gleichgewicht wiedergefunden. Er grinste schief und nickte. »Das Aufpassen war bisher nicht sehr erfolgreich, ich gebe es zu. Aber ich lerne …«

»Schön«, sagte Jorke, aber Hansen las trotzdem Zweifel in ihren Augen. »Übrigens, erinnerst du dich an Tetta, die ins Wasser ging?«

»Ja, natürlich.«

»Ich weiß jetzt, dass ihre Eltern Verdacht geschöpft und Tetta eindringlich befragt haben, ob sie womöglich in anderen Umständen wäre, Tete soll sogar sehr scharf geworden sein. Das war wohl kurz nach der Entdeckung der Kinderleiche im Deich, vielleicht ist Tetta da selbst erst auf den Gedanken gekommen. Einige Tage später hat sie an ihren Onkel in Hamburg geschrieben mit der Bitte, den beigefügten Umschlag an ihre Eltern zu schicken. Das war ihr Abschiedsbrief. Ihre Kusine, die auch meine Kusine ist, hat es mir anvertraut. Sie steht sich gut mit Tettas Mutter.«

»Mit anderen Worten, Tetta ging ins Wasser, weil sie die harte Hand ihres Vaters befürchtete, einen Rauswurf vielleicht?«

»So ähnlich«, sagte Jorke bekümmert. »Dabei ist das bei uns nicht üblich. Andere Väter hätten eine schwangere Tochter schnell mit einem Mann von der Hallig verheiratet. Entweder ist Tete sogar dafür zu unduldsam, oder Tetta hat es nicht gewollt. Unsere Kusine wusste, dass Tetta nach dem Verhör durch ihre Eltern nach Föhr gefahren ist. Vermutlich hat sie versucht, mit dem Kindsvater zu reden. Vielleicht wollte sie mit ihm zusammen fortgehen. Niemand weiß, was in ihr vorging. Sie hat den Namen des Mannes nicht verraten.«

»Falsche Rücksichtnahme«, knurrte Hansen wütend. »Wenn die Frauen in einer solchen Situation gewohnheitsmäßig reden würden, könnten die Männer sich nicht so regelmäßig aus der Verantwortung stehlen.«

»Steht so etwas neuerdings in Zeitungen, die von Männern geschrieben werden?«, fragte Jorke erstaunt.

»Nein, bestimmt nicht. Das weiß ich von Isabella«, sagte Hansen augenzwinkernd. »Es ist ihr Beruf, sich damit zu befassen.«

»Das duftet!«, seufzte Hansen und verdrehte verzückt die Augen. »Pfeifente nach Jorke-Art! Wenn Redlefsen's das Rezept hätte, würden diese Tiere vermutlich selbst Dora Dürrschnabels Anerkennung finden.«

»Und du streichst mir um die Beine wie eine Katze, die auf ihren Fisch wartet«, stellte Jorke schmunzelnd fest, während sie den Deckel des Topfes lüftete und versuchte, durch den Dampf hindurch den Zustand der Enten zu erspähen.

»Immerhin habe ich die Tiere gerupft, und das ist mehr als eine Katze tut«, sagte Hansen, sehr zufrieden mit sich selbst.

Jorke lächelte in sich hinein, und er sah es. »Das hast du wirklich gut gemacht«, lobte sie.

Hansen verpasste ihr einen Kuss in den Nacken.

»Und deshalb«, fuhr Jorke fort und drehte sich mit erzieherisch erhobenem Kochlöffel um, »darfst du auch die

Gans rupfen, die ich beim Verspielen gewonnen habe. Am zweiten Weihnachtstag kommt sie auf den Tisch.«

»Muss das sein? Sie ist doch so nett«, widersprach Hansen erschrocken.

»Sie hätte dich gerne gebissen.«

»Das war ihr gutes Recht! Ich hatte sie am Hals gepackt.«

»Na gut, wir werden sehen«, milderte Jorke ihre Drohung und begann das Geflügel aus dem Topf zu heben, um es anzurichten.

»Wenn du möchtest, kannst du von meiner Ente die Füllung haben«, bot sie kurze Zeit später an, als sie bereits am Tisch saßen.

»Gerne! Ich liebe Austern, ob sie nun von Pfeifenten umgeben sind oder nicht.« Hansen schlemmte ungehemmt. Es war seit langem der erste unbeschwerte Abend.

Kapitel 23

Nein, Buttern war keine Arbeit für Sönke Hansen. Er hatte einen Splitter in der Hand. Außerdem sah er sich aufgrund der starken Schmerzen an seinen Rippen nicht in der Lage dazu.

Zu seinem Bedauern, wie er sagte.

»Ich glaube dir aufs Wort«, beteuerte Jorke mitfühlend. »Isabella glaube ich allerdings auch. Und sie hat gemeint, nach drei, vier Tagen könntest du schon leichtere häusliche Arbeiten übernehmen.«

»Wahrscheinlich hat sie noch nie gebuttert.« Hansen stieß den Butterstampfer erneut in die schmale Tonne hinein und griff sich anschließend keuchend an die Rippen.

»Andere Seite«, schlug Jorke sanft vor. »Und den Splitter werde ich dir gerne ziehen.«

»Oh, lieber nicht«, sagte Hansen und versteckte, in jeder Hinsicht gepeinigt, wenigstens die richtige Hand hinter seinem Rücken.

Jorke umarmte ihn. »Schwindler«, flüsterte sie ihm ins Ohr. Hansen grinste und umarmte sie herzhaft.

Der obere Türflügel knarrte. Der Postschiffer höchstpersönlich schob sein Gesicht in den Spalt und wedelte mit einem Brief. »Nicht küssen, Sönke. Bei Tage wird gearbeitet. Hier kommt die Gehaltserhöhung aus deinem Amt.«

»Wäre schön«, seufzte Hansen und griff nach dem Umschlag. »Ich vermute eher das Gegenteil.«

»Einen Klaren?«, fragte Jorke.

Statt einer Antwort kam der Mann herein, schüttelte sich die Holzschuhe von den Füßen und tappte vor Jorke her in die Küche.

Hansen blieb in der Diele und schlitzte den Brief auf. Es war ein kurzes Schreiben. Er wurde umgehend nach Husum ins Wasserbauamt zurückbeordert. Von Urlaub war nicht mehr die Rede. Jetzt brauchte auch er einen Schnaps.

Oberbaudirektor Petersen fand es selbstverständlich, dass Hansen sich am gleichen Spätnachmittag noch im Amt meldete. Im Übrigen wollte er nicht sagen, worum es ging, befahl ihn jedoch für den nächsten Morgen um elf Uhr in sein Dienstzimmer.

Beklommen wanderte Hansen zu seinem Haus. Entlassung. Wahrscheinlich brauchte Petersen dazu noch die Anwesenheit irgendeines leitenden Herrn, den er erst aus Schleswig herbeitelefonieren musste. Einen Beamten zu entlassen, war prinzipiell unmöglich, wie Hansen wusste, außer im Falle eines gravierenden Vergehens oder Verbrechens. Landes- und Hochverrat gehörten mit tödlicher Sicherheit dazu. Der Baron mit Dürrschnabel als Souffleur hatte gewonnen.

Jetzt erst wurde ihm bewusst, wie sehr Isabellas und seine gemeinsame Kalkulation danebengegangen war. Die zwei Verschwörer hatten die Sache in der Schwebe gehalten, damit er nichts unternahm, und jetzt war es zu spät. Erst einmal entlassen, wäre seine Aussage nichts mehr wert. Sie würde nur noch als Rache gelten.

Freudlos nahm er wahr, dass seine Speisekammer gut gefüllt und sein Bett frisch bezogen war und nahm beides als glücklichen Zufall. Oder als mütterlichen Instinkt seiner bewährten Haushälterin Petrine Godbersen.

Dann vertiefte er sich in den Stapel Zeitungen, den sie ihm hingelegt hatte. Nur die dürre Notiz über den Tod eines Gastes von Föhr während der Robbenjagd fand sein flüchtiges Interesse.

Dr. Molitors Name war nicht erwähnt, aber der Journalist der *Husumer Nachrichten* hatte die Ermahnung angefügt, dass dieser Fall zeige, wie vorsichtig man beim Umgang mit Schusswaffen sein solle. Vor allem unkundige Kurgäste sollten lieber das Warmbadehaus aufsuchen statt kalter Sandbänke.

Nun ja, viel hatte der Mann nicht begriffen. Hansen packte die Zeitungen beiseite, legte sich ins Bett und versuchte einzuschlafen.

Aber anscheinend hatte er in den letzten Nächten so viel Schlaf gehabt, dass der ihm jetzt abhanden gekommen war. Die halbe Nacht wälzte er sich im Bett herum und war dankbar, als die Morgendämmerung endlich anbrach.

Punkt elf Uhr betrat Hansen das Büro seines Vorgesetzten im Wasserbauamt. Petersen war nicht allein. Wie Hansen es sich gedacht hatte, befand sich dort der unbekannte Vorgesetzte, der ihn entlassen würde. Und fein säuberlich aneinandergereiht lagen als Beweismittel auf dem ansonsten aufgeräumten Schreibtisch die drei Zeitungsausschnitte, die er schon von weitem erkannte.

»Wenn Verbrecher das Leben eines Menschen zerstören wollen, ist man machtlos, Herr Petersen. Gegen skrupellose Methoden kann man sich nicht auf anständige Art verteidigen«, sagte er erbittert und blieb an der Tür stehen. »Man müsste denn selbst so handeln wie sie.«

»Geht allen so«, stimmte Petersen ohne Verwunderung zu und winkte Hansen energisch herein.

Der Unbekannte löste sich vom Fenster und kam auf Hansen zu.

»Darf ich die Herren einander vorstellen?«, fragte Petersen höflich.

Von seinen Umgangsformen würde er nie abgehen, dachte Hansen, auch wenn er vorhatte, seinen engsten Mitarbeiter gleich in Schimpf und Schande davonzujagen. Leise Schritte machten ihn darauf aufmerksam, dass noch jemand im Raum war, und er drehte sich um.

Aus der Nische, in der er sich selber schon als stiller Beobachter unangenehmer Diskussionen verborgen hatte, kam Isabella Molitor mit ausgestreckter Hand und aufmunternd lächelnd auf Hansen zu. Auf ihre Anwesenheit konnte er sich absolut keinen Reim machen.

Hinter ihm sprach Petersen. Mit Verzögerung begriff Hansen, dass der Gast ein leibhaftiger Polizeikommissar aus Berlin war. Beschämt fuhr er herum, um endlich den großen Mann mit braunem Haar und dunklen Augen, der hintergründig schmunzelte, richtig wahrzunehmen. Die Aufgabe eines Polizeibeamten aus Berlin konnte es eigentlich nicht sein, in Husum Deichbauer zu entlassen, fiel ihm zu seiner Erleichterung ein.

»Bitte erzählen Sie mir zuerst knapp, was in Wyk und auf der Sandbank geschehen ist«, bat Martin Wolf, nachdem sie einander die Hände geschüttelt und sich gesetzt hatten. »Wir bekommen selten solch umfangreiche Hilfe durch die Bürger, wofür ich mich ausdrücklich bedanke. Danach hätte ich gerne jedes Detail Ihrer Ermittlungen. Ich werde Sie nicht unterbrechen.«

Nachdem Hansen sich gefasst hatte, fiel es ihm nicht schwer, eine chronologische Übersicht über die Geschehnisse vorzubringen. Die medizinischen Details, sowohl was Dr. Lorenzens Feststellungen hinsichtlich ihres Vaters als auch Hansens Verletzungen durch die beiden Schläger betraf, übernahm Isabella Molitor.

»Gut«, sagte Wolf, »mir ist fast alles klar, außer, wie der Oberdeichgraf ins Spiel gekommen ist.«

»Das ist wohl mehr meine Sache«, erkannte Petersen. »Um es geradeheraus zu sagen, hat der Baron von Holsten persönliche Ressentiments gegen Herrn Hansen. Schon vor zwei Jahren hat er Hansen vorgeworfen, ein Vaterlandsverräter zu sein, lediglich weil dieser die rigide preußische Politik gegenüber der dänischen Minderheit kritisierte. Wobei ich Herrn Hansen ausdrücklich beipflichte.«

Wolf nickte. »Das hoffe ich doch. Diese Politik ist unvernünftig und dumm.«

Petersen lächelte erfreut und machte eine kleine Verbeugung in Richtung auf Isabella Molitor. »Ich sehe, welch gute Wahl Sie mit Ihrem Kommissar getroffen haben.«

»Martin Wolf und ich kennen uns schon lange. Ich setze volles Vertrauen in ihn«, sagte Isabella.

»Was der Baron glaubt, gegen Herrn Hansen in der Hand zu haben, weiß ich nicht«, setzte Petersen fort. »Möglicherweise geht es Herrn von Holsten nur darum, sich in der Öffentlichkeit einen Namen zu machen, auf Kosten von Herrn Hansen. Dürrschnabel muss ihn dabei bestärkt, aber offensichtlich sein eigenes Süppchen gekocht haben. Vielleicht hat er ihm auch politischen Aufstieg zugesagt. Ich glaube nicht, dass der Baron durchschaut, wozu er benutzt wurde.«

»Er wird es für eine gelungene Schreckung von Abhängigen durch Vorzeigen der Folterwerkzeuge gehalten haben«, nickte Wolf. »Nachdem Sie, Herr Petersen, Herrn

Hansen umgehend zurückgezogen haben, werden Dürrschnabel und von Holsten deswegen die Angelegenheit als erledigt erachten. Herrn Hansens Name ist im Klartext nie erwähnt worden, trotzdem haben Sie erkennbar Angst um den Ruf des Wasserbauamtes gezeigt. Und die Artikel stehen weiterhin als Drohung im Raum, deshalb sind Hansen die Hände weiterhin gebunden. So ist meines Erachtens ihre Argumentation.«

»Aber die beiden Bauernburschen werden doch reden«, wandte Hansen ein. »Ich könnte mir denken, dass die Wogen in den Dörfern hochgehen, wenn zwei einen Gast zusammenschlagen und zwei andere ihn retten.«

Wolf zog die Augenbrauen hoch und schüttelte den Kopf. »Sie meinen, die Schläger wären aufgehetzte Bauernburschen gewesen? Oh nein. Ohne sie zu kennen, bestreite ich das. Das sind Männer aus irgendeinem Elendsviertel einer Großstadt, die auf Sie angesetzt wurden, um Sie zusätzlich einzuschüchtern. Wir haben es in den letzten Jahren gelegentlich mit solchen Leuten zu tun, die auf Rechnung bestimmter Parteien arbeiten. Von linker Seite sagt man, es sei eine neue berechtigte Form des Klassenkampfes. Die Rechten halten dagegen, dass sie sich verteidigen müssen. Die Kerle selbst dürften keine Ahnung gehabt haben, worum es ging. Die haben Sie ein paar Tage beobachtet, haben auf eine günstige Gelegenheit gelauert, Sie zusammenzuschlagen und sind längst auf das Festland zurückgekehrt.«

»Ich hatte an den Tagen vorher manchmal das Gefühl, Blicke im Nacken zu spüren«, sagte Hansen bestürzt.

Isabella nickte mit kritischer Miene. »Sehen Sie, Herr Wolf wird schon Recht haben.«

Wolf schlug tatendurstig mit den Händen auf die Sessellehnen. »Dann sollten wir jetzt nach Föhr aufbrechen. Herr

Hansen, Sie müssen mitkommen, um mir zur Verfügung zu stehen, aber Sie haben bis auf weiteres Hausarrest.«

»Was heißt das denn?«, fragte er bestürzt.

Wolf lächelte. »Nicht, was Sie meinen. Herr Dürrschnabel würde argwöhnisch werden, wenn Sie in Wyk auftauchten, deshalb müssen Sie sich verstecken. Lassen Sie mir ein paar Tage Zeit, dann dürfen Sie wieder an den Strand ...«

»Ja gut«, murmelte Hansen widerwillig. »Wie kommt es eigentlich, dass Sie hier sind, Herr Wolf? Ich bin ja unendlich dankbar, aber woher wussten Sie um unsere Schwierigkeiten?«

Wolf wies auf Isabella. »Bedanken Sie sich bei Fräulein Doktor. Wir hatten bei Kriminalfällen schon miteinander zu tun, und ich weiß, dass sie nicht ohne Grund um Hilfe ruft.«

»Ihr Blitzbesuch auf dem Festland?«, warf Hansen fragend ein.

»Ich wollte nach Berlin telefonieren, ohne Zeugen befürchten zu müssen«, erklärte Isabella.

»Ja, natürlich.«

Wolf fuhr in seiner Erklärung fort. »Es ist natürlich nicht der Normalfall, dass die Kriminalpolizei von selbst dort auftaucht, wo jemand in der Klemme ist, Herr Hansen. Sie muss angefordert werden. Der Etat der Polizeiverwaltung hat für Sonderleistungen dieser Art keine Mittel. Vor einigen Jahren wurde aber vom preußischen Innenminister in einer Parlamentsdebatte ausdrücklich klargestellt, dass ein Beamter für die Untersuchung besonderer Fälle abgestellt werden kann, wenn die Kosten von privater Seite übernommen werden. Selbstverständlich sind diese an die Regierung zu zahlen, nicht an den Beamten.«

»Sie bezahlen alles?« Hansen sah ungläubig zu Dr. Molitor hinüber.

Sie nickte. »Es war ja nicht mehr möglich, den Innenminister über die Presse zu aktivieren, wie ich gehofft hatte. Herrn Wolf um Hilfe zu bitten, war unter den gegebenen Umständen der einzig verbliebene Weg.«

Hansen fehlten wieder einmal die Worte.

Auf Wolfs ausdrückliche Anweisung hin fuhren sie getrennt nach Wyk. Hansen nahm sogar einen späteren Zug, um mit dem Dampfer anzukommen, der zu dieser Jahreszeit bei schon fortgeschrittener Dämmerung anlegte.

In seinem Zimmer war alles noch so wie bei seiner überstürzten Abreise, und er machte sich auf ein langes Warten gefasst.

Am nächsten Vormittag erschien Polizeikommissar Wolf bei ihm.

»Dr. Molitor hat mich schon in die Örtlichkeiten eingeführt«, berichtete er. »Jetzt würde ich gerne noch genauer hören, was Sie mir über das Gewehr des Abgeordneten berichten können. Vielleicht kann ich da den Hebel ansetzen.«

Hansen vergrub die Hände in seinen dichten blonden Haaren und gab die Peinlichkeit seines Lebens preis. »Ich konnte nur die Mündung sehen«, sagte er, »aber dass es ein Gewehr war, war natürlich klar. Und ich fühlte das Bajonett. Die Jäger, mit denen Dürrschnabel unterwegs war, wissen jedoch zuverlässig, dass es sich um ein Dreysesches Hinterladergewehr handelt.«

»Ein Zündnadelgewehr«, bestätigte Wolf. »Ich kenne es. Es veraltet allmählich von seiner Technik her, aber es schießt trotzdem genau.«

Durch Hansen ging ein Ruck. Ein Gedanke, mehr ein

Gefühl, schwirrte durch seinen Kopf, aber er konnte ihn nicht fassen.

»Ist etwas?«, fragte Wolf und sah Hansen aufmerksam ins Gesicht.

»Sie sagten eben etwas ... Können Sie es wiederholen?«

»Sie sprachen vom Dreyseschen Hinterladergewehr, und ich fügte hinzu, dass es ein altmodisches Zündnadelgewehr ist.«

»Ja, das ist es«, sagte Hansen, sich erinnernd. »Jetzt hab ich es. Es gibt auf der Hallig Langeness einen jungen Mann, der sich leidenschaftlich für Gewehre interessiert. Neulich ist es ihm endlich gelungen, ein gebrauchtes modernes in Wyk zu erstehen. Wir trafen uns zufällig, als er mit ihm nach Langeness zurückkehrte. Dabei erwähnte er, dass seine Dreysesche Jagdwaffe viel besser sei als das Dreysesche Zündnadelgewehr des Typs M/41, so nannte er es, glaube ich. Der einzige andere Jäger auf der Hallig besitzt jedoch ein Kipplaufgewehr, eine richtige Jagdwaffe. Die kenne selbst ich. Dann erwähnte Erk, so heißt unser junger Sachverständiger, noch das Füsiliergewehr M/62 von Dreyse.«

»Sie meinen, er hätte eigentlich keinen Grund gehabt, Militärgewehre zu erwähnen, die auf der Hallig keine Rolle spielen. Es sei denn, er hätte gerade eines gesehen. Eins von Dreyse mit Bajonett.«

»Ja, genau. Mir sagten diese Bezeichnungen damals nichts. Inzwischen denke ich jedoch, dass er nicht einfach mit seinem Wissen um sich warf, sondern drei real auf der Hallig existierende Gewehre verglich. Und da fällt mir nur noch das von Dürrschnabel ein. Als Deicharbeiter war Erk selbstverständlich zu dieser ominösen Feier eingeladen, bei der es im Krug zuging wie im Taubenschlag. Vielleicht hat er Dürrschnabels Segeltuchhülle gesehen und als das erkannt, was es war, während alle anderen sich die Mär vom Angelgerät auf die Nase binden ließen.«

»Gut, der Mann ist ein Ansatzpunkt. Wie komme ich zur Hallig?«, fragte Wolf und sprang auf.

»Das kann ich veranlassen. Darf ich mit?«

»Besser nicht«, sagte der Kommissar bedauernd. »Ich sagte Ihnen ja schon: Wenn Sie erkannt werden, ist meine ganze Mission vergebens.«

»Hm«, brummte Hansen unzufrieden. »Dann lassen Sie sich die Fahrt von Dr. Molitor organisieren. Darin ist sie Expertin.«

»Ich weiß«, sagte Wolf ruhig.

»Ich schreibe meiner Verlobten einen Brief, und sie macht Sie mit Erk Ipsen bekannt. Könnten Sie denn wenigstens die Doktorin veranlassen, mich zu besuchen?«, bat Hansen nervös. »Ich fühle mich hier eingesperrt.«

»Sie ist bereits auf dem Weg zu Ihnen. Sie hatte nur etwas zu erledigen, sagte sie, und jetzt wird es mit dem Umweg über den Hafen wohl noch etwas länger dauern. Geduld, Herr Hansen. Es wäre fatal, jetzt etwas übereilen zu wollen.«

Hansen stieß einen ergebenen Seufzer aus, und Wolf lächelte.

Zu Hansens Überraschung kam Isabella mit Göntje im Gefolge. Das Hausmädchen wirkte nicht glücklich, und als sie merkte, wohin Isabella sie gebracht hatte, wurde sie wütend.

»Das ist nicht recht! Sie haben mich überlistet, mein Versteck zu verlassen«, schimpfte sie. »Sönke Hansen versucht schon die ganze Zeit, mich zu etwas zu überreden, was ich nicht will, und jetzt werden Sie mich zu zweit überfallen und auf mich einreden, bis ich nachgebe. Aber das tue ich nicht!«

»Nein, Göntje, niemand wird Sie überfallen. Und ich bat Sie tatsächlich nur um den Gefallen, hierher zu kommen«, verbesserte Isabella.

Göntje dachte einen Moment nach und beruhigte sich augenscheinlich. »Nun, wenn das stimmt …«, sagte sie schließlich. »Was wollen Sie denn eigentlich von mir?«

»Ich werde Paul Dürrschnabel ins Gefängnis bringen«, sagte Isabella, und ihr Ton ließ keinen Zweifel daran, dass es ihr gelingen würde. »Er hat meinen Vater erschossen, kaltblütig, als wäre er ein Seehund. Inzwischen ermittelt auch ein Kriminalkommissar, der extra aus Berlin gekommen ist. Mit Ihnen wollte ich gerne unter vier Augen reden. Sönke Hansen soll nur bestätigen, dass ich kein Mensch bin, der Sie in eine Falle locken würde.«

Göntjes Blick wanderte zu Hansen, der ihr beruhigend zunickte.

»Ich bin Ärztin«, erklärte Isabella, »für mich gilt die ärztliche Schweigepflicht, und was auch immer Sie mir anvertrauen können oder wollen, wird kein Richter mir entreißen können.«

»Dr. Molitor kümmert sich innerhalb der Frauenbewegung um Frauen, die von Männern missbraucht wurden und hilft ihnen vor Gericht, ihre Rechte durchzusetzen«, ergänzte Hansen.

»Ist das wahr? Gibt es das wirklich?«, fragte Göntje mehr verwundert als misstrauisch.

Isabella nickte mit mitfühlender Miene. Ganz sicherlich begegnete sie diesem Unglauben der Frauen, die keinerlei Gerechtigkeit für sich erhofften, öfter, dachte Hansen.

»Ja, dann können wir reden, wenn Sie wollen«, erlaubte

Göntje. »Ein bisschen jedenfalls. Wo kein Mann uns hört. Und wenn Sie nichts weitersagen.«

Unbeschwert schwatzend verließen sie Hansen, der sich gänzlich überflüssig vorkam.

Bis zum späten Vormittag des übernächsten Tages musste Hansen warten, aber dann überschlugen sich die Neuigkeiten. Isabella Molitor rauschte in sein Zimmer, Triumph ins Gesicht geschrieben, und unmittelbar nach ihr traf der Kommissar ein. »Göntje ist bereit, gegen Dürrschnabel auszusagen«, rief Isabella fast ausgelassen. »Gott sei Dank! Sie ist eine verständige junge Frau.«

»Aber sie belastet sich doch selbst damit«, wandte Hansen ein. »Wie haben Sie sie denn herumgekriegt?«

»Sönke Hansen! Das möchte ich nicht gehört haben«, tadelte die Ärztin ihn unverblümt. »Ich würde keine Frau zu ihrem juristischen Nachteil zu etwas überreden!«

Hansen zuckte schuldbewusst zusammen.

»Göntje war die ganze Zeit der Meinung, das Kind sei durch ihre Schuld gestorben, obwohl ihr bewusst war, dass sie es nicht mit eigenen Händen ermordet hat.«

»Aber Dr. Lorenzen ...«

»Seine Erfahrung mit Neugeborenen ist begrenzt. Er hatte es Ihnen ja gesagt. Das Kind hat nach seiner Geburt gelebt, Göntje hat sein Herz klopfen gehört und die feinen Atemzüge an ihrem Hals gespürt. Sie hat es sogar abgenabelt. Als die Nachgeburt nach einer Weile kam, hat sie ihr Kind behutsam in die Tischdecke des Hotels gewickelt, damit ihm nicht kalt würde, und war danach einige Zeit mit sich selbst beschäftigt. Danach erst entdeckte sie, dass es nicht mehr atmete.«

»Kann das wirklich sein?«, fragte Hansen.

»Ein plötzlicher Kindstod kommt ohne jeden Zweifel vor. Besonders tragisch ist, dass er eintrat, obwohl Göntje sich längst anders besonnen hatte. Aber unter dem Druck, den Dürrschnabel auf sie ausübte, hat sie nicht nur den Teller als Grabewerkzeug mitgenommen, sondern auch blindlings angenommen, dass das Kind durch ihre Schuld gestorben sei. Alles zusammen ergab für sie, dass sie eine Mörderin ist. Ich habe ihr erklärt, wie wir Ärzte solche Fälle beurteilen, und inzwischen sind ihr Felsbrocken vom Herzen gefallen.«

»Das arme Mädchen«, sagte Hansen erschüttert. Alles, was er gesagt hatte, hatte Göntje vermutlich sogar in dem Glauben bestärkt, sie hätte diesen Mord begangen. »Haben Sie zufällig auch erfahren, warum Göntje wegen Frau Kerkhoff so aufgebracht war?«

»Zufällig nicht.«

»Entschuldigung, natürlich nicht«, beeilte Hansen sich zu versichern.

Isabella Molitor nickte knapp. »Ich zitiere, was Louise Kerkhoff Göntje im Flur von Christiansens Gasthof an den Kopf warf: *Wenn eines Dienstherrn Magd anfängt zu huren, die soll man mit Feuer verbrennen, denn sie hat ihren Herrn geschändet.«*

»Ausgerechnet Göntje! Da kann ich sie verstehen.«

»Es ist noch schlimmer als Sie meinen, Sönke Hansen. Ich habe im Gegensatz zu Göntje die Stelle im Alten Testament nachgeschlagen, die Frau Kerkhoff ihr nannte. Der Text stimmt nur beinahe: Es ist nicht von einer Magd die Rede, sondern von der Tochter eines Priesters …«

»Sie hat Göntje also absichtlich gequält …«, entdeckte Hansen und sah zu seiner Genugtuung Isabella nicken.

»Es entwickelt sich günstiger, als ich zu hoffen wagte«, brach Wolf das betroffene Schweigen. »Auch ich wurde fündig. Nachdem Ihre resolute Jorke dem jungen Mann den Kopf zurechtgesetzt hatte, wurde er gesprächig.«

»Erk wollte nicht über Gewehre sprechen?« Hansen war überrascht.

»Über seins schon. Aber nicht über Dürrschnabels, weil er inzwischen erfahren hatte, dass das Futteral Angelzeug enthalten sollte. Also, es war folgendermaßen: Erk hatte den Kolben eindeutig als Gewehr erkannt an dem Tag, als Dürrschnabel auf der Hallig ankam. Sein Gepäck durften die Männer tragen, aber nicht das sogenannte Angelzeug. Am nächsten Tag, als Dürrschnabel die Schulkinder besuchte, verschaffte Erk sich einen Auftrag, mit dessen Hilfe er ganz offiziell nach Hilligenlei gehen konnte. Der Rest war ein Kinderspiel, sagt er. Er lief nach oben in das Gastzimmer und packte das Gewehr aus. Kein Mensch hat ihn gestört, und er konnte sich Zeit lassen. Es war die brennende Neugier eines Waffennarren, und ihn stellte es zufrieden, festzustellen, um welchen Gewehrtyp es sich handelte. Er will es ganz sorgfältig wieder verpackt haben, und ich glaube ihm. Im Gegensatz zu den Gepflogenheiten von Fräulein Doktor pflege ich meine Zeugen zu überreden, vor Gericht auszusagen, und er wird es tun.«

»Sein Vater dürfte ihn darin bestärkt haben«, vermutete Hansen, »damit kein Krümelchen Verdacht auf den Halligleuten hängen bleibt. Sie erhoffen sich den einen oder anderen Sommerfrischler.«

»Umso besser.«

»Und wie geht es jetzt weiter?«, fragte Hansen.

»Jetzt beginnt meine eigentliche Aufgabe«, antwortete

Wolf rätselhaft. »Und Ihre Klausur ist ab sofort aufgehoben.«

»Ich kann auf der Stelle zu dieser Tür hinaus?«, fragte Hansen mit ausgestrecktem Arm ungläubig.

»Ja.«

»Dann unterhalten Sie sich gerne noch weiter. Ich muss an die Luft.« Hansen stürmte die Treppe hinunter, und als er auf der Straße stand, konnte er sein Glück immer noch kaum fassen.

Kapitel 24

Isabella Molitor kam zu Hansen, der auf dem kürzesten Weg zum Ufer gerannt war, im Sand saß und wie ein Kind Sandhäufchen auf beide Knie rieseln ließ.

»Erleichtert?«, fragte Isabella mit leisem Lachen.

»In jeder Hinsicht. Ich war vorher noch nie eingesperrt, ein schreckliches Gefühl!«

»Das hätte um ein Haar Göntje blühen können.«

»Ja, ich freue mich vor allem für sie. Ich glaube, ich muss mich bei ihr entschuldigen.«

»Es wäre überheblich, sich selbst für alles, was im eigenen Umfeld passiert, die Schuld zu geben. Sagten Sie nicht selbst so? Aber kommen Sie jetzt, Herr Hansen, wir müssen zu Redlefsen's. Kommissar Wolf wird zugreifen, zum Mittagessen ist Paul Dürrschnabel am verlässlichsten im Hotel.«

»Jetzt schon?«, fragte Hansen und spürte, wie ihn die Aufregung packte. »Ich hatte gedacht, Herr Wolf müsste noch viel mehr …«

»Was Wolf bisher weiß, reicht für die Verhaftung von Dürrschnabel. Danach wird eine förmliche gerichtliche Voruntersuchung eröffnet, und ein Staatsanwalt oder ein Oberstaatsanwalt oder beide zusammen werden ermitteln. Dürrschnabels Karriere dürfte jedoch schon in wenigen Augenblicken beendet sein. Der erzpreußische Politiker wird seine scheinbare Unschuld im ehemaligen dänischen Königshof verlieren.«

»Das möchte ich erleben! Leider nur von außen«, sagte Hansen bedauernd.

»Warten Sie mal ab«, sagte Isabella, danach hasteten sie schweigend zum Hotel, mal dicht nebeneinander, mal auseinanderweichend, wenn Pulks von hungrigen Gästen, auf dem Weg zu anderen Gästehäusern, ihnen entgegenkamen.

Kommissar Wolf stand unbeachtet im Foyer des Hotels, mit den Händen auf dem Rücken. Er sah sich unbefangen um, wie jeder frisch eingetroffene Gast, der nach Informationen hinsichtlich der Öffnungszeiten des Warmbadehauses und des Gesellschaftshauses und anderem dürstet.

Isabella Molitor zog den widerstrebenden Hansen über die Türschwelle mit sich und steuerte auf die tiefen Sessel zu, von denen im Augenblick kaum einer besetzt war.

Der Portier sah flüchtig herüber und ließ in keiner Weise erkennen, dass er Hansen kannte. Erleichtert sank Hansen in den Sessel. »Haben Sie mit Bosse Ingwersen gesprochen?«, raunte er.

»Ich nicht. Aber er musste ja ganz offiziell darüber informiert werden, was gleich passieren wird. Wolf wird ihm mitgeteilt haben, dass Sie sozusagen die Vorhut der Kriminalpolizei waren.«

Mehrere Pärchen kamen, Arm in Arm, und steuerten auf die weit geöffneten Glastüren zum Speiseraum zu. Aus dem Saal drang das Gemurmel vieler Menschen, die sich lebhaft unterhalten, bevor aufgetragen wird.

Dann ebbte das Geräusch ab und wich einem erwartungsvollen Schweigen. Im gleichen Augenblick, als das Personal zu den Tischen eilte, um zügig silberne Platten und Schüsseln aus gelbem Porzellan auszuteilen, erschienen im Gang, der von den Gästezimmern kommend im

Foyer mündete, Arm in Arm Paul Dürrschnabel und der Baron.

Kommissar Wolf wartete, bis beide zum Saaleingang gelangt waren, gefolgt von der mürrisch hinterdrein watschelnden Dora. Mit wenigen Schritten war er bei Dürrschnabel und legte ihm besitzergreifend die Hand auf die Schulter. »Ich verhafte Sie, Paul Dürrschnabel, wegen Mordes sowie wegen Gewalt gegen eine Frau unter Bedrohung ihres Lebens«, sagte er in die Stille hinein.

Es wurde, wenn überhaupt möglich, noch stiller im Saal. Alle Gesichter waren dem Eingang zugewandt. Nach einer Schrecksekunde stieß Dora Dürrschnabel einen lauten Seufzer aus und sank zu Boden.

Den darauf folgenden Tumult unter den Gästen, dazu die Verwirrung, die entstand, als sich Isabella Molitor plötzlich zwischen die Beine der Gruppe an der Tür schlängelte, um Dora zu helfen, versuchte Paul Dürrschnabel auszunutzen, um zu entkommen.

Weit kam er nicht. In der Hoteltür fingen ihn der Polizist Robert Schliemann und sein Assistent ohne Schwierigkeit ab und schlossen Handschellen um seine Hände, wonach Dürrschnabel sich ergab.

Dürrschnabel wurde abgeführt, und der Baron war plötzlich wie vom Erdboden verschluckt. Ingwersen eilte mit zerknirschtem Gesicht zu Hansen und entschuldigte sich für sein Misstrauen mit einer tiefen Verbeugung. Sönke Hansen drückte ihm wortlos die Hand, die Eindrücke waren viel zu überwältigend, als dass er jetzt hätte sprechen mögen.

Stattdessen sah er sich nach Isabella Molitor um. In der Halle war sie nicht, vermutlich kümmerte sie sich immer noch um Dora Dürrschnabel, die fortgebracht worden war.

Mit den Händen auf dem Rücken begann er eine unruhige Wanderung zwischen den Gruppen von Gästen, die ungeniert das Ereignis kommentierten, wie es in diesem Hotel noch nie eines gegeben hatte.

Endlich kam Isabella zurück. »Sie schläft jetzt. Ich habe ihr ein Beruhigungsmittel gegeben. Die arme Frau.«

»Ja, ja«, murmelte Hansen widerwillig.

»Kommen Sie, ich muss Ihnen einiges erklären«, sagte Isabella und hakte Hansen unter, um ihn nach draußen zu führen. »Dora ist keine sehr angenehme Person …«

»Weiß Gott nicht«, stimmte ihr Hansen mit Nachdruck zu.

»Man könnte sogar den Schluss ziehen, dass ihr schwieriger Charakter Anteil daran hat, dass Paul Dürrschnabel sich ausgerechnet Göntje als Opfer seiner Begierde aussuchte.«

»Wie das?« Hansen war überrascht, aber auch neugierig auf Isabellas Erklärung.

»Ist Ihnen nicht aufgefallen, dass Dora und Göntje äußerlich eine gewisse Ähnlichkeit miteinander haben? Die Vertreter unserer jungen Wissenschaft Psychologie würden daraus schließen, dass Dürrschnabel sich unbewusst eine Frau suchte, über die er siegen konnte. Soweit ich beobachten konnte, hat er jede verbale Auseinandersetzung mit Dora verloren. Und mehr noch, sie verstand es, jede gewöhnliche Situation zu einem Duell mit ihm umzufunktionieren. So gesehen, diente Göntje Paul als friedliebender Ersatz für Dora. Deshalb ließ er Göntje auch nicht aus seinen Fängen.«

»Donnerwetter!«, sagte Hansen beeindruckt.

»Ja, das klingt in Männerohren gut, nicht wahr? Die nachvollziehbare Entlastung eines Mannes, der nicht von Natur aus bösartig ist, jedoch Schwächen gegenüber seiner Ehefrau zeigt, die ihn letztendlich in ein Verbrechen treiben?«

Hansen hob nur abwartend die Augenbrauen.

»So einfach ist es aber nicht«, fuhr Isabella fort. »Der Sprache nach stammt Dora aus dem Südwesten des Kaiserreichs. Möglicherweise ist sie in einer der dort nicht seltenen winzigen evangelischen Gemeinden in katholischer Umgebung aufgewachsen. Der Tradition verhaftet, ausgesprochen religiös, in beengenden Verhältnissen, die einen Charakter förmlich erdrücken können ...«

»Clement, unser Zeitungsschreiber, erwähnte, dass Dürrschnabel sie aus Baden geholt hat«, flocht Hansen ein.

»Sehen Sie? Und wer weiß, welche Träume das junge Mädchen Dorothea hatte, bevor Paul sie heiratete? Womöglich hätte auch sie gerne in Zürich studiert ... Tatsache ist jedenfalls, dass sie ungeheure Tatkraft hat und diese in die Karriere ihres Ehemannes investierte. Möglicherweise ist sie diejenige, die ihn ins Ministeramt treiben wollte.«

»Ihr Vater hielt Paul selbst für sehr ehrgeizig.«

Isabella nickte flüchtig. »Paul mag in Doras Augen nicht schnell genug vorangekommen sein. Offensichtlich frönte er ja leidenschaftlich der Jagd in verschiedenen Gegenden dieser Welt. Ich hörte zufällig, wie er sich über seine Pläne verbreitete, nach Indien zu reisen. Ein Tigerfell hatte er wohl noch nicht. Aber soviel ich weiß, hätte ihn dieser Ausflug mindestens ein halbes Jahr gekostet, was seinem weiteren Aufstieg im Wege gestanden hätte. Leider wurde Dora bei ihrem Widerspruch fast ausfällig ...«

»Sie sind beide auf tragische Art gescheitert«, gab Hansen widerwillig zu. »Abgesehen von den Verbrechen, die Dürrschnabel begangen hat. Ich bin unendlich erleichtert, dass Göntje nicht tatsächlich in diesen Teufelskreis von Verbrechen hineingezogen worden ist.«

»Sie hat es Ihrer Hartnäckigkeit zu verdanken, und sie weiß es. Göntje ist nicht nur erleichtert, sie schwebt auf Wolken. Außerdem findet sie allmählich zu einer stillen Trauer um ihr totes Töchterchen zurück. Es ist dies ein Heilungsprozess, ohne den sie ihr ganzes Leben nicht mehr froh werden würde.«

»So etwas Ähnliches sagte auch Dr. Lorenzen von der Kinderheilstätte.«

»Ich werde ihn vor meiner Abreise besuchen und mich für seine leise, aber verlässliche Hilfe bedanken«, versprach Isabella. »Nun zu etwas anderem.«

Sie zog Sönke Hansen mit sich über den Sandwall und sprang auf den Sand hinunter.

Er folgte ihr belustigt und wartete geduldig, als sie gegen die sinkende Nachmittagssonne die Silhouette von Langeness, Nordmarsch und Hooge musterte, bis ihr Blick schließlich auf Amrum liegenblieb und sie sich räusperte.

»Diese Inseln sind mir ans Herz gewachsen, obwohl ich hier so viel Kummer hatte. Würden Sie mir die Freude machen, bei einem festlichen kleinen Essen morgen Abend als Gast anwesend zu sein?«, fragte Isabella. »Zum Abschluss einer unerfreulichen und traurigen Angelegenheit. Ich werde nie wieder herkommen.«

Hansen drehte sich zur Hallig um. Er brauchte die Warfen nicht abzuzählen, um zu wissen, welches die Ketelswarf war. Jorke würde gleich in der Küche die Lampe anzünden, am Küchentisch Platz nehmen, auf die Lichter von Wyk blicken und an ihn denken. Von Herzen gern würde er jetzt ihr gegenübersitzen. Aber er verstand Isabella. Wahrscheinlich hatte das Fest für sie die Bedeutung eines Schlussstriches, den sie brauchte, um Frieden mit dem Tod ihres Vaters zu machen. Zwei Tage würde er es noch ohne Jorke aushalten. Ohne sich sein Bedauern anmerken zu lassen, willigte er ein.

»Gut«, sagte sie zufrieden.

»Wäre es Ihnen dafür recht, morgen Vormittag Hajo Clement von den *Föhrer Nachrichten* einige Fragen zu beantworten?«, fragte Hansen. »Ich hatte ihm zugesichert, dass er die Informationen als Erster bekommt. Er wäre derjenige gewesen, dem ich zugetraut hätte, den Minister zu alarmieren. Übrigens hat er mir schon erzählt, dass Thaddäus Lämmles Frau urplötzlich gesund geworden ist und das Ehepaar die Insel verlassen wird.«

»Hajo Clement sollten wir in diesem Fall nicht enttäuschen. Könnte ja sein, dass Sie ihn noch mal brauchen«, sagte Isabella anzüglich.

Hansen hob abwehrend die Hände. »Bloß nicht. Was mir diesmal passiert ist, reicht mir ein für alle Mal. Sehen Sie mal, wer da mit fliegenden Rockschößen kommt.«

Auf dem Strandwall stürmte der Maler Otto Jakob an ihnen vorbei, ohne nach rechts und links zu schauen, die herabgebogene Hutkrempe zwischen zwei Fingern und den Blick fest auf die untergehende Sonne gerichtet. Hinter ihm her keuchte Fraucke mit der Staffelei über der Schulter.

»Wer ist das?«

»Der Landschaftsmaler, dessen Gemälde mir Göntjes Anwesenheit am Deich verriet.«

»Mit dem bereits versklavten Hausmädchen hinter sich,

das ebenfalls dabei war, wie ich vermute.« Isabella Molitor sah ihr kopfschüttelnd nach. »Zwischen Frauen und Männern wird sich wohl nie etwas ändern.«

»Ich glaube doch. Bei Jorke und mir ist es umgekehrt. Sie hat mich fest im Griff«, behauptete Hansen ernsthaft. »Ich musste buttern lernen, und demnächst soll ich eine Gans rupfen, die mich zu beißen pflegt.«

Isabella schmunzelte und brach dann in Lachen aus. »Ich weiß, Sie kokettieren gerne mit der Schwäche, die Ihnen gar nicht gegeben ist. Ich habe sogar die leise Vermutung, dass Sie die arme Gans als Erster gebissen haben. Jedenfalls gehören Sie zu den wenigen Männern, die nicht gewohnheitsmäßig die Rechte der Frauen beschneiden. Aber jetzt muss ich ins Hotel zurück, es wird kühl.«

Mit zufriedenem Lächeln sah Hansen ihr nach.

Am nächsten Abend stand Hansen pünktlich im Foyer von Redlefsen's. Alle Sessel waren besetzt, und der Raum war ungewöhnlich voll. Hansen drehte sich um sich selbst, in der Hoffnung, jemanden zu sehen, den er kannte.

In einer Ecke sichtete er Kommissar Wolf. Mit ihm im Gespräch befand sich zu seinem Erstaunen Cornelius Petersen. Erfreut drängte Hansen sich zu ihnen durch und schüttelte beiden die Hand.

»Ich habe mit dem Baron gesprochen«, sagte Petersen verhalten und mit finsterer Miene, »und mich entschlossen, die Sache nicht an die große Glocke zu hängen. Er wird sich bei Ihnen entschuldigen, und ich werde im Gegenzug nicht verlangen, dass er als Leiter der Kommission für Deichbauangelegenheiten abgelöst wird.«

Hansen nickte. Er hatte gewusst, dass Petersen die Konfrontation vermied, solange es möglich war.

»Ich hoffe, es ist Ihnen recht. Andernfalls würde wahrscheinlich auch Ihr Name im Klartext in einer der Gazetten auftauchen, und das wollte ich vermeiden.«

»Es ist in Ordnung, Herr Petersen, danke«, sagte Hansen widerwillig und verkniff sich den Vorschlag, einen Teil der Prügel, die man ihm verpasst hatte, an den Baron weiterzureichen. Petersens Vorgehensweise sei sehr vernünftig, würde Jorke sagen. Beim Gedanken an sie unterdrückte er einen Seufzer.

Wolf bemerkte offenbar Hansens Zwiespalt. »Man kann nicht immer, wie man möchte, vor allem nicht, wenn man die eigene Faust am liebsten im gegnerischen Gesicht sehen würde«, sagte er.

»Woher wissen Sie?«, fragte Hansen mit trübem Lächeln.

»Mir geht es zuweilen auch so, glauben Sie mir. Bestraft werden längst nicht alle Gauner, nicht einmal, wenn ihre Schuld Stadtgespräch ist. Es gibt viele, die gut geschützt sind: der Adel, Politiker, Waffenfabrikanten und andere … Außerdem ist es ein Teil meiner täglichen Arbeit, Gedanken zu lesen. Glücklicherweise gibt es auch immer wieder Begegnungen mit Menschen, die einen mit der unerfreulichen Sorte aussöhnen. Isabella gehört dazu, auch wenn ihr Vorgehen in diesem Fall mehr toll als kühn war.«

»Sie meinen, weil sie dachte, Göntje ließe sich einfach zu einer Aussage überreden? Ja, mit dem harten nordfriesischen Schädel hat sie wohl nicht gerechnet.«

»Göntjes Instinkt war mehr als berechtigt, auch ihre Flucht. Ich habe inzwischen die Information erhalten, dass vor vielen Jahren aus Dürrschnabels Haushalt die Haushälterin verschwand und nie wieder gesehen wurde. Man dachte an Selbstmord …«

»Jetzt aber nicht mehr?«, fragte Hansen erschrocken.

»Nein, jetzt nicht mehr.«

»Isabella hat so etwas gespürt. Aber mich hat sie zuweilen mehr aufs Korn genommen, als ich erträglich fand. Vor allem, wenn ich wehrlos war«, widersprach Hansen missmutig.

»Das tut sie gern«, bestätigte Wolf ernsthaft. »Sie ist spöttisch, manchmal sogar überheblich. Das ist die Strategie, mit der sie sich gegen Männer am besten durchzusetzen gelernt hat. Es handelt sich um einen Panzer. Aber wenn Sie ehrlich sind, werden Sie wahrscheinlich zugeben, dass Isabella urkomische Situationen entdeckt, in denen ein Mensch mit Humor gar nicht anders kann, als sie zu nutzen.«

Hansen grunzte ungläubig, dann begann er widerwillig zu grinsen. »Stimmt. Bei einer davon drohte sie, mich im Bergegeschirr vom Schiff zu schaffen. Ich hätte wie ein Säugling in einem übergroßen Segeltuchhöschen gehockt und wäre am Tau hängend mit strampelnden Beinen und mich um mich selbst drehend vom Masttopp an Land abgefiert worden, wahrscheinlich zur niemals endenden Belustigung der Halligleute. Darüber hat sie sich insgeheim vor Lachen ausgeschüttet.«

»Und Sie lachen jetzt selbst«, stellte Petersen erheitert fest. »Ich hätte Sie auch gerne mal so hilflos gesehen, Hansen.«

»Da tut sich wohl eine Seelenverwandtschaft zwischen Ihnen beiden auf«, murrte Hansen und blinzelte seinem Chef zu.

»Aber«, sagte Wolf mit erhobener Stimme, »Isabella hat hohe Achtung vor Ihnen, weil Sie so erfrischend ungekünstelt sind und ohne Berechnung zu Werke gehen, was Ihren Beruf und Ihre Karriere betrifft. Sie passen sich nicht den herrschenden Verhältnissen an – sagt sie.«

»Hat sie gut beobachtet«, sagte Petersen zustimmend.

»Darüber hinaus fand Isabella es einfach nett, Sie zu ärgern …«

»Eine einleuchtende Begründung«, sagte Hansen erheitert. »Na, ja, ich werde ihr mit gleicher Münze heimzahlen. Ich bin ja wieder in Ordnung.«

Sie kamen nicht dazu, das Gespräch fortzusetzen, denn Dr. Isabella Molitor schritt auf sie zu. Bewundernd betrachtete Hansen ihr festliches Abendkleid und verbeugte sich gegen seinen Willen tiefer als er sonst zu tun pflegte.

»Wir gehen gleich zu Tisch, meine Herren«, sagte sie heiter. »Es dauert noch einen Augenblick, bis alles vorbereitet ist. Aber kommen Sie schon mal mit.«

»Ja, danke«, sagte Hansen und setzte sich in Bewegung, dicht gefolgt von Wolf und Petersen. Isabella steuerte auf die Glastüren des Salons zu. Mit einiger Verwunderung beobachtete Hansen den Portier, der über ihn hinwegblickte und dem in diesem Augenblick die Kinnlade derart herabsank, dass er ganz bestimmt wegen ungebührlichen Benehmens mit einem Tadel seines strengen Chefs rechnen durfte. Hansen drehte sich um.

Und sah die strahlende Jorke, die in friesischer Festtagstracht auf ihn zukam, den glänzenden Silberschmuck auf der Brust und die goldgelben Zöpfe in Zweierreihe unter der Haube angeordnet. Mit weitem Herzen und zugeschnürter Kehle streckte er ihr beide Hände entgegen.

Die Gäste erhoben sich aus ihren Sesseln und applaudierten. »Ein schönes Paar«, flüsterte jemand in die anschließende Stille.

Als Hansen Hand in Hand mit Jorke wenig später am Tresen des Portiers vorbeiging, blickte dieser so stolz, als hätte er höchstpersönlich eine neue Attraktion für die Kurgäste erfunden. Sie waren beinah an Ingwersen vorbei, als Leben in dessen Beine fuhr.

Er stürzte hinter dem Tresen hervor, ergriff mit solcher Behutsamkeit Jorkes Hand, als gehöre sie einer Porzellanpuppe und verneigte sich tief. »Ich begrüße Sie beide im Namen von Herrn Redlefsen als besonders geehrte Gäste des Hauses«, sagte er andächtig in friesischer Sprache. »Ich darf hinzufügen: auch in meinem Namen.«

Jorke bedankte sich artig auf Friesisch und signalisierte gleichzeitig Hansen ihr Unverständnis.

Er lächelte breit und dachte daran zurück, wie der Portier ihm an den Kopf geworfen hatte, er und seine Braut seien für dieses Haus nicht ausreichend gesellschaftsfähig. Jorke bewies Ingwersen das Gegenteil, was ihn mit Stolz erfüllte. »Ich erkläre es dir später«, flüsterte er.

Am Tisch der Gäste von Isabella Molitor nahmen wenig später auch Dr. Lorenzen sowie Mumme und Erk Ipsen als Abordnung der Hallig Langeness Platz, zwischen ihnen die strahlende Göntje, die Jorke sachkundig beim Ankleiden geholfen hatte, so wie eine nordfriesische Festtagstracht dies verlangte. Die beiden Bauern, die Hansen gerettet hatten, drückten sich im dunklen Sonntagsanzug und mit verlegenen Gesichtern in das kleine Gesellschaftszimmer. Sie tauten schnell auf, als sie hörten, dass Friesisch, Plattdeutsch und Hochdeutsch durcheinandergesprochen wurde.

Als Organisationstalent war Isabella ein wahres Wunder. Sönke Hansen erhob sich, um auf sie einen Toast mitsamt seinem Dank für ihre Hilfe auszubringen. In allen drei Sprachen. Um Isabella zu ärgern, sang er ihr hohes Loblied allerdings nur auf Friesisch.

Die handelnden Personen in der Reihenfolge ihrer Erwähnung

Sönke Hansen – nordfriesischer Wasserbauinspektor im Preußischen Wasserbauamt zu Husum
Mumme Ipsen – Ratmann von Langeness
Jorke Payens – junge Halligfrau von Langeness
Tete Friedrichsen – Ratmann von Nordmarsch
Erk Ipsen – Sohn von Mumme Ipsen
Robert Schliemann – Polizeiwachtmeister in Wyk
Dr. Lorenzen – Arzt der Kinderheilstätte in Wyk
Tetta Friedrichsen – Tochter von Tete Friedrichsen
Cornelius Petersen – Oberbaudirektor, Leiter des Wasserbauamtes zu Husum
Paul Dürrschnabel – Abgeordneter im preußischen Landtag
Dorothea Dürrschnabel – Ehefrau von Paul Dürrschnabel
Peter Paulsen – Hausknecht in Christiansens Gasthof
Göntje Brarens – Hausmädchen im Redlefsen's
Dr. Konrad Molitor – Arzt aus Frankfurt
Fraucke Nissen – Hausmädchen im Privat-Logier-Haus Burmester
Jens Christiansen – Besitzer von Christiansens Gasthof
Otto Jakob – Landschaftsmaler
Tygge Hemsen – Robbenjäger, Fischer
Dr. Gerber – Kurarzt in Wyk

Sophie Brettschneider – Kurgast
Louise Kerkhoff – Kurgast
Bosse Ingwersen – Portier
Tums Godbersen – Laufbursche
Dr. Isabella Molitor – Ärztin, Tochter von Konrad Molitor
Charlotte und Joachim – Paar auf Hochzeitsreise
Baron von Holsten – Oberdeichgraf des 1. Schleswigschen Deichbandes; Vorsitzender der Kommission für Schleswig-Holsteinische Wasserbauangelegenheiten
Aksel Andresen – Finanzier, Erbauer von Wittdün/Amrum
Hinrich – Seemann auf der *Welle*
Georg Schneider – Kurgast
Knud Steffensen – Fischer von Hooge
Wirk – Jungmann auf Steffensens Kutter
Hajo Clement – Journalist von den *Föhrer Nachrichten*
Rouwert Wollesen – Krugwirt auf Nordmarsch
Thaddäus Lämmle – Journalist des *Inselboten*
Herr Redlefsen – Besitzer von Redlefsen's
Bocke – Sohn des Schiffers der *Rüm Hart*
Volquard – Schutenschiffer
Michelsen – Sattlermeister
Lars Rasmussen – dänischer Journalist, Vater von Hansens früherer Verlobten Gerda
Marius von Frechen – Kapitänleutnant, Mitglied der Kommission für Schleswig-Holsteinische Wasserbauangelegenheiten
Gerda Rasmussen – ehemalige Verlobte von Sönke Hansen
Petrine Godbersen – Hansens Haushälterin
Martin Wolf – Kriminalinspektor aus Berlin

Kleines Wortverzeichnis

Abfieren: abseilen, am Tau herablassen
Ack: Aufgang zur Warf
Ankeraufgehen: Anker lichten
Badekarren: Kabinen, in denen die Badegäste ins Wasser gefahren wurden
Badeknecht: berittener Helfer, der die Badekarren in das Wasser zog und wieder an Land zurückbrachte
Bilegger: eiserner Ofen (Beileger)
Blaumuscheln: Miesmuscheln
Dingi: kleines Boot ohne Besegelung
Dörns: beheizte Wohnstube
Entenketscher, Ketscher (friesische Schreibweise): Fangnetz an langer Stange
Ewer: Schiffsform mit flachem Boden
Fischgarten: friesisch *fischguard,* Fangsystem aus Netzen und Reusen, aus dem die Fische bei ablaufendem Wasser nicht mehr entkommen konnten und bei Ebbe eingesammelt wurden
Flädle: schwäbische Teigwaren
Flohkraut: Meerstrandwermut
Floßfedern: biblischer Ausdruck für Flossen der Fische
Förtchen: nordfriesisches Gebäck
Halligflieder: lila blühende Halligpflanze
Heuklamp: Heu, das nicht mehr auf den Dachboden passte, wurde neben dem Haus aufgeschichtet und mit Tau gesichert

Heulaken: das trockene Heu wurde in Tücher eingeschlagen und so zur Warf transportiert

Heuler: junger Seehund, der von der Mutter verlassen wurde

Hinterladergewehr: Waffe, bei der die Patronen von hinten eingeschoben wurden, was den Ladestock überflüssig machte

Hosen: Nordfriesisch für das Nachahmen der Seehundsbewegungen durch den Jäger bei der Lockjagd. Ostfriesische Bezeichnung: Huxen.

Hosenboje: Rettungsgerät zum Abfieren der Schiffbrüchigen von in Landnähe gestrandeten Schiffen

Kachektisch: krankhaft mager

Katschur: schräge Verbretterung, Konstruktionsmerkmal ältester nordfriesischer Häuser

Kentern, die Tide war gekentert: das Wechseln der Strömungsrichtungen zwischen Ebbe und Flut

Kielholen: bis ins 19. Jahrhundert Disziplinarstrafe in der Seefahrt, bei der der Delinquent an einem Tau unter dem Rumpf des Schiffes durchgezogen wurde

Kinnbäckle: Schweinebacke

Kipplaufgewehr: Jagdwaffe mit kippbaren Läufen, in die die Patronen eingeführt werden

Klei: schwerer Boden mit hohem Tonanteil

Knerken: Halliggebäck

Knöpfle: rundlich geformte Spätzle aus Baden

Kretzer: badischer Name für Flussbarsch

Landunter: sturmbedingte Überflutung der Hallig, mit Ausnahme der Warfen

Legerwall: gefährliche Position eines Schiffes vor einer Küste, auf die Wind oder Strömung gerichtet sind

Lockjagd: Jagdmethode mit Hilfe von Lockmitteln (Rufjagd auf Hirsche, Blattjagd auf Rehböcke, Hüttenjagd mit Uhus)

Lüttfischer: Feierabendfischer

Luv: Richtung, aus der der Wind bläst

Ösen: schöpfen

Ösgefäß: Schöpfgefäß

Optant: Der Deutsch-Dänische Krieg von 1864 endete mit der Trennung Schleswig-Holsteins (auch Nordfrieslands) von Dänemark und der Übernahme durch Preußen. Preußen führte ein hartes Regiment: Dänischsprachige Bürger von Nordschleswig durften sich zwar für die dänische Staatsbürgerschaft entscheiden (optieren), wurden aber im Hinblick auf politische Betätigung in nationaldänischem Sinn überwacht. Kinder missliebiger Optanten konnten durch die Behörden für staatenlos erklärt werden; aufgrund eines deutsch-dänischen Abkommens (das allerdings nur zeitweise galt) durften sie nicht einmal dänische Staatsbürgerschaft im Königreich erwerben.

Peitschenstecken, auch *Unterruhlbacher:* badische eckige Rohwürste, Landjäger

Pesel: unbeheizte Wohnstube

Pissers: Klaffmuscheln

Plicht: im Gegensatz zur Kajüte offener Teil des Bootes

Porren: Nordseegarnelen, Krabben, Granat

Querab: rechtwinklig zur Längsachse des Schiffes

Randen: badische Bezeichnung für rote Bete

Ratmann: Bürgermeister auf der Hallig

Schapp: Schrank

Schnürhaken: Gerät zum Zuschnüren von Stiefeln

Schute: Transportfahrzeug mit großem Laderaum

Schwojen: Bewegung des Bootes vor Anker liegend

Seehundshaken: zum Verhindern, dass erschossene Seehunde vom Wasser davongetragen werden

Seehundskappe: Tarnkappe für den Jäger zur Täuschung der Seehunde

Seehundsknüppel: Holz oder Bein zum Erschlagen der ruhenden Seehunde

Spundwand: in den Boden gerammte Bohlen zum Abdichten gegen Wasser

Stackel: nordfriesisch, der Arme, armer Stackel = gebräuchlicher Pleonasmus

Strandflieder: Halligflieder

Stülp: Haube zum Schutz vor Funkenflug des Herdfeuers bzw. zum Bewahren der Wärme des Bileggers für die Teekanne

Tide: Gezeiten

Tornüre: am verlängerten Rücken korbartig aufgebauschtes Kleiderteil, das um 1870 als erotisch empfunden wurde

Verspielen: eine Art Lotto

Vogelkoje: Vorrichtung zum Fangen wilder Enten

Vorstag: Abspannung des Mastes zum Bug des Schiffes hin

Waller: süddeutsche Bezeichnung für Wels

Want: Tau oder Stahldraht; stützt den Mast an den Längsseiten des Schiffes

Warf, Warft: aufgeschüttete Hügel zum Bau von Häusern

Zibärtle: badischer Obstbrand

Zündnadelgewehr: 1836 durch Dreyse entwickelte moderne Infanteriewaffe, die später zur Jagdwaffe umfunktioniert wurde

Zwerchgiebel: Giebel über der Haustür

Pfeifenten nach Halligart

Zutaten

2 kleine Wildenten, küchenfertig vorbereitet und gebunden
1 Zwiebel, in Scheiben geschnitten
1 Möhre, in Scheiben geschnitten
1 EL Butter
Flüssigkeit zum Schmoren (Brühe, Wasser, Wein) und die Austernflüssigkeit

Füllung:
Herz, Leber, Magen der Enten
1 Zwiebel, fein gehackt
1 Knoblauchzehe, durchgepresst
Semmelbrösel oder 1 eingeweichtes und ausgedrücktes Brötchen
6 ausgelöste Austern mit ihrer Flüssigkeit

2 Salbeiblätter, fein gehackt
etwas Muskatnuss, gerieben
2 Zweige Thymian, Blättchen abgestreift
1 EL Petersilie, gehackt
½ TL Pfeffer, gemahlen
Salz

Die Austern in einem kleinen Topf in ihrer Flüssigkeit kurz erhitzen, bis sich die Ränder kräuseln. Herausnehmen und klein schneiden. Die Garflüssigkeit durchsieben und für den Schmorvorgang aufbewahren.

Die Innereien der Enten durch den Fleischwolf drehen, mit Austern, Zwiebeln, Knoblauch und Semmelbröseln/Brötchen sowie den Gewürzen zu einer nicht zu flüssigen Farce vermengen.

Die Enten mit der Farce füllen und die Öffnungen zunähen oder -stecken. Mit Salz und Pfeffer einreiben.

Die Butter in einem Schmortopf erhitzen und darin die Enten von allen Seiten anbräunen. Herausnehmen.

Zwiebeln und Möhren in den Topf geben und die Zwiebeln glasig werden lassen.

Die Enten wieder hinzufügen und so viel Flüssigkeit hinzugeben, dass die Enten zu ¼ bedeckt sind. Den Deckel auflegen und im Backofen bei mäßiger Hitze 1 bis 2 Stunden unter gelegentlichem Begießen simmern lassen, gegebenenfalls kochende Flüssigkeit nachgießen.

Es gibt auf den Halligen eine lange Tradition, Pfeifenten zu erlegen und zuzubereiten, und entsprechend auch etliche Rezepte. Die o.a. Variante ist eine Abwandlung traditioneller Rezepte meines Ehemanns Karl-Heinz Lösche.

Kari Köster-Lösche

Der Austernmöder

Kriminalroman

Frühjahr 1895. Am Strand von Föhr wird ein Boot mit einem Toten angetrieben, dem eine Auster auf die Brust geheftet ist. Wasserbauinspektor Sönke Hansen wird damit beauftragt, der Sache diskret auf den Grund zu gehen. Schon bald muss er feststellen, dass hinter dem Mord ein Kampf zweier Austerngesellschaften um die Pachtrechte steht. Doch als Hansen kurz vor der Lösung steht, wird er wegen angeblicher Veruntreuung von Deichbaugeldern selbst vor den Anklagerichter geführt. Eine bodenlose Verdächtigung, die offensichtlich nur darauf zielt, ihn an weiteren Nachforschungen zu hindern. Denn die Hintermänner stehen Hansen näher, als er ahnt …

»Ein außergewöhnliches und besonders attraktives Ambiente hat sich Kari Köster-Lösche für ihre Romane ausgesucht. Dem sympathischen Sönke Hansen möge ein langes Leben beschieden sein.«
Buchkultur

Knaur Taschenbuch Verlag

Kari Köster-Lösche

Mit der Flut kommt der Tod

Kriminalroman

Husum 1894. Als der Wasserbauinspektor Sönke Hansen den Auftrag erhält, sich auf der Hallig Langeneß für die Errichtung eines Steindeiches einzusetzen, ahnt er nicht, welchen Wirbel sein Besuch bei den liebenswertstörrischen Halligmenschen auslösen wird. Als dann auch noch die Leiche eines Mannes gefunden wird, der Sönke wie aus dem Gesicht geschnitten ist, sieht er sich unversehens in einen Fall verwickelt, der immer weitere Kreise zieht. Mehr noch: auf mysteriöse Weise scheint er auch mit dem unerklärlichen Verschwinden seiner Verlobten Gerda zu tun zu haben ...

»Kari Köster-Lösche weiß, wovon sie schreibt. Das Inselpanorama bleibt heimelig, der Kriminalfall interessant.«
Neue Presse (Hannover)

Knaur Taschenbuch Verlag

Christian Pfannenschmidt

Unter den Linden
Das Haus Gravenhorst

Berlin 1906: Friederike, die jüngste Tochter aus der berühmten Schokoladendynastie Gravenhorst, ist mit ihrem Bruder Julius in der kaiserlichen Hauptstadt unterwegs, als ihnen plötzlich eine junge, völlig aufgelöste Frau vor die Kutsche läuft. Die beiden Geschwister beschließen kurzerhand, die heimatlose Anna Merthin zur Pflege mit nach Hause zu nehmen. Trotz erbitterten Widerstandes der Familie können sie ihre Mutter überzeugen, Anna als Dienstmädchen einzustellen. Insbesondere Julius war vom ersten Augenblick an von der liebenswürdigen Anna verzaubert, und auch sie kann sich seinem Charme nicht entziehen. Doch dürfen diese Gefühle überhaupt sein? Zumal schon seine Hochzeit mit einer anderen, standesgemäßen Frau ins Haus steht …

Knaur Taschenbuch Verlag